KB267791

유머학

세계 최초의 유머학 이론서

♥ 이 책을 순간의 고통을 뛰어넘어 영광의 길로 가는 군인과 경찰, 신세대를 지혜롭게 이끌고 싶은 리더, 창조적 삶을 지향하는 신지식인, 유머에 관심이 있으신 분, 우리 말을 아끼고 문장력 향상을 위해 노력하는 이 땅의 모든 학생들에게 드립니다.

유머학

한얼 유머 동호회

미래문화사

엮은 이의 말

세상은 새 천년을 맞이하고 정보화 사회는 날로 발전하지만, 정신적으로 자유롭지 못한 인간은 기쁜 일보다는 슬픈 일이, 정상보다는 모순이, 여유보다는 욕심이 많아 스스로 고통과 스트레스를 만들고 있다. 인간답게 살기를 원한다면 웃어야 한다. 기뻐서 웃는 것은 누구나 할 수 있다. 그러나 슬퍼도 웃을 수 있으려면 깨달음과 수련이 필요하다. 그 깨달음은 과거 유교적 진지함에 대한 거부도, 고통과 시간을 요구하는 수행도 아니다. 다만 진정한 나를 찾고, 작은 것에도 기쁨을 느낄 수 있는 여유를 갖고, 한국인의 웃고 싶은 집단 무의식을 되살리고, 웃음의 결정체인 유머의 위력을 깨우치고, 유머 기법을 터득하면 된다. 그러면 기뻐도 웃고, 슬퍼도 웃고, 짜증이 나도 웃게 된다. **유머를 알면 인생은 마냥 즐거워질 것이다.**

유머는 생각하는 힘을 키워 주어 개인의 몸과 마음을 고상하게 진보시키며, 또한 세상살이에 터지고 깨지며 시달리느라 생긴 의욕상실과 정신질환을 치료하고, 조직생활에서 상처 입은 다수의 인격체를 구원하며, 여유 없이 거칠게 진행되는 정치판은 물론 경제·문화·종교까지 전쟁 원리가 지배하는 긴장된 사회를 부드럽게 바꾸어 주는 등 사회 정화에도 기여한다. **유머는 성난 사회를 진정시키고 순화시키는 최고의 문화 장르가 될 것이다.**

생물학이 생명의 신비를 캐내어 삶과 죽음으로부터 자유로워지는 것을 목적으로 하듯이 본 동호회가 **《유머학》**을 집필한 목적**은 웃음의 신비를 찾아 삶의 고통으로부터 벗어나 진정한 행**

복을 찾는 데 있다. 본서는 여유와 웃음을 잃고 사는 정보화 시대에 인간에게 진정한 행복을 찾아주기 위하여 유머의 본질을 이해하고, 잘 만들어진 유머를 보여주고, 최종적으로 유머 기법을 제시하여 누구나 유머를 아는 보통인, 유머를 즐기는 신지식인, 유머 감각이 있는 리더로 거듭나게 도와주고, 나아가 유머가 정보사회의 청량제요 민족의 동질감 회복과 새로운 문화 창달까지 가능케 하는 이 시대의 최고 예술임을 확신시키는 데 있다.

이를 위해 제1부에서는 우리 역사 속에 쌓인 풍성한 웃음 지층을 파헤쳐 웃음의 화석을 찾고, 그것이 어떻게 오늘날의 유머로 이어졌나를 살피면서 '독창적인 유머학'의 외곽선을 나름대로 정리하였고, 제2부에서는 한국의 대표적인 유머를 보여준다는 취지하에 창작 유머를 만들고, 방송 매체와 PC 통신, 사회에서 유통되고 있는 유머들 중에 변질되고 훼손된 것은 보완하고, 인간의 존엄성을 모독하는 것은 버리고, 한국적 혼이 있는 유머만을 별도로 모았다. 또 제3부에서는 독창적인 유머 기법 정리를 위해 인위적인 논리 체계가 아니라 각종 법칙과 자연의 현상을 통해 유머 창작의 원리를 찾아보았다.

아직 초발심(初發心)을 내는 단계지만 독창성을 밑바탕에 깔고 회색이 아닌 녹색처럼 선명한 유머 이론을 정립하고자 하였으나 다소 난해한 주장과 앞뒤 조합이 우둔한 부분도 있을 것이다. 그러나 이 세상 어느 책보다도 참신한 내용을 발굴하고, 말과 글의 묘미를 최대로 살렸다고 자부한다. 많은 한계를 뛰어넘어 야지에서 떠도는 유머를 학문적 울타리 안으로 집대성한 참신한 노력을 어여삐 여겨 주시길 바랍니다.

유머는 소수인의 특허나 재주꾼만의 영역이 아니라 신(神)이 우리 모두에게 준 선물이자 특권이며 인간성을 회복시키는 묘약이다. 또 이념의 전쟁이 끝나고 겨우 찾은 평화의 터에 외설과 유희가 새 주인으로 자리잡기 전에 서둘러 심어야 할 생명수(生命樹)임을 이 유머집이 통쾌하게 말해 줄 것입니다.

또한 창의적인 유머 기법을 문장 만들기에도 적용한다면 문리(文理)를 깨우쳐 줄 것으로 확신한다. 또 이 기법의 핵심을 논술문 작성에도 적용한다면 유머 감각과 문장력을 동시에 배양할 수 있을 것으로 믿는다. 시간이 가고 동호인의 의지가 확산되면 보는 이에게 감동을 주는 유머집, 한국의 정서를 대표하는 유머집, 글쓰는 절차에도 도움을 주는 문장력 향상 도움서 등 다목적 유머집이 만들어져 건강한 웃음과 감동, 순수 열정과 애정을 유통시키는 매개체가 되고, 창작된 유머는 인터넷을 타고 한국의 정신세계를 세계에 알리는 놀이마당으로 발전하리라 믿는다.

첫 작품을 내고 난 자신감을 바탕으로 또 다른 고행을 시작하여 건강한 웃음거리를 계속 발굴하고, 사회와 국가, 민족의 활기와 화합의 지혜를 찾고, 새 천년 인류의 행복과 번영을 위해 전문적으로 유머를 연구하고 참신한 유머가 세계로 유통되도록 앞장서겠습니다. 그리하여 세상 모든 것이 오늘보다는 내일이 더 희망적이고 서로 화합하는 좋은 세상 만들기에 동참하겠습니다.

항상 우리는 운명의 주사위를 던지고 받는다. 주사위 속의 숫자를 보면서 만족하거나 낙심하는 것은 각자의 마음에 달려 있다. 유머 감각이 있는 사람은 기대하던 숫자가 아니더라도 즐겁고 행복을 느낀다. 현대인이여, 유머로 순간의 고통을 뛰어넘어 정상으로 전진하자!

끝으로 도서출판 미래문화사에서 신인 작가들의 글이지만 내용만 보고서 책으로 묶어 주어 고마울 뿐이다.

2000년 1월 3일
한얼 유머 동호회

제1부

·

신 유머학

-먼저 유머를 알고 제대로 웃자!

I. 웃음이란 무엇인가

1. 서론

1)표현이란 무엇인가

인간은 표현하는 동물이다. 인간은 매순간 보고 느끼고 말하며, 웃고 울고 글을 쓰며, 때로는 즐거워하고 분노하는 등 스스로 자기 표현을 하고 또한 상대의 표현을 보면서 살아가고 있다. 인간의 활동은 표현을 위한 구상이거나 표현 그 자체이다. 개인의 표현 능력은 그 사람의 됨됨이와 실력을 평가하는 주요 요소가 되었다.

표현에 대한 인위적이고 고정적인 정의에 빠지기 전에 표현의 다양한 현상들을 연상해 보자. 웃고 우는 얼굴 표정, 두 사람 사이의 대화, 신문지의 글, 무대에서의 배우의 표정과 몸짓, 민족별 민속과 예절, 액자 속의 그림, 공원 내의 동상, 전파를 타고 날아드는 노래, 영화 등 우리가 일상에서 접하는 모든 것들이 그 자체가 표현이거나 표현의 결과로 나타난 것이다.

사전적 해석에 의하면 표현이란 '감정이나 의견을 드러내어 나타내는 것', '정신적인 대상과 의견 그리고 감정 따위를 말과 문장, 표정과 예술로써 형상화시킨 행위 또는 그 산물이다'라고 쓰여 있다.

넓은 의미의 표현이란 '표현자(개인과 조직)가 상대를 감화(이해)시켜 표현자의 의지를 구현하기 위해 말과 몸짓, 문자와 기호, 도식과 음향, 도구와 구조물 등 일종의 정신적·물리적인 수단을 표정(얼굴), 지면, 무대, 인터넷, 화면 등 일정한 공간 위에 드러내는 의사(욕망) 노출 행위'이다.

상대를 감화(이해)시키는 것이 표현의 목표요 표현자의 의지를 구현하는 것이 목적이라면 사용되는 말과 몸짓, 문자와 기호, 도식과 음향, 도구와 구조물 등 일종의 정신적·물리적 노출 행위와 표현 공간은 수단이다. 표현의 목적은 표현 수단을 체계적으로 운용하게 하고, 표현 행위를 규제하고 방향의 길잡이 역할을 한다. 예를 들어 유머는 유머리스트가 상대를 웃기고 감화시켜 좋은 분위기를 만들기 위해 말과 문자, 표정과 몸짓, 기호와 도식, 음향과 도구, 그리고 구조물 등의 감정 표출 수단을 지면, 무대, 인터넷, 화면 등 일정한 공간 위에 곡선적으로 노출시키는 행위이다.

산은 물과 햇살, 바람과 정기, 나무와 풀, 쇠와 돌, 흙이 어우러져 끊임없이 생명을 만들고 있듯이 표현이라는 거대한 산에는 표현 수단인 말과 문자, 음향과 신호, 표정과 몸짓, 기호와 도식, 공간 등이 배합되어 화술(말솜씨, 제스추어, 표정 관리, 유머)과 문장(시, 소설, 사설, 수필, 희곡, 만화 등), 종합예술(드라마, 그림, 영화, 음악, TV 광고, 아트 비전, 패션쇼 등)을 만든다.

2)표현과 화술

표현 중에 화술은 표현의 백미(白眉)로 자리 굳힘하면서 인간의 욕구를 적시에 드러내는 편리한 수단으로 발전을 거듭해 왔다. 화술은 적시에 말로서 자기 뜻을 펴기 위해 제스추어, 표정 관리, 유머, 수화 등 보조 행위를 낳았다. 표현의 큰 산 속에는 화술이라는 동산이 있고, 화술이라는 동산은 말과 제스추어, 유머라는 식물군으로 구성되어 있으며, '유머'의 식물군을 살펴보니 소설과 수필, 연극과 드라마, 만화와 콩트, 인터넷과 PC 통신 등 모든 문학 장르 속에 유머 포자가 자생하고 있다.

3) 화술과 유머

화술의 보조 수단 중 유머는 화술의 핵심 포인트요 화술을 보다 유창하게 하는 화장술이다. 유머는 웅변조와 형식적인 화술에서 생기는 것이 아니라 진정으로 인간을 생각하는 곳에서 생긴다. 유머는 슬픔과 위기에서 나오며 지성과 어리석음의 중간 위치에서 나온다. 고통과 슬픔을 위로하는 화술, 난처한 입장에서 빠져나가는 화술, 분위기를 바꾸는 화술, 분위기를 고조시키는 화술은 반드시 유머를 동원시켜야 한다. 화술에 유머가 없다면 화술은 윤활유 없는 기계처럼 동력을 잃고 만다.

화술의 보조 수단인 유머는 급진적인 발전을 하여 화술의 필수 요소이자 유머 그 자체로서의 영역을 구축하였다. 더부살이하던 유머가 이제는 세련된 발전을 거듭하여 화술을 이끌고 있으며, 독립을 위한 노력을 하고 있다. 유머를 모르고 대화를 한다는 것은 무기 없이 전쟁터로 가는 것과 같다.

4) 유머와 웃음

외계의 자극에 응하여 나타나는 감정은 쾌·불쾌, 희비, 노여움, 공포 따위로 구분된다. 이 감정의 요소가 배합되어 직선적으로 여과 없이 드러나는 것이 웃음과 울음, 분노와 슬픔의 표정과 몸짓이요, 곡선적으로 드러나는 것이 화술과 문장이다.

웃음은 편안한 심리 상태, 욕구가 충족된 상태, 정신적 우월감에서 나오는 쾌감과 기쁨의 감정 표출 현상으로 표정의 반을 차지하고 있다.

웃음은 심리적 작용의 결과이기에 울음, 분노와 슬픔과도 서로 얽혀 있어 개별적으로 떼어서 분석할 수 없지만 인간의 특성과 연계하여 웃음의 고유 특성을 중점적으로 논하고자 한다. 웃음을 근원적으로 살펴보는 것은 유머의 근본 탯줄을 이해하는 데 도움을 줄 것이다.

웃음은 유머의 뿌리이면서 유머의 열매다. 유머라는 품종은 모두 웃음 기운을 먹고 새로운 웃음을 만들고 있다. 웃음은 유머라는 나무를 존재케 하는 물과 공기, 햇빛이면서 나무라는 유기체가 만들어 낸 탄수화물이다. '유머'의 본질을 논하기 전에 유머의 원액이자 유머가 추구하는 최종 산물인 '웃음'부터 생각해 보아야 한다.

웃음은 표정의 핵심 요소다. 웃음이 인간의 운명을 좌우하는 것은 아니지만 인간의 활동과 윤택한 삶에 영향을 미치기에 깊게 살펴볼 분야다. 웃음은 속마음의 표출 현상이자 새로운 활동의 예고이며, 인간을 이해하는 출입문이라면 유머는 웃음을 만드는 샘이요 형틀이다. 유머와 웃음의 관계는 샘과 물의 관계다. 물이 지하로 흘러들어 샘에서 정화된 물로 다시 솟구치듯이 웃음의 기운과 소재는 유머의 메커니즘 속에서 재구성되어 새로운 웃음으로 태어난다. 그러나 샘이 얕고 바닥이 더럽다면 좋은 물이 나올 수 없듯이 유머 생산 공정이 비효율적이라면 좋은 웃음을 기대할 수 없으며, 또한 솟는 물이 정화되지 않았다면 좋은 샘이 될 수가 없듯이 웃음의 질이 나쁘다면 좋은 유머를 기대할 수 없다.

유머와 웃음은 바늘과 실로서 상호 교감한다.

유머는 웃음을 만드는 가공술이다. 유머는 웃음을 만들기 위해 모든 상황을 희극적으로 구성하는 의도적인 활동이다. 우스운 표정을 짓고, 우스꽝스런 행동을 만들고, 웃음을 유발시키는 말과 글을 만든다. 웃음이 자연적이거나 인위적 절차에 의해 만들어진 감정 표현의 일부라면 유머는 웃음을 만드는 가공술이다.

웃음의 본질을 모르고 유머를 논한다는 것은 인간의 특성도 모르고 사람을 다스리려고 하다가 호응을 받지 못하고 독선에 빠지는 것과 같다. 웃음의 본질을 '웃음이 무엇이며, 왜 웃음이 생기며, 왜 인간은 웃음을 필요로 하며, 미래 정보사회에 웃음은 어떤 영향을 미칠 것인가'로 구분하여 그 답을 찾아보자.

2. 웃음의 정의

1)사전적 정의

'웃음이란 인간이 만족한 상태에서 나타나는 표정이나 소리다.' 웃음은 나의 의도대로 일이 되었을 때 혹은 마음이 편안할 때 나타내는 본능의 상태이자, 충족되지 않은 나의 의도(욕구)를 완전하게 채우기 위해 갈등을 흡인하고 관계를 부드럽게 꾸미는 인위적 연출 과정으로 이중성을 갖는다.

'웃음은 기쁨이 얼굴에 나타난 일시적 현상이다.' 인간은 호흡을 몇 분만 안해도 죽지만 웃지 않는다 하여 금방 죽는 것은 아니요, 되던 일이 안 되고 사회적 구속을 받는 것도 아니다. 또한 잘 웃는다 하여 화난 사람을 순간적으로 진정시키거나 갈등을 단숨에 종결시키지도 못한다. 또한 적절히 웃는다고 굳은 분위기가 갑자기 변하고, 대인관계의 불편을 근본적으로 해소시키지는 못한다. 웃음은 단기적 마력과 위력을 가지고 있지 않다. 인간에게 있어 웃음은 장기 적금처럼 일정한 시간이 경과된 뒤에야 위력을 준다. 웃음이 많은 사람은 친화력이 있고, 상대를 편하게 하며, 신바람이 나게 해 준다.

'웃음은 여유 있는 자가 쓰는 월계관이다.' 웃음은 흔쾌한 마음의 산물이면서 행복한 삶을 추구하는 자의 결승점이다. 즉 여유 있는 자가 하시라도 스스로 쓸 수 있는 월계관이다. 여유가 없는 자에게는 좋은 일이 있어도 웃지 못한다. 그것은 욕망으로 가득차 웃음 샘이 막히고 웃음의 날개가 부러졌기 때문이다. 웃음은 지금 눈앞에 보이는 갈등과 어색함을 제거하고 승리로 가게 하는 진정제이다. 또 상대를 생각하는 여유와 인간을 복되게 하려는 착한 인성에서 생겨난다. 그리고 누가 어느 각도에서 어떻게 정의하고 정의된 것을 모아서 종합하더라도 칼로 자르듯이 정의할 수 없다.

2)광의의 정의

'웃음은 생각에서 나오는 심적인 표정이다.' 웃음은 여유 있고 만족한 상태에서 저절로 나오기도 하지만 인위적으로 만들어지기도 한다. 인간의 웃음은 인간에게만 존재하며 순수한 심성에서 나오지만 감정이 배합되고 심리적 색깔까지 가미되면 복잡 미묘하게 된다. 어떤 결과나 상황이 만족감을 주거나 마음을 편안하게 할 때 자연적으로 생기는 웃음이 진짜 웃음이나 그 반대의 상황에서도 웃음은 의도적으로 만들어진다는 것이다. 계산된 목적이 있을 때 자신의 속마음을 속이고 인위적으로 웃음을 꾸밀 수가 있다. 웃음과 마음은 상호 교감한다. 웃음이 마음에서 나오는 것이지만 웃음을 계속하면 마음을 바꿀 수도 있다.

'웃음은 관점을 바꾸어 주고 너그럽게 한다.' 마음이 행동을 지배한다고 한다. 마음가짐의 중요성은 어디에서나 변함이 없다. 종교에 심취한 자는 종교적 교리와 힘이 마음을 지배하고 영향을 준다고 주장할지 모르나 마음은 인간 존재의 최상위 실체이기 때문에 마음을 지배하는 것은 없다. 단지 깨우침과 웃음이 측방에서 마음에 영향을 준다. 마음에 웃음이 스며들면 부드러워지고, 관점이 바뀌고, 상대를 이해하게 된다.

'웃음은 마음의 거울이다.' 웃음과 마음은 상호 교감하며 마음 따라 천의 웃음이 나오기도 하고 웃음의 증폭과 강약에 따라 마음의 색깔도 변한다. 웃음은 마음의 파장이기에 웃음의 빛깔과 소리를 보면 그 사람의 마음을 알 수 있다. 웃음은 기분의 바이메탈이다. 웃음은 건조한 땅에 내리는 단비와 같이 지친 육신에 휴식을 주고, 답답하고 짜증나는 현실로부터 소생의 힘을 주고, 정신에 영양을 공급하고, 스트레스를 씻어 주면서 마음 상태를 그대로 되비추어 준다.

'웃음은 결단이며 행위다.' 웃음은 마음의 결단으로 사람을 편안하게 하고 사람을 움직이는 메시지다. 웃음을 준다는 것은 최고의 봉사활동이다. 그 웃음이 자신을 낮추어 상대를 즐겁게 하는 웃음이든, 엄청난 시간과 노력을 투자한 뒤에 인격의 향기로 만드는 지적 웃음이든, 일단 웃고 보자는 인위적 웃음이든, 그것은 결단에서 나오며 나의 가슴을 열겠다는 최초의 신호이다.

'웃음은 감정 배합의 결과이다.' 인간의 원초적 감정에서 나오는 순수하고 본능적 웃음부터 인간의 사랑, 봉사, 감사, 여유 등 고등감정과 자기 만족감에서 나오는 자연적 웃음과 인간의 욕심과 계산으로 만들어지는 인위적 웃음, 어떤 상황에서 지적 판단과 오감의 활동으로 반응하는 지적 웃음 등 천태만상이다. 이렇듯 웃음은 다양한 감정의 복합체이다.

3)협의의 정의

  '웃음은 쾌감과 기쁨의 감정에서 나오는 단순 표정이다.' 웃음은 표정의 반을 차지하는 인간 공통의 모습이다. 자연적인 심성에서 나오는 생리적 웃음, 인간의 동질성을 느끼게 하는 생기 있는 웃음, 만족감에서 나오는 소탈한 웃음, 감정의 충돌을 막기 위한 연막 웃음, 인위적인 목적을 띤 정치적 웃음, 유한자의 한계를 인정하는 깨달음의 웃음 등 모두가 인간이 지닌 표정이다.

  '웃음은 현대의 독을 제거하는 생약제다.' 이 지구상에 인간이 사는 한 웃음은 인간의 심벌로 존속이 될 것이며, 기계적인 삶의 병폐를 치유할 수 있는 마지막 수단이 될 것이다. 현대의 인간은 웃지 않으면 파괴된다는 위기의식에서 웃음으로 자기 인체의 생기를 찾고, 상대의 공격을 웃음의 방패로 대응하고, 웃음의 생약제, 웃음의 보양제를 만들어 심신의 피로를 해소시키기 위한 노력들을 하고 있다. 몰살 직전에 구원병이 온다는 소식에 힘을 내는 고대국가의 병사처럼 현대문명이 낳은 고독의 병과 스트레스에 시달리는 현대인은 참신하고 감동적인 웃음(유머)이 우리를 구할 것이라는 것에 힘을 얻고 희망을 거는지 모른다.

4)철학적 정의

  웃음의 신비를 캐는 과정에서 '인간이란 무엇인가?'라는 덩치 큰 물음에 부딪친다. 인간은 누구도 쉽게 말할 수 없는 복잡한 존재다. 인간을 진화 측면에서 본다면 원시인에서 시작하여 말과 도구를 사용하는 동물, 사회적 동물, 경제적 동물, 정보의 동물로까지 인간의 영역은 우주의 팽창처럼 끝없이 발전하면서 만물의 영장 자리를 구축하여 왔다. 그러나 아무리 인간을 미화하여도 인간은 태생적으로 불완전한 동물이다. 즉 성자 같은 거룩한 활동도 하지만 오만하여 신의 경지까지 넘보는 이도 있고 인간의 고귀함을 모르고 동물처럼 사는 이도 있기 때문이다.

인간은 자주 세속적 욕망에 빠져 동물처럼 물고 뜯고 하다가도 웃음이 통하면 다시 인간으로 돌아온다. 또한 인간을 놓고 만물의 영장과 동물적 존재를 구분짓는 잣대는 건전한 사유와 웃음이다. '웃는 얼굴은 지구상 어디에서도 통할 수 있는 국제 여권'이라고 한다. 상대가 국제 신사인 척하고 잘난 척하면서도 웃지 않으면 그는 집 밖을 나가면 안 된다. 이유는 그가 위치하는 곳마다 공해와 갈등을 일으키기 때문이다. 웃음은 상대를 인정하고 받아들인다는 마음의 비무장 상태를 알리는 신호다.

'웃는 것은 살아 있다는 표현이다.' 그 웃음이 아름다움과 진리를 좇다가 겨우 꼬리를 잡고 맛보는 희열의 웃음이든, 욕구를 끝내 채우지 못하고 돌아서며 터지는 허탈의 웃음이든, 일시적 쾌락과 유희 뒤에 스쳐 가는 거품 웃음이든 웃는다는 것은 살아 있음을 확인하는 것이요 마음이 열려 있음을 표현하는 것이다.

'웃음은 존재하고 있음을 확인시켜 준다.' 생각이 없는 웃음은 존재할 수 없기에 데카르트의 관념론의 핵인 '나는 생각한다. 고로 존재한다'를 웃음에 적용하면 '나는 웃는다. 고로 존재한다'가 된다. 웃는 그 자체가 생각의 결과이며 존재하고 있음을 확인시켜 주는 것이다. 아무리 꾸민 웃음이라 하더라도 웃음은 생기와 열정의 지표이면서 존재를 드러내는 확실한 증거이다. 마음이 병든 자가 웃는다는 것은 불가능한 일이기 때문이다.

'웃음은 한계의 벽을 오르게 하는 사다리다.' 한계의 벽 앞에서 한번 웃고 나면 초인적 힘이 생기기도 하고, 서로 갈등에 부딪쳤을 때 누구라도 먼저 웃으면 서로 물러서서 화해를 하게 된다. 그것은 웃음에는 해결과 중재의 마력이 있다는 증거다. 웃음이 통하면 대인관계의 벽은 더 이상 존재하지 않는다.

3. 웃음은 왜 생기는가

의사가 발병 원인을 알아야 처방을 하게 되는 것처럼 웃음은 왜 생기는가를 명확하게 밝혀 낸다면 웃음을 만드는 데 유용하게 적용할 수 있을 것이다.

그럼 웃음이 발생하는 비밀을 인간의 특성에서 찾아보자.

첫째, 웃음은 인간의 본능적 생리 현상이다.

인간의 의식이 분화되기 전에도 웃음이 있었다면 웃음은 인간의 본능이라고 판단할 수 있다. 고대 동굴 벽화에 나타난 웃는 얼굴은 인간의 웃음이 본능적인 것임을 잘 뒷받침하고 있다. 인간이 직립보행을 하면서 그 본능적 웃음에다 감정의 색칠이 가미되었을 것이다. 직립보행은 두뇌를 발달시켰고 그 결과 다양한 사유(思惟)를 하게 되었을 것이다. 인간은 생각을 하면서 갈등을 싸움으로 처리하는 것보다 웃는 것이 때로는 편리하고 안전하다는 것을 깨달으면서 웃음을 사용하고 그 웃는 능력을 체계적으로 갖추게 되었다. 웃음은 인간에게 내재된 순수 에너지의 발산이면서 인류에게 잠재된 집단 무의식이다. 고로 누구의 통제에 의해서 나오는 웃음도, 누가 말릴 수 있는 웃음도 아닌 자연적인 웃음이다.

아무리 세상이 분화되고 발달해도 본능에서 나오는 웃음의 양과 질은 변함이 없다. 자연적인 웃음과 인위적 웃음이 혼재하지만 인간의 욕망이 개입되지 않고 순수한 느낌에서 나오는 웃음은 본능적 웃음이다. 이는 대뇌에 입력된 마음에 따라 자동적으로 웃음 세포가 활동하여 생겨나는 것으로 만족감을 표시하는 너털웃음, 이심전심의 잔잔한 미소, 상대를 인정하고 동정하는 평온한 웃음, 마음의 여유에서 나오는 온화한 웃음 등 자기도 모르게 나오는 자율적 웃음이다. 물이 낮은 곳을 향하여 흘러가듯이 인간은 심리적으로 편하고 안정적인 것을 추구하면서 그것이 충족이 되면 본능적으로 웃음을 짓는다. 따라서 인간이 웃는다는 것은 본능적인 현상이다.

둘째, 인위적 웃음은 인간의 욕망에서 생긴다.

인간의 욕망은 그것이 필요한 것이라면 무엇이든지 하도록 강요하고 가능하도록 숨은 노력을 한다. 욕망이 좌절되면 울기도 하고, 욕망 구현에 도움되는 것이라면 금방 울다가도 쉽게 웃음으로 전환할 수 있는 탄력성이 있다. 욕망을 달성함에 있어 상대가 강력하게 구축한 방어 진지를 극복해야 한다면 먼저 쓸 수 있는 카드가 인위적 웃음의 선발대를 투입하고, 교두보가 구축되면 신뢰라는 전도사를 보내는 것이다. 특히 오늘날의 인위적 대인 관계에서 살아 남기 위한 자구적인 웃음이다.

그럼 스스로 만드는 인위적 웃음은 어떻게 생겨나는가? 그것은 욕망이라는 뿌리와 당위적 윤리관이라는 줄기가 만나서 만드는 작품이다. 인간은 본능적으로 쉽게 살고 싶은데 세상은 고상하게 살라고 한다. 욕망과 당위성은 순간순간 충돌을 일으킨다. 욕망과 당위성이 접촉하는 지대와 충돌 지역에 인간의 이성은 재빨리 웃음을 투입시켜 완충지 역할을 하게 한다.

인위적인 웃음은 욕망에서 나오는 웃음으로 이해타산이 개입되어 만들어지는 웃음이다. 나의 의도를 감추고 상대를 안심시켜 더 큰 욕심을 추구하려는 의도에서 만들어진 포장된 웃음이다. 이는 백화점 점원들이 보여주는 그런 웃음처럼 위장된 웃음이요 과장된 웃음이요 목적을 띠고 만들어진 웃음이다.

또 인위적 웃음은 더불어 사는 인간 세상이 만든 사회적 웃음이다. 이왕이면 다홍치마 정신이 만든 웃음이며, 감정의 충돌을 제거하기 위해 사전에 가동되는 웃음이다. 예를 들어 문명인이 표류하여 무인도에 혼자 사는 것을 상상해 보라! 무슨 웃음이 나오겠는가? 갈등이 없는 곳에는 웃음도 있을 수가 없다. 웃음은 상호 충돌에서 나온다. 충돌이 아예 없는 것이라면 누구도 웃음을 준비하지 않을 것이다.

따라서 인위적 웃음은 평화 상태에서 나오는 것이 아니라 평화가 깨져 있거나 평화를 유지하려는 의지에서 나온다. 그리고 폭력에 대한 저항이요 불확실성을 조기에 종결하려는 접촉의 웃음이다. 이러한 인위적 웃음은 위기를 모면해 보려는 임시변통형 웃음이다. 그리고 어색한 관계를 감추기 위해 연출하는 웃음이며, 곤경에 처하여 백기를 들기 직전에 애교로 넘어가려는 웃음이요, 나의 이익을 위해 타인의 권위와 비위를 최대한 존중해 주는 정치적 웃음이다.

그리고 인위적 웃음은 나의 인내심과 자존심을 내주고 반사 이익을 취하려는 계산된 웃음이다. 코믹한 드라마에 나오는 웃음, 개그맨들이 쏟아내는 표정과 말, 신문지상의 유머 코너, 외설적인 유머집, 시중에 나도는 우스개 이야기는 모두 다 인위적 웃음이다. 어떤 것은 인위적 논리 속에서도 감동과 기쁨을 주나, 또 어떤 것은 천박하여 얼굴을 화끈거리게 한다. 표현의 자유를 빌미로 인간성을 파괴하는 것도 많아 읽는 이에게 부담(혐오감)을 주는 웃음이다.

셋째, 인격 수양의 결과로 정신적 웃음이 생긴다. 본능적 웃음이 자율신경에 의한 웃음이라면 인위적 웃음은 욕망이 만든 조제(調製)된 웃음이며, 정신적 웃음은 마음을 닦고 다스린 연후에 생기는 웃음이다. 이는 인격 수양에서 나오는 고귀한 웃음이며 고도의 심신수련 결과에서 나오는 순수 웃음이다. 정신적 웃음은 어떻게 발생하는지 그 유형을 알아보자.

먼저 정신적 웃음은 여유에서 생긴다. 나무가 우거지고 열매가 풍성하면 새는 저절로 찾아오듯이 마음이 넉넉하여 남음이 있으면 웃음이 깃드는 것이다. 세상 일이 내 뜻대로 잘 될 것이라는 낙관적 자세가 있을 때 웃음이 생긴다. 내가 믿는 신이 나를 돌보아줄 것이라는 믿음이 있을 때 여유가 생기고 웃음이 생긴다. 욕망으로 가득 차 순수한 마음이 들어갈 자리가 없고, 일이 잘못 될까봐 조바심을 내는데 웃음이 생기겠는가? 웃음은 여유가 있는 마음의 밭에서 자라는 야생화이다.

정신적 웃음은 마음을 낮추어 마음을 편하게 할 때 생긴다. 마음이 욕망을 향하여 까치발을 세우고, 손해를 보지 않을까 조바심을 내고, 마음의 공간이 욕심으로 꽉 차 있어 여유가 없고, 의구심과 불안감으로 심신이 긴장될 때 웃음은 절대로 생기지 않는다. 마음을 낮추어 상대를 눈 높이로 이해하고 사랑하며, 최악의 경우를 상정하여 미리 대비하다가 조금이라도 더 나은 상태로 발전하게 되면 웃음이 생긴다.

정신적 웃음은 어떤 긴장 요인이 해소되었을 때 생긴다. 막연하게 두렵게 보았던 대상에서 의외의 호감을 느끼거나, 큰 일을 앞두고 조바심을 내다가 일이 잘 끝나게 되어 흡족하거나, 손해를 볼지 모른다는 막연한 불안감이 사라지는 순간에 웃음이 발생한다. 압축된 용수철이 퉁겨져 나가면서 힘이 생기듯이 잔뜩 긴장하다가 긴장 요인이 사라지거나 오해가 풀리면 웃음이 터져 나오게 되는 것이다. 따라서 긴장이 해소되지 않았을 때의 웃음은 마지못해 웃는 꾸민 웃음에 불과하다.

정신적 웃음은 욕망을 버리고 마음을 비우는 데서 생긴다. 내 잔을 비우지 않고 남에게 잔을 권할 수 없듯이 욕망을 버리지 않고서는 어떤 마음도 편하게 할 수가 없다. 권위의식과 체면의식, 잘난 체하며 이것저것을 가리는 구분의식을 버리고, 마음을 비우고 만족하는 데서 웃음이 생긴다.

넷째, 고등 감정과 정신적 우월감에서 창의적 웃음이 생긴다.

종교와 봉사활동으로 생기는 고등 감정, 즉 자비와 보시, 사랑과 봉사, 희생과 감사, 후원 등 평소 좋은 일이라고 믿었던 것을 실천하면 만족의 웃음이 나온다. 그리고 잘 몰랐던 분야를 깨닫는 순간과 지적 호기심의 충족, 상대보다 내가 낫다는 정신적 우월감에서 희열의 웃음이 생긴다. 이는 고도의 정신적 만족과 인격의 향기에서 나오는 창조적 웃음이다.

인위적 웃음이 나의 이익을 위한 웃음이라면 창조적 웃음은 나와 타인의 마음에 평안을 주고 공정한 질서를 세우며, 타인의 이익과 정서를 고려해 주는 생산적 웃음이라 할 수 있다.

우리가 추구하는 창의적 웃음은 고통스런 상황에서도 절제와 안정된 정서를 주고, 인생을 축복하는 향기가 있고, 부조화 속에서도 대결이 아닌 화합의 길을 열어 주고, 고착된 것에서 벗어나 조화와 발전을 꾀하게 하고, 욕심 없이 깨끗하며, 형식이 없지만 명쾌하고, 현실의 룰을 따르더라도 자유롭고, 개성을 부리는 것 같으면서도 조화가 있고, 거침없이 전개되더라도 일정한 품위가 있고, 신선하고 느낌이 풍부한 그런 경지를 추구한다.

인위적 웃음이 겉으로는 긴장이 사라지고 만족감을 표시하는 웃음 같지만 시간이 지나면 가면의 세계가 드러나 싫증을 주는 것에 비해, 창의적 웃음은 보통의 사람이 도달하기 어려운 경지일 것 같으나 마음을 평안하게 하겠다는 목적의식과 인간의 아름다움과 진리를 추구하는 자세만 있다면 언제든지 생겨나는 후천적 보물이다.

이러한 창조적 웃음은 상대의 모순을 눈감아 주는 아량과 지적 호기심의 충족과 새로운 세계를 지향하는 까다로운 웃음이지만 시간이 지나면 친밀감을 준다. 따라서 불리한 상황에서도 자아를 돌아보는 능력이 있고, 비극적 상황을 희극적 상황으로 전환시키는 저력이 있으며, 분노하되 이성을 잃지 않는다.

창조적 웃음은 현실의 고통이 악화되기 전에 현실의 모순을 정확히 꼬집어 자성의 기회를 주고, 심리적 불안으로 스스로 고통에 이르기 전에 즐거움을 제시해 준다. 우리가 추구하는 창의적 웃음은 인간의 특성을 알고, 인간의 정서를 순화시키고, 모순적 상황을 정확히 꼬집으며 지혜와 감동을 주는 그런 고급스런 웃음이다.

인위적 웃음과 창조적 웃음은 다 만든 웃음이다. 인위적 웃음이 풋과일에 비유된다면 창조적 웃음은 완숙한 과일이요, 인위적 웃음이 장미의 아름다움이라면 창조적 웃음은 국화의 향기다. 창조적 웃음은 고도의 정신적 수련과 깨우침에서 생긴다. 그 창조적 웃음은 우리의 정서를 고도로 농축하여 담아 내는 순수 유머 집에서나 볼 수가 있다.

다섯째, 웃음은 학습에 의해 전수되고 개발된다.

사회적 환경과 교육에 의해 웃음은 그 질과 양을 달리한다. 웃음을 권장하는 사회는 웃음을 대량생산하고 널리 보급한다. 그 대표적인 예로 일본의 백화점 경영자는 직원을 주기적으로 웃음 훈련을 시킨다고 한다. 이는 웃음을 무형적 산물이 아니라 유형적 산물로 인식하고 산업전선의 최첨단에 배치시켜 활용하고 있다. 따라서 산업 정보화 시대에 있어 웃지 않는다는 것은 죄악이요 미개한 행동으로 보일 수도 있다.

반면 웃음의 중요성을 모르는 조직이나 웃음을 통제하는 사회는 웃음이 권위를 하락시키고 위상을 천박하게 하는 요인으로 생각했다. 그리하여 웃음을 최대한 절제했던 것이다. 조선조에는 유교의 영향으로 웃음을 절제하고 천시하여 본래의 호탕한 웃음을 잃고 경직된 얼굴로 진지하게 살게 하였다. 그래서 조선조의 웃음을 억제하던 관습이 지금도 남아 있어 우리 민족은 웃음이 짠 민족이 되어 버렸다.

이제 웃음에 대한 과학적인 연구와 실험으로 웃음의 위력을 깨닫고 웃음의 미덕을 가르치고 대물림하면서 웃음 인자가 염색체에 반영되도록 해야 한다. 그리고 웃고 싶은 집단 무의식을 살려내야 한다. 그리하여 우리 후손들은 웃는 근육이 잘 발달되어 고도의 산업 정보화 시대에 예상되는 탈 인간화와 비인간화를 미연에 방지해야 한다. 행동을 하기에 앞서 상황에 맞는 웃음을 찾아보고 비정상적인 장면이 있으면 싸움으로 해결하려고 하지 말고 의식적으로 웃음 근육을 가동하여 상호 승리를 추구해야 한다.

여섯째, 웃기는 대상(상황) 때문에 웃는 웃음이다.

우리는 모두 열린 세상에 살고 있다. 눈만 뜨고 있으면 그냥 보여지는 것이 너무도 많다. 그 중 어떤 상황은 나의 의지와 무관하게 웃도록 한다. 이는 목격되는 웃음으로 상황과 상대가 나에게 보여주는 웃음이다. 인간은 어떤 인물이나 현상이 정상이 아니거나 특이할 경우에 웃는데 이는 나의 의지와는 무관하게 주변의 자극 요소가 나로 하여금 웃게 하는 것이다. 목격되는 웃음은 세 가지 부류의 상황에서 생긴다.

먼저 누군가 인위적으로 웃기는 상황을 만들어 제공할 때 웃게 되는 웃음으로 웃는 동인이 나에게 있지 않고 타와 주변적 상황에 있다. 즉 매체에 의해 웃는 웃음이다. 이는 방송매체가 만들어서 제공하는 코미디나 유머집 속의 재미있는 이야기, 희극 성질의 코믹 드라마, 풍자 만화, 명랑소설, 희극 등 특정 작가가 만들어서 보여주는 흔한 웃음으로 나의 의지와 무관하게 안면 근육이 움직이고 웃음보가 터져 나오는 것이다. 유머리스트가 웃음을 만들어 세상에 내놓을 때 다수가 이를 보고 웃는다면 이는 인위적으로 웃기는 상황 때문에 웃는 웃음이다.

두 번째는 상황 자체가 부자연스럽거나 부조화를 보일 때 웃게 되는 웃음으로 웃는 동인이 상대에게 있다. 예를 들면 거만하고 권위를 숭상하는 대상이 빗길에 넘어져 품위를 구길 때 발생하는 웃음처럼 타인의 악의 없는 실수를 보거나 우스꽝스런 언행, 동문서답식 궤변, 역설과 재치 등 돌발적이고 부자연스런 물리적 상황을 보고 웃는 웃음이다.

세 번째는 상식 이하인 부조리한 상황의 발견과 인간의 모순이 노출될 때 정신적으로 웃게 되는 조소(嘲笑)적 웃음으로 흔히 우리말의 '웃기고 있네'라는 상황이 연출될 때 웃게 되는 웃음이다. 실상을 뒤늦게 알고 스스로 각성을 했거나, 특정인의 욕심이 지나쳐 그 일그러진 모습이 민도(民度)의 예민한 안테나에 포착되거나, 모순적 상황에 같이 대응하기에는 나도 같은 사람(옹졸한 사람)이 되는 것이 싫어서 웃는 정신적 웃음이다.

목격되는 웃음은 누군가에 의해 인위적으로 만들어져 보급되는 것도 있고, 자연적인 실수나 모순에 의해 보여지는 웃음이다. 목격되는 웃음은 모순이 많은 사회 혹은 당위적 인간성을 강요하는 사회일수록 많이 찾아볼 수 있는 웃음이다. 마치 사회주의 국가에서 빵을 만들어 배급하였듯이 현대의 각박한 사회는 웃음도 만들어 제공해야 할 필요성을 느낀다. 조직화·기계화된 사회는 물질적 풍요에 반비례해서 정신적 빈곤을 초래하기 때문에 그 자리에 웃음이라도 채워 넣지 않으면 정신이 황폐해지고 위축되어 왜소하게 되거나 불만이 폭발하기 때문이다.

보통 사람들이 웃는 것은 무의식중에 본능적으로 나오는 웃음, 생활현장에서 필요에 의해 만드는 인위적 웃음, 그리고 목격되는 현상을 보고 웃는 웃음이다. 다원화되고 갈등이 많은 사회는 기술적으로 다수의 시선 앞에 웃음거리를 갖다 놓아야 한다. 웃음으로 세상의 분위기를 바꾸고 더 좋은 세상으로 개조가 가능하다고 믿는 세력은 현대인의 눈길에 웃음을 던져 주고자 할 것이다. 우리는 신문의 네 컷짜리 만화를 보고 웃는다. 만든 작가의 입장에서 보면 창조적 웃음이지만 보는 제삼자에게는 목격되는 웃음이다.

유머리스트는 우리의 건전한 사회, 신선한 사회를 위해서 정서가 풍부한 유머와 우리의 사회 골격을 지키고 권력을 감시하기 위한 풍자를 만들어서 유통을 시킨다. 목격되는 웃음이 유익함을 주기 위해서는 실명으로 유통되고, 공익성을 갖추어 사회적 가치와 질서를 존중해야 한다. 그냥 내질러 버리는 독설이나 근거 없는 '웃기는 이야기'가 되어선 안 된다. 개선 의지와 창조 정신, 큰 밝힘도 사회적 질서에 위배된다면 자제를 해야 한다. 목격되는 웃음이 질적으로 향상되고 공익사회에 보탬이 되기 위해서는 웃음을 빠르게 전개하되 쉽고 평이한 용어 사용으로 전달이 용이해야 한다.

오늘날의 유머는 음료수가 빨대를 통해 흡인되는 것 이상으로 정확하고 집중적으로 빨려 들어간다. 정보화 시대의 만들어진 웃음은 전파나 방송매체를 통해 신속하게 퍼저 나가면서 목격되는 웃음으로 전환된다. 인위적 목적을 띠고 생산된 웃음이든, 고귀한 정서로 빚은 창조적 웃음이든 보는 이의 눈과 머리에 가서는 보여지고 느껴지는 웃음이 된다.

목격되는 웃음은 현대의 소외 문제, 빈부 격차의 갈등, 인간성의 상실 등 사회의 다원화가 필연적으로 불러들인 사회병을 치료하는 약으로서 활용되고 있고, 눈멀고 귀먹은 탐욕의 인간에게 깨우침을 주는 정신과적 치료제이다. 갈수록 심화되는 인간의 정신적 질환을 치료하는 최고의 방법은 웃음이다. 또한 목격되는 웃음은 전문화와 과학화에 쫓기는 경직된 사회, 업무 지향적인 삭막한 조직의 분위기를 개선시키는 특효약이다. 또한 웃음은 내·외적 고통으로 웃음이 메말라 버린 사회를 신바람 사회로 바꾸는 특수 조제약이다.

빈혈이 있는 환자에게 피를 수혈하듯이 여유가 없는 세상, 삭막한 사회에 웃음을 만들어 보급한다면 굳어 버린 조직이 부드럽게 되고, 상호 결속을 도와주고, 역동적이면서도 질서 있는 사회가 될 것이다. 웃음은 사회를 건전하게 해 주는 매개체요, 사회를 화사하게 밝혀 주는 행동 문화요, 조직원을 하나로 화합시키는 종교요, 조직에 활기와 새로움을 주는 에너지원이다.

4. 웃음은 왜 필요한가

왜 웃음이 필요한가? 이를 명확히 규명한다면 초등학교에서부터 유머학을 가르치자고 교육부장관을 설득할 수 있는 근거 자료가 될 것이다.

웃음이 인간의 특권이요 책임이라고 하지만 웃지 않는다고 죽지는 않는다. 또한 단기적으로 보면 생활의 일시적 장식품에 불과하다. 웃음은 인간이 존재하기 위한 선택 사항처럼 여길지 모른다. 그러나 웃음이 없는 인간은 미이라와 다를 바 없다. 인간에게 웃음이 없다면 꽃이 없는 봄이요 배우 없는 무대에 불과하다.

웃음이 없고 법과 제도 그리고 논리만 살아 있다면 악이 선을 지배하고 힘이 정의를 세우는 '웃기는' 세상이 될 것이다.

돈 독(毒)이 오른 예술에서 인간성을 찾고, 관념이 세운 철학에서 행동의 근거를 찾고, 절대자의 이름으로 모든 것을 해석하는 종교에서 삶의 안식을 찾고, 통계 수치를 내세우면서 번거로이 따져 가는 과학에서 인간의 행복을 찾는다는 것은 이제 불가능한 일이다.

예술과 종교·과학 사이에 웃음이 없다면 이 사회는 벌써 쾌락에 중독되고 저마다의 욕망으로 마비되었을 것이다. 인위와 자연, 과학과 종교, 정의와 불의, 이익과 손해 등 대립 구조 속에 웃음이 개입하지 못한다면 인간이 그 동안 축적한 인간의 문화는 한 순간에 파괴될지도 모른다. 웃음은 대립의 완충지 역할을 하고, 모순을 수용할 수 있는 아량을 선사하고, 서로의 이견을 따지지 않고 넘어갈 수 있는 여유를 주며, 무엇보다도 서로를 용서하고 가깝게 만든다.

현대인의 정신적 질환을 웃음으로 처방하는 의사가 있다고 한다. 웃음은 우리 인체에 어떤 영향을 미친다는 것을 과학적으로 제시하지는 못하지만 심정적으로 분위기를 밝게 하며 대인관계를 부드럽게 하며 조직의 윤활유 내지는 매개체 역할을 한다. 그럼 웃음이 왜 필요한지 체계적으로 알아보자.

첫째, 웃음은 인간을 건강하게 한다.

웃음은 신체 리듬을 유지시키는 생리조절 장치다. 태초에 조물주가 인간이 웃도록 만들어 준 이래로 인간은 즐거울 때마다 웃음을 터뜨렸다. 그러나 인간은 화를 잘 내고 불필요한 슬픔에 잠겨 스스로 신체의 리듬을 파괴하는 일이 잦다. 이런 인간의 신체 리듬을 살리는 처방전은 웃음이다.

웃음은 그 어떤 보약보다도 신체에 활기와 윤기를 준다. 고차원적인 사유를 떠나서 인간의 육체는 웃어야만 제대로 돌아가는 속성이 있다. 색깔도 형태도 맛도 없는 마음의 상처에 웃음이 파고들어 독기를 녹여야 인간의 육신은 흔쾌하게 가동이 된다. 유행가 가사처럼 마음이 울적하고 답답할 땐 웃어야 한다. 마음의 노폐물을 제거하여 정신적 건강을 찾기 위해선 웃음이 필요하다. 권위와 체면에 의해 막혀 버린 웃음보를 새로 찾는 것이 원초적인 건강을 지키는 길이다.

웃음은 인간의 기(氣)를 유통시켜 준다. 속이 막히면 얼굴이 창백해지고 식은땀이 줄줄 흐르지만 기가 막히면 사람은 제 구실을 못하고 심하면 죽게 된다. 막혀 버린 기는 전기적 자극을 주거나 가슴을 쳐 주어야 한다. 따라서 평소 기가 막히지 않도록 하고 기가 원만하게 순환되도록 하는 것이 웃음이다.

웃음은 마음을 건강하게 한다. 밝은 마음은 행동에 힘과 생기를 준다. 그리하여 모든 일이 순조롭게 진행되도록 도와준다. 마음이 밝고 웃음이 있는 인간, 웃음으로 하나가 된 조직은 일시적인 고난은 있어도 해결하지 못할 난관은 없다. 웃음은 정신과 육체 그리고 영혼까지도 건강하게 해 준다.

둘째, 웃음은 인간성을 회복시켜 준다.

인간성 회복을 위한 많은 노력이 진행되고 있다. 철학, 종교, 문학, 예술 등 각 분야가 인간성 회복을 내걸고 열심히 경주하고 있다. 그러나 통합되지 못하고 따로 연구하다 보니 한계가 있다. 그런데 웃음에는 인간성 회복의 약효가 숨어 있다. 웃음은 논리 이전의 인간적 감응으로 웃음의 회복은 인간성 회복을 의미한다. 인간이 살아 있음을 보여주는 것도 웃음이요, 인간을 인간답게 지키고 가꾸는 것도 웃음이다. 따라서 웃음은 인간성 회복을 위한 마지막 카드다.

웃음은 그 자체가 진실이요 넉넉한 공간이다. 그래서 이탈된 인간성을 다시 원위치로 돌려주는 원심력을 갖고 있다. 그리고 메마른 이기주의의 땅에 창조의 기운을 내리고 뻗어 갈 토양을 제공한다. 또한 웃음은 인간적 한계에서 비참함을 주는 것이 아니라 슬쩍 넘어갈 수 있는 기회를 주고, 서로 가깝게 하여 닫힌 문도 열어 주고 서로의 아픔을 묻어 주는 아량이 있다.

웃는 것은 인간성의 확인이자 고수이다. 인간의 오만이 이제

극에 도달하여 인간 복제도 멀지 않았다고 한다. 이에 인간의 존엄성과 신비마저도 사라질 위기에 처했다. 그 동안 웃음은 부족한 인간을 인간이게끔 깨닫게 하는 거울 역할을 해 왔다. 잘난 사람도 못난 사람도 한바탕 웃을 때는 구분이 없는 것이다. 웃음은 인간적인 한계를 느끼고 그 속에서 인간임을 인식시키는 이정표였다. 그런데 복제 인간이 등장한다면 그 웃음이 그대로 전이될 것인지 가증스러울 정도로 다듬어져 추악하게 변질될 것인지는 아무도 모른다. 그러므로 생명의 신비에 더 이상 도전하지 않는 것이 웃음의 순수성을 보존하는 길이라고 생각한다.

<u>인간의 영원한 심벌은 웃음이다.</u> 우리가 우주인의 공격을 받는 가상의 세계에서 인간을 결속시키는 유일한 표현은 웃음일 것이다. 우리가 토종을 지키기 위해 종자를 관리하듯이 인간의 고유 특성을 지키기 위해 웃음을 지키고 정제해야 한다. 웃음이 통하고 마음이 열릴 때 사랑의 기운이 내려 서로를 존중하고 아름다움을 느끼게 될 것이다. 웃음이 있는 한 대립하는 창날은 무디어지고 서로 화합하게 되리라.

셋째, 웃음은 서로간의 충돌을 줄여 준다.

웃음은 충돌을 줄여 주는 안전장치다. 외과적 수술시 마취제를 놓고 원하는 부위를 절개하고 꿰매듯이 새로운 발전을 위한 충고나 갈등 표출시 예상되는 충돌을 웃음으로 막거나 약화시켜야 한다. 강압적인 교정은 또 하나의 싸움과 갈등을 의미한다. 힘을 힘으로 제어하는 것은 원시적 논리요 전쟁의 법칙이다. 반면 갈등을 웃음과 꾀로 제어하는 것은 현대적 논리요 서로 사는 상생(相生)의 법칙이다. 따라서 웃음이 있는 한 어떤 갈등도 더 악화된 상태로 진전하지는 않는다.

<u>웃음은 무저항주의자다.</u> 어떤 강압에서도 힘으로 대응하지 않는다. 웃음이 있는 곳에 감정의 충돌이 있을 수 없고, 아무리 고

약한 자에게도 웃음의 햇살(기운)이 퍼지면 마음이 열리고 행동이 생긴다. 웃음이 없다면 충돌과 파괴의 연속이 될 것이나, 웃음의 원격장치가 작동한다면 충돌은 줄어들 것이다. 그러므로 인간이 더 진화하여 말없이 사는 세상이 오더라도 웃음만큼은 간직하고 살아야 한다.

<u>웃음은 인간의 공격성을 와해시켜 부드럽게 해 준다.</u> 그리고 절망과 고통에 빠진 자에서 희망을 주며, 의욕이 솟아나게 한다. 웃음은 인간의 순수성을 유도하는 등대와 같은 존재로, 온정이 통하고 자기도 모르게 마음이 넓어지게 하는 성장의 촉진제요 보약이다. 또 웃음은 인간의 향기다. 향기에 취한 벌과 나비가 몇십 리 길도 마다 않고 찾아가듯이 인간적 웃음에 취하면 천리 길도 마다 않고 달려가게 하는 위력이 있다. 웃음이 있는 인간, 웃음이 넘치는 사회에서의 충돌은 상상하기 어렵다.

넷째, 웃음은 사랑을 촉진시킨다.

사랑을 말로 시작한다면 사랑에 빠진 열에 아홉은 실패할 것이다. 말보다 확실한 마음의 표시인 웃음이 있기에 사랑이 쉽게 촉진되는 것이다. 말은 꾸밈이 있으나 사랑의 웃음은 꾸밀 수가 없다. 웃음으로 사랑을 전하고, 사랑을 확인하고, 웃음을 통해 사랑을 축적해 가는 것이다. 웃음은 내면적인 사랑의 잔잔한 율동이며, 인간의 갈등을 따지지 않고 해결하게 하는 포용이며, 모든 문제를 자연스레 제자리로 돌리는 행동철학이며 동시에 인간에게 인간다움을 일깨워 주는 행위예술이 된다. 현대를 살면서 웃음의 진미를 모르고 산다면 생활의 반려자 없이 외롭게 사는 꼴이요, 멋을 모르는 함량 미달의 인간으로 전락할 것이며, 웃음이 없는 인간은 인간의 정을 이해하지 못하고 폐쇄된 공간에 갇히게 될 것이다. 말은 없어도 웃음을 보여준다면 사랑의 기운을 느끼게 된다.

다섯째, 웃음은 서로 친근감을 느끼게 한다.

웃음 유전자는 후손에게 대물림되어 오면서 인간의 고유 특성으로 자리굳힘 하였다. 생후 일주일이 지나면 영아는 웃는다. 웃는 아이의 얼굴을 통해 웃음은 선천적인 특질임과 웃음의 유전자가 후손에게 그대로 전이되어 감을 알게 된다. 인간의 인위적, 자연적, 무의식적인 모든 웃음은 친화력을 불러일으킨다. 웃음이 개입되면 한번 멀어진 관계도 다시 가까워질 수 있게 한다. '웃는 낯에 침 뱉지 못한다'는 말이 있듯이 웃음은 서로 가까워지게 해 준다.

특히 오늘날 바쁘게 살아가는 우리에게 웃음은 탐욕과 현학의 창칼에 의해 상처 입은 마음을 치료하고, 상처 입은 자의 거칠어진 감성을 제어하고 정신의 세균성 감염을 막아 준다. 그리고 내 마음에 들지 않는 부분도 감내하게 하는 면역을 키워 준다.

웃음은 현대인이 주기적으로 또는 자주 복용해야 할 보약 같은 존재이다. 정보의 홍수, 여유 없는 기계적인 생활, 스스로 만든 경쟁과 그로 인한 정신적인 피로 속에서 포악해지는 인간상, 서로에게 절실한 온정을 잃은 군상들이 외롭게 사는 세상, 어디를 보아도 따스함보다는 냉정함이, 부드러움보다는 날카로운 지성, 계산의 첨예한 독침이 가득한 세상은 자기 자신마저 죽이고 있다. 웃음의 해독제(친화제)를 긴급 수혈하지 않으면 스트레스의 증폭, 아사 직전의 광란, 고독의 섬에 갇혀 삶의 좌표를 상실하고 말 것이다. 우리에게 잠재된 웃음을 찾아서 현대적 병을 예방하고 서로의 가슴을 맞대게 하고, 화해의 손을 잡게 해야 한다.

5. 웃음과 울음의 관계

<u>웃음과 울음은 인간 감정의 양면이다.</u> 슬픔을 극복한 상태가

곧 웃음이요 나쁜 기운과 감정의 찌꺼기를 배설하여 만족으로 돌아선 상태가 웃음이다. 웃음은 마음의 빛이 빛나는 상태라면 울음은 마음의 빛이 사라진 어둠의 상태이다. 슬픔(울분)은 충격과 고통으로 마음의 빛이 달아나고 그 자리에 어둠이 밀려든 상태이다. 마음의 빛인 웃음이 살아 있다면 슬픔은 존재하지 않는다. 그 웃음의 에너지가 어떤 것은 핵폭발과 같은 급격한 반응을 하고 어떤 것은 원자력 발전식으로 서서히 반응한다. 인간의 감정은 하나로 연결되어 작용하기에 독립하여 별도로 작용하지 않고 상황에 따라 동시다발적인 분열을 한다.

천국과 지옥이 우리 마음속에 함께 하듯이 웃음과 울음은 우리 마음의 탱크에 액화 상태로 들어 있다. 웃음은 좋은 감정이 기체 상태로 승화하는 것이라면 울음은 좋지 않은 감정이 액체 상태로 고여 있다가 눈물이 된 것이다. 웃음이 가고자 하는 최종 상태는 빛의 발산 상태인 기쁨이다. 그 빛은 달처럼 빛을 받아서 빛나는 것이 아니라 해처럼 자체 에너지가 연소되어 나오는 빛이다.

<u>웃음과 울음은 항상 시소게임을 한다.</u> 웃음은 기쁨을 등에 업고 울음은 슬픔을 등에 업고 서로 게임을 하는 것이다. 현재의 마음 상태를 욕망의 저울에 달아서 만족하지 않으면 웃음의 눈금은 올라가지 않는다. 마음에 기쁨의 기운이 강해지면 슬픔의 기운이 사그라져 웃음이 생겨나는 것이다. 무지개가 햇살이 허공 중의 물방울을 관통하면서 생겨나듯이 웃음도 잠재된 기쁨의 기운을 관통하여 나타난다. 그러나 여유가 없는 사람, 만족을 모르는 사람, 용서할 줄 모르는 사람들은 웃음과 울음 사이에 두터운 막이 생겨 웃음과 울음이 서로 자유롭게 넘나들지 못한다.

<u>웃음과 울음은 같은 뿌리에서 나오는 소리다.</u> 웃음과 울음은 입에서 나오는 소리다. 너무 슬퍼도 쓴웃음이 나오고, 너무 기뻐도 눈물이 나온다. 이는 웃음과 울음이 같은 감정의 뿌리에서 나

온다는 증거다. 그러나 나오는 통로는 같아도 지향하는 곳은 다르다. 웃음은 자유를 향해 날아가고 울음은 스스로를 구속하는 곳으로 간다.

6. 정보사회와 웃음

정보화 사회란 '정보가 중심이 되어 가치를 창조하는 사회를 말한다. 산업사회와는 달리 지식과 정보의 생산, 저장, 분배, 활용이 경제의 가장 중요한 활동으로 등장하였다. 지적 생산과 유통이 정보 통신 기술에 의해 생산과 동시에 세계 무대로 나가는 세상, 정보가치가 경제·사회·정치·문화 등 생활의 모든 영역에 지배적 영향을 행사하는 지적 교류 사회를 의미한다.

정보사회에서의 웃음은 인간과 조직사회에 어떤 기능을 하고 어떤 영향을 미치며, 미래는 어떤 웃음을 요구하는지를 알기 위해 먼저 시대별 웃음의 기능과 특성을 고찰해 보자.

문명이 열리기 전, 힘이 지배하던 고대 원시사회의 웃음은 위험이 사라진 상태나 먹거리가 충분할 때 느끼는 단순 포만감이자 자연적인 생리현상이었을 것이다. 어떤 기교나 기만이 없이 내면에서 우러나는 대로 웃음을 지었을 것이다. 마치 순백의 옷감처럼 때묻지 않은 상태에서의 그 자체의 율동이자 생리적 욕구가 충족되었을 때 나타나는 본능적 웃음이었을 것이다.

문화와 문명이 생기고 어느 정도의 내부 질서가 필요했던 중세 농경사회의 웃음은 마음의 분화와 소량의 계산에서 나오는 감성적 웃음이었을 것이다. 농경사회의 웃음은 풍년이 왔을 때 함께 나누는 웃음이요, 질서에 순종하는 표시로서의 웃음이요, 안전의 욕구가 충족되었을 때 나타나는 웃음이었을 것이다. 웃음의 근육이 발달하고 활달 웅혼한 기상과 함께 웃음도 인간의 구비 조건으로 자리를 잡았을 것이다.

문명의 이기가 발달하여 생산이 선(善)으로 군림하던 근대 산업사회의 웃음은 서로가 충돌 없이 살기 위해 인위적으로 만드는 웃음이 시작되었을 것이다.(현재를 기준으로 유추해 볼 때) 기계가 사람의 자리에 앉게 되면서 새로운 갈등과 소외 문제가 생겨나고 존재마저 흔들리는 상황에서 웃음은 갈등을 최소화시키고 인간의 감정을 느끼게 하고, 상호 충돌을 막아 주는 평화유지군으로 활용이 되었다.

산업사회는 물질적 부의 대량생산에 반비례하여 애증의 결핍을 느끼게 하였다. 몸부림치면 칠수록 조여 오는 수갑처럼 근대 산업사회는 물질적 풍족을 추구하면 할수록 애정과 소속의 욕구를 더 갈망하게 했다. 웃음은 애정의 욕구를 채워 주는 신기루였고 대리만족의 수단이었다.

문명의 발달과 함께 분화된 의식은 종교적 통제에 순응하지 못하고 야성의 기운으로 그 무엇을 찾아 나섰다. 〈종의 기원〉이 나오고, 신의 영역까지 의심하는 철학자, 문명의 충돌, 전쟁의 공포, 인간의 사회적 문제의 심화 등 현실과 이상의 괴리 속에서 인간의 고통은 가중되었다. 무엇인가 안정의 무게중심을 잡지 못하면 금방이라도 쓰러질 것 같은 형상이었다. 근대의 산업사회의 모습은 타이타닉이 좌초하여 바다로 사라지는 그런 형국이었다. 이때 웃음이라는 정의의 사도가 '유머'라는 망토를 뒤집어쓰고 종횡으로 누비게 되었다.

산업사회와 정보화사회의 과도기인 현대의 웃음은 드라마와 희극, 콩트 속으로 침투하여 가공할 만한 위력을 발휘하였고, 사교의 장에서, 그리고 정치의 무대에서 단골 메뉴로 자리를 잡으며 가공되고 포장되며 속으로는 변질이 되기 시작했다.

현대의 웃음은 다양한 발전은 하였으나 감동이 없고, 소리는 있으나 진실이 없는 사이비 웃음을 양산했다. 단순 환자에게 겁을 주어 수술을 권유하는 사이비 의사처럼 단순 웃음으로 치유될 상황도 대량의 비윤리적 웃음으로 오히려 인간성을 파괴시켰고, 종말론을 내세워 순진한 신도를 겁주는 사이비 종교 지도자처럼 사실과 다른 풍자와 외설적 유머로 오히려 인간을 위축시키고 갈등을 증폭시키며 인간의 자존심마저 상처 입게 했다.

현대의 인위적 웃음은 영혼에 상처를 주고 순수가 갈 길을 잃게 했으며 만물의 영장이라는 칭호도 무색하게 되었다. 마치 아편 중독자가 아편을 찾듯이 현대사회는 일시적 쾌락을 주는 웃음을 복용했고, 위정자는 웃음의 기계적 생산을 허용하고, 인간의 정신을 병들게 하는 웃음조차도 표현의 자유라는 조항 때문에 방치했던 것이다. 이렇게 인간 내면의 세계가 변질된 웃음에 의해 서서히 파괴되고 있는 것을 우리는 남의 일처럼 지켜만 보고 있었다.

현대 정보화 시대는 산업화 사회의 후속으로 출현한 사회, 정보의 생산이나 전달, 유통 따위가 주요 자원이 되어 가치를 재창조하는 사회를 말한다. 정보화 사회는 다수가 원하는 정보와 발굴된 지식을 실시간에 유통시키기 위해 지식의 거래를 주로 하는 사회다. 이런 지식사회도 근대 산업사회가 안고 있던 인간적 문제를 그대로 떠맡고 있다. 따라서 문제의 강도는 더 심화되었을 것이다.

이런 정보화 사회가 추구하는 웃음은 창조적이어야 한다. 단순하게 만들어진 웃음을 유통시킬 것이 아니라 자아를 실현하고, 인간의 새로운 정서를 만들고, 일에 지친 두뇌를 식혀 줄 수 있는 신선한 웃음을 만들어야 한다. 웃음도 정보의 일부로 유통의 대상이다.

<u>정보화 사회가 요구하는 웃음은 첫째, 건강한 웃음이다.</u> 기존의

말과 이야기를 새롭게 비틀고 바꾸어서 예기치 못한 웃음과 이미지를 연출하는 그런 웃음이 아니라, 인간의 존엄성을 세워 주고 인간의 생체리듬에 활기를 주고 긴장을 풀어 주어 새로운 에너지가 솟구치게 하는 그런 건강한 웃음을 찾아야 한다.

둘째, 간단 명확한 논리로 감동을 주는 웃음이다. 정보화 시대는 시간이 변수가 되는 사회이기 때문에 웃음도 간단 명확하되 긴 감동을 주는 그런 웃음이 되어야 한다. 간단하면서도 주제가 있고 형식을 갖추지 않더라도 의사전달이 명확한 웃음이 되어야 한다.

셋째, 창조의 기운을 주는 웃음이 되어야 한다. 정보화 시대는 창조가 핵인 사회다. 그러므로 웃음도 신선한 각성을 주고, 생활의 윤기를 제공하는 창의적 기운이 있어야 한다.

넷째, 인간을 부드럽게 해 주는 웃음이 되어야 한다. 정보화 시대는 접촉이 적은 가운데 자칫 공격적일 수가 있다. 인터넷이나 PC 통신의 얼굴 없는 대화의 창에서 웃음을 빙자하여 감정의 총칼을 쓴다면 절망과 고통의 나락으로 떨어뜨릴 뿐이다.

다섯째, 진실을 전하는 웃음이 되어야 한다. 거짓 정보는 다수의 혼란이자 충돌이므로 정보시대의 웃음 또한 진실을 전하는 웃음이 되어야 한다.

II. 한국인의 웃음 고찰

1. 서론

김동리(金東里) 씨는 '한국 사람은 예로부터 해학을 좋아했고 또한 해학적인 국민'이라 하였고, 황순원(黃順元) 씨는 '한국의 해학은 예술의식에서 만들어졌다기보다 직접 생활에서 솟아 나왔다'고 했다. 이처럼 우리 민족은 웃음 속에서 살아왔고 웃음을 멋으로 알고 즐겨 왔다. 그러나 웃음을 예술의 경지로 발전시키지 못해 웃음을 소재로 한 토속적인 이야기도 외래어를 빌려 '유머'로 표기하고 있다.

요즈음 유럽에서는 유머 연구가 한창이라고 한다. 그래서 유머의 이론 체계마저 직수입하여 어설프게 적용하기 전에 독특한 한국인의 웃음 역사를 통해 우리의 웃음 철학을 정리하고, 더 늦기 전에 한국인의 웃음의 흔적을 기록으로 남기고, 우리 것을 기초로 한국적 유머학을 정립하여 21세기에 적용하기 위해 이 책을 쓰게 된 것이다.

신한국인의 웃음의 이정표에는 한국인의 웃음은 어디에 뿌리를 두고 어떻게 발전하여 왔으며, 현재 한국인의 유머 수준은 어디까지 와 있으며, 미래의 유머는 어디로 가야 하는지를 분명하게 방향을 제시해야 한다.

2. 한국인의 웃음의 뿌리

1)한국의 웃음은 인본주의에 뿌리를 두고 있다

우리의 웃음은 인간 중심적 사고에서 나왔다. 억압과 통제의 터널을 빠져 나오면서도 인간을 축으로 하는 웃음이 있었다. 고난의 시절일수록 웃음은 풍년을 이루었다. 시대적 변화에 의해 웃음의 형태가 변천하였을 뿐 인간을 위한 질적인 웃음은 변함이 없다.

한국적 웃음이 인본주의에 기초한다는 것을 쉽게 예로 들 수 있는 것이 단군신화다. 곰이 사람 되기를 원하여 동굴에서 마늘을 먹으며 인내하며 사람이 된다. 곰에서 인간으로 변신한 웅녀가 하느님의 아들인 환웅과 결혼하여 단군을 낳는다는 상황 설정이 오늘날의 시점에서 객관적으로 조명해 본 단군신화는 우화(유머)적 전개이면서 진한 인본주의를 느끼게 한다.

그 후 조선조의 〈양반전〉이나 〈호질〉은 고대소설이지만 유머 기운이 스민 대작이다. 이 작품을 분석의 메스를 들이댄다면 육안으로도 작품의 전반에 인본주의를 바탕에 깔고 있음을 알 수 있다. 인간을 사랑함이 있기에 인위적 제도와 모순을 타파하자고 조심스런 반기를 든다. 두 소설을 그 시대의 엄격한 상황으로 돌아가서 본다면 파격적인 시도요 용기다. 작가의 인본주의적 용기가 없다면 나올 수 없는 작품이다. 인간을 우주의 중심으로 보고 인간적으로 해석하고 인간을 이롭게 하려는 풍부한 철학적 사고에 의해 만들어진 소설이요 유머다. 우리의 모든 사상과 해학적인 요소는 모두 인본주의에 뿌리를 두고 있다.

2)자연주의에 뿌리를 두고 있다

한국은 예로부터 도교의 영향으로 무위자연 사상에 젖어 있었다. 즉 자연과의 조화 속에서 살아왔다. 통치자는 전쟁에 대비한 성벽을 쌓아도 유럽이나 중국 같은 철벽 장성이 아니라 백성의 고통을 줄여 주기 위해 소담스럽게 지었다. 서민들은 울타리를 만들더라도 이웃과의 단절 개념이 아닌 구분선 개념으로 만들었고 그 밑에 봉선화를 심었다. 우리 민족은 자연에 도전하지 않고 자연과의 합일을 추구했던 것이다.

<u>한국의 웃음은 자연과의 합일에서 오는 웃음이다.</u> 조상들은 인간도 자연의 일부로 생각하였다. 자연을 두려워하면서도 가깝게 지내면서 인위적 행위를 경원시하였다. 자연의 이치를 깨우쳐 그대로 따르려는 자연 속의 인간이었다. 사고도 행동도 자연의 원리를 따르면서 자연을 인간 행동의 스승이요 준거 틀로 삼았다. 자연관으로 무장되어 인위적인 화려한 미를 추구하지 않고 수수하게 살고자 하였다. 인간의 본성과 정신세계마저 자연의 리듬에 맞추면서 순리적 질서를 구축하였다.

고도의 정신적 위게임인 한국인의 웃음에도 자연미가 그대로 드러난다. 〈김삿갓〉의 풍자적 웃음, 〈고금소총〉의 성적 웃음, 조선조 학자와 시인들의 해학적 웃음을 보면 인위적으로 꾸민 웃음이 없다. 웃더라고 빙그레식 웃음이요, 입가의 웃음이요, 정신적으로 조용히 만족하는 웃음이 많다.

<u>한국의 웃음은 자유를 추구하는 웃음이다.</u> 조상들은 자연의 이치에서 도를 정립하고, 자연의 생리에서 인간의 법도를 찾았기에 인위적 요소가 개입할 여유가 적었고 허황된 요소를 배제했다. 웃음을 소재로 한 이야기나 문학작품, 조형물도 자연미를 갖추어 자유로웠다. 바위에 새겨진 웃는 얼굴, 사람 아닌 것을 주체로 하

면서도 사람의 세계를 풍자한 가전체 문학 작품, 고대소설 속의 해학적 부분은 다 인간사에 있을 수 있는 현실적 이야기를 자유롭게 다루고 있다. 가상의 인위적 구조에서 뜬구름 타지 않고 자연적 순수미를 추구한다. 외향도 내적 구성도 다 자유롭다. 한국적 대 희극이요 서정적 작품인 〈춘향전〉의 구조를 보더라도 자유미가 넘친다. 인위적 비약이나 논리적 불손함이 없이 자유롭다. 인간의 본성을 꿰뚫고 인간의 심리를 다루기에 자연적 사실에서 벗어남이 적다. 어떠한 전개도 진실에서 벗어남이 없고 어떠한 묘사도 불필요한 꾸밈이 없이 자연적 흐름을 따르면서 지극히 자유롭다.

꾸밈이 없이 있는 그대로여서 자연스럽고 감정이 요구하는 대로 자유로운 웃음이다. 가슴에서 우러나는 자연적 웃음이되 시대의 분위기와 문화, 민도(民度)와 엄격한 사회 기강을 초월한 자유의 웃음을 추구하고 있다.

<u>한국의 웃음은 여백에서 나오는 웃음이다.</u> 한국의 미술작품이 비워 둠으로써 완성을 추구하는 여백의 미를 살리듯 웃음도 정신적·신비적 여백의 세계를 추구한다. 한국적 미가 자연의 미를 담으면서 오늘날까지 연결되듯이 웃음도 구조적인 여백의 미를 추구한다. 한국적 웃음은 본인의 난처함을 마무리하는 웃음이요 상대의 입장을 이해한다는 이심전심의 웃음이다. 한국적 웃음은 격식을 깨고 여백을 만들어 주는 여유의 웃음이다. 정지용의 시처럼 '왜 사느냐 하면 그냥 웃지요'의 웃음이다.

<u>한국의 웃음은 신비의 웃음이다.</u> 우리의 웃음은 상호간의 신뢰와 서로에 대한 인정을 바탕으로 하는 웃음이다. 꽉 짜인 면은 전혀 없지만 상대를 존중함과 정신적 여백이 있고 말로 전하지 못하는 묘한 웃음이 있다. '이것이다'라고 꼬집지는 못하지만 서로에 대한 이해와 배려가 있고, 기다림 뒤에 맛보는 환희가 있는

웃음이다. 세상이 온통 고통인데도 꾹 참아온 인내의 웃음이 있
고, 탄탄한 지적 구조를 갖고 있으면서도 쉽게 이해되는 지혜의
웃음이다. 역사의 굴곡마다 슬픔과 배신이 넘쳐나는데도 내색하
지 않고 이를 이기려는 성숙한 웃음과 모든 것을 나의 탓으로 돌
리는 포용의 웃음이 있다. 겉은 근심 걱정으로 차 있는데 속은
즐겁다고 한다. 모든 게 신비하다.

3)순응적 웃음

'한국인은 웃음을 가까이 하고 살았다'고 한다. 이는 정밀한 검
정을 받아야 할 분야이나 심정적으로는 이렇게 분석한다. 고려조
까지의 한국인은 본래의 호탕한 기질과 가무를 즐기는 풍속으로
생활 자체가 웃음이었고, 거리낌이 없는 초자아적 야성적 웃음이
었다. 그러나 조선조의 웃음은 순응적·체념적 웃음을 띤다. 이는
강권통치에 대한 결과라고 생각된다. 조선조의 역사를 돌아보면
신빙성을 얻는다. 서양의 역사는 다수의 자유를 쟁취하기 위한
왕권과 시민 세력간의 투쟁이었다면, 조선조의 역사는 소수의 이
익과 강권통치를 위해 유교적 덕목으로 백성의 자유와 개성을 철
저하게 억압하여 전체 질서에 복종시키는 부자유와 불합리의 역
사였다. 형식적인 정신적 부와 패거리 정치로 제도권 밖의 백성
에 대한 철저한 탄압과 억압에서 오는 정신적 피로를 풀기 위해
서 순응적 웃음이 필요했던 것이다.
　또한 일제의 강권통치를 겪으면서 한국인의 자존심에 치유할
수 없는 상처를 입었고, 정서가 비뚤어지고 불신주의가 팽배하고,
냉소주의에 빠지게 되었다. 일제의 영향은 지금도 이어져 비판을
해야 유식하고 깨끗하게 보이는 풍토를 낳았다. 장기간의 억압은
백성의 순한 본성마저 변질시키고 웃음마저 사라지게 하였다.

광복 이후 우리는 주권을 찾고 역사를 이어가면서 우리의 본래의 웃음이 찾아오는 듯했으나 6·25라는 동족상잔의 비극에 우리는 웃음보다는 울음을 가까이 하고 살았고, 경제적 재건 속에 시름을 잃고 웃음을 채우려 했으나, IMF라는 경제적 재난(?)으로 웃음이 잠시 멈추어진 상태다. 그러나 웃기를 좋아하던 한국인의 집단 잠재의식만 다시 살아난다면 지구촌의 웃음을 주도할 수 있는 것이다.

순응적 웃음은 정체감을 주기도 하지만 높은 정신의 세계로 승화시킨다. 우리 조상들의 웃음은 자기 스스로에게는 감정의 돌출을 다스려 마음의 평안을 얻고, 대인관계에서는 웃음을 보여 순응하고 있음을 보여주는 복합적 표현 수단이었다. 복종을 강요받던 시절의 웃음은 감정의 밑바탕에 한과 서러움이 깔려 있어 순방향으로 웃음을 틔워 주면 신바람을 타고 무서운 힘을 발휘했고, 역방향으로 꺼 버리면 기를 펴지 못하고 침체에 빠지거나 지나치면 분노를 일으켰다. 그러므로 우리 한국인은 통제와 순응 사이에 비무장 지대를 만들기 위해 '웃는 낯에 침 뱉지 못한다'는 정신적 솟대를 만들고 그 성역(?) 속에서 자신의 의사를 표출하고 정서를 배출하도록 보장해 주었다.

막다른 골목의 쥐는 고양이도 물고, 수로가 막히면 제방이 터지는 이치와 마찬가지로 웃음마저 막힌다면 그 저항은 어떻게 제어할 수단이 없기에 웃음을 공식적으로 허용했던 것이다. 웃음이 어떤 저항성을 지니고 있더라도 일단은 보호해 주었다. 조선조 열두 마당 〈판소리〉가 그러했고, 고대소설이 비판과 저항성을 담고 있더라도 광대 패거리의 짓으로 비하하며 넘어갔던 것이다. 그것은 정서 배출 작용임을 우리 조상들은 알았기 때문이다. '우리의 웃음은 논리적인 사고에서 파생된 것이 아니라 생활 속에서 만들어진 있는 그대로의 웃음'이라고 한 황순원 씨의 말처럼 우리의 웃음엔 우리네 삶의 구체적인 모습이 담겨 있는 순응적 웃음이다. 그러므로 우리 웃음은 현실에 충실하되 야박하지 않고, 넉넉하지 못해도 함께 나누려는 여유 있는 웃음이었다.

3)성적(性的) 웃음

성적 웃음은 인류 공통의 웃음이나 특히 우리의 성적 웃음은 독자적인 영역을 구축하였다. 고려시대의 자유분방함은 평민들의 의식 속에 잠재되어 있다가 조선 사회의 압박 분위기 하에서도 비집고 나와 다소 통제가 적은 성(性)을 소재로 한 웃음을 만든다. 〈고금소총〉이 그러한 당시의 상황이 적절히 담겨져 있다고 볼 수 있다. 통치권에 저항한다는 것은 죽음을 의미하기에 가장 만만한 성을 소재로 하여 웃음을 찾았던 것이다. 기득권자도 하층민도 공히 희희낙락할 수 있는 소재가 성이기에 그 영역은 제한이 없었고 통치권도 방치하였을 것이다.

우리의 성적 웃음은 조선조 유교의 통치하에 발달하였다. 유교의 형식주의와 경직성에 대한 반작용으로 가무를 즐기고 시조, 창과 판소리 등의 정서활동을 하면서 자생적으로 정서적 웃음을 만들었다. 웃음을 즐기며 삶의 애환을 토로하고 자신들의 불만을 성적인 웃음에 투입시켜 대리만족을 시도했다. 지금도 우리는 성적인 소재를 대상으로 많은 웃음을 찾고 있다. 문제는 천하지 않고 품위를 지키면서도 스트레스를 풀 수 있는 고급 웃음으로의 전환이 되어야 한다.

외설적인 웃음은 우리의 고운 정서를 다치게 하고, 나도 외설적 웃음의 대상이 되거나 그 피해자가 될지도 모른다는 불안감을 주기에 명쾌하지 못하다. 잘못된 성적 웃음은 그냥 찜찜할 뿐이다.

3. 우리말 속의 웃음 고찰

1)서론

역사 속에서 웃음의 지층을 시대별로 파헤쳐 보면 우리 민족은 천성적으로 웃음이 많았으나 시대환경에 따라 변천되어 왔음을 알 수 있다. 고려시대까지 자유분방하던 웃음도 조선시대 유교의 형식주의가 개인의 사상과 생활을 지배하면서 고래로부터 진화되어 온 웃음 유전자가 단절되고 사회적 웃음 지층은 두꺼운 진흙 토로 덮이면서 그 자리에 권위와 위선, 체면이라는 신종 안면 경색증 현상이 생겨났다.

우리의 유서 깊은 웃음은 제도적 벽에 부딪혀 서서히 수면 아래로 가라앉았다가 다시 유머 동호인의 관심과 서민적 힘에 의해 한국적 웃음을 살리자는 움직임이 일고 있다.

2)우리말 속의 웃음 흔적

웃음과 관련된 옛말을 통해 우리 웃음의 역사성과 다양한 깊이를 알아보자. '웃으면 복이 온다', '한번 웃을 때마다 젊어지고, 반대로 한번 성낼 때마다 늙어진다'는 뜻의 '일소일소 일노일로(一笑一少 一怒一老)', '웃는 낯에 침 뱉으랴', '웃으면서 뺨친다', '웃음 속에 칼이 있다', '웃자고 한 말 뒤에 초상난다' 등 웃음과 관련된 말의 의미를 분석해 보자.

첫번째, <u>'웃으면 복이 온다'와 '일소일소 일노일로'의 경구는 웃음이 주술적 역할을 하여 복을 부르고 정신적 건강에 영향을 미침을 암시하고 있다.</u> 이는 힘들고 짜증이 나도 웃는 사람이 잘되고 젊게 살 수 있다는 경험에서 나온 실증적 말로서, 예로부터 모든 일을 긍정적으로 보고 낙천적으로 살 것을 가르친 생활어이다. 이는 우리 민족이 어려움을 극복하게 했던 경구(警句)였을 것이다.

두번째, '웃는 낯에 침 뱉으랴'와 '웃는 거지는 얻어먹을 수 있지만 우는 거지는 빌어먹지도 못한다'는 말은 관계를 좋게 하는 데는 웃음보다 더 좋은 것이 없음을 말해 준다. 설사 상대가 잘못을 하고도 웃음을 보인다면 용서를 하는 우리의 온정주의 정서를 보여주는 것이며, 웃음으로 갈등을 극복하고 새로운 관계로의 전환을 의미했다. 다툼 뒤에 보여주는 웃음은 화해의 제스추어이며 용서를 비는 무언의 메시지였다. 웃음은 독설의 침이 마구 찔러댄 심리적 상처를 치유하고 성급한 생각과 표정의 침이 뿜어낸 독을 제거하는 해독제 역할을 한다.

세번째, '웃으면서 뺨친다', '웃음 속에 칼이 있다'는 경구는 웃음을 빙자하여 감정적으로 공격하거나 잘못된 현실을 고쳐 볼 목적으로 비판과 쓴 소리를 웃음으로 포장하여 우회적으로 접근하는 풍자형 웃음이요, 감정적 충돌 없이 모순을 해결하려는 지혜의 웃음이다.

마지막으로 '웃자고 한 말 뒤에 초상난다'는 경구는 경솔하게 웃음을 만들면 상대의 자존심에 상처를 주어 모든 것을 잃어버리는 웃음도 있음을 일깨워 주고 있다.

이렇게 우리 말 속의 웃음은 복과 건강과 친교, 풍자 등 실용적 가치만 있는 것이 아니라 부작용도 있음을 말하고 있다. 이렇게 옛말 속에서 웃음의 의미를 해석해 볼 때 우리의 웃음은 생활과 직결되는 표현이었고 서로의 의사를 완곡히 표현하는 효율적인 수단으로 이용되어 왔음을 알 수 있다.

4. 우리 조형물과 미술품 속의 웃음 고찰

1)조형물 속의 웃음

우리 옛 조형물 속에서 우리의 웃음의 흔적을 살펴보자.

고대 석화에 나타난 인물 표정, '신라의 미소'라는 별칭이 붙은 신라시대 인면문(人面文) 수말새, 마애불의 미소, 경기도 하남시 광암동 지석묘에서 발견된 웃는 얼굴의 암각화, 경주 석굴암의 미소, 원주사의 천불(千佛) 등 우리 민족의 정서가 서린 조형물은 한결같이 나름대로의 미소를 머금은 모습이다. 어디에도 인위적으로 무서움을 내비친 근엄한 모양새는 없다. 가람에서 잡귀를 쫓는다는 사천왕상의 표정조차 '겉으로는 공포감을 불러일으키지만' 자세히 보면 웃음을 물고 있다. 이러한 모습은 중국이나 일본 등의 주변 국가와 비교하여 보면 더욱 극명하게 대비가 된다.

현재 일본에서 국보급으로 평가받고 있는 반가사유상이 우리의 것으로 밝혀진 결정적인 이유는, 우리의 불상과 형상이 닮은 것도 있겠지만 무엇보다도 반가사유상이 누구도 흉내낼 수 없는 우리 민족 고유의 미소를 머금고 있기 때문이다. 일본의 불상은 선의 세련된 맛은 있을지언정 그 얼굴 표정에 온유하면서도 자족적인 미소를 담지 못하며, 중국의 불상은 그 크기는 웅장하고 화려하지만 너무 근엄하여 친근감이 없다. 그러나 우리의 불상은 다양하거나 화려하지는 않지만 내면에서 피어오르는 존귀함이 서리고 그 자태의 부드러움과 웃음을 머금고 있다. 우리는 조상들이 남긴 인물을 소재로 한 조형물을 보면 거의 다 웃음을 지니고 있다. 이를 볼 때 예부터 넉넉한 웃음을 지니고 살았던 한국인의 참모습을 유추해 볼 수 있다.

2) 미술품 속의 웃음

고구려 벽화 속의 인물 표정, 고구려의 담징이 일본으로 건너가 그렸다는 호류사의 벽화, 악기를 연주하며 노래하는 신라의 토우(목도주악비천상), 우리의 민속화의 대가인 신윤복의 그림과 김홍도의 그림, 그리고 전통의 탈을 보면 그 안의 표정들은 가지각색이나 모두 나름의 미소를 지니고 있고 넉넉한 심성을 짐작하게 해 준다. 그 웃음이 단순한 미소에서 그치지 않고 정신적으로 승화된 모습을 보여준다. 사는 모습을 담으면서도 천박하지 않고 노동에 시달리면서도 고통을 넘어서 있다. 인간을 사랑하고 자연을 닮으려 하고 현재의 고통을 이기려는 자신감이 웃음으로 표출되어 있다.

현재 한국화(동양화)나 서양화 모두 의식적으로 인간의 웃는 모습을 담고자 노력하고 있다. 근대 화가 중에 고희동의 〈자화상〉, 김기창의 〈농악〉, 박생광의 〈무녀〉, 이중섭의 〈물고기와 노는 아이들〉, 박수근의 〈아이 보는 소녀〉 등 웃음 띤 얼굴을 소재로 한 그림이 이어지고 있으며, 근대 조각가 중에 천진규의 〈자원의 얼굴〉, 김정숙의 〈누워 있는 여인〉 등이 있으며 현대 조각가 중 백남준의 〈장영실의 꿈〉 등 우리들의 미술품과 조각품은 웃음을 소재로 한 작품이 많다.

3) 소결론

우리의 조형물과 미술품에는 시대와 장소를 달리하면서도 공통적으로 그 안에 우리만의 웃음을 지니고 있다는 것은 대대로 웃음을 실천하면서 살았다는 증거가 된다.

5. 우리 문헌 속에 나타난 웃음 흔적

고대 조형물과 미술품에 나타난 웃음의 화석(化石)이 주관적 해석에 의한 것이라고 평가 절하하는 사람을 위해 문헌 조사를 통해 우리 민족의 웃음의 본질을 살펴보아야 한다.

우리 조상들의 웃음은 호탕한 기질의 표출이자 현실과 이상의 괴리감을 최소화시키는 수단, 그리고 예리한 이성을 진정시키는 고매한 정신 표출의 수단이었다. 우리 조상들이 일찍이 웃음의 힘을 알았음을 고전을 통해서 알아보자.

1)향가

기록에 남아 있는 최초의 유머적 작품은 삼국시대 향가인 〈처용가〉로 생각한다. 신라 제49대 헌강왕 때 설화에 의하면 처용은 용의 아들로서 헌강왕을 따라 경주에 와서 벼슬을 하는데, 어느 날 밤 역신(疫神)이 자기 아내를 범하자 공격적이거나 직선적으로 대응하지 않고 곡선적인 대응으로 탄식의 노래를 불렀다. 이를 현대 용어로 해석해 보면,

'서울 밝은 달 아래 밤늦게 산책하다가
집에 와 잠자리 보니 가랑이가 넷이구나
둘은 내 아내의 것이건만 저 둘은 누구의 것인가?
본래는 내 것이었건마는
이제 빼앗긴 것을 어쩌리.'

라고 탄식의 노래를 부르고 춤을 추면서 물러나오자 역신이 형체를 드러내고 처용 앞에 굴복을 하였다고 한다.

처용가에 나타난 모순적 상황, 즉 남에게 아내를 빼앗긴 황당한 상황, 현대적 가치관으로 보면 최악의 경우 살인이 날 수 있을 정도의 흥분된 상황을 목격하고도 폭력으로 대응하지 않고, 감정을 절제하며 비통한 심정을 노래로 달랜다. 이렇게 너그러움과 여유로 대응하자 귀신도 굴복한다는 내용이다.

이러한 처용가는 문헌으로 볼 수 있는 한국 최초의 유머적 상황이요 유머적 기록이다. 〈단군신화〉가 인간을 동물과 신의 중간자적인 존재로 보았다면 〈처용가〉는 인간이 귀신보다 우위에 있음을 보여주었다. 〈처용가〉를 오늘날 유머의 잣대로 성분을 분석한다면 유머의 기본 정신인 여유와 인간에 대한 조건 없는 사랑과 곡선적 대응이라는 테크닉을 담고 있다.

〈처용가〉는 우리 조상들이 모순의 벽과 벽 사이에 웃음을 채워 넣어 순조롭게 살아온 지혜를 보여주고 있으며, 해학과 체념으로 슬픔과 배신을 이기려는 애틋한 정서를 담고 있는 웃음의 화석이다. 또는 당황스런 상황에서 자신의 감정을 파괴하지 않으면서 차분하게 대응하여 보는 이로 하여금 작자의 허탈과 망연한 감정을 함께 나눌 수 있는 정신적 미소를 심어 놓았다.

2)가요

우리 민족의 자유분방한 정서를 담은 옛 문학은 고려가요다. 그 가요 중 〈쌍화점〉처럼 성적인 이야기나 만담을 즐기는 이야기들이 많았지만, 이들은 하나같이 어두운 그림자 하나 없이 읽고 듣는 이로 하여금 즐거움과 자유분방한 웃음을 선사한다. 남녀노소 관계없이 모두가 일체된 웃음을 즐길 수 있는 우리 민족의 이야기이다.

또 한 예로 고려가요의 〈정석가〉를 보면 일부러 상식 수준을 낮추어 동정적 웃음을 사고 있다. 어린애 같은 유치한 이야기를 통해 상대에게 우월감을 주면서 웃음을 유발한다.

'삭삭기 셰몰애 별헤 나는 구운 밤 닷 되를 심고이다
(구운 밤 다섯 되를 심고)
그 바미 우미도다 삭나거시아
(그 밤이 움이 돋아 싹이 난다면)
유덕ᄒ신 님믈 여ᄒ ㅣ ᄋ와지이다.
(사랑하는 님과 헤어지겠다.)'

내용은 한마디로 '구운 밤을 심고서도 싹이 난다면 헤어지겠다'는 억지 논리다. 임금에 대한 변함없는 충성을 맹세하고, 임과의 영원한 사랑을 약속한 노래로도 볼 수 있다. 있을 수 없는 일을 내세워 영원히 임과 이별하지 않겠다는 다짐이 넘쳐 흐른다. 고도로 계산된 웃음이 숨어 있다.

3)가전체 소설

고려시대 가전체(假傳體)를 보면 우리의 웃음이 덩어리로 뭉쳐져 있다. 가전체란 어떤 사물이나 동물을 의인화하여 그 일기를 허구적으로 기록한 전기 형식이다. 이는 거짓으로 꾸며진 주인공의 행적을 통해 사람에게 감동과 교훈을 주는 고대 풍자문학으로 향가가 해학(유머) 1세대라면, 가전체는 해학(유머) 2세대라고 할 수 있다.

우리의 가전체인 〈국선생전〉과 〈죽부인전〉, 〈규중칠우쟁공기〉등은 사물을 의인화하여 인간사를 그리고 있다. 〈규중칠우쟁공기〉는 여자를 돕는 일곱 가지 벗, 즉 바늘·자·가위·인두·다리미·실·고무를 의인화하여 공을 다투는 인간의 모습을 코믹하게 그리고 있다.

가전체는 조선시대에 판소리로 그대로 이어진다. 우리가 〈토끼전〉이나 〈별주부전〉으로 알고 있는 판소리 〈수궁가〉를 보면 절대적 권력을 행사하는 지배자층의 압박과 이로 인한 어려움들을 지적 웃음을 통하여 승화시키고 있다. 현대인이 〈수궁가〉를 들어도 공감이 가고 웃음이 나온다. 우리의 조상들은 예로부터 개인에게 밝은 기운을 주고 사회를 정화하려는 도구로서의 웃음을 알고 활용했던 것이다. 이처럼 가전체의 등장으로 우리의 웃음은 진일보하여 웃음다운 웃음으로 진화하게 된다.

4)시조와 가사

우리 조상들의 시조를 보면 겉으로는 근엄하여 웃음을 자제했지만 정서를 압축하면서 독특한 정신적 세계와 내적인 웃음을 추구한다. 시조는 의미를 운율에 실어 감정의 굴곡을 어루만지며 새로운 정신을 창출한다. 약초 뿌리는 처음 씹을 때는 쓰지만 씹을수록 달아지듯이 시조는 내용을 음미할수록 정신적 쾌감을 주며 그것의 반향으로 웃음을 준다. 조선조 최고의 선비인 성삼문이 형장으로 끌려가며 지었다는 〈절명사(絶命詞)〉를 보자.

'擊鼓催人命(북을 치며 내 생명을 재촉하는데)
回頭日欲斜(고개를 돌려 보니 해는 기울려고 하고)
黃泉無一店(황천 가는 길에는 주막 하나도 없다는데)
今夜宿誰家(오늘 밤은 뉘 집에서나 자고 가리).'

절명사는 죽음을 목전에 두고서 지었다고 하는데 여유와 배짱이 있고, 누구에 대한 원망도 주저함도 없다. 그저 당당하여 슬픔이 찾아들 자리를 내주지 않는다. 농담으로 자아를 위로하여 스스로 비탄감에 빠져들지 않고 끝까지 자존심을 지키며 정신적 저항을 한다. 겉으로 한 점의 웃음도 노출하지 않았지만 여유와 당당함이 있다. 정신적 쾌감마저 느낀다. 〈절명사〉는 부당한 권력에 꼿꼿하게 맞서는 선비의 기개와 함께 고도로 정제된 정신적 웃음을 준다.

우리 조상들은 얼굴 표정을 통해 그 사람의 속마음까지 꿰뚫어 보는 섬세함이 있었다. 송강의 가사 〈속미인곡(續美人曲)〉의 표현 중에 '반기시는 낯빛이 예와 어찌 다르신고'를 풀어 보면 '반가워하는 얼굴색이 예전과 다르다'고 직감적으로 핀잔을 준다. 감성이 섬세하고 미세하여 속마음까지 들여다보기에 얼굴빛에 스민 웃음도 똑같은 웃음으로 보지 않는다. 웃음빛에 따라 참웃음과 거짓 웃음, 단순한 웃음에서 정신적 웃음까지 섬세하게 구분을 해냈던 것이다. 조상들은 웃음을 통해서도 상대의 심중의 진위를 헤아렸다. 웃음을 통해 상대의 감정의 현주소와 미세한 심리 세계를 읽는다.

조선조 시조의 최고봉에서 우리는 김삿갓의 풍자성 시조를 만난다. 김삿갓이라는 존재에 대해서 확실히 밝혀진 바는 없지만 그가 남긴 시조는 억압적 시대에 정신적 자유를 추구하면서 모순적 시대 상황에 반기를 들었다.

그의 〈양반론〉을 보자.

'彼兩班此兩班(저 양반 이 양반네들!)
班不知班何班(양반이 양반을 모르는데 어찌 양반인가?)
朝鮮三姓其中班(조선의 삼 성 중 그 중 양반은)
駕洛一邦在上班(가락에서 으뜸가는 김씨가 양반이지)

來千里此月客班(천리 길을 왔으매 이 달엔 객이 양반인데)
好八字今時富班(팔자 좋아 지금은 부자가 양반이네)
觀其兩班厭眞班(그 양반 보자하니 진짜 양반 무시하네)
客班可知主人班(객 양반이 가히 주인 양반의 지체를 알만하군).'

문제의 정면으로 가서 모순을 꼬집는다. 꼬집고 나면 자조적인 웃음이 생긴다. 곪아터진 상처를 도려내고 새살을 솟게 하는 식의 외과 처방적 웃음이다. 우회적이면서도 코믹하게 잘못을 지적하면 조용한 공감의 웃음을 유발시킨다. 우리의 이러한 조선시대 모순에 대한 풍자들은 비단 정치·사회적인 면에 한정하여 발생한 것은 아니다. 서민과 양심적인 양반에 의해 다방면에 걸쳐 풍자가 이루어졌다.

조선의 시조가 다 격조 높은 정신세계를 추구한 것만은 아니었다.

'천세(千歲)를 누리소서 만세(萬歲)를 누리소서
무쇠 기둥에 꽃피어 여름이 열어 따 드리도록 누리소서
그 밖의 억만세 외에 또 만세를 누리소서.'

이 내용은 한마디로 '쇠기둥에 꽃이 피어 열매가 맺힐 때까지 오래 사시라'는 것이다. 도저히 있을 수 없는 일을 내세워 임이 영원할 것을 축원하고 있다. 불가능한 일을 상정하여 놓고 스스로의 만족을 얻으려는 어린애 같은 기운이 스며 있다. 겉으론 어리광을 부리나 속으론 고도의 계산을 하고 있다.

시조가 변형되어 내방가사로 발전하면서 웃음의 세계에 여성의 섬세함도 가담을 하게 된다.

‘오호 애재라 바늘이여……’

남성 지배욕의 피해자인 여성이 잔잔한 웃음을 만들어 낸다. 유교라는 무형의 강력한 폭군이 우리 민족의 사상과 감정을 하나의 경직된 형태로 통제하려 하였지만 우리의 조상들은 그 안에서도 소중한 마음의 표출인 웃음을 지켜 나왔다.

5)판소리

시조의 음악성과 소설의 내용이 결합되어 판소리로 발전한다. 판소리 〈춘향전〉을 보면 춘향과 이도령의 시공을 초월한 사랑을 주제로 하고 있지만 중간에 맛보기로 밀회 장면이 사실적으로 묘사되면서 긴장을 이완시키는 웃음이 터진다. 보다 나은 이상향을 꿈꾸며 겪는 고통과 질펀한 웃음이 대비되어 〈춘향전〉을 만들고 있다. 〈춘향전〉에 이런 유머적 요소가 없다면 시큼한 맛이 없는 김치와 같을 것이다.

우리의 고대문학과 판소리에는 이상향으로 가는 고갯길마다 웃음을 배합하고 고통과 슬픔의 입 언저리에 웃음을 놓아 두어 웃고 싶은 집단 무의식을 충족시켰다. 비가 지나간 후에 무지개가 걸리듯이 슬픔과 고통이 쓸고 지나간 자리에 웃음을 배치하여 균형을 잡고 있다. 모든 판소리는 모순과 고통 그 사이에 바른 소리와 풍자가 걸쭉하게 배합되면서 지적인 웃음을 만든다.

6)고대소설 속의 해학

고대소설은 상대가 읽기 좋도록 리듬도 있고, 사회 참여적인 내용, 중간에 해학을 겸비하여 웃음과 감동, 희망을 주던 우리의 문학이었다. 고대소설은 현실의 모순에서 모티브를 얻어 이상의 세계를 꿈꾸며 권선징악 구조로 이야기를 엮어 가면서 교훈과 재미를 주로 추구하였지만 중간에 맛보기로 웃음을 곁들였다.

고대소설 속의 웃음은 노골적으로 노출된 단순 웃음이 아니라 의미를 갖는 웃음이다. 따라서 사탕 발림식의 달콤함이 아니라 오래 씹어야 단맛이 나는 약초 뿌리식 웃음이다. 고대소설 속에 나타나는 해학은 구조화되고 이야기의 형태를 띠면서 생각할 여유를 준다.

먼저 조선시대 문장가이자 사회운동가였던 연암 박지원의 〈호질〉을 보면 '주인공 북곽 선생은 학문과 덕행이 높은 선비로서 동네 사람들로부터 존경받던 학자였다. 그런 점잖은 학자가 동리자라는 과부와 한밤중에 놀아나다가 그녀의 아들들한테 발각된다. 북곽 선생은 여우 새끼의 변신으로 오인받아 다섯 아들들의 공격을 받고 정신없이 개구멍으로 도망치다가 거름 구덩이에 빠져 있다가 날이 밝은 뒤에 마을 사람에게 망신을 당한다'는 이야기이다.

작가는 모순적 시대 상황을 정면으로 비판할 방법이 보이지 않자 사람이 아닌 호랑이에 빗대어 양반의 이중성과 양반의 추악상을 고발하면서 웃음을 유발한다. 위엄이 있고 정신적인 표상이 되어야 할 양반을 정신적인 추남으로 추락시키면서 상황적 웃음을 만든다. 인위적 구상이지만 인간의 실태가 드러난다. 〈호질〉은 해학적인 구조를 가지면서 카타르시스를 추구하고 있다. 모순의 원천이자 지배자의 약점을 파고들어 웃음의 상황을 만들고 이를 통해 상대적 우월감을 느끼게 하며 억압적 사회에서 의도적인 탈출구를 만들고자 노력한다.

이는 〈양반전〉에서도 양반의 모순성을 고발한다. 강원도 정선 고을에 너무도 가난하여 관곡(지금의 정부 양곡)을 꾸어 먹으며 행색을 하던 양반이 고을을 순시하던 관찰사에 의해 관곡을 축냈음이 들통이 나자 고민하다가 급기야는 상인에게 양반 신분을 팔게 되고, 관곡을 갚아 주고 양반 신분을 구매한 상인은 군수로부터 양반권 매매계약증서를 받게 되는데 '양반은 책을 베낄 때에는 깨알처럼 잘게 써서 한 줄에 백 자씩 베껴 써야 하고, 손에는 돈을 쥐는 법이 없어야 하며, 곡식금을 물어보는 일이 없어야 하며, 아무리 덥더라도 버선을 벗지 말아야 하고, 식사할 때는 반드시 의관을 차려야 하며, 맨머리로 앉아서 먹지 않아야 한다' 등등 전형적인 양반의 외형적인 구비 조건만을 강조하자 상인은 양반이 신선이 아님을 알고 머리를 흔들면서 계약증서를 포기하고 가버렸다는 우스운 내용이다.

〈양반전〉은 반상 구조의 모순을 이야기하기 위해 양반의 겉치레와 불합리를 파헤치며 비아냥거리고 있다. 작가는 소설을 통하여 조선시대의 모순들을 수면 위로 끌어올렸다. 돈으로 무엇이든지 할 수 있는 세상, 이를 믿는 사람, 그러한 사람을 이용하는 사람, 정신적 지주가 없는 공백이 발생한 당시 사회상을 적나라하게 보여준다. 그러나 어느 구석에도 암울함과 과격함을 보이지 않는다. 다만 있는 대로 현상을 보여주고 각자가 느끼게 하면서 웃을 수 있는 여유와 체념할 수 있는 조절된 기운을 준다.

상술한 조선시대의 모순들은 모순에 그치지 않고 웃음의 모태가 되고 민족의 감성을 풍부하게 하는 데 기여하게 된다. 유교의 변질된 통제의식과 반상제도의 반인본주의는 소설의 소재가 되면서 웃음으로 포장되었다. 모순의 정면으로 도전의 칼을 대지 않고 풍자와 의인화, 넋두리로 갈등을 드러내고 해결의 실마리를 웃음으로 풀고자 하였다. 따라서 우리 조상들의 웃음은 화합의 수단이요 삶의 연장이었다. 민족의 구성원들에게 단결의 기회를 부여하였으며, 정신 순화제 역할을 하였다.

〈양반전〉도 반상제의 전면 부정이 아니라 그 당시 반상제가 이래서는 안 된다는 자성의 전개였으며, 〈춘향전〉도 신분제도의 모순을 이야기했지만 전면적인 사회적 도전은 아니었다. 그 쓴 소리의 여백마다 웃음을 채우면서 넘어가곤 했다. 웃음은 비상 탈출구요 개선을 위한 소리마당이었다. 변혁을 위해 사용하는 웃음은 풍자와 해학의 구조를 띠고 조심스럽게 접근했다.

어느 시대든 전면적인 부정은 또 하나의 부정을 부르며 오래 살아 남지 못했다. 일단 받아들인 뒤에 모순을 찾고 그 모순을 웃음으로 처리하려 할 때 문제는 해결의 힘을 얻는다.

6.새로 찾아야 할 한국인의 웃음

1)서론

우리 조상들의 웃음은 시대가 바뀜에 따라 많은 질적인 변화가 있었다. 고려시대까지 우리 조상들이 자유분방한 웃음을 유지했다면 조선조의 웃음은 현실 도피적이고 정신적 웃음이었으며, 현대의 웃음은 산업화가 만든 저급한 웃음이다.

한국적 웃음의 특징을 논함에 있어 어느 시대의 웃음을 기준으로 할 것인지를 논할 것이 아니라 우리의 유전자 속에 녹아 있는 웃음의 본질을 찾는 것이 중요하다. 면면히 이어온 웃음은 일제의 무단통치와 동족상잔의 한국전, 급변하고 있는 세계의 무대에서 살아 남기 위한 경제전을 치르며 우리는 수천 년 동안 지녀오던 웃음을 잠시 잊고 있을 뿐이지 웃음의 유전자와 근육마저 퇴화된 것은 아니다. 신바람만 불면 다시 흔쾌하게 웃을 민족이다. 우리의 웃음이 어디에서 나오고 어떻게 영향을 미치고 있는지 그 문화적 연결 고리를 찾고 민족적 정기를 되살려야겠다. 또 우리의 웃음의 잠재력을 살려 사회의 기운을 밝게 바꾸어야겠다. 이제 정보화 시대를 향유하고 있는 우리는 인위적이든 자연적이든 웃음부터 회복해야 한다. 우리가 찾아야 할 웃음을 다음과 같이 정리해 본다.

2) 첫째 : 꾸밈없는 자연적 웃음

우리가 찾을 웃음은 꾸미지 않은 웃음이어야 한다. 음식으로 치면 조미료를 사용하지 않고 재료만으로 맛을 낸 것과 같아야 한다. 조미료가 우리에게 좀더 맛깔나는 음식을 제공하지만 많이 먹으면 몸에 해가 되고 싫증을 느끼게 하듯이 인위적 웃음은 상대에게 혼란을 주고, 정신을 피폐하게 하며 씁쓸한 뒷맛을 준다. 그러나 자연적 웃음은 어떠한 가식이나 계산을 섞지 않아서 서서히 웃음을 주지만 오랫동안 접해도 싫증이 나지 않는다.

유머와 풍자는 자연적 웃음에 기초해야 한다. 그리고 확인된 모순에 대한 풍자로 무고함이 없어야 한다. 선하고 착한 것을 파괴하는 풍자는 이제 설 땅이 없다.

<u>한국인의 웃음은 은근한 웃음이었다.</u> 이는 미래에도 존속시켜야 할 덕목이다. 우리의 웃음은 생각이 깊고 순수한 곳에서 생겨나기 때문에 어두운 이념과의 배합을 용납하지 않았고, 사실에 기초한 전개를 하기에 무고함이 없고, 우리를 주체로 웃음을 만들기에 공감을 주며, 서서히 좋아지기에 요란하지 않고 친근감을 주는 조용한 웃음이다.

은근한 웃음은 정신과 상호 교감하기에 정신에서 웃음이 잉태되고, 웃음이 또 하나의 정신을 만든다. 웃음은 행동의 원동력이자 여유의 소산물이다. 그리하여 은근한 웃음은 개인에게는 침착함과 만족감을 주고 조직생활 제반 문제에 대한 충돌 없는 해결책과 조직 정서의 배설구를 제공한다.

은근한 웃음은 즉흥적이고 경솔하지 않고 깊은 생각에서 생겨나 잔잔한 파장을 주면서 서로의 존재를 인정한다. 그리고 어려움도 기쁨도 같이하며 동반자적인 결속력을 준다. 은근한 웃음은 뚝배기같이 투박하나 진한 맛을 주고, 답답할 때는 상쾌함을 주고, 잡념이 많을 때는 잡념을 태워 주는 화로를 제공하며, 탁한 기운이 있을 때는 이를 걸러 주는 정화조 역할을 했다.

3) 둘째 : 감동을 주는 웃음

미래에 우리가 찾을 웃음은 정서와 지혜가 배합되어 감동을 주는 웃음이어야 한다. 웃음은 일상생활에서 나오는 정서적 웃음, 지적 호기심과 탐구에서 나오는 지적 웃음, 그리고 정서와 지혜를 겸하는 웃음으로 구분되는데, 미래의 웃음은 지혜와 정서를 겸하여 감동을 주는 웃음이 되어야 한다. 상대의 단순한 감성에만 매달리지 말고 지성에 호소하는 웃음이 되어야 한다. 그리하여 웃음 뒤에 여운과 감동이 살아나야 한다.

웃음의 주원료인 정서와 지혜는 정반합적(正反合的) 발전을 지속하여 왔다. 고려 때까지는 풍성한 정서를 담은 자연적 웃음이 주가 되기도 하고, 그 이후 주자학의 영향으로 웃음을 극도로 자제하되 지적인 분위기를 주는 웃음, 아니 지적인 능력이 있어야만 찾아낼 수 있는 정신적인 웃음을 찾기도 하였으나, 미래의 웃음은 이 두 가지 요소가 결합된 웃음이어야 한다. 즉 생각을 하게 하고 생각의 결과로 감동을 주는 정서와 지적인 감응이 있는 웃음이라야 한다는 것이다.

시대별 사회상을 웃음의 프리즘에 통과시키면 웃음의 색깔이 다양하게 나타난다. 유교를 사회통제와 학문의 수단으로 사용하려 했던 조선조 상류층은 현학적인 웃음을 만드는 데 공을 들였고, 평민층은 그러한 풍조에 반발해서 정서적 웃음을 만드는 데 치중하였다면, 정보화 시대는 각자의 삶의 공간에서 스스로 즐길 수 있는 웃음과 감정의 충돌을 막아 주고 새로운 관계를 조성하는 생산적 웃음을 찾는다. 즉 미래의 웃음은 헤픈 웃음이 아니라 생각하게 하고 감동과 교훈을 주는 웃음이 되어야 한다.

4)셋째:마음을 편안하게 하는 웃음

<u>미래의 웃음은 마음을 편안하게 하는 웃음이어야 한다.</u> 마음을 편안하게 하는 웃음은 고통을 이겨 본 사람만이 상대에게 배려할 수 있는 정신적 웃음이다. 마치 상처를 입은 조개가 진주를 만들 듯이 불가피하게 생긴 마음의 상처를 달래 주고 고통과 고독을 이기게 하여 희열을 주는 웃음이다.

편안하게 하는 웃음은 자기를 사랑하되 상대를 세워 주어 갈등을 만들지 않고, 나보다 부모와 이웃을 알고 행동하게 하여 미안한 마음이 없는 상태에서 생겨나며, 모든 것이 잘 될 것이라는 믿음으로 성장하며, 휴식이라는 열매를 맺게 한다.

편안한 웃음은 아무데서나 볼 수 있는 들꽃의 속성을 갖기에 화려함 뒤로 감추어진 장미 가시 같은 까다로움도 없고, 난초처럼 도도하여 접근을 어렵게 하지도 않는다. 부족한 듯하면서도 넉넉함이 있고, 조용한 듯하면서도 울림이 있고, 복잡하지 않으면서도 완성이 있고, 보기에는 수수해도 향기가 있다.

미래의 사회는 자기 울타리 안에서 통신을 통하여 정신적으로만 접촉하게 되는 지금보다도 더 폐쇄적인 사회, 무간섭의 사회가 될 것이다. 면전에서의 강요도 억압도 없는 제나름대로의 세상이 전개될 것이다. 미래 정보화 사회에서는 인간의 물리적 영역은 축소되더라도 정신적 영역은 무한대로 팽창하면서 정신이 쉽게 지치고 고독에 빠질지도 모른다. 따라서 미래 세상에 대비하여 자신을 스스로 쉬게 하는 자기만의 편안한 웃음과 상대를 편안케 하는 그런 휴식의 웃음을 만들 줄 알아야 한다.

<u>미래의 웃음은 마음의 상처를 씻고 위안을 주는 웃음이어야 한다.</u> 조선조 억압 구조하의 시조와 판소리가 삶의 고통을 이기려고 했다면, 고대소설은 이상과 체념을 번갈아 하면서 정신적 고통을 이겨내려고 해학적 웃음을 섞었고, 한을 품되 한을 이기기 위해 '각설이 타령'을 만들었다. 옛날에도 만들어진 상처를 치유하기 위해 노력하였듯이 미래에도 인간의 불완전성이 만들게 될 상처에 대비하여 원망도 미움도, 잘남도 못남도 다 묻어 버리고 스스로 자유롭고 위안적인 웃음, 집단적 카타르시스가 되는 그런 풍류적인 웃음을 찾아야 한다.

그리고 결과적으로 정의가 지배하는 사회, 우리 모두의 마음이 편해지기 위해 구석진 곳과 소수의 이익 때문에 냄새나는 곳은 일단 웃음으로 소독하고 풍자의 메스를 대어 썩은 부분을 도려내고, 응어리진 감정을 풀게 하고, 공감의 웃음을 찾아가야 하는 것이다.

5) 넷째 : 감정의 충돌을 방지하는 웃음

세상이 바뀌더라도 대인관계의 충돌을 방지하는 웃음의 역할은 증대될 것이다. 인간은 끝없이 자기 위주로 살고자 노력하기에 필연적으로 상대와 충돌하게 된다. 욕구의 전장에 웃음이 끼어들지 않으면 인간은 잠시도 편하게 살지 못할 것이다. 갈등을 해소하기 위해 인위적으로라도 웃음을 만들어 처방해야 한다. 웃음은 상대적 우월감에서 나오지만 서로가 웃으면 높낮이 없이 평형을 이룬다. 서로간의 갈등과 감정의 충돌은 한쪽이라도 웃음의 기운

64

을 보내면 자동적으로 사라진다.

웃음은 정제가 덜 된 마음을 이해해 달라는 애교이면서 감정을 조절하게 한다. 정제가 덜 된 마음은 항상 갈등을 만들지만 의식적으로 웃음을 지어 모순적 상황을 극복하고자 한다. 즉 슬퍼도 웃고, 화가 나도 웃고, 마음에 안 들어도 웃는다. 그러나 감정은 있는 그대로를 배설하기에 좋으면 좋은 표정을 짓고 싫으면 찡그린다. 웃음으로 조절하지 않으면 감정은 망아지처럼 날뛰게 된다. 감정의 이면에 웃음을 배합하여 좋은 기운이 넘치게 해야 한다. 이렇게 웃음은 자신의 진솔한 감정을 드러내기도 하고 거친 감정을 순화시키는 데도 사용된다. 충돌을 지혜롭게 막아 주는 웃음은 미래에도 위력을 발휘할 것이다.

6)소결론

현대적 용어인 유머(Humor) 속에는 우리 민족 고유의 웃음을 담을 수가 없다. 우리의 웃음인 해학은 슬픔에서 잉태되고 지적인 상처를 감싸며 또 하나의 생각을 하게 하기에 단순 유머로는 어울리지 않는 표현이다. 겉으로는 밝으나 파고들면 어둠이 배어 있고, 보기에는 가벼우나 들어 보면 무겁다. 우리의 해학은 깊이가 있고 은근미가 있어 천박한 지식과 얕은 판단으로는 그 전체를 볼 수가 없다. 그리고 부정을 부정하는 이중적 해학 속에서 우리 웃음의 참모습을 발견할 수 있다.

우리 선조들이 남긴 문헌과 조형물, 미술품을 자세히 살펴보면 우리 웃음을 찾을 수 있다. 또한 우리 조상들은 악조건 하에서도 웃는 여유가 있었음을 알 수가 있다. 우리의 웃음은 생활의 일부이면서 민족의 공감대를 형성했던 보고였다. 한국인에게 있어 웃음은 개인에게는 정서 순화의 수단이요 사회를 밝게 하는 율동이며, 국가와 민족을 화합시키고 건강하게 해 주는 메가톤급 에너지이다.

우리의 웃음을 분석해 보면 사변력에서는 세계적인 수준이지만 조선시대 유학(성리학)이 성행하면서 우리는 속마음을 쉽게 실어 펴지 못하고 체면과 겉치레에 묶여 '나' 아닌 '작은 나'를 만들어 웃음을 멀리하고 우리 얼굴 속의 웃음 근육을 퇴하시켰다.

이제 원래 웃음이 많았던 본래의 모습으로 돌아가는 길은 한 박자 쉬어 갈 수 있는 여유와 우리가 주체가 되는 정신을 회복하는 길이다.

우리 조상들이 찾아내고 즐겼던 정신적 웃음, 이 웃음이야말로 우리를 당당하게 하고 현재의 어려움을 극복하게 할 것이다. 우리의 정서가 담긴 웃음을 옛 웃음으로만 볼 것이 아니며, 우리의 웃음을 하나의 양념거리로서가 아니라 민족정신의 산물로 이해할 때 개인적인 정서 함양은 물론 국가·민족적 단결을 위한 구심체 역할을 그리고 우리 사회의 새로운 활력소가 될 것이다.

Ⅲ. 유머란 무엇인가

1. 서론

우리의 조상들은 의도적이든 자연적이든 웃음을 즐겼고, 그 웃음을 기록으로 남겨 두었다. 문장화된 소화(笑話)만 따져 보아도 《고금소총(古今笑叢)》에만 900여 편, 기타 《삼국유사》, 〈용제총화〉, 〈태평한화골계집〉, 〈진담록〉, 〈파수록〉, 〈어수록〉, 〈성수패설〉 등에도 수많은 소화가 실려 있다.

그리고 문학작품을 뜯어 보면 웃음이 곳곳에 깔려 있다. 다만 현대화에 뒤진 우리가 웃음의 메커니즘을 정립하고 한국적 웃음을 캐릭터화하지 못한 관계로 웃음을 소재로 한 토속적인 해학도 외래어를 빌려 '유머'로 표기하고 있다. 용어는 비록 외제 그릇이지만 안에 담는 내용물은 순수한 토종이 담겨야 한다. 웃음판마저 외국 이론에 외국적 정서를 담는다면 너무도 슬픈 일이다.

현재 유럽에서는 유머 연구가 한창이라고 한다. 각 국가마다 유머를 단순 유희 차원에서 연구하는 것이 아니라 문화적 강국임을 과시하고 현대적 정신질환을 극복하는 방안으로 연구한다고 한다. 세계적 석학들도 유머에 관심이 많고 직접 유머 관련 저술도 하면서 유머야말로 자기 민족의 특성인 양 주장한다. 한국에서도 유머 관련 연구 작업이 강단과 비전문가에 의해서 활성화되고 있고, 권위 있는 학자들에 의해서 논문과 연구 산물이 쏟아지고 있다. 그러나 우리의 연구물은 뿌리에 해당되는 유머학의 정립도 없이 유머와 화술, 유머와 리더십의 관계, 유머 기법 등 특정 부분만 언급한 연구 산물이 주종을 이루고 있다.

문화강국으로 거듭나기 위해서 문화활동 전반에 걸쳐 진솔한 반성과 총체적인 대비가 있어야 한다. 그 중에서도 우리 웃음의 특질을 살리고, 한국적 정서가 담긴 유머학의 집대성이 필요한 시기이다.

이에 용기를 내어 세계 최초로 '유머학'이라는 큰 집을 지으려고 주변을 살펴보니 옛 조상들이 다져 온 지혜의 반석도 있고, 문화의 철골, 웃음의 원목이 주변 야산에 자라고 있고, 현대라는 다양한 골재(소재)가 널브러져 있지만, '유머학' 집을 지을 터조차 조성되어 있지 않고, '유머'라는 용어가 풍기는 외국산 냄새 때문에 집을 지을 엄두조차 쉽지 않았다.

'유머학'을 정립하기 위해 '유머'라는 국제적 설계도부터 이해하고 난 뒤에 우리식 설계도를 만들고 작업에 착수하고자 한다. 설계도가 완성되면 정신적·문화적 잡초를 제거하고 인간존엄성의 터전 위에 기초를 하고, 웃음의 원목을 베어다 기둥으로 삼고, 유머 이론의 철골을 알맞게 넣어서 튼튼한 보를 만들고, 문화의 목재로 내부 장식을 하고, 정보화의 수단으로 외부세계와 연결하고자 한다. 그리하여 우리의 멋과 운치가 있는 '한국적 유머학' 집을 지어 우리의 유머가 편히 살도록 하고, 한국적 유머 공법을 세계로 수출까지 시도해 보고자 한다.

유머학 정립에 필요한 사전 준비 작업으로 역사 속의 웃음을 돌아보고 이제 역사적 고찰과 철학적 사유, 과학적 접근을 통해 독특한 유머학의 터를 만들고, 창작의 망치를 들고 정보화 시대에 대비한 짜임새 있는 '유머학'을 정립하고자 한다.

68

2. 유머의 유래

유머(Humor)라는 말은 원래 액체와 습기의 의미에서 기분(Stimmung)의 뜻으로 전환되었다가, 그 후 좋은 기분과 비위에 맞는 것(gute stummung, gute laune)으로 사용되어 오다가 오늘날의 유머로 자리를 잡았다. 유머를 정의한다는 것은 인간을 정의하는 것 이상으로 방대하고 불가능한 일이다.

유머는 다른 예술활동보다 역사가 짧지만 오늘날 현대인이 누구나 쉽게 접하고 있고 가장 선호하는 단편예술이다. 유머에는 인간의 심리세계, 종교와 사회적 특성, 민족적 성향 등 인류의 역사와 문화가 총체적으로 연계되어 있기에 단편적으로 정의할 수 있는 분야가 아니다.

3. 각국의 유머 정의

1)서론

광의의 '유머'는 '비틀린 말과 우스꽝스런 동작으로 웃기는 코미디부터 드라마 속의 희극성 이야기, 골계와 해학, 재치, 위트, 콩트, 농담, 풍자 등 우스운 것의 일체'를 의미하고, 협의의 유머는 '골계, 우스개 이야기, 위트나 조커, 웃음이 있는 화술 등 인위적으로 가벼운 웃음을 주기 위한 웃음의 가공술'이다. 협의의 울타리 속에는 풍자는 포함되지 못하고 풍자는 무거운 웃음이기에 별도의 것으로 분류된다. 먼저 동·서양의 유머 역사와 석학들이 논한 유머의 정의를 통해 유머의 외곽선을 설정해 보자. 그것이 장님 코끼리 만지는 식이 되더라도 다양한 의미를 파악하여 공통요소를 찾는 데는 도움이 될 것이다.

2)유머의 발원지 영국

신사의 나라 영국은 19세기부터 20세기 중반까지는 태양이 지지 않는 초강대국을 건설하였으나, 현대에 이르면서 그 기세가 꺾여 운세도 안개가 많은 나라가 되어 버렸다. 오늘날 국제 분쟁의 뿌리를 찾아가면 반드시 연루된 영국이지만 안으로는 오락과 스포츠, 문학활동 등 신사도의 멋을 키우면서 다양한 삶의 멋과 웃음을 즐기는 생활을 영위했다.

두 얼굴의 영국은 강한 대국을 유지하고 국내 정치판을 이끌기 위해 정치 유머가 발달하였지만 민족 기질상 진지함과 철학적 사유, 논리와 지나친 질서를 싫어하여 유머를 일상적으로 즐겼다고 한다. 유머란 말 자체를 만들고 유머를 집약적으로 발전시킨 영국에서 유머는 '우스꽝스러운' 뜻으로 생명을 얻었고, 그 유머라는 말은 위트(Witty:기지, 재치)와 조크(Joke:장난기 있는 농담)로 혼용되기도 했으나 '위트' 의미의 '유머'가 영국의 사전에 반영된 것은 1865년이다.

세계적인 유머리스트인 윈스턴 처칠은 사석 및 공식 석상에서 고급스럽고 질적인 유머를 남겼으며, '유머의 양념은 기쁨이 아니라 슬픔이다'라고 지적하면서 그 본질적 발생 배경을 설명했고, 인간의 내면세계와 연계시켜 이해하려 했다.

3)프랑스

사회적인 변동이 많았고 세계적인 예술감각과 섬세함이 있는 프랑스는 지적이고 풍자적인 정치유머를 발전시켰다. 1789년 프랑스 대혁명을 기점으로 하여 신운동·신사상이 일어나면서 풍자는 어떤 감정과 지식의 분출 역할을 수행하면서 상당한 사회적 조명과 메스 역할을 하게 되었다. 또한 사교성이 강한 국민성의 영향으로 최근 가벼운 언어적 농담을 주로 하고 있다고 한다.

프랑스의 철학자 베르그송(Bergson, Henri Louis, 1859~1941)은 1899년 《웃음》이라는 책 속에서 '사람을 웃기는 것은 사람뿐이며, 유머는 희극이라는 장르가 문학에 존재한 후 하나의 인식체계로 발전해 온 정신적 산물로서 철학자나 소설가에 의해서 그 줄기를 이어온 장르'라고 했고, 막스 지콥은 유머를 '갖가지 감동을 감싸며, 답하지 않고 답하며, 상대방에게 상처를 주지 않고 상대방을 기쁘게 하는 광채'라고 하였다.

4)독일

실용주의와 합리주의, 엄격한 교육, 내실을 기하는 독일 민족은 매사가 치밀하고 진지하여 생활 속에서 유머를 즐기지 않았지만 유머에 대한 학술적 연구는 발달하였다. 근대철학의 아버지인 칸트는 유머를 '기대나 객관적 현상이 돌연히 무의미하게 되는 것', 즉 긴장하던 기대감이 무(無)나 허무로 돌아가면서 정신이 자유로워져 나타나는 웃음이라고 했고, 염세 철학자 쇼펜하워는 칸트가 정의한 유머를 수정하여 '개념과 그 개념에 관련하여 일어나는 사고와 눈에 들어오는 실재물과의 사이에 부적합함과 모순이 있다는 것을 갑자기 깨달을 때 웃음이 일어나며 이때의 웃음은 부적합을 대표하고 있다'고 말했다.

법철학과 논리학을 정립한 헤겔은 '유머는 예술의 최종적인 발전 단계'라고 정의하면서 유머를 미의 최고 형태로 부추겨 주었다. 이는 유머를 특정 장르를 장식하는 부수적 객체가 아니라 하나의 주체로서 문화와 예술의 모든 것을 결집하는 독립된 장르로 본 것이다.

4. 철학적 관점에서의 유머의 정의

유머에 대한 철학적 정의는 '왜 유머가 생겨나고, 왜 유머가 필요한가'에 대한 해답 찾기다. 유머는 '시공의 제한을 받는 유한자적인 인간이 만든 신종 문학으로 이성과 감성 사이에서 생겨난 예술이며, 잘난 두 인격체간에 인위적 충돌을 막아 주고, 사회적 모순에 화살을 날리되 조용한 해결의 지혜를 주고, 고도의 정신적 사유(思惟) 활동으로 서로 이기도록 도와주는 마술이다.

인류가 단지 지식과 기술만의 발달을 추구했다면 오늘날의 인류는 대결 구도로 이어져 자멸했거나 설사 존재하더라도 로봇 같은 기계적인 삶을 살 것이다. 휴식과 여유, 감정을 자제시키는 유머가 있었기에 계산적이고 날카로움에서 벗어나 이타적이고 부드러움을 찾아 서로 살도록 도와주었다.

고대로부터 현재에 이르기까지 인간의 갈등을 전쟁 원리로 해결했다면 인류는 핵무기의 출현과 함께 종말을 고했을 것이다. 화합과 친교, 감정을 평화적으로 다스리는 유머가 개발되었기에 개인간의 갈등을 익살(여유)로 해결하면서 감정의 비무장 지대를 만들고, 그 위에 인간적 융합과 상호 공존이라는 예술적 경지를 깨딛고, 나이기 상호 승리의 세계에 눈을 뜨게 되었다.

5. 문화적 관점에서의 유머의 정의

문화적 관점에서 본 유머는 '그 시대 문화의 반영이며 그 시대 생활상을 담아내는 그릇이다.' 따라서 유머 속에는 '기존의 질서와 행동 규범이 반영되기도 하지만 그 시대의 모순과 일그러진 형상이 주 메뉴가 되기도 한다. 유머는 시대의 거울이면서 새로운 정신을 찾아가는 야전 예술'이다.

유머는 인류가 진리를 구하고 끊임없이 진보·향상시키려는 노정에서 우연히 찾아낸 금맥이요 철광이다. 유머는 단순 웃음의 제조 과정이 아니라 정신활동의 일부로서 현위치를 돌아보게 하고, 새로운 행동 규범을 유도하며, 저 산 너머의 사람에 대해서도 관심을 갖게 해 준다.

문화적인 측면에서 본 유머는 '생각하는 갈대'인 인간이 복잡하고 다양하게 엇물린 상황에서 새로운 진리를 찾아가는 과정이며, 개인의 아이디어를 샘솟게 하는 정신활동이며, 공동의 이익을 향하도록 정서를 순화시켜 주며, 창조와 발전을 지향하도록 하는 정신적·물질적인 행위예술이다.

6. 한국적 개념의 유머 정의

1)광의의 정의

유머라는 말은 서양의 단순한 골계(남을 웃기려고 일부러 하는 우스운 말이나 짓)로서의 이미지만을 가질 뿐, 민족적 정서와 감성이 담긴 해학(익살스러우면서 풍자적인 말이나 짓)은 그 의미를 담을 수가 없다. 유머는 한국적 웃음의 반쪽 덩이밖에 표현하지 못하는 불구 표현이지만 국제적 용어로 굳어져 있기에 '유머'라는 틀에다 우리의 유머적 요소의 전체를 실어 무게를 실어 줄 수밖에 없다.

우리 식으로 넓은 의미의 유머는 '인간에게 마음의 평안과 기쁨을 주기 위해 웃음을 만드는 계획적인 말과 행동의 일체'이며, 우리 머리 속에 잠재된 용어를 쓴다면 '유머는 웃음과 감동을 얻기 위한 익살스러운 농담, 골계, 해학, 풍자, 위트, 궤변, 역설, 만화, 시트콤, 코믹영화 등 다양한 표현의 총합으로 짧은 이야기나 우스꽝스런 행동의 일체'다. 광의의 유머는 '웃음과 관련된 일체의 언어와 행동으로 상대방에게 웃음과 감동을 주는 신종 문학 장르'이다.

2)협의의 정의

좁은 의미의 유머는 '우스개 이야기'다. 이는 대상으로부터 발견되는 웃음으로 언어와 행동이 정상에서 벗어나 있으면서도 그 대상 자체가 모르고 행동할 때에 나타나는 웃음이다. 유머에는 대상에서 발견되는 우스개와 의도적으로 만들어 낸 우스개, 그리고 기교나 억지가 아닌 인격의 향기로 자연스럽게 배합하는 심미적 우스개가 있다. 협의의 유머는 '남을 웃기려고 일부러 하는 우스운 말이나 짓거리다.'

3)시적인 정의

유머를 시적으로 표현하면 외적으로 '인간의 희로애락을 소재로 하여 웃음을 만들기 위한 절차이자 예술'이며, 내적으로는 '기쁨보다는 슬픔이, 자유보다도 구속이 많은 인간들이 현실적 한계를 극복하고 충돌을 완화시키기 위해 인위적으로 만든 만담이자 긴장을 풀어 주는 행위다. 현실적 문제(정서)가 화학적 작용을 거쳐 웃음을 생산하고 웃음 뒤에 지혜와 감동이 묻어 나오게 하는 최고의 문학 장르'라고 하겠다. 이처럼 유머는 유일하게 웃을 수 있는 인간만이 할 수 있는 최고의 정신적 경지요 인류가 악의 구렁텅이에 빠지기 직전에 지혜의 샘에서 찾아낸 최고의 유희다.

4)정보사회적 정의

휴식과 여유가 없이 앞으로만 질주하도록 부채질하는 현대의 경쟁 구조는 현대인을 기계적인 인간으로 만들고 있다. 현대인의 누적된 중압감을 해소시키고 스트레스를 풀어주는 장치가 없다면 사회적 생산이 떨어지고 사회 해체가 올 수도 있다고 사회학자는 경고한다. 정보화 사회의 중압감과 스트레스를 풀어 주는 최고의 수단은 유머다. <u>정보사회를 고려한 유머의 정의는 '마음의 평안과 정신적 여유를 주기 위해 웃음을 생산하고 아이디어를 유통시키는 신종 과학'이다.</u>

정보사회적 정의에 의하면 유머의 최종 목적이 웃음을 만드는 그 자체에 있는 것이 아니라 웃음을 통하여 마음의 평안과 기쁨, 여유를 주는 것이다. 유머는 사회적 생산을 부추기고 사회적 해체를 막는 소재요 수단이다.

7. 유머와 웃음의 상관관계

1)유머와 웃음은 상호 교감한다

유머와 웃음은 분명 다르다. 웃음이 정신활동의 결과에서 나오는 자율적 현상이라면 유머는 웃음을 만드는 인위적 기능이다. 그러나 유머와 웃음은 모두 마음의 모체에서 생겨난 한 형제다. 웃음이 조직화하여 유머가 되고 유머의 활동으로 웃음이 생산된다. 유머와 웃음은 삼투압적 교류를 한다. 인간에게 웃음이라는 원초적 본성이 있기에 유머가 생겨날 수 있었으며, 유머라는 메커니즘이 있기에 긴장감과 어색함이 있는 곳에 웃음을 투입시킬 수 있는 것이다.

유머와 웃음은 상호 교감한다. 같은 뿌리에서 생겨난 줄기와 잎처럼 쌍방 통로를 통하여 영양분을 주고받는다. 고대소설이나 설화를 보면 유머라는 것이 생기기 이전이지만 유머의 요소가 스며 있다. 유머로서의 정형화된 틀이 없을 때도 유머적 기운과 발상은 있었던 것이다. 익살맞은 웃음 뒤에 눈물이 흐르고, 인간적 한계, 허탈, 자성의 눈물 뒤에 웃음이 흐른다.

2)유머는 웃음을 만드는 가공술

유머는 실제의 이야기가 아닌 유머리스트의 상상력으로 창조한 가공의 세계다. 웃음이 있는 그대로의 현실이 직선적으로 표출된 세계라면 유머는 인간에게 감동과 웃음을 창조하기 위한 가상의 세계다. 따라서 그 가상의 세계에서 논의되는 풍자와 웃기는 이야기에 시비를 거는 것은 어리석은 짓이다.

3)유머는 웃음을 만드는 유전자 공학이다

웃음은 야생화처럼 조건이 맞으면 자생적으로 생겨나 흐드러지게 피어나지만 분위기가 맞지 않으면 절대로 생기지 않는 출생의 어려움이 있다. 반면 유머는 웃음을 만드는 유전자 공학이다. 웃음의 유전인자 비밀만 알면 유전자를 인위적으로 교환하고 합성하여 때와 장소를 가리지 않고 만들 수 있다. 농사에 있어 유전자 공학이 새로운 농사의 길을 열었듯이 유머는 다량의 웃음을 만드는 인위적 절차요 기법이다.

4)유머는 웃음의 샘이다

웃음이 물이라면 유머는 물을 샘솟게 하는 샘이다. 물의 생성 과정과 외형적 속성에 웃음을 빗대어 분류하면 하늘에서 금방 떨어지는 비(마음에서 그대로 전달되는 자연적인 웃음), 깊은 산속의 1급수(인격의 향수에서 나오는 은근한 웃음), 흘러가는 개천물(일상적인 웃음), 호수에 고여 있는 물(산업사회의 사교적 웃음), 웅덩이에 고여 있다가 썩어 버린 물(모순을 감추려는 인위적 웃음과 상대를 우롱하는 웃음), 햇살을 받고 잘게 부수어져 증발하는 물(입가에만 살짝 번지는 미소), 자연수를 소독하여 공급하는 수돗물(인위적으로 만든 웃음) 등 물의 속성과 웃음의 유형이 근본적으로 대비되듯이 샘의 외형적 특성에 따라 유머를 분류하면 호수(정서형 유머), 폭포수(풍자), 옹달샘(언어적 유머), 깊은 샘(이야기형 유머), 약수(비교·분석형 유머) 등으로 구분할 수 있다.

5)유머는 웃음의 초원에 피는 꽃이다

웃음이 광활한 초원에 자라는 다양한 식물들이라면 유머는 그 초원 위에 피는 꽃이다. 초원에 자라는 식물의 속성에 웃음을 빗대어 분류하면 식용작물과 약초(생활 속의 웃음), 잡초(너스레 웃음), 이름 모를 풀(다양한 감정에서 나오는 웃음), 꽃(고등 감정과 유머에서 나오는 웃음), 나무(지적 웃음) 등 식물의 속성과 웃음의 유형이 근본적으로 대비되듯이 꽃의 외형적 특성에 따라 유머를 분류하면 국화(정서형), 장미(풍자형), 개나리(언어적 유희), 물망초(이야기형), 난초(비교·분석형) 등으로 구분할 수 있다. 유머는 어떤 꽃에 비유가 되더라도 화병 속에 담긴 꽃이 아니라 내가 직접 보고 만지고 향기를 느낄 수 있는 생화가 되어야 한다.

초원에 꽃이 없어도 초원은 살아 있듯이 우리 생활에 유머가 없다고 웃음이 사라지는 것은 아니다. 유머는 인위적으로 웃음의 생산을 도와주는 보조물이다. 초원에서 자라는 꽃이 초원의 토양과 바람, 초원으로 떨어지는 햇살을 먹고 피어나듯이 유머도 그 사람의 마음과 주위 환경, 그리고 의지에 따라 생겨난다. 초원에 꽃이 피면 초원에도 생기가 돌듯이 생활 속에 유머가 유통된다면 세상은 밝아지고 부드러워지리라.

6) 유머는 웃음의 대지에 짓는 집이다

웃음이 광활한 대지에 짓는 다양한 구조물이라면 유머는 그 대지 위에 짓는 집이다. 대지에 구축하는 구조물의 속성에 웃음을 빗대어 분류하면 철탑과 전봇대(보여지는 웃음, 중계하는 웃음), 한옥과 아파트, 다세대 주택 등의 집(생활 속의 웃음), 원두막(운치 있는 웃음), 가건물(외설적 웃음), 건축물(구조적 웃음) 등 구조물의 속성과 웃음의 유형이 근본적으로 대비되듯이 집의 외형적 특성에 따라 유머를 분류하면 한옥(정서형 유머), 다세대 주택(풍자), 아파트(언어적 유머), 언덕 위의 하얀 집(이야기형 유머) 등으로 구분할 수 있다. 대지에 집이 없어도 대지는 대지로서의 역할을 하듯이 유머가 없다고 웃음이 없어지는 것은 아니다. 그러나 대지에 다양한 집이 있다면 목가적이듯이 생활 속에 유머가 있다면 세상은 윤기가 있을 것이다.

유머는 이야깃거리를 엮어서 웃음을 생산하는 기술이며 과정이다. 유머 집짓기는 먼저 어떤 웃음을 만들 것인가를 설계하고, 웃음의 원자재인 고등감정과 정서적인 감정을 꼼꼼하게 모으고, 유머니즘으로 기초를 구축하고, 그 뒤에 이야기 설계도에 따라 감성과 이성을 짜임새 있게 엮어 가는 것이다. 유머 집짓기가 끝나면 웃음이라는 새는 저절로 찾아든다.

7)유머는 웃음을 만드는 요리

웃음이 반찬이면 유머는 반찬을 만드는 요리 기술이다. 반찬은 그 자체가 영양분을 제공하는 것도 있고, 음식이 식도에 쉽게 이르도록 맛을 도와주는 보조품도 있고, 영양분과 맛을 동시에 주는 것도 있다.

반찬의 속성에 웃음을 빗대어 분류하면 자연에서 채취한 산나물과 채소를 이용한 생채기(자연적인 웃음), 향료(인격의 향수에서 나오는 은근한 웃음), 항상 준비되어 나오는 밑반찬(일상적인 웃음), 화학적으로 맛을 내는 조미료(사교적 웃음), 변질된 반찬(인위적 웃음과 상대를 우롱하는 웃음), 간식거리(여담), 재료를 섞어서 만든 탕류(인위적 웃음) 등 반찬의 속성과 웃음의 유형이 근본적으로 대비되듯이 요리 종류에 따라 유머를 분류하면 한식(정서형 유머), 서양식(풍자), 중국식(이야기형 유머), 일본식(분석·비교형) 등으로 구분할 수 있다.

8)유머는 웃음의 바다를 건너는 항해술

웃음이 광활한 바다라면 유머는 그 바다를 건너는 항해술이다. 바다에는 파도와 암초가 있어 배의 순항을 방해하고 있듯이 웃음의 바다에는 인간의 다양한 정서가 쏟아져 나와 편안함을 주는 웃음도 있고, 상대의 심사를 어지럽히는 쓴웃음도 있고, 상대의 자존심과 기분을 파괴하는 사이비 웃음이 있다.

유머는 웃음의 바다에서 새로운 인간성의 항구를 찾아 외롭게 떠나는 항해다. 스스로 외설의 암초, 비논리의 암초를 발견하지 못하면 좌초하고 만다. 유머는 웃음의 바다 위를 항해하는 배이면서 항해술이다. 그 항해술에는 목표 설정과 억센 정신과 기술이 있어야 한다.

9)유머는 상호 승리를 위한 전술

표현을 전쟁에 비유한다면 화술은 전쟁 목적 달성을 위한 전략에 비유되며, 유머는 전략을 뒷받침하는 전술에 비유되며, 웃음은 전투에 비유할 수 있다. 표현을 인생의 전쟁에 비유한다면 화술은 인생의 전쟁에서 살아 남기 위한 호신술의 하나이며, 유머는 화술의 수단이며, 웃음은 감정의 파편이다.

유머는 삶의 전장에서 상호 승리를 추구한다. 유머마저 일방적 승리를 추구한다면 이 세상은 하루도 편할 날이 없을 것이다. 유머는 인간의 존엄성 구현에 기초를 두기에 근본적으로 싸움의 원리가 아니라 인간 구원의 논리이며, 우회와 곡선을 선호하기에 걸어 오는 싸움도 피해 가며, 두루 포용하기에 나만의 승리에 빠져서 기뻐할 소아(小我)가 아니다. 유머는 서로 이기는 길을 택한다.

8. 유머의 정신

1)서론

어떤 제도나 활동이 지속되면 거기에 따라 특정의 정신이 배이게 마련이다. 유머도 오랜 세월 인간들의 정서를 담고 사회적 순화 도구로 작용하면서 그 나름대로의 정신을 만들었다.

2)유머의 정신은 사랑

유머에 공통적으로 담기는 정신은 사랑이다. 유머는 동서고금에 걸쳐 세계적인 문화현상으로 정착하면서 자국민의 정서와 사랑을 담아 왔다. 사랑을 담아 왔기에 애용되고 급속도로 발전하였다고 판단된다. 유머는 물론 진정한 풍자는 사랑의 기초 위에 선다. 적대감정으로 웃음을 만들 수도 없으려니와 미운 감정으로 시작된 유머는 저질(低質)로 흐른다.

'유머 국제학술 세미나'에 연사로 나온 학자들도 '유머의 기본 정신은 사랑이다'라고 열변을 토한다. 사랑이 없이는 한 줄의 유머도 만들어지지 않는다. 이를 볼 때 유머의 정신이 사랑이라는 것은 인위적으로 끌어들인 논리가 아니라 진실인 것 같다.

우리 민족은 오래 된 인본주의의 영향으로 어려운 여건하에서도 혹은 억압적인 분위기 속에서도 해학이 자생했고, 유머가 등장하자 쉽게 접목이 되었다. 이제 유머는 인간의 존엄성 구현을 위해 최일선에서 활약하고 있다.

유머가 추구하는 사랑은 조건 없는 순수애다. 인간의 순수 정서를 담고 인간의 비윤리성을 경계하며, 인간의 순수성을 회복시키고자 웃음을 구상한다. 인간을 사랑하기에 인간의 모순을 과감하게 노출시키고 웃음으로 미화한다.

유머가 추구하는 사랑은 객관적인 사랑이다. 사랑에 기초하지 않은 것은 예술이 아니라 기술이다. 앞에서 논한 한국인의 웃음을 보면 우리의 시조와 고대소설 속의 유머적 상황은 인간을 아끼고 사랑하는 정신에서 나온 것임을 누구나 알 수 있다.

사랑이 없는 유머는 정신적인 부담을 주고 정서를 삭막하게 한다. 화려한 언변이나 구성이 아니라 정직하고 꾸밈이 없는 자세와 누가 반대하는 주장을 하더라도 농담으로서 웃어 넘길 수 있

는 인간적 모습을 지닐 때 유머적 상황이 유지되고 유머가 생겨
난다. 유머를 아는 사람은 사랑을 아는 사람이요 사랑을 베푸는
사람이기에 자기만의 승리를 고집하지 않고 화합과 상호 승리를
지향한다.

3)유머의 정신은 창조

창조정신이 없는 예술활동은 있을 수 없고 창조정신이 없는 유
머는 모방에 불과하다. 유머가 창조되기 위해서는 법칙도 깨어
보고, 뒤집어 보고, 거꾸로 세워 보는 실험적 자세가 필요하다.
유머는 인간에 대한 연민의 정과 창조적 사상, 현실 분석력과 경
험이 유머라는 필터를 통과할 때 생겨난다. 섬세한 감각과 창조
력이 배합되어 태어나는 것이다. 창조성이 없는 유머는 진부하여
마음을 타고 승화되지 못한다. 유머와 창조, 아이디어 생산은 같
은 혈육들이다.

4)유머의 정신은 자유

인간은 사회적 동물로 법과 제도의 구속을 받더라도 정신만큼
은 절대 자유를 추구한다. 완전한 감정과 사색을 담기엔 우주의
공간도 좁고 억겁의 시간도 짧다. 유머에는 자유를 지향하는 정
신이 있기에 억겁의 시간의 흐름도 찰나로 단축하고 싶어하고,
무한대의 우주 공간도 한 점으로 담고 싶어한다.

표현의 자유는 인간이 인간다운 삶을 누리고 더 멋진 세상을
위해 필요한 덕목이듯이 자유를 지향하는 것은 순수 유머의 덕목
이다. 인간의 원초적 욕망으로부터 고도의 정신세계까지 자유롭
게 드러내고자 노력한다. 유머에 자유가 있을 때 인간의 욕구를

충족·발산시킬 수가 있다.

5)유머의 정신은 화합

유머리스트는 인간의 한계를 알기에 상대성을 인정하고 받아들인다. 유머는 싸움을 싫어하고 평화를 섬긴다. 풍자 혹은 풍자형 유머가 가끔 싸움을 걸기도 하지만 그것은 싸움을 위한 싸움이 아니다. 더 안정된 평화를 위한 작은 싸움이다. 손끝의 티끌을 빼기 위한 자성적 아픔이요 싸움이다. 유머는 결국 관계를 부드럽게 하고 상반된 감정을 화합시키는 데 기여한다.

9. 소결론

위에서 동서양 석학들의 정의, 철학적·문화적 관점, 한국적 개념에서 유머의 정의를 살펴보았다. 유머는 인간만이 갖는 특징이며, 사유의 연속에서 생성되어 이제 인간의 감성을 풍부하게 하고 최대 다수의 최대 행복을 영위하는 데 필요한 문학 장르로 자리굳힘 하고 있다.

유머의 정의를 종합해 볼 때 유머의 산물인 웃음은 기쁨이나 즐거움 같은 욕구 충족 뒤에 오는 단순한 감정에서 나오기도 하지만 인간적 한계를 깨달았을 때 혹은 인간의 본질을 이해하고 자조적인 상태에서 생기는 고등적인 정신작용의 산물이기도 하다.

따라서 웃음은 세상이 즐거워서 생겨나는 것보다 슬픔 때문에 생겨난 것이라는 역설도 성립한다.

유머는 고등적인 마음의 산책에서 생겨나 듣는 이에게 안식을 주며, 유머스런 말은 긴장을 풀어 주고 세상을 따뜻하게 한다.

Ⅳ. 유머의 속성

1. 서론

학설과 원론을 정립할 때 먼저 용어를 정의하고 나아가 그 본질을 구체적으로 알기 위해 속성을 살피는 것이 통례다.

나무는 불에 탄다는 속성을 알기에 우리는 나무를 장작으로 쓸 수도 있고 오래 된 목조 건물에 소화기를 비치하며, 물이 아래로 흐른다는 속성을 알기에 수로를 따라 제방을 만들었고 나아가 수력을 이용하여 전기를 만들었다. 이처럼 속성을 알아야 응용의 지혜를 얻을 수 있는 것이다.

앞에서 유머의 역사와 정의, 유머 정신을 살펴보았다. 누가 유머를 정리하고 체계를 세우더라도 유머를 정의한 후에 유머의 속성을 정리한다면 유머 창작에 도움이 될 것이다. 다소 유머의 속성이 시적이고 철학적이더라도 우리는 요약된 그 무엇을 필요로 한다. 우리가 접하는 광의의 유머는 너무도 다양하고 파생이 되기에 그 속성을 정리한다는 것은 유머의 본질로 다가서는 지름길이요 유머 창작의 기본 틀을 갖추는 것이다.

2. 유머는 웃음을 일으키는 발전기

유머는 기계적 장치에 비유한다면 발전기이다. 발전기가 수력, 화력, 풍력, 원자력 따위를 이용해 전기를 일으키는 기계적 장치이듯이 유머는 인간의 본성인 '인·의·예·지'와 길흉화복 현상을 음양으로 배합하여 웃음을 만드는 논리적 구성이요 절차다. 전기는 전기를 필요로 하는 장비가 가동되도록 에너지를 제공하고(건강), 빛을 내고(지혜), 열을 내게(열정) 하듯이 유머는 인간의 오장육부를 건강하게 하고, 지혜를 주고 열정을 준다. 유머는 웃음을 일으키고 축적하는 웃음 제조 장치다.

인위적·유희적 유머는 화력발전소와 같은 속성(순간적인 기지)을 지니고 있어 지적 공해를 일으킬 수 있으나 창조적 유머는 원자력 발전소와 같은 속성(점진적인 핵 융합)을 지니고 있어 감동을 일으킨다.

3. 유머는 무지갯빛

유머를 자연현상에 비유한다면 무지개다. 빨·주·노·초·파·남·보라색이 합성된 무지개는 천둥과 번개를 동반한 폭풍우가 그친 뒤 태양의 반대편 하늘에 떠 있는 무수한 물방울에 햇살이 통과하면서 되비치는 현상이듯이, 유머는 인간사(人間事)의 길흉화복과 인간의 사단칠정(四端七情)에 사랑과 존중, 그리고 유희적 특성이 투과되어 슬픔마저도 기쁨으로 전환시키는 예술이다.

무지개는 단순한 빛의 반사가 아니라 다양한 빛의 조합이다. 무지개는 비가 온 후에 빛의 반대 방향에서 빛을 흡수하여 잠시 동안 생겼다가 사라지듯이, 유머는 인간의 슬픔 뒤에 진리와 지혜의 조명으로 생겨나며 감동을 준다.

4. 유머는 한약방의 감초

<u>유머를 약초에 비유한다면 감초다.</u> 감초는 콩과의 다년생 약초로서 뿌리가 땅 속 깊이 뻗는데, 빛깔이 누르고 단맛이 있어 그 자체가 약재가 되면서 다른 약재의 작용을 순하게 해 주듯이, 유머는 스스로 기승전결을 갖추어 그 자체로 작품이 되기도 하고 모든 문학 장르에 끼어들어 자리를 빛내 준다.

고대 문학작품 속을 보면 유머적 요소가 담기지 않은 작품이 없다. 〈처용가〉에서 분노를 참으면서 초연하고 유머러스한 대응, 성삼문이 형장에 끌려나가 죽기 직전에 지었다는 〈절명사(絶命詞)〉에 나타난 유머적인 자조와 정신적인 저항, 〈흥부전〉에 나타난 권선징악적 웃음, 김삿갓의 울분 뒤에 보여지는 유머적 초월, 〈양반전〉과 〈호질〉에서의 유머적 전개 뒤에 감추어진 인간적 사랑 등 향가와 가전체 소설, 고대소설과 판소리에 유머적 요소를 빼면 작품이 성립되지 못한다.

현대의 문학작품과 예술품을 보면 유머의 기운이 없으면 성립이 안 된다. 대중적 소설과 수필, 희곡과 희극, 드라마와 시트콤에도 유머는 빠짐없이 동원되고 있다. 유머는 인간을 즐겁게 하고 쓰디쓴 슬픔마저 해소시키는 한약방의 감초 같은 존재다.

5. 유머는 한국인에 있어 김치 같은 존재

<u>유머를 반찬에 비유한다면 김치다.</u> 김치는 무, 배추, 오이 같은 채소를 소금에 절였다가 고추, 파, 마늘, 젓갈 등의 양념을 버무려 넣고 숙성시켜 먹는 반찬이다. 한국인에 있어서 김치는 단순히 입맛을 주고 체질을 유지해 주는 외형적 요소가 아니라 한국적 혼을 이어주고 한국인을 확인케 하는 정신적 요소다. 김치가

한국인을 한국인답게 해 주는 매개체 같은 것이듯 유머(해학)는 고대로부터 현대에 이르기까지 한국인의 문학적 입맛을 돋우는 김치 같은 구실을 해 왔다.

김치는 숙성의 원리를 이용한 세계적인 음식이듯이 우리의 유머도 정신을 숙성시켜 완숙의 멋을 추구해야 한다. 이제 김치가 세계적 음식으로 수출되고 있듯이 유머도 우리화하여 세계적 유머로 발전시켜야 한다.

6. 유머는 나를 보여주는 거울

<u>유머를 화장 도구에 비유한다면 거울이다.</u> 파리한 입술을 감추는 립스틱도 아니요, 긴 손톱에 색깔과 힘을 주게 하는 매니큐어의 속성도 아니다. 유머는 자신의 현재 모습을 있는 그대로 보여주는 거울의 속성을 갖는다. 화나면 화가 난 대로 즐거우면 즐거운 대로 보여주는 정직한 도구다. 유머는 나의 거울이면서 정치·사회의 거울이며 민족의 거울이다. 거울의 표면을 고르게 닦고 자세히 보면 나와 나 이외의 것이 모두 적나라하게 보이듯이 유머는 관조하는 자세로 보면 모든 것이 반향되어 보인다. 유머는 시대상을 반영하는 정직한 거울이다.

7. 유머는 밤하늘의 별과 같은 존재

<u>유머를 천체에 비유한다면 별이다.</u>

별은 끝없는 우주 공간에서 오랜 억겁의 세월 동안 가스와 먼지가 쌓여 있다가 감당할 수 없는 힘으로 대폭발을 일으켜 오랫동안 타오르며 빛을 내다가 어느 날 사라지듯이, 유머는 인간의 활동 공간에서 일어나는 감정과 정서가 누적되어 어느 날 말 아

닌 말, 행동 아닌 행동으로 전환되어 지혜의 빛과 화합의 빛을 내며 등장하였다가 이내 사라진다.

별이 출생의 비밀을 간직한 채 보는 이에게 희망을 주고 사색하게 하듯이, 유머는 인간에게 웃음과 느낌을 주고, 사색하게 하며 감동을 준다. 별이 가스의 폭발현상에 의해 빛을 발하듯이 유머는 인간의 이상과 현실이 충돌하는 곳에서 지혜의 빛을 발하며 더 좋은 세상을 꿈꾸게 한다.

별은 밤이 되어서야 인간의 가슴에 존재하듯이 유머는 슬픔과 갈등 속에서 존재한다. 유머는 어둠을 소재로 짧은 구성과 몇 마디의 말과 글로 빛을 만들고 아침을 맞이하게 한다. 별은 무한대로를 팽창하는 우주의 일부로 존재하듯이 유머는 상상의 힘과 정의의 힘으로 무한정 팽창하며 웃음과 지혜를 준다.

8. 유머는 어둠을 쫓는 감시 장비

<u>유머를 무기(장비)에 비유한다면 감시 장비다.</u> 인간이 개발한 무기는 개인 화기로부터 메가톤급 핵무기에 이르기까지 다양하고 무시무시하다. 모든 무기는 자기 방어적이면서 자기가 살기 위해 살상을 목적으로 하고 감시 장비는 적을 찾는 데 주력한다. 그러나 유머의 속성은 지근거리의 적을 잡는 개인화기도 아니요, 일정 범위를 동시에 제압하는 공용 화기도, 보유 자체로 위협을 주는 미사일이나 핵무기는 더욱 아니다. 감시 장비가 어둠 속에서 자신의 활동을 보장해 주고 적을 감시하듯이 유머는 자신과 상대의 모순과 욕구를 감시하여 이성체계에 알려주어 긴장을 풀어 주고 무디어 가는 양심을 돌아보게 하는 도구다.

9. 유머는 피로를 식혀 주는 하늘

유머를 하늘에 비유한다면 구름이 흘러가는 하늘이다. 먹구름
이 드리워진 장마철의 하늘도, 구름 한 점 없이 맑게 개인 가을
하늘의 속성이 아닌 구름 몇 점 떠다니는 그런 여유 있는 하늘이
다. 이런 하늘이 여유와 신비를 주듯이 유머는 완벽도 모순도 아
닌 투명과 불투명의 경계를 오가며 때로는 여유를 주고 때로는
창조의 속성을 갖는다.

하늘은 세파에 찌든 사람이 쳐다보며 피로를 잊는 대상이듯이
유머는 사회적 긴장과 조직의 스트레스를 풀게 하는 도구요 수단
이다. 하늘은 큰 여백을 갖고 있어 무엇이든지 담아 내듯이 유머
역시 무엇이든지 여유와 사랑으로 인간의 문제를 담아 낸다.

10. 유머는 복합 문학

유머는 웃음을 만드는 종합예술이다. 누구나 겪는 자잘한 소재
를 다루기에 때로는 수필이며, 하나의 압축된 상황을 깊이 파고
들어 심리를 다루기에 단편소설이며, 복선과 반전이 깔려 있기에
한 편의 짧은 영화이며, 압축적 상황과 언어로 묘사할 때는 한
편의 시(詩)이며, 현상을 압축하고 기・승・전・결의 변화를 추구
하기에 시조의 특성도 빼어 닮았으며, 또한 각기 다른 사물에서
공통 요소를 찾고 생각하게 하는 철학이며, 잘난 이에게 웃으면
서 교훈을 깨우쳐 주기에 우화다. 따라서 유머의 얼굴은 누구도
쉽게 그릴 수가 없다.

유머는 복합적 요소를 갖추면서 인간의 속성을 담고 인간을 사
랑하고 있다. 인간을 무시하고 인간의 존엄성을 파괴하는 외설적
이고 질서 파괴적인 유머는 진정한 유머가 아니다.

11. 유머는 인간의 정신을 담는 우주

유머를 공간에 비유한다면 팽창하는 우주다. 유머는 밀폐된 공간의 속성도, 방치된 공간이 아닌 작은 점에서 무한대로 팽창하는 우주식 공간이다. 유머는 짧게는 몇 줄의 이야기로부터 간단한 조크, 행동을 동반한 제스추어, 짜임새를 갖춘 짧은 이야기에 불과하지만 그 내용과 파급 효과는 우주의 팽창처럼 공간을 넘어서고 있다. 유머에는 눈에 잡히고 손으로 만져지는 우리 이야기는 물론 인간이 추구하는 이상과 희망이 담겨 있다.

12. 유머는 초월적 세계

유머를 시간에 비유한다면 과거와 현재를 뛰어넘는 초월이다. 과거에서 현재로의 순차적 흐름도 아닌, 현재에서 과거로 뒷걸음질치는 후퇴도 아닌, 현재의 초점에서 필요하다면 과거와 미래로 자유자재로 뛰어넘는 그런 자유의 속성을 갖는다. 한국의 유머 속에는 현재와 과거, 미래의 구분이 의미를 잃는다. 유머는 인간의 지혜를 찾을 수 있는 곳이라면 시대를 뛰어넘어서 활동한다.

유머는 시간적 초월에 병행하여 공간적 초월도 시도한다. 유머는 점이나 평면적 전개도 하지만 입체적 전개를 위해 시·공을 자유자재로 뛰어넘는다. 현재의 산업현장과 중세 전장터를 입체적으로 비교 분석하기도 하고, 투우장에서 바가지의 속성을 읽기도 하는 등 교훈과 감동을 찾기 위해서라면 입체적 공간 배열을 무시하고 뛰어넘는다.

유머는 초월적 세계에서 아이디어와 참신함, 이상과 희망, 언젠가는 실현 가능한 상상의 세계를 연출한다.

V. 유머의 목적과 기능

1. 서론

생각하는 인간이 매달리는 진리, 아름다움, 창조의 세계는 목적과 수단의 배합에 의해 체계가 선다. 목적과 수단은 똑같은 비중으로 중요한데 통상 수단보다는 목적을 우위에 두고 생각한다. 목적이 머리라면 수단은 손과 발로써 목적은 수단을 조절하고 통제하면서 그 체계를 세우는 것이 상례이나 수단이 없는 목적은 무기력하다. 목적이 없거나 불분명하면 수단을 체계적으로 선택하거나 운용하지 못하고 또 결과에 대한 예측도 불가능하다. 따라서 목적은 수단과 행동을 규제하는 지표 내지 방향의 길잡이가 된다.

현대 산업사회의 모순과 고통을 해결하기 위해 유머라는 하마가 태어나 스트레스를 먹어치우며 정신질환을 치료하고 있고, 유머라는 장미는 쓰레기 속에서도 꽃을 피우며 엄청난 웃음과 감동을 생산하고 있다.

그러나 유머라는 미명하에 부작용도 만만치 않다. 순수한 말을 비틀어 죽이고, 풍자라는 이름으로 냉소주의를 낳고, 웃음거리를 위해 인간의 존엄성마저 파괴하고 있다. 이는 유머의 순수 목적을 명확하게 설정하지 않은 결과다. 유머의 목적을 정립하지 않는다면 유머가 파생·변질되어 산만해지고 새로운 생산을 위한 집중이 되지 않을 것이다. 마치 아이가 자라나면 그 아이의 재능과 본인의 의사를 고려하여 인생 목표를 설정하도록 유도하듯이 유머의 목적을 정리해야 하겠다. 웃음의 미학(美學)인 '유머의 목적과 기능'에 대해서 다양한 각도에서 바라보자.

2. 유머는 인간을 건강하게 한다

유머에 있어 웃기는 것은 최선의 목적이 아니라 수단이다. 유머는 웃기는 것으로 생명을 유지하지만 진정한 존재 가치를 구현하는 것은 아니다. 유머는 웃음의 바탕 위에서 건강과 친교, 화합을 지향한다.

<u>유머는 웃음을 통해 정신의 건강을 찾게 한다.</u> 유머는 기존 인식을 새롭게 바꾸어서 예기치 못한 웃음과 이미지를 연출하여 인간의 생체리듬에 활기를 주고, 긴장을 풀어 주어 새로운 에너지가 솟게 하며, 분위기를 바꾸어 주면서도 본래의 목적인 정신적 노폐물을 씻어 준다. 유머가 인간의 존엄성을 깔보고 우습게 보거나 순수성에 먹칠을 하여 부담을 준다면 이는 유머가 아니다. 유머를 건강의 잣대로 재어 보아서 건강에 도움이 안 된다면 버려야 한다. 진정한 유머는 인간의 잠재된 분노를 삭혀 주고 불유쾌한 사실을 잊게 해 주는 등 정신과적 치료를 한다. 우리를 밝은 세계로 인도하여 좁은 현실의 문을 통과하더라도 고통을 잊게 해 준다. 유머는 정신의 균을 닦아 내는 소염제다.

유머는 정신건강을 유지하게 하며 스트레스를 이길 수 있는 필수 아미노산을 제공한다. 그리고 인위적, 자연적, 무의식적으로 인간의 존엄성을 구현할 수 있도록 생체의 기를 밝게 충전해 주어 신체까지 건강하게 만들고, 또한 웃음 속에서 겪은 추억은 마

치 한 장의 사진처럼 오랫동안 깊은 감동으로 간직되며, 유머는 긴장감을 해소시켜 의식을 집중시키며, 특히 오늘날 바쁘게 살아가는 우리에게 웃음은 탐욕과 현학의 창칼에 의해 상처입은 마음의 병을 치료하고, 상처입은 감성이 더 위험한 정신적 세균의 2차 감염으로부터 막아 준다.

<u>유머는 몸과 마음의 황폐를 예방하고 치료하는 백신이다.</u> 유머는 현대인이 주기적으로 복용해야 할 보약 같은 존재이다. 정보의 홍수, 여유 없는 기계적인 생활, 스스로 만든 경쟁과 그로 인한 정신적인 피로 속에서 포악해지는 인간상, 서로를 인정하고 감싸주는 온정을 잃은 군상들이 외롭게 사는 세상, 어디를 보아도 따스함보다는 냉정함으로 가득 차 있다. 이런 삭막한 세상에서 살아가려면 능동적인 사고와 자기의 마음에 들지 않는 부분을 자기 마취로 버티어 낼 수 있는 정신적 지구력이 있어야 한다. 날카로운 지성과 이기주의의 독침, 자기 잘난주의의 거만함이 판치는 세상은 결국 자기 자신을 죽이고 있다. 웃음의 해독제를 긴급 수혈하지 않으면 스트레스의 증폭, 독선적 주장, 고독의 섬에 갇혀 인간적 삶의 좌표를 상실할 것이다. 웃음을 공통 매개체로 하는 짧은 문학인 유머는 현대의 병으로부터 자신과 타인의 몸과 마음을 지켜 주는 '백신'이다.

3. 유머는 감동을 연출한다

<u>유머는 웃기는 것이 최고의 목적이 아니다. 웃기되 교훈이 있고 감동이 있어야 한다.</u> 한바탕 웃고 난 뒤에 그 무엇이 남지 않으면 허무요 낭비다. 정보화 사회는 감동과 신선함을 동반하는 활동, 즉 요란하지 않아도 여운을 주는 웃음, 자기 것은 돌보지 못하면서 남을 위해 희생하는 가운데 피워 내는 인간적 감동을

요구한다. 남들이 보기엔 시시하지만 악조건을 이기고 얻어낸 작은 보람, 남들이 다 다니는 큰길을 마다하고 외지고 후미진 길을 가면서도 더 당당할 수 있는 신선감, 모든 것을 다 던지고 얻어낸 진지한 사랑에서 우리는 유머적 감동을 느낀다.

<u>유머의 바람 뒤로 감동의 향기를 느끼기 전에는 유머를 말하지 말아야 한다.</u> 무엇을 정확히 알려면 가까이에서 직접 상대해 봐야 한다. 그리고 그 이면의 세계까지 꿰뚫어봐야 하듯이 유머를 정확히 알려면 먼저 웃음을 보고 그 다음엔 유머가 연출하는 잔잔한 미소를 느껴 봐야 한다. 유머는 무색 무취의 웃음 바람이 아니라 인간의 향기를 실은 웃음 바람이 되어야 한다. 감동을 느끼기 전에는 유머를 보았다고 할 수 없다. 너의 가식의 잣대가 만든 허상을 보고 무엇을 보았다고 하면 그것은 기만이듯이 웃음 뒤로 너의 영혼이 속으로 상처입는다면 그것은 마약이다.

<u>유머는 진실과 창조의 기운이 결합되어야 감동이 된다.</u> 기존 유머는 감정의 높낮이 조절을 통한 자연적인 웃음을 만든 것이 아니라 인위적으로 비틀어서 짜낸 웃음이다. 다른 생각을 가진 사람도 즐길 수 있도록 사고의 폭을 증대시킨 웃음이 아니라 내 방식과 주관으로 만든 편협한 웃음이 많았다. 또한 감동이 없는 요란한 웃음 만들기에 그쳤다.

감동적 웃음은 누구나 쉽게 생각할 수 있는 것에서 나오지도 않고, 있는 것을 그대로 엮기만 해서는 감동이 되지 않는다. 인간의 저변 심리 세계를 이해한 상태에서 창조적 시각으로 새롭게 바라보고, 옛 껍질을 벗어 보고, 거꾸로 보는 실험정신을 가질 때 감동이 조금씩 맺히는 것이다.

유머는 웃음을 요체로 하면서 지혜와 감동을 배합해야 한다. 문학 장르 중 웃음과 지혜, 감동과 친교 등 다목적인 효과를 동시에 추구할 수 있는 것은 유머뿐이다. 《이솝우화》와 《탈무드》

같은 교서(敎書)는 삶의 지혜를 주고, 시는 다양한 감정을 엮어서 정서를 순화시키며, 소설은 시공을 넘나들며 감동과 흥미를 선사한다. 지혜와 정서, 감동과 흥미가 따로국밥이다. 그리고 웃음이 배합되지만 내면의 깊이가 없다.

유머는 웃음을 요체로 하면서 지혜와 감동을 배합하기에 현대인이 쉽게 접하면서도 매력을 주는 이 시대 최고의 문학이자 생활 지침서이다. 서양의 유머가 단순히 웃음만 제공하여 스트레스를 풀게 하는 것이라면, 우리의 유머는 허드레 웃음은 물론 웃음 속에 지혜를 담고 웃음 뒤에 느낌과 감동을 준다.

<u>유머에 있어 감동은 아직까지는 선택 사항이다.</u> 그러나 미래의 유머는 감동 없이는 설 수가 없다. 인간의 정신세계는 단순한 것에서 복잡한 것으로의 발전이 아니라 지적인 것에서 감동적인 것으로 발전해 간다. 정보화 시대의 소외 문제는 사회적·제도적 장치로 해결될 사안이 아니라 인간적 감동으로 고쳐 가야 할 분야이다. 유머는 인간을 사랑하는 운동이며, 인간의 제문제를 자연스레 제자리로 돌리는 생활철학이며 동시에 인간을 인간답게 일깨워 주는 행위예술이다. 현대를 살면서 유머의 진미를 모르고 산다면 생활의 반려자 없이 외롭게 사는 꼴이요, 멋을 모르는 함량 미달의 기계적 인간으로 전락할 것이며, 인간을 이해하지 못하고 폐쇄된 공간에 갇히게 될 것이다.

4. 유머는 서로를 가깝게 해 준다

유머가 있는 사람의 첫인상은 강한 호감을 준다. 유머는 그 어떤 필설보다도 위력과 매력을 동시에 준다. 처음 보는 사람도 웃음을 갖고 있으면 호감이 가고 왠지 안면이 있는 것처럼 가깝게 느껴진다. 유머는 대인관계를 원만히 하는 매개체가 되어 서로의 머쓱한 간격을 좁혀 준다. 유머의 첫인상은 물리적인 거리뿐만 아니라 심리적인 교감의 거리까지 좁혀 주어 서로가 친하게 해 준다. 웃음이 자연스러워지면 조건도 격식도 없이 웃게 된다. 마른 논에 물이 빨려들듯이 갈등이 물처럼 금방 흡인되어 어색함이 사라진다. 웃음을 통해 서로의 관계가 가까워지고 서로 보호되고 있다는 믿음 속에서 강한 결속을 하게 된다.

<u>갈등과 긴장은 유머가 등장하면 사라진다.</u> 일촉즉발의 팽팽한 긴장감이 감돌다가 누군가의 유머 한마디로 긴장감이 산산조각 나 파편이 되어 날아가고 그 자리에 웃음꽃이 피는 것을 경험한 적이 있을 것이다. 갈등과 긴장의 공간에 논리나 해명의 특사를 파견하더라도 해결되지 않는다. 어수룩하고 털털한 유머 하나 하는 것이 문제 해결의 직효약이 될 것이다. 인위적 노력과 접촉으로 생각을 바꾸게 한다는 것은 단기간에는 불가능한 일이다. 논쟁은 감정의 상처만 남기지 않는다면 오히려 가까워지는 계기가 된다지만 확률적으로 3분의 1도 안 되는 위험한 게임이며, 경험과 수준이 다른 사람이 논쟁을 통해 동질감을 느끼게 하기란 삶은 콩이 싹트기보다도 더 어려운 일이다.

<u>유머는 단기간에 분위기를 좋게 변화시킨다.</u> 즉 몇 마디의 말과 제스추어로 상황을 변화시키고 생각을 바꾸게 하는 마력이 있다. 높게만 보여지던 사람의 유머스런 말 한마디는 긴장을 풀어 주고 친밀감을 주며 대인관계를 질적으로 변화시킨다. 질적인 유머는 서로(유머를 하는 이와 듣는 이)를 가깝게 해 준다. 인위적으로 생각을 바꾸지 않고도 분위기에 빠지게 하며, 문화적 정서를 바꾸지 않으면서 끄덕이게 한다. 유머는 전염성이 있어 누가 웃으면 따라서 웃게 되고 급기야는 정말로 우습다고 믿게 된다. 마치 드라마에서 웃음 소리를 녹음하여 두었다가 웃음이 필요할 때 그것을 효과음으로 넣어 주어 시청자에게 웃음을 유도하는 것처

럼 유머는 자체 전파력을 갖추고 있고 웃음이 일단 터지면 마취 효과가 있어 서로를 가깝게 해 준다.

유머는 모든 인간관계를 가깝고 아름답게 하는 묘약이다. 아무런 웃음이라도 일단 한번 웃어 보자. 그러면 마음이 절로 열리고 열린 마음은 서로를 향하게 하고, 서로를 가깝게 한다. 웃음으로 열려진 마음에 공감이 쌓이면 마음은 환희의 꽃을 피운다. 서로가 웃음을 통하여 관계의 섬세함을 읽을 수 있을 때에 사랑의 기운이 넘쳐 아름다운 세상이 될 것이다. 이러한 아름다움을 느낀 이들은 마주 하던 창을 접고 상대의 입장을 이해하여 서로가 가까워지리라.

유머는 밝은 기운에서 나와서 나와 너의 구분을 버리게 한다. 또한 밝은 기운을 뿜어 인간의 공격성을 둔화시켜 부드럽게 해 주며 대인관계를 원만하게 해 준다. 그리고 우리의 절망과 고통의 자리에 희망의 씨앗을 심어 주어 서로를 이기게 하고, 딱딱한 관계를 부드럽고 가까운 관계로 만들어 준다. 유머라는 윤활유가 주입된 조직은 연결 부분의 마찰이 적어 융합이 자연스럽고 서로 온정이 통하여 남을 생각하게 한다. 또 유머는 마음을 보강하는 보약이요 마음을 넓어지게 하는 촉진제이며 밝은 기운으로 나와 너의 구분을 버리고 그냥 가깝게 한다. 어떠한 이유에서 멀어져 버린 관계도 웃음이 개입되면 다시 가까워질 수 있다.

5. 유머는 우리 사회를 보여주는 창문

유머는 우리 사회를 바라보는 창문이다. 그 창문 사이로 세상의 빛이 들고 나고 세상의 이모저모가 축소되어 비쳐진다. 현대의 의사소통이 안 되는 산업사회의 단면은 사오정 시리즈를 통해 나타나고, 권력의 횡포를 거부하던 심리는 참새 시리즈를 유행시켰으며, 특정인의 튀는 심리를 거부하던 대중심리는 연예인 시리즈를 유행시켰다. 유머를 보면 그 사회가 무엇을 하고 있고, 무엇을 바라며, 어디로 가고 싶어하는지를 알 수 있다. 정상적인 사회로 가고 싶은 욕구는 비정상적 분야의 테두리를 건드리며 아프다고 하면서 엄살을 부린다. 우리는 그 엄살의 강도와 범위를 알고 웃어 준다. 웃음 속에 감추어진 진실을 읽지 못한다면 더 이상 유머도 유희도 아니다.

우리 사회는 유머라는 창문을 통해 모든 것을 수용한 지 오래다. 햇살도 바람도 심지어 성난 빗줄기까지도 받아들이고 있다. 빗줄기를 막지 못해 창문틀이 틀어지고 문풍지가 풀리더라도 창문은 항상 개방되어 있다. 우리는 권력의 체면 때문에 창문 열기를 주저했던 시절이 있었다. 이제 활짝 열려진 창문 사이로 세상을 정확히 보고 흐드러지게 웃을 수 있어야 한다. 창문을 여느라고 어둠과 싸웠던 선각자들에게 감사하면서 우리는 흔쾌하게 즐거워해야 한다.

<u>열려진 유머의 창문을 사랑하자.</u> 창문은 우리 민도의 수준이요 양심의 눈이 볼 수 있는 범위다. 그 창문이 신문의 4컷짜리 지면 창문으로부터 중형의 단편 창틀(콩트)이든, 대형의 책자 창문(유머책)이든 우리가 바라볼 수 있는 창문을 아끼고 사랑해야 한다. 세상이 잘 보이지 않고 답답하다 하여 창틀을 깨지 말고 더 크고 튼튼한 창틀을 만들어 가야 한다.

<u>유머는 언제나 우리의 양심과 이성의 창문이다.</u> 누가 안쪽이 훤히 비친다 하여 선탠지를 바르고 창문을 일부 닫자고 하면 조용히 거부해야 한다. 우리는 바깥 세상을 원액대로 볼 자유가 있고, 아직도 창 밖의 신선한 공기로 창 안의 탁한 공기를 정화시킬 필요가 있기 때문이다. 이제 저항이라는 용어를 쓰지 않고 인간 공영발전이라는 양심의 소리로 호소하자.

VI. 한국적 유머 분류

1. 서론

유머는 글과 말로 표현되지만 본 태생은 화술의 일부다. 말의 기술, 말의 재주인 화술은 인간과 뗄 수 없는 것으로 예로부터 꾸준히 발전을 거듭하여 현재는 표현의 백미로 자리 굳힘을 하였다. 화술은 말과 표정을 매개체로 하는 정신적 활동으로 상대와 초면을 치르고, 다양한 대인관계를 유지하고 의사를 펴는 최대의 수단이다.

화술에 눈을 뜬 인류는 예로부터 대화에서 유리한 고지를 차지하기 위해서 웅변술과 변론술을 발달시켰고 급기야는 화술을 고급스럽게 하고 치장하기 위해 유머를 개발하였던 것이다.

유머는 화술의 일부로 분위기를 부드럽게 하고 곡선으로 우회하면서 뜻을 전하는 창작이다. 화술에서 유머가 차지하는 비중은 절대적이라고 해도 과언이 아니다. 화술에 있어 유머는 약방의 감초 격이요 촉매 역할을 한다.

유머는 화술의 보조 수단으로 출발하여 이제는 독립적인 영역을 구축하였다. 이제 화술의 일부 혹은 고유 예술로 발전된 유머를 체계적으로 분류할 필요성을 느낀다. 본서는 세계 최초로 유머를 학문의 울타리로 모셔와 정의를 했고 속성을 살펴보았다.

그리고 유머가 다양하게 분화되기 전에 그 분류를 크게 기능별과 소재별로 양대 구분하였다. 먼저 쓰임새와 활용에 의한 분류인 기능별로 분류한다면 정서 순화형(분위기 안정형), 풍자형(모순 쇄신), 언어 유희형, 이야기형, 비교·분석형으로 구분되고, 소재별로 구분하면 성적 유머, 정치·경제·문화·사회·종교·시사 유머 등으로 구분했다.

2. 기능별 분류

1)정서 순화형 유머(분위기 안정형)

정서란 어떤 일을 경험하거나 생각할 때에 일어나는 갖가지 감정 또는 그런 감정을 유발하는 분위기나 기분을 말하는데 정서는 예술의 동인이자 산물이며 다수를 움직이게 하는 감정 기준이다. 정서형 유머는 화술에서 분위기를 새롭게 하거나 국면 전환이 필요할 때 사용하는 유머다. 이는 우리말로 '골계'에 해당하는 것으로 '우스개'로 풀이된다. 정서형 유머는 그 웃음의 진원지와 성향에 따라 '인간의 모순 폭로', '부조화', '성적 폭로', '우매', '비속화', 시대정신 창조형으로 구분된다.

가)인간의 모순 폭로

인간의 모순 폭로는 유머의 주된 소재가 된다. 인간은 의식적으로 자기와 상대의 모순을 안다. 그래서 자신의 모순을 유머의 조건에 맞도록 꾸며 상대방을 즐겁게 하기도 하고 때로는 공통의 모순 상황을 엮어서 웃음을 만들기도 한다. 신과 동물의 가운데 존재인 인간에게는 많은 태생적 모순과 한계가 있다. 불완전한 인간이 이상과 희망을 좇는 가운데 덜 성숙된 인간이 보여주는 이기주의 속성, 위선적인 속성, 허풍과 거짓, 착각과 환상, 객관과 주관의 혼돈 등 누구나 갖고 있는 이중성의 모순을 폭로하면 질적인 웃음이 된다.

인간의 모순은 이중성으로 집결되는데 이는 제도와 교육이 만든 후천적인 요인과 능력 이상의 것을 보여주려는 체면 때문에 나온다. 인간이면 누구나 갖고 있는 체면과 위선의 가면을 벗기고, 소유욕과 지나친 이기주의의 장막을 걷으면 핵폭발적인 웃음이 나오고, 무궁한 감동과 지혜가 쏟아져 나온다.

인간 존재의 특성을 간파하고 인간은 신분 고하를 막론하고 정직하고 깨끗하지 않으면 반드시 그로 인해 고통당한다는 사실을 깨우쳐 주면 그 자체가 유머가 된다. 인간적 순수성 위에 욕심으로 인해 덧칠된 둔탁한 색을 벗겨 내기만 하면 나를 포함한 우리의 모순이 노출되기에 웃음이 되고 반성이 된다. 또한 거추장스런 치장을 제거하고 진정한 나를 찾게 하므로 쾌감이 있고 지혜를 주는 이중 효과가 있다.

인간의 속성 폭로는 너무 비속화하여 인간의 존엄성을 직접 파괴하지 않는다면 누구에게나 공감이 가는 웃음을 주게 되므로 가장 확실하고 부작용이 적은 유머 소재다.

나)부조화의 유머

부조화의 유머는 남자의 여장, 어린이의 어른 흉내, 어른의 어린이 복장 등 표준적인 관념에서 이탈된 상태를 연출하여 생소함을 느끼게 하는 유머로 부조화 그 자체에서 쾌감을 주는 웃음이다. 상식에 비추어 보아 부적합함이 있는 것을 깨닫게 되면 웃음이 일어난다. 예를 들면 우리 옛 우스개 말 중에 악행을 조롱하는 '비올 때 장독대 열기', '호박에 말뚝 박기', '똥누는 아이 주저앉히기', '피는 곡식 이삭 빼기' 등이 있는데 이것은 개념과 실재와의 부조화를 통해 웃음을 자아내고 있다.

그러나 반인륜적 부조화를 유머로 삼는 것은 웃음의 목적 자체를 상실할 수가 있다.

'유머의 부조화'는 반드시 무해하고 천진성을 갖추어 웃음을 발견한 이에게 마음의 부담을 주지 않아야 한다.

다)성적 폭로

성적 폭로는 예로부터 쉽게 사용했던 소재로 성적 가면을 벗겨 내어 쾌락적인 본능을 자극하여 질펀한 웃음을 자아내 왔다. 성을 소재로 하되 유머적 상황을 구상하여 웃음을 만드는 유머로 가장 쉽게 만들 수 있는 유머다.

성욕은 인간의 본능적 욕구이나 사회적 질서를 위해 오래도록 억누르고 잠가 둔 까닭에 억제의 틀만 벗어 내면 폭발적인 웃음을 준다. 체면과 위선의 장막을 조금만 걷어도 무궁한 보물이 쏟아져 나온다.

생명의 근원인 성의 본질을 간파하고 신분 고하를 막론하고 육체적 욕구에서 벗어날 수 없다는 사실을 폭로하면 그 자체가 유머가 된다. 인간이 스스로 만들고 뒤집어쓰고 있는 가면을 벗겨 내기만 하면 웃음이 되고 스트레스가 씻겨진다. 또한 억제된 성감각을 되찾는 것은 일단 쾌감이 있고 긴장을 푸는 이중 효과가 있다.

성적 폭로는 누구에게나 해당되고 쉽게 웃음으로 직진하지만 자칫하면 인간의 존엄성을 직접 파괴하기 때문에 신중하게 다루어야 한다.

라)우매의 유머

우매의 유머는 상식 기준에 비해 하위에 있는 무지한 언동, 멍한 행동 등 대상자가 정상에 비하여 수준이 낮음을 노출시켜 웃음을 유발한다. 우매를 이용한 유머는 보는 이의 우월감을 발동시키고 또한 그 우매한 입장을 애틋하게 생각하게 하는 동정심을 유도하여 연민의 정으로 빚어지는 웃음이다.

고대소설을 보면 조선시대 일부 잘못된 처신을 하던 양반과 승려를 대상으로 모순을 파헤쳐 권위를 떨어지게 하여 웃게 하는 우스개이다. 한국의 코미디 1세대라고 할 수 있는 배삼용, 구봉서, 이기동 씨 시대에는 주로 우매의 원리를 이용하여 웃음을 만들었다.

마) 비속화

비속화(卑俗化)는 대상을 형편없는 존재로 위상을 격하시키고 실체를 폭로하는 유력한 수단이다. 비속화를 이용한 유머는 '비중이 있고 호감이 가던 대상자가 자체 모순으로 갑자기 추락시켜서 만드는 웃음'이다. 좋게 보았던 인물이 치명적 모순을 범할 때 '의외로 하찮은 존재였구나'라고 재평가하는 순간에 미소가 일어난다.

조선시대 소설과 민담을 보면 비속화를 적절히 활용하였음을 알 수 있다. 조선조 소설인 〈홍길동전〉, 〈춘향전〉은 봉건제도의 모순과 부패상을 폭로하였고, 박연암의 〈허생전〉과 〈양반전〉, 〈호질〉에서는 평민들이 양반들의 정체를 폭로하여 비속화함으로써 심적 위로를 받고 쾌감을 느꼈던 것이다.

바) 시대정신 창조형 유머

어느 시대든지 시대 중심을 지키는 대표적 정신이 있었다. 고구려의 조의선인(결혼식 때 죽었을 때 입을 수의를 교환) 정신, 백제의 싸울아비(무사) 정신, 신라의 화랑도, 고려조의 호국, 조선조의 선비정신 등 시대정신이 있어 그 시대의 행동규범과 문화에 영향을 주었다. 그러나 지금은 시대정신이 없다고 해도 과언이 아니다.

이제 시대정신을 창조하고 전파하기 위해 유머가 나서야 한다. 충·효·예 정신을 바탕에 깔고, 높은 수양과 세련된 정서와 인격의 향기에서 자연적으로 발산되는 여유로 유머적 상황을 만들고, 기교나 억지가 아닌 심미적 웃음으로 감동을 연출해야 한다. 이는 유머의 본질에 가장 합치되나 고도의 정서와 기술이 요구되는 전문적 영역의 유머다. 이 유머에는 우스개보다 의미가 높은 비중으로 배합되어 순수한 심미적인 쾌감을 준다.

유머를 이용해 시대정신을 만들어 유포한다면 거부감 없이 쉽게 전파가 될 것이다. 유머를 통한 시대정신 창조는 많은 연구가 필요한 분야다.

2)풍자/풍자형 유머

가)풍자

유머는 인간의 보편적 속성과 별난 개인을 대상으로 웃음을 찾는 데 비하여 풍자는 사회의 모순과 악습, 부패와 불합리, 결함과 시행 착오 등 냄새 나는 부분을 지적하여 생각하는 웃음을 창조한다. 풍자는 그 시대가 안고 있는 사회적 모순을 날카로운 정신으로 통찰해보고 극복하려는 현실과의 싸움이며 모순이 해결된 미래 상태를 그리워하는 희망이다. 따라서 풍자는 의미 있는 웃음, 생산을 지향하는 웃음을 만드는 문예의 한 종류다.

풍자는 아무리 표현의 자유를 억압해도 항상 양심의 빛을 발하며 인간의 타락을 막아 주는 소금의 역할을 한다. 인간의 의식이 있는 곳이면 어디든 스며들어 울림장치 역할을 한다. 풍자는 어느 특정의 문학 형태에만 한정된 것이 아니라 수필, 소설, 연극, 드라마 또는 담화에 등장하여 때로는 쓴 소리와 바른 소리로 겉으로는 질책하며 다수의 공감을 유도한다.

풍자는 눈뜬 의식의 표현이기에 현실에 부정적·비판적인 칼날을 들이대면서도 재치를 곁들여 공격성을 무디게 한다. 익명성의 풍자는 공격성을 지니나 실명의 풍자(신문지상의 풍자 만화)는 다소 자극성을 지니더라도 확실한 근거에 기초하고 재치를 곁들여 향기를 뿜는다.

유머는 애타적(愛他的)인 데 비하여 풍자는 총체적 선과 이상을 지향하기에 기준 잣대에 맞지 않으면 대상을 구분하지 않고 공격을 한다. 따라서 풍자는 이기적이고 비정하다. 풍자가 인간 존엄성과 미래를 지향하지 않고 현실 공격에만 그친다면 누적된 불쾌감은 발설되지만 심미적인 쾌감은 얻을 수 없다. 다만 공개적으로 대 놓고 할 수 없는 대상을 조롱, 야유, 모멸할 수 있는 재미가 있을 뿐이다.

나) 풍자형 유머

풍자형 유머는 본서가 만든 최초의 용어다. 풍자를 질적인 면에서 분리하다 보면 그 강도가 순하고 정서를 지향하는 풍자도 있다는 것을 발견한다. 풍자라 하기엔 너무도 순진하기에 풍자형 유머라고 이름을 지어 주었다. 풍자형 유머도 풍자의 속성을 지니나 그 풍자 강도를 약하게 하여 인간의 감성에 호소한다. 풍자형 유머는 풍자와 유머의 인자를 고루 합성한 새로운 형태로서 개인 및 사회적 모순에 대한 자기 반성을 기초로 공격을 하더라도 관조적이고 심미적이며 여유와 인간미가 있다. 풍자형 유머는 양심에 호소하면서 잘못되어 가는 현실에 대한 조기경보 역할을 한다. 정보화 시대는 날이 시퍼렇게 선 풍자보다도 날은 있지만 가슴을 시원하게 하는 풍자형 유머를 많이 창조해야 한다.

다)풍자와 풍자형 유머 비교

풍자와 풍자형 유머는 모두 빛의 자식이다. 풍자가 산불처럼 감당하기 어려운 정도로 순식간에 큰 변화를 촉구한다면 풍자형 유머는 횃불처럼 타오르며 점진적인 변화를 추구한다.

풍자와 풍자형 유머는 모두 이상향을 지향한다. 풍자가 작두처럼 원형을 양분해 놓고 한쪽을 취하여 이상향의 모델로 제시한다면 풍자형 유머는 예리한 수술칼처럼 병든 세포를 단호하게 도려내어 새살이 나오게 하며 때로는 면도날처럼 양심에 난 털을 조용하게 깎아 주면서 점진적 이상향을 지향한다.

풍자와 풍자형 유머는 모두 모순을 보고 분노한다. 풍자는 자기의 모순을 포함하지 않으면서 포효하고 세상을 향해 꾸지람을 하지만 풍자형 유머는 자기의 모순을 포함하면서 조용히 이야기한다. 개정의 의지를 보인다.

풍자와 풍자형 유머는 모두 정의의 소리를 낸다. 풍자는 징소리처럼 -"징"- 하는 단발음으로 잘못되었음을 평가한다. 변명의 여지를 주지 못한다. 그러나 풍자형 유머는 새벽에 은은하게 멀리 퍼져 가면서 중생에게 느낌을 주는 범종처럼 조용하게 깨달음을 준다.

풍자와 풍자형 유머는 모두 공격성을 띤다. 풍자가 독수리의 공격성에 비유된다면 풍자형 유머는 산까치의 야성에 비유된다. 풍자와 풍자형 유머는 그 속성은 같으나 그 강도에 차이가 있을 뿐이다.

3)언어 유희형

유희(遊戲)란 즐겁게 노는 일을 말한다. 인간은 무엇을 하더라도 즐겁게 놀아야 직성이 풀리는 유희적 동물이다. 유희는 또 인간에게 휴식을 주고 관계를 부드럽게 하며 살 재미를 느끼게 하는 요소다. 그리고 예술의 모티브가 되며 다수의 스트레스를 풀어 주는 행위다. 언어 유희형 유머는 일상생활에서 간단한 언어의 조작으로 분위기를 전환시키는 가벼운 유머다.

가)언어의 변형

정서형 유머가 폭로, 비속화 과정을 거쳐 의식적 혹은 무의식적으로 느낌이 있는 웃음을 유도한다면, 언어 유희형 유머는 언어의 기교로, 즉 언어의 변형, 의미 교환, 비틀림으로 만들어 내는 웃음이다. 언어의 단순한 의미로부터 복잡한 의미의 웃음들까지, 또 단순한 기쁨에서부터 복잡한 데까지 이른다. 웃음의 유형도 가벼운 웃음에서 폭소에 이르며, 의식과 무의식을 넘나든다.

나)사고의 비틀림

언어의 비틀림이 물리적이고 하드웨어적인 변형이라면 사고(思考)의 비틀림은 정신적이고 소프트웨어적인 변형으로 생각 자체를 비틀어 언어와 느낌의 변형을 추구한다. 언어의 비틀림이 외과적 수술이라면 사고의 비틀림은 내과적 수술이다. 언어의 비틀림이 축구에 있어 발재간이라면 사고의 비틀림은 순간의 판단력이다. 언어의 비틀림은 구성과 전개도 단순하지만, 사고의 비틀림은 생각을 뒤집어 보게 하여 신선함을 제공한다.

사고의 비틀림은 단순 언어의 유희가 아니라 발상의 전환과 기준의 전환으로 느낌을 180도로 바꾸는 혁신적 배합이다. 이는 지적 차원의 유희로서 반어(反語)와 비꼼, 비난의 의미를 담고 있는 아이러니(Irony)가 있지만 강도가 약하다. 생각을 바꾸고 뒤집어서 표면에 나타난 의미와 숨겨진 참된 의미와의 대비에 의해 유머스런 효과를 두드러지게 하는 사고의 비틀림 용어로 정착시켜야 한다.

다) 위트형 유머

위트(기지)는 언어를 더욱 가치 있게 재창조한다. 보통의 위트는 악의나 조소가 아니기에 누구나 웃게 하는 천진성이 있다. 고급의 위트는 상대방의 급소나 약점을 간파하고 상대가 미처 생각지 못하는 방향으로부터 날카로운 화살을 쏘기에 초기에 기선을 제압한다.

4)이야기형 유머

이야기형 유머는 그럴듯한 상황과 일정한 주제, 그리고 주제를 구현하는 일정한 줄거리가 있고 재미가 있는 유머다. 이야기형 유머는 상상을 소재로 한 전개가 아니라 현실 경험처럼 묘사되기에 공감대를 얻기 쉽고, 처음부터 주제를 갖고 전개하기에 교훈을 산출하며, 주제를 구현하기 위해 탄탄한 구상 하에 이야기를 엮어 가기에 재미가 있다. 이야기형 유머에는 우화형과 콩트 형식이 주로 사용된다.

가)우화형 유머

인간의 이야기를 직선적으로 빗대기가 곤란하고 또 잘못 빗댔다가는 반발과 저항을 불러오므로 동식물 등의 사람이 아닌 세계에 빗대어서 이야기를 하지만 실제로는 인간을 이야기하고 있다.

동물을 의인화하여 인간세계를 들추어내고 풍자도 한다. 우화형 유머는 교훈과 지혜, 새로운 가치관을 창출한다.

나)콩트형 유머

콩트는 프랑스 말(Conte)로 '인생의 한 단면을 짧고 재치있게 표현한 단편소설'이다. 콩트형 유머는 콩트 형식을 취하되 웃음을 배경으로 하고 웃음을 생산한다. 지혜와 재미 찾기에 치중하면 콩트가 되고 웃음의 기운이 배합되면 콩트형 유머가 된다.

5)비교·분석형 유머

비교·분석형 유머는 동일한 대상에서 유사성과 차이점을 비교하여 비교 우위의 우월성을 창조하는 유머다. 비교·분석형 유머는 객관적인 사실과 상징성을 비교하여 공감대를 얻고, 내가 속한 조직의 우월성을 찾거나 또는 열등성을 통해 교훈을 찾는다. 이는 가장 쉽게 창조할 수 있는 유머다.

제2부

·

유형별 유머 모음집

♥ 읽어 두기

1. 한국 정서에 맞는 인물 설정

㉮ 참돌이 : 한국의 표준 남성으로 마음에 걸림이 없이 행동하며, 자존·자립심이 강하여 열정적으로 일하며, 진정한 사랑과 봉사로 남에게 감동을 주는 신세대 남자.

㉯ 참순이 : 한국의 표준 여성으로 전문적인 분야에서 사회활동을 하며, 자존심이 강하여 남성에게 지기 싫어하며, 신세대 여성답게 발랄하면서도 착한 여성상을 지닌 여자

㉰ 차돌이 : 한국인의 보통 남성으로 사랑도 일도 열심히 하지만, 마무리가 명쾌하지 못하고 약속을 못 지키는 남자.

㉱ 차순이 : 한국인의 보통 여성으로 사랑도 일도 열심히 하지만, 성격이 깔끔하지 못하고 개성과 소신이 없이 순종하는 여자.

㉲ 기타 : 한국적인 정서를 지니고 사는 다수 등장.

2. 작품별로 교훈 풀이와 기법을 소개하여 유머 창조에 도움을 주고자 하였다.

㉮ (★) :순수 창작 유머

㉯ (△) :보완/개조 유머

㉰ ☞ :유머가 담고 있는 지혜와 교훈 풀이

㉱ ♣ :숨어 있는 유머 기법 소개

3. 유머 분류법은 본서가 정의한 대로 정서형, 풍자형, 언어 유희형, 이야기형, 비교·분석형 유머로 구분하였으며 유형별 유머 제목을 가,나,다 순으로 정리하여 차후 한국 유머 사전 편집을 고려하였다.

4. 본 유머집은 순수 유머만을 다루었고, 중학생 이상이면 누구나 읽을 수 있도록 쉽게 그리고 논리적으로 엮었으며, 감동과 교훈 찾기에 노력하였다.

제1절 정서 순화형 유머

- 격한 감정을 순화시켜 감동을 주는 유머
- 스트레스를 해소시켜 안정을 주는 유머

101
·
가장 아픈 순간

의사가 수술을 끝내고 나서 말했다.

"수술이 성공적입니다. 경과도 좋을 것입니다. 그렇지만 한동안은 좀 아플 수 있습니다."

그러자 환자가 물었다.

"언제가 제일 아픈가요, 선생님?"

이에 간호사가 대답했다.

"계산서 볼 때죠."

☞ 진짜 아픈 곳은 육체가 아니라 정신이다.

♣ 화장실을 들어갈 때와 나올 때 달라지는 인간의 심리를 폭로한 유머.

102
·
가정교육

참돌이가 어느 슈퍼마켓 계산대 앞에서 차례를 기다리다가 한 할머니가 쇼핑백에 식료품을 넣느라고 애를 쓰는 광경을 목격하고, 할머니를 도와 식료품을 그물 쇼핑백 안에 차곡차곡 넣어 드리고 돌아가려 하자 할머니가 참돌이의 손을 꼬옥 잡고 따뜻한 미소를 지어 보이며 말했다.

"어머니께 고맙다는 말씀을 전해 줘요."

☞ 행동으로 보여주는 것이 진짜 마음이다.

♣ 작은 것이지만 생활 속에서 감동을 찾는 유머.

103

·

개

한 중년 부인이 버스 내 맞은편 좌석에서 개를 갖고 있는 남자를 보고 불쾌한 표정을 지으며 쏘아붙였다.

"댁의 개 좀 붙잡아 둘 수 없겠어요? 내 구두 속에 벼룩이 들어간 것 같아요."

그러자 그 말을 듣고 남자가 개에게 말했다.

"메리, 이리 와. 저 여자한테 벼룩이 있대."

☞ 남에게 피해를 안 주는 동물 애호, 인간의 정서를 위한 동물 애호가 되어야지 동물을 위한 동물 애호는 한계가 있다.

♣ 주체와 객체를 혼돈시키거나 주객을 바꾼 유머.

104

·

거 지

배가 고파서 구걸을 하는 어느 거지에게 지나가던 사람이 만원을 주며 말했다.

"이 돈으로 밥 사 먹어요. 술 마시는 데 낭비하지 말고."

거지는 돈을 받으며 투덜거렸다.

"내 돈 내가 쓰는데 당신이 뭔데 간섭합니까?"

☞ 평소 공기의 고마움을 모르듯이 우둔한 인간은 자기를 위해 주는 사람조차 구분하지 못한다.

♣ 대상자의 비뚤어진 사고력, 감사할 줄 모르는 우매함을 노출시킨 유머.

105
·
거짓말

탈무드는 다음 두 가지 경우에는 거짓말을 하라고 했다.

첫째, 어떤 사람이 물건을 산 후 그 물건이 어떠냐고 물어 왔을 때는 무조건 좋다고 거짓말을 하라.

둘째, 친구가 결혼을 했을 때는 무조건 굉장한 미인이라고 말하고 행복하게 살라고 거짓말을 하라.

☞ 상대에게 자신감을 주는 거짓말은 때에 따라 필요하다.

♣ 거짓말은 무조건 나쁘다는 식의 단편적 사고에서 벗어나게 하는 유머.

106
·
격리 수용

의사가 환자에게 말했다.

"당신은 아주 전염이 강한 희귀한 병에 걸렸습니다. 당신을 격리실에 수용할 생각입니다. 거기 입원하는 동안 납작한 빈대떡과 피자만 드시게 될 겁니다."

그러자 환자가 물었다.

"빈대떡과 피자만 먹으면 제 병이 낫게 될까요?"

이에 의사가 대답했다.

"그게 아니고, 방문 밑으로 넣어 줄 수 있는 음식은 그 두 가지밖에 없기 때문이지요."

☞ 착각은 자유이다.

♣ 사기 위주로 생각하는 인간의 모순을 폭로한 유머.

107
·
결석계

어느 날 무단 결석을 한 철수의 결석계에 다음과 같이 쓰여 있었다.

'선생님께. 어제 철수가 몹시 아파서 학교에 보내지 않았습니다. - 우리 어머니로부터 -'

☞ 거짓은 어떻게 꾸미더라도 반드시 들통이 난다.

♣ 어린이다운 우매를 동원한 유머.

108
·
경찰의 변명

셀프서비스로 물건을 사는 가게에서 도둑을 쫓던 경찰이 갑자기 도둑이 도망쳤다는 것을 알게 되었다.

그러자 지휘 경관이 소리를 질렀다.

"어떻게 했기에 놓쳤느냔 말야! 출구를 다 막으라고 했잖아!"

이에 한 경찰관이 대답했다.

"출구는 다 막았죠. 그런데 그놈이 입구로 도망을 갔지 뭡니까."

☞ 변명은 또 하나의 거짓이요 낭비다.

♣ 자기 생각이 없이 지시받은 대로만 행동하는 우매함을 소재로 한 유머.

109
·
경험 있으신지요

a) 이것은 통상 밀폐된 곳에서 남자가 눕고 여자가 보조를 하지만 때로는 여자와 여자간, 남자와 남자간에 하는 경우도 있다.

b) 이것은 보통 침대 위에서 하지만 어떤 경우는 버스 안이나 병원 등 장소를 가리지 않는다.

c) 이것을 처음 할 때는 마음이 두렵고 몹시 망설여지지만 일단 한번 하고 나면 개운하고 또 하고 싶은 마음이 생긴다.

d) 통상 남자들이 많이 하려고 하고 여자들은 잘 안하려 한다.

e) 길거리를 가다가 보면 이것을 하라고 부르는 여자를 쉽게 만날 수 있다.

f) 보통 이것은 20대에 많이 경험하지만 10대라고 해서 못할 것은 아니다. 또한 30대, 40대 등 나이에 상관없이 한다.

g) 이것을 하고 나면 소량의 출혈이 있다. 하지만 그다지 신경 쓰지 않아도 된다.

h) 정밀검사 없이 이것을 할 때는 에이즈 등에 전염될 수도 있고, 실제로 그런 황당한 경우도 있다.

i) 이것을 너무 자주 하면 건강에 좋지 않다.

j) 이것은 사랑이 가득한 마음으로 해야 한다. 그렇지 않으면 의미가 반감된다.

"우리 모두 헌혈을 생활화합시다."

☞ 고정관념은 창조의 천적이다.

♣ 성적 호기심을 끌어들여 예상 밖의 것을 제시한 유머.

110

·

계산기

어느 대학교의 게시판에 이런 공고문이 나붙었다.

'알림:소강당에서 모델 P86F 계산기를 습득하신 분은 사무실로 돌려주시기 바람. 사용 설명서가 없으니까 당신한테는 소용이 없을 것임. 사례는 나중에 말씀드리겠음.'

그리고 바로 그 공고문 아래 어떤 학생이 다음과 같은 글을 붙여 놓았다.

'알림:모델 P86F 계산기를 습득하신 분께 알림. 사용 설명서를 싼값에 팔겠음. 기숙사 A동 203호로 연락하시기 바람.'

☞ 자기 것을 자기가 갖는 사회가 정의사회이다.

♣ 보통 사람과 악인을 대비시킨 유머.

111
고기가 질겨서

고기가 좋기로 소문난 음식점에서 어느 날 아침 지배인이 여종업원들을 모아 놓고 주의 사항을 내렸다.

"여러분, 오늘은 모두들 최고로 맵시를 내주시기 바랍니다. 그리고 손님들에게 상냥하게 대하고 화장에도 각별히 신경써 주시기 바랍니다. 머리도 단정히 하고, 눈웃음도 짓고……."

이때 듣고 있던 한 여종업원이 물었다.

"거물급 인사라도 오나요?"

"그게 아니라 오늘은 고기가 질겨서 그래."

☞ 기교는 신념과 자신감이 부족할 때 생긴다.

열이 난다고 해열제만으로 해결되지는 않는다. 예상되는 곤란은 근본적으로 정직하게 대처해야 한다.

♣ 예측을 파괴하는 유머.

112
골동품

골동품점을 경영하는 참돌이가 손님을 안내하고 있는데 갑자기 와장창 하는 소리가 들렸다. 달려가 보니 새로 온 점원의 발 밑에 깨진 도자기 조각들이 널려 있었다. 그러자 참돌이가 놀란 표정으로 외쳤다.

"아니, 자네가 방금 깬 것이 18세기 화병이란 걸 아나?"

그러자 점원이 안심이라는 듯이 말했다.

"18세기요? 참 다행이네요. 전 그게 아주 새것인 줄 알고 되게 놀랐는데……."

☞ 가치 기준을 모르면 기존 질서로부터 자유롭다.

♣ 골동품 가치를 모르는 우매함을 폭로한 유머.

113
·

골프와 유머

〈누가 골프를 잘 치는 사람인가(★)〉

왕회장이 골프를 끝내고 식사를 하면서 골프 촌평을 했다.

"그 동안 우리 사장단 멤버들 골프 솜씨를 쭉 지켜보니 참돌이 사장이 가장 잘해."

이에 비서실장이 말했다.

"회장님, 참돌이 사장은 사장단에서 못 치는 축인데요."

"아니야. 참돌이 사장은 꼭 나보다 한 타를 더 치는데 보통 솜씨가 아니야."

☞ 아부는 상대를 높이는 것이 아니라 상대를 해치는 것이다.

♣ 아랫사람이 자기보다 잘하면 배아파하는 속성을 폭로한 유머.

〈뱀 쫓는 것도 계산하느냐〉

참돌이가 골프를 하는데 숲 속에 공이 떨어져 여섯 번을 휘두른 뒤에 겨우 빠져 나와서 카드에 2타라고 기록하자 친구가 비아냥거리며 말했다.

"자네는 골프하는 사람이 6과 2도 구분하지 못하는가?"

"아니 이 친구야, 4번은 뱀을 쫓는 스윙이었어."

〈연습 때도 화를 내는가〉

참돌이가 파코스에서 여섯 번 만에 홀인하고서 4타라고 기록하자 친구가 아주 불편한 언사를 했다.

"자네하고는 골프를 같이 못하겠구만."

"아니 이 친구야, 연습 스윙도 계산에 포함하나?"

이에 친구가 말했다.

"자네는 연습 스윙 때도 안 맞으면 화를 내는가?"

☞ 골프는 자기하고의 싸움인 신사 게임이다.

♣ 승리를 위해서 수단과 방법을 가리지 않는 인간의 속성을 폭로한 유머.

114
·

공상 소설

서점에 어떤 남자 손님이 찾아와서 물었다.

"《남자는 여자의 지배자》라는 책이 이곳에 있습니까?"

그러자 여점원이 눈을 흘기며 대답했다.

"공상 소설은 저쪽에 있습니다."

☞ 남성 우월주의는 이제 버리자.

♣ 지나친 이상주의와 시대감각의 부재는 웃음을 준다.

115
·

과장(★)

세계적인 유전공학자가 모여 〈미래 인류를 위한 유전공학〉이라는 주제로 국제 세미나가 열렸다. 그리고 각국에서 연구한 성과가 발표되었다.

먼저 영국 대표가 말했다.

"복제 양 돌리의 성과는 다 아는 사실이지만 이제 인간 복제도 멀지 않았소! 본인이 원한다면 영원히 살 수 있는 날이 현실화될 것이오!"

이에 미국 대표가 말했다.

"인간 복제는 신에 대한 도전이오! 우리는 신체의 각 부위를 유전자 조작으로 만들어 내는 신기술을 개발했소. 신체의 일부가 마음에 들지 않거나 노화되면 성형수술을 하듯이 신체 부위를 이식하는 신기술을 개발했소."

그러자 이번엔 일본 대표가 말했다.

"유전자 조작으로 육류와 생선 성분의 알약을 대량으로 생산하는 기술을 개발했소! 이제 쇠고기를 얻기 위해서 산을 초원으로 만드는 자연 파괴는 더 이상 없을 것이오!"

이에 덴마크 대표가 말했다.

"우리는 하늘까지 닿을 수 있는 장미 넝쿨을 개발했소! 문제는 하늘에 못을 박고 줄을 매 주어 타고 올라가게 해 주어야 하는데 하늘에다 못을 박지 못하여 개발된 장미를 심지 못하고 특수 냉동실에 보관 중에 있소!"

그러지 마지막으로 한국 대표가 말했다.

"각국의 유전자 공학의 발전으로 인간이 필요한 물질적인 것은 다 개발에 성공한 것 같소! 이제 한국은 세상을 웃음판으로 만들기 위해 유머가 주렁주렁 열리는 나무를 개발 중에 있소!"

☞ 유전공학으로 다 만들더라도 사람과 웃음만은 복제하지 말았으면 한다. 왜냐하면 인간의 질과 신비감이 떨어질 게 뻔하니까.

♣ 인간의 과장과 독선의 속성을 파헤친 유머.

116

·

광고(△)

공보관실의 차순이가 하루는 몸에 착 달라붙는 스웨터에 초미니 스커트를 입고 출근했다. 그녀의 몸매와 볼륨은 보는 이들의 정신을 빼앗을 만했다. 그래서 그날 공보관실의 모든 요원들의 시선이 온통 그녀 쪽으로 쏠렸다. 한편 힐끗힐끗 쳐다보느라 업무가 마비될 지경이었다. 이를 본 실장이 그녀를 불렀다. 그리고 아주 다정한 말로 물었다.

"미스 차! 당신의 그 매력적인 몸매 혹시 팔 거요?"

이 말을 들은 차순이가 얼굴을 붉히며 벌컥 화를 냈다.

"실장님! 지금 성희롱 하시는 거예요?"

그러자 실장이 자리에서 일어나며 큰소리로 말했다.

"팔 게 아니라면 광고를 하지 말아야지!"

☞ 진정한 아름다움은 육체에서 나오는 것이 아니라 마음에서 나온다.

♣ 자기 과시, 자기 자랑 등 인간의 노출 욕구를 폭로한 유머.

117

·

교사와 판사의 만남(△)

아침 출근길에 빨간 신호등을 무시하고 가속으로 달리다가 법정에 서게 된 초등학교 선생님이 있었다. 그는 차례를 무시하고 판사에게 접근하여 교사라는 신분을 밝히고, 수업을 해야 하므로 빨리 심리를 마치게 해 달라고 요청하였다. 그러자 판사가 '너 잘 만났다'는 눈빛으로 말했다.

"나는 교사를 법정에 세울 그날을 위하여 여러 해를 기다렸소! 이제 책상에 앉아 '나는 빨간 신호등을 무시하고 그냥 달렸습니다'라는 문장을 연습장에 백 번 쓰시오! 땅! 땅! 땅!"

☞ 유년기의 아픈 기억은 영원히 치유되지 않는다.
♣ 인간의 보복심리를 폭로한 유머.

118
·
교수님

한밤중에 한 대학의 차돌이 교수가 경찰서로부터 전화를 받았다. 내용인즉 교수의 연구실이 몽땅 털렸다는 것이었다. 경찰은 교수가 현장에 와서 무엇이 도난당했는지 말해 주어야겠다고 요청했다.

마침내 현장에 도착한 교수가 놀란 표정으로 연구실을 둘러보았다. 책과 서류들이 여기저기 난잡하게 널려 있었고 실험용 기구들이 바닥에 나뒹굴고 있었다. 교수의 서류 보관용 캐비닛은 열려 있었고 서류철 몇 개가 바닥에 떨어져 있었다. 그리고 서랍 속의 잡동사니들은 책상 위에 모두 흩어져 있었다. 쓰레기통은 거꾸로 뒤집힌 채였고 의자도 넘어져 있었다. 경관은 현관 쪽 끝에 있는 깨진 유리창을 가리키면서 다른 교수실은 털린 흔적이 없다고 하면서 말했다.

"교수님, 무엇을 도난당했는지 말씀해 보세요."

그러자 교수가 태연하게 말했다.

"내가 여기서 퇴근할 때도 이랬소이다."

☞ 정돈을 안하고 사는 사람은 생각도 정리가 안 된 사람이다.
♣ 인간의 나태와 안일, 무질서 심리를 폭로한 유머.

119
·
교수의 복수(△)

○○대학 강의실의 대형 시계는 지우개를 던져 정확히 맞히면 1

분씩 빨라졌다. 그래서 간혹 학생들이 시계의 특징을 알고서 지우개를 던져 강의 시간을 단축하곤 했다. 이에 불만을 품은 교수가 복수의 날을 기다렸다. 때는 시험일이었다. 학생들이 열심히 시험문제를 풀고 있을 때 교수가 재미있다는 듯이 대형 시계에 지우개를 수십 차례나 던지고 있었다.

☞ 복수는 더 큰 복수로 발전하고, 작은 용서라도 용서는 더 큰 안정을 도모한다.

♣ 인간의 장난기와 복수심리를 동원한 유머.

120

교통체증(△)

참돌이가 고속도로를 이용하여 고향으로 가는 도중에 있었던 일이다. 그날은 도로 보수로 인해 한 시간 동안 겨우 1Km밖에 가지 못할 정도로 심한 교통체증을 일으켰다. 그래서 참돌이는 화가 머리끝까지 치밀었다. 이때 시야에 '도로 공사 끝나는 곳 – 전방 100m'라는 게시문이 보였다. 그는 차에서 내려 게시문에다 뭔가를 적고는 가 버렸다. 그러자 뒤에 오는 사람들이 게시문을 보고는 모두 한바탕씩 웃고 지나갔다.

게시문에는 이렇게 적혀 있었다.

'인내의 한계는 5분! 더 이상 요구하는 것은 가혹 행위다!'

☞ 물리적으로 괴롭히는 것만이 가혹 행위가 아니라 정신적으로 짜증나게 하는 것도 심리적 가혹 행위다.

☞ 교통체증은 정말 짜증나는 일이다. 더 짜증나게 하는 것은 안으로 파고드는 얌체 운전자이다.

♣ 그럴듯한 상황을 설정해 놓고 공감을 유도하는 유머.

121
·

구면과 초면

수업 시간에 키가 작은 한 여선생님이 칠판에 필기를 하느라 애를 먹고 있었다. 그래서 발뒤꿈치를 있는 대로 세우는 바람에 블라우스가 빠지면서 속살이 드러나 보였다. 그것을 본 학생들이 킥킥대며 난리가 났다. 이때 낌새를 알아챈 여선생이 돌아서서 얼굴을 붉히며 말했다.

"얼굴 살이나 속살이나 그게 그건데 뭘 그러나?"

그러자 한 학생이 웃으면서 말했다.

"선생님은 구면이지만 저희들은 초면이잖아요."

☞ 성적 호기심은 누구나 때가 되면 찾아온다. 그러나 지적 호기심은 나이에 상관없이 각성이 있어야 찾아온다.

♣ 관점의 차이와 성적인 호기심을 소재로 한 웃음 만들기.

122
·

그럴 리가 없는데

벤츠를 몰고 가던 차돌이는 도로가 물에 잠겨 있어 더 이상 전진할 수가 없었다. 그때 마침 농네 사람들이 있어 물이 얼마나 깊으냐고 물으니 전혀 깊지 않다고 해서 안심하고 전진을 했는데 자동차가 순식간에 물에 잠기기 시작했다. 그래서 결국엔 그 비싼 차를 포기하고 겨우 목숨만 건졌다. 화가 난 차돌이가 동네 사람들에게 따졌다.

그러자 동네 사람 중 한 사람이 말했다.

"그럴 리가 없는데, 오리도 빠지지 않던 물인데……."

☞ 무관심은 의욕 상실에서 나와 삶의 활력을 잃게 하며, 인생을 퇴보시키며, 인정을 메마르게 한다. 무관심은 의식과 행동의 마비를 부른다.

♣ 인간의 무관심, 역지사지 부족 등 인간의 미성숙된 속성을 폭로한 유머.

123

·

기억력

차돌이가 자신의 심한 건망증을 고쳐 보기로 작심하고 《기억력 되살리기》라는 책을 샀다. 그리고 새로 산 책을 책장에 꽂던 차돌이는 작년에 사서 그 옆에 꽂아 두었던 책 한 권을 발견했다. 책 제목을 보니 그것 역시 《기억력 되살리기》였다.

☞ 기억력은 두뇌력이 아니라 관심이다.

♣ 우매와 부조화를 동원한 유머.

124

·

기 절

어떤 사업가의 사무실이 63빌딩 맨 위층에 있었다. 하루는 엘리베이터가 고장이 나 계단을 걸어서 겨우겨우 올라갔는데 곧바로 기절을 하고 말았다.

그 이유는 사무실의 열쇠가 없어서였다. 그래서 하는 수 없이 기다시피 해서 다시 내려왔는데 내려오자마자 또 기절해 버렸다.

이번엔 주머니 한쪽 구석에 열쇠가 있었기 때문이었다.

그래서 죽을 힘을 다해 또다시 맨 위층까지 올라갔다가 또 기절하고 말았다. 이유는 문이 열려 있었기 때문이었다.

이 사업가가 며칠 있다가 또 한번 기절을 했는데 이유는 기절하는 것이 습관이 돼 버린 때문이다.

☞ 머리가 나쁘면 손발이 고생한다. 항상 생각하며 행동해야 한다.

♣ 고통의 반복으로 웃음을 주는 유머.

125
·
껌

열차 안에서 한 젊은 아가씨가 끊임없이 껌을 짝짝 씹고 있었다. 그러자 맞은편에서 주의 깊게 그 아가씨를 지켜보던 할머니가 마침내 입을 열었다.

"늙은이에게 이야기를 걸어 주니 정말 고맙소. 하지만 난 귀가 어두워."

☞ 표현의 아름다움보다 중요한 것은 마음 씀씀이의 아름다움이다.

♣ 인간의 착각은 자유이면서 웃음의 좋은 소재다.

126
·
낚 시

어느 낚시 가게에서 손님 한 사람이 반짝반짝 빛나는 모조 지렁이 한 마리를 집어들고 점원에게 물었다.

"물고기들이 정말 이걸 보고 달려들까요?"

그러자 점원이 대꾸했다.

"글쎄, 그건 물고기한테 파는 것이 아니니까요."

☞ 무관심은 필연적으로 의사소통 부재를 부추긴다. 인생을 살면서 혼자 판단하고 확신하면서 넘어갈 일이 많다.

♣ 동문서답형 유머.

127
·
남녀 무단 방뇨죄

두 남녀가 노상 방뇨하다 경찰에 적발되어 벌금이 나왔는데 여자는 3만 원, 남자는 6만 원이 부과되었다. 그래서 남자가 경찰에게 따지자 경찰이 말했다.

"여자는 싸기만 했지만 남자는 싸고 흔들었으니까요."

☞ 무엇이든지 티를 내면 가중 처벌된다.

♣ 잠재된 도박심리를 폭로한 유머.

128

•

남녀 요금이 다른 유료 화장실(△)

유머동 버스 대합실 내에 유료 화장실이 신설된 뒤에 이색 요금표가 붙었다.

'여자:100원, 남자:50원. 단 흔들면 2배.'

이를 궁금하게 여긴 차돌이가 수금 요원에게 물어보았다.

"아저씨! 같은 화장실 시설을 이용하는데 요금이 차이나는 이유는 뭡니까?"

그러자 그 아저씨가 해명해 주었다.

"일단 여자는 좌석을 이용하고 남자는 입석을 이용하기 때문이지."

차돌이가 기본료 50원을 지불하고 소변을 보고 급히 나가는데 아저씨가 부르는 것이었다.

"학생, 흔들었지? 50원 더 내고 가."

차돌이는 할 수 없이 50원을 더 지불했지만 기분은 좋았다.

그리고는 속으로 중얼거렸다.

'아저씨 참 멍청하다. 난 다섯 번이나 흔들었는데.'

☞ 이 세상 모든 사람은 자기 기준대로 머리를 굴리며 살고 있다.

♣ 상대적 우월감을 조성한 유머.

129
·

노 인

어떤 노인이 공원 벤치에 앉아 울고 있는 것을 보고 경찰관이 다가와서 무슨 일이냐고 물었다. 그러자 노인이 말했다.

"내 나이가 지금 여든 살인데, 집에는 스물네 살의 아름답고 매력적인 아내가 있습니다. 게다가 제 아내는 저를 무척 사랑하고 있지요."

"그런데 뭐가 문제입니까?"

"우리 집이 어딘지 생각이 나지 않아요."

☞ 치매는 우리 모두가 분담해야 할 사회문제다.

♣ 동정을 유도하는 유머.

130
·

농촌 봉사활동

참돌이가 농촌 봉사활동을 갔을 때의 일이다. 한 할머니가 조그만 텃밭에 채소를 심어 가꾸는 것을 보고 호기심이 생겨 여쭈었다.

"이거 유기농법으로 키우시는 겁니까?"

"으응?"

할머니는 말뜻을 알아듣지 못하는 것 같았다.

"이거 무공해 농작물이냐고요?"

"뭐라고?"

"제 말은 채소가 싱싱해 보인다구요."

"그럼, 약을 얼마나 뿌렸는데."

그러자 참돌이가 중얼거렸다.

"유기농법은 어디 가 있는 거야?"

☞ 고정관념과 지나친 기대는 실망을 부른다.
♣ 예측과 기대를 파괴하는 유머.

131

눈뜬 장님

하루도 빠짐없이 오토바이에 자갈 포대를 싣고 스위스와 독일 국경을 넘나드는 할아버지가 있었다. 국경 세관원은 이 할아버지의 이상한 행동이 여러 날 계속되자 마침내 의심을 하기 시작했다. 뭔가 밀수를 하고 있는 것이 틀림없다고 생각한 세관원은 막 국경을 넘어가려는 할아버지를 붙잡고 이것저것 따져 묻기 시작했다.

"할아버지, 뒤에 실은 포대에 무엇이 들어 있죠?"

"아, 보면 몰라. 자갈이잖아, 자갈."

질문을 마친 세관원이 오토바이에서 포대를 내려 쏟아놓고 낱낱이 조사해 보았으나 할아버지 말대로 자갈밖에 들어 있지 않았다. 세관원은 몹시 이상했지만 별수 없이 다시 포대에 자갈을 담아 실어 주고선 국경을 통과시켰다.

그 이후에도 할아버지는 계속 오토바이에 자갈 포대를 싣고 국경을 넘나들었다. 틀림없이 밀수를 하고 있다고 심증을 굳힌 세관원들은 매일같이 번갈아 가며 불시 검문을 했지만 여전히 포대에서는 자갈밖에 나오지 않았다.

마침내 한 세관원이 도저히 호기심을 견디지 못해 하루는 할아버지에게 작은 소리로 물어보았다.

"할아버지, 설사 밀수를 하신다 하더라도 눈감아 드릴 테니 저한테만 솔직히 말씀해 주세요. 절대로 검거하지 않겠다는 각서도 여기 있습니다. 밀수를 하긴 하는 거죠?"

"그야 당연하지. 그걸 말이라고 해."

"그러면 말이죠, 도대체 뭘 어떻게 밀수하는 겁니까?"

그러자 할아버지가 솔직히 털어놓았다.

"멍청하긴, 뭐긴 뭐야 오토바이지."

☞ 고정관념은 어두운 등잔 밑을 만든다.

♣ 인간의 고정관념과 관성적 사고를 폭로한 유머.

132
·

다리가 부러진 이유(△)

의사가 부러진 다리를 기부스하며 중년의 농부에게 물었다.

"어쩌다 이렇게 됐죠?"

"그러니까 그게 25년 전이지요."

이때 의사가 말을 가로막으며 말했다.

"과거 일은 상관없고요. 오늘 다리가 왜 부러졌는지 말씀해 보세요."

"지금 말하잖아요! 25년 전 내가 처음 농사일을 시작한 첫날, 일을 마치고 지붕 바로 밑에 있는 다락방으로 잠을 자러 갔는데 주인집 딸이 내 방으로 오더니 '뭐 원하는 게 없냐'고 물었지요. 그래서 내가 '모든 게 다 좋아요' 하고 대답하니까 정말이냐고 되묻더라고요. 그래서 진짜로 모든 게 좋다고 했지요. 그러니까 그녀가 '그럼 내가 뭐 해 줄 건 없어요'라고 묻기에. 나는 아무것도 없다고 딱 잘라 말했답니다."

그러자 의사가 의아하다는 듯 물었다.

"아저씨, 그 이야기가 다리 부러진 거하고 무슨 관계가 있는 겁니까?"

"물론 있죠. 오늘 아침에 우리집 다락방을 고치는데 갑자기 그

때 그 다락방이 생각났고, 그때 주인집 딸이 무슨 뜻으로 그런 말을 한 건지 생각이 나지 뭡니까. 그래서 아하! 하고 밖으로 나오다가 그만 실족하여 떨어진 겁니다."

☞ 가끔 옛일이 생각나면 그냥 웃고 마세요.

♣ 인간의 우둔과 성적 유혹을 폭로한 유머.

133

도시와 시골

도시 생활에 염증을 느낀 참돌이가 부모님이 계신 시골에 내려가 오랫동안 쉬다가 서울로 돌아왔다.

어느 날 저녁 그는 직장 동료들에게 자신의 목가적인 시골 생활에 대해 한참 신나게 자랑하다가 녹음기를 틀며 말했다.

"내가 녹음한 것들 중에 가장 멋진 것인데 한번 들어 보게."

그래서 동료들이 호기심에 가득 차 귀를 기울이고 있는데 아무런 소리도 들리지 않았다.

"아무 소리도 안 들리잖아?"

기다림에 지쳤는지 동료 한 명이 소리를 질렀다. 그러자 참돌이가 말했다.

"바로 그거야. 이와 같은 고요함을 녹음할 수 있는 곳을 찾아내기가 얼마나 어려운지 자네는 아마 상상도 못할 거야."

☞ 지나친 소음은 공해 차원을 넘어 지옥행 전주곡이다.

♣ 기대와 예측을 파괴하는 원리를 적용한 유머.

134

독일군 장교(△)

제2차 세계대전이 한창인 1942년 여름, 휴가를 나온 독일군 장교가 기차 여행을 하고 있었다. 독일군 장교의 맞은편엔 프랑스인 젊은 남녀가 앉아 있었고, 옆에는 프랑스인 할머니가 앉아 있었다. 그런데 기차가 터널을 지날 때 해괴한 일이 벌어지고 말았다. 터널을 통과하자 '쪽' 하는 입술 훔치는 소리가 나더니 뺨맞는 소리가 났다. 터널을 빠져 나오자 독일군 장교는 뺨을 맞은 채 식식거리며 좌우를 살피며 범인을 찾으려고 신경전을 펴고 있었다.

이때 독일군 장교가 혼자 속으로 생각하고 있었다.

'키스는 프랑스 놈이 한 것 같은데… 프랑스 처녀는 나를 의심하고 때렸군. 프랑스 남녀를 무슨 죄로 처벌하지?'

이때 처녀도 엉뚱한 생각을 하고 있었다.

'멍청한 독일 놈, 키스하려면 나한테 해야지 할머니에게 하다가 맞았군.'

이때 할머니 또한 속생각을 하고 있었다.

'그래, 프랑스 여자의 기개가 있군. 저런 독일 놈은 맞아도 싸지.'

한편 프랑스 청년은 입가에 빙그레 미소를 흘리며 생각했다.

'내 팔뚝에 쪽 소리를 내고 독일 놈 뺨 때리니 상쾌하군.'

☞ 일을 꾸미려면 완전하게 해야 한다.

♣ 순간적인 기지가 있는 유머.

135
·

돈·돈·돈

· 두 남자가 빚을 갚지 않은 채 세상을 떠난 친구에 대해 이야기하고 있었다. 그 중 한 사람이 말했다.

"그거 참 이상한 일이야. 돈은 죽을 때 가지고 가지 못한다고

들 하는데, 남의 돈을 가지고 가는 사람이 있거든."

• 어린 아들이 만 원짜리 지폐 한 장을 들고 집으로 들어오며
주웠다고 말했다.
"정말 주운 거니?"
하고 엄마가 묻자 소년이 대꾸했다.
"정말이고 말고요. 옆에서 두리번거리면서 돈을 찾는 남자를
봤다고요."

• 미국 UCLA대학에서 유학 중인 중동 석유 재벌의 아들이 본
국의 아버지에게 전화를 했다.
"아버지, 저 낙제했어요"
그러자 아버지가 별스럽지 않다는 듯이 말했다.
"그래? 그럼 아무 걱정 말고 그 학교 얼마면 살 수 있는지 알
아 봐라."

• 같은 천 원이라도 헌금할 때는 커 보이고 가게에 가져갈 땐
작아 보인다.

• 의사와 기상 통보관의 공통점은 오진(보)을 하더라도 돈은
꼬박꼬박 받는다는 점이다.

• 은행에 예금해 둔 돈은 치약과 같아서 빼내기는 쉬워도 다시
집어넣기는 어렵다.
☞ 돈이란 집에 쌓아 두면 악취가 나지만 사회 발전의 거름으로 활용하
   면 향기가 나는 존재다. 돈은 육신의 편리함은 주지만 정신의 안락까
   지 책임지지는 못하는 무책임한 존재다.
♣ 누구나 일상생활에서 느낄 수 있는 사항을 소재로 한 유머.

136
·

뜨거우면 뜨겁다고 말을 하지

참돌이와 차돌이가 함께 잠을 자고 있었다. 그런데 참돌이가 일어나 머리맡에 있는 주전자의 물을 마시고 나서 갑자기 주먹과 머리로 벽을 '쾅쾅' 치고 받더니 자는 것이었다. 그 광경을 본 차돌이가 이상하게 생각되어서 자기도 주전자에 있는 물을 마셨다. 그러자 차돌이도 마찬가지로 참돌이와 같은 행동을 한 후 이렇게 말하는 것이었다.

"××놈, 뜨거우면 뜨겁다고 말을 하지."

☞ 선대의 시행착오가 개선되지 못하고 전수가 되었다면 아직도 인류는 원시시대에 살 것이다.

137
·

미니스커트가 해로운 이유(△)

손녀와 할아버지가 산책을 하다가 초미니스커트를 입은 여자를 만났다. 그러자 할아버지가 손녀에게 일렀다.

"초미니스커트는 몸에 해로우니 너는 앞으로 입지 않도록 해라."

그러자 손녀가 반문했다.

"입어 보지도 않고 무슨 근거로 그렇게 단정하시나요?"

"초미니스커트는 나이 든 내가 봐도 열이 오르는데 젊은이가 보면 얼마나 열을 받겠느냐?"

☞ 초미니스커트를 입는 것은 자유다. 그러나 보는 사람에게 피해를 줄 정도라면 제고되어야 한다.

♣ 주체와 객체를 바꾸어 놓으면 유머가 된다.

138
백만장자(△)

사장과 비서가 대화를 나누다가 사장이 말했다.

"집사람이 나를 백만장자로 만들어 놓았다네."

"사모님이 대단하십니다. 어쩜 그렇게 할 수 있나요?"

그러자 사장이 비서의 말을 기분 나쁘다는 듯이 낚아채며 말했다.

"그런 소리 하지 마! 전에는 억만장자였어……."

☞ 누구 탓을 할 필요 없다. 모두 자신의 문제이다. 매사를 운명으로 알고 만족하는 사람은 두 번 추하지 않다.

♣ 고정관념을 파괴한 유머.

139
버 스

차돌이가 붐비는 버스를 타고 여행을 할 때의 일이다. 차돌이 옆에 서 있던 한 노인이 차돌이에게 나이가 몇이냐고 정중하게 물었다.

"그건 왜 묻죠? 전 스물세 살인데요."

그러자 노인이 조용히 말했다.

"아직도 자기 발로 혼자 설 줄 모르니까 하는 소리요."

무안해진 차돌이는 얼른 노인의 발등에 놓인 자기 발을 치웠다.

☞ 남에게 피해를 주지 않는 것이 최고의 예절이다. 피해를 주고 있다면 최우선적으로 해결해야 한다.

♣ 남에게 대해서는 무례한 인간의 속성을 폭로한 유머.

140
·

변 명

어떤 부대의 행정 보급관이 중대장에게 불려가 계원들이 나태하고 예절이 없다는 이유로 야단을 맞았다. 이에 행정 보급관이 변명을 늘어놓았다.

"중대장님, 제 아래에 있는 중대 계원들 넷이 모두 밥통 같은 녀석들이라는 것만은 좀 알아주십시오."

그러자 중대장이 앉은 채로 행보관을 보며 말했다.

"행보관은 그래도 다행입니다. 내 밑에는 밥통이 다섯 명이나 되질 않소."

☞ 아랫사람을 욕하는 것은 자기의 무능을 드러내는 것이다. 밖에 나가 부하를 헐뜯는 자는 퇴출 1호다.

♣ 모든 문제는 자기에게 있음을 모르는 인간의 모순을 폭로한 유머.

141
·

복수(△)

차돌이가 군대 간 지 1년이 채 못 되는 어느 날 여자친구 차순이한테서 다음과 같은 내용의 편지를 받았다.

'그 동안 즐거웠어요. 우리 서로 사랑하기에 옛날 좋았던 감정 그대로 간직하며 헤어져요. 그 동안 가져간 내 사진을 돌려보내 줬으면 좋겠어요. 그 동안의 추억은 각자 정리하자고요.'

편지를 읽고 난 차돌이는 화가 났지만 군에 있는 몸으로 어떻게 할 수가 없었다. 그래서 같은 내무반 내에 있는 여자 사진을 몽땅 모아 편지와 함께 보냈다.

'어떤 사진이 네 사진인지 기억이 안 난다. 네 것만 빼놓고 다른 사진은 다시 돌려보내 줘.'

※추신:순이! 추억은 가슴에 간직하는 것이지 정리의 대상이
아니다.

☞ 간다면 가게 두라. 그것이 진짜 사랑의 표현이다. 가는 것을 아쉬워하
는 것은 그 동안 사랑한 것이 아니라 소유했다는 증거이다.

♣ 사랑도 이해관계에 의해서 좌우되는 인간의 모순을 폭로한 유머.

142

봉투를 펴 보세요(△)

전임 회장이 퇴임을 하면서 신임 회장에게 1부터 3까지의 숫자
가 적힌 봉투를 건네주며 말했다.

"회사가 어려울 때마다 봉투를 하나씩 펴 보게나. 많은 도움이
될 것이오."

신임 회장이 부임한 후에 회사는 잘 운영되었다. 그런데 6개월
쯤 지나자 판매 실적이 떨어지며 적자가 나기 시작했다. 회장은
전임 회장이 주고 간 봉투가 생각나서 첫번째 봉투를 펴 보았다.
거기엔 이렇게 적혀 있었다.

'전임 회장을 비난하시오.'

회장은 기자들을 모아 놓고 지금 회사의 어려움은 전임 회장의
방만한 경영 때문이라고 비난했다. 그리고 며칠이 지나자 다시
회사가 잘 운영되기 시작했다.

그렇게 일년이 지나자 다시 회사에 자금난이 닥쳐 왔다. 그래
서 회장이 두 번째 봉투를 열어 보았는데, 거기에는 이렇게 적혀
있었다.

'임직원을 교체하시오.'

회장은 대대적인 구조 조정을 감행했다. 그러자 회사는 다시
경기를 회복하였다. 그리고 또다시 일년쯤 지나자 회사의 판매가

떨어지고 주가가 떨어졌다. 회장은 마지막으로 세 번째 봉투를 열어 보았다.

'당신도 이제 봉투 세 개를 준비하시오.'

☞ 근본적인 치유가 없다면 다람쥐 쳇바퀴 돌듯이 모순은 순환된다.

♣ 사실적 묘사를 통한 유머 만들기.

143

빗나간 친절

사과 농장에서 일하는 차돌이가 실수로 사과를 잔뜩 실은 트럭을 시궁창에 처박고 말았다. 그때 근처에 사는 친구가 나와서 큰 소리로 차돌이에게 말했다.

"여보게 차돌이, 그 트럭은 나중에 세우기로 하고 들어와서 저녁이나 함께 하세. 저녁 먹고 나서 같이 트럭을 일으켜 세우세. 내 거들어 줄 테니."

"고마워. 하지만 아버지가 화내실 거야."

"그러지 말고 이리 오게, 이 사람아."

친구가 끈질기게 권하자 차돌이는 마지못해 응했다.

"알았네."

차돌이는 저녁을 푸짐하게 먹고 나서 친구에게 고맙다는 인사를 했다.

"이제 힘이 나는군. 하지만 보나마나 아버지가 노발대발하실 거야."

그러자 친구가 물었다.

"바보 같은 소리 말게! 사람들을 불러모아서 당장에 트럭을 세우면 되지 않나. 그런데 자네 부친은 지금 어디 계신가?"

"트럭 안에 계시네."

"오! 맙소사!"

☞ 급한 일은 어떤 유혹이 있더라도 곧장 처리해야 한다. 지체는 자기 파
  멸뿐이다.

♣ 인간의 우매를 통한 평범한 유머 만들기.

144
•

사 냥

친구 세 명이 사냥을 하고 있는데 갑자기 커다란 곰 한 마리가
나타났다. 이때 한 친구가 말했다.

"침착하자구."

그러자 그 중 다른 한 명이 조용히 말했다.

"우리가 동물 백과사전에서 읽은 것 생각나? 산 속에서 곰을
만나면 정신을 똑바로 차리고 죽은 척하라고. 그러면 곰이 돌아
서서 가 버린다고 했어."

이에 나머지 한 사람이 말했다.

"그래 맞아."

그런데 침착하자고 말했던 친구가 걱정스럽게 대답했다.

"우리는 그걸 읽었지만, 문제는 저 곰이 그 책을 읽었을 리 없
다는 것이야."

☞ 매사를 상대방의 입장에서 생각해 보라. 그러면 문제는 이미 해결의
  길로 가고 있다. 건전한 문제의식은 문제를 줄여 주지만 불필요한 문
  제의식은 행동을 더디게 한다.

♣ 인간이 궁지에 처하면 약해지는 속성을 폭로한 유머.

145
•

진정한 살생유택이란(★)

불자 세 명이 서로 살생유택의 계를 지키고 산다며 자랑을 늘

어놓았다. 먼저 불자 '갑'이 말했다.

"난 내 팔뚝에서 피를 빨고 있는 모기 한 마리도 죽이지 못해서 모기가 피를 빨고 스스로 날아갈 때까지 기다려 준다고."

이 말에 불자 '을'이 우월감에 넘치는 어조로 말했다.

"그러니? 난 내 몸의 균까지 생명체로 인정하여 몸이 아무리 아파도 항생제 주사는 맞지 않는다네."

불자 을의 말이 끝나자 불자 '병'이 웃으면서 말했다.

"난 모기, 파리는 물론 필요하다면 큰 동물까지도 살생을 하지. 그러나 상대의 자존심과 희망은 한번도 죽여 본 적이 없다네."

과연 누가 살생유택의 계를 지키고 있는 걸까?

☞ 정신적인 폭력은 살인에 버금가는 범죄 행위다.

♣ 원칙주의자의 모순을 폭로한 유머.

146

·

선착순도 지조가 있어야(△)

공부는 못하지만 달리기를 잘하는 차돌이는 숙제를 안해 가기로 유명했다. 하루는 숙제 검사를 모두 끝낸 선생님이 숙제 안한 사람 '앞으로'라는 말이 나오기가 바쁘게 차돌이가 앞으로 신속하게 나가 제일 앞에 섰다. 그러자 선생님이 말했다.

"오늘은 시간이 없으니 제일 앞에 선 사람만 대표로 맞는다."

이에 차돌이가 속으로 중얼거렸다.

'빨리 나오는 것도 실력인데……'

다음날 또 숙제 검사가 있었고 '앞으로' 나오라는 호령이 떨어졌다. 차돌이는 어제의 기억을 되뇌며 맨 뒤에 섰다. 그런데 신생님은 오늘따라 맨 뒤에 선 차돌이에게 오더니 공부도 못하는 게 동작도 둔하다며 또 때렸다.

다음날도 숙제 검사가 있었고 차돌이를 포함해서 3명이 또 불려나왔다. 차돌이는 꾀를 내어 가운데 서면 화를 면할 것 같아 회심의 미소를 지으며 가운데로 섰다.

그러자 선생님이 말했다.

"오늘은 가운데 사람을 보고 앞뒤 사람이 꿀밤 주기다."

☞ 피할 수 없는 운명이라면 기꺼이 즐겨라.

♣ 매순간 계산하고 편리주의를 추구하는 인간의 속성을 폭로한 유머.

147

수박 서리(△)

수박을 재배하는 농부가 있었다. 그는 별다른 문제 없이 농사를 잘 지었으나 한 가지 신경 쓰이는 것이 있었다. 동네 아이들이 밤마다 와서 수박 서리를 해 가는 것이었다. 농부는 생각 끝에 꾀를 내어 수박밭에 푯말을 세웠다.

'이 중 한 개의 수박에는 독약을 주사했음.'

다음날 농부가 수박을 세어 보니 숫자가 그대로였다. 농부는 기쁜 마음에 돌아가려다가 푯말 밑에 적혀 있는 글을 보았다. 그곳에는 작은 글씨로 이렇게 적혀 있었다.

'이제 독약을 주사한 수박은 두 개가 됐음.(정말임!)'

그리하여 농부는 진짜 독약이 주사된 수박 찾기를 포기하고 수박 밭 전체를 갈아엎고(포기하고) 말았다.

☞ 순간적인 거짓말로 인간을 통제하려고 하면 더 큰 화를 부른다.

♣ 인간을 믿지 못하고 인위적으로 통제하려는 인간의 속성을 폭로.

148

술 되게 밝히네

주당으로 소문난 사람이 어느 집 저녁 식사에 초대됐다. 식사가 끝나자 주인이 후식으로 포도를 대접했다. 그러자 그가 접시를 슬며시 밀면서 말했다.

"전 숙성이 덜 된 포도주는 먹지 않습니다."

☞ 술은 절제해서 마시는 자에게는 약이지만 무절제하게 마시는 자에게는 경고문이 없는 독약이다. 술을 마시는 목적은 취하려고 마시는 게 아니라 기분을 전환시키려고 마신다. 술! 정확히 알고 마셔야 한다.

♣ 한 가지 일에 집착하는 인간의 속성을 폭로한 유머.

149

·

시체 검시관의 노크

시체 검시관인 참돌이가 어느 날 밤 사고로 사망한 사람을 검시하기 위해 병원에 갔다. 병원의 보조원이 참돌이를 따라 영안실이 있는 어두컴컴한 지하실까지 왔다. 참돌이는 임상 연구원들이 문을 잠그고 일을 하는 경우가 종종 있다는 것을 알기 때문에 문 앞에 이르러 세 번 노크를 했다. 그러자 함께 온 그 보조원이 떨리는 목소리로 말했다.

"누가 안에서 열어 주면 난 도망칠 겁니다."

☞ 진짜로 무서운 것은 귀신이 아니라 사람이다.

♣ 인간의 우매를 통한 평범한 웃음 만들기.

150

·

신의 기적

세관원이 한 부인에게 물었다.

"부인, 이 병 속에 든 건 무엇입니까?"

"로마의 신부님한테서 얻은 성스러운 물입니다."

"그런데 이 물에서 웬 위스키 냄새가 나지요? 또 맛도 위스키

구요.”

그러자 부인이 소리를 질렀다.

“아아! 드디어 신의 기적이 일어났군요!”

☞ 순발력으로 사실을 덮을 수는 없다.

♣ 반전과 위트로 유머 만들기.

151
·

아내가 무릎을 꿇을 때

세 친구가 술집에서 자신들의 아내에 대한 애기를 나누다가, 어떻게 하면 마누라를 순종하게 하는지에 대해 의견을 나누었고, 두 친구는 마누라를 꽉 쥐고 산다고 허풍을 떨었다. 그런데 한 친구는 계속 침묵을 지키고 있었다. 그러자 두 친구가 말했다.

“이봐, 자네는 어때? 애기 좀 해 봐.”

이에 한참을 생각하더니 말했다.

“우리 마누라는 무릎을 꿇고 엎드려서 내 앞으로 다가오지.”

“와! 그래? 그래서 어떻게 되나?”

“그리고 마누라는 내게 말하지. 침대 밑에서 빨리 나오라고.”

☞ 마누라의 존재는 남자의 처신에 따라 변화한다.

정말 사랑스러운 대상(서로 사랑할 때)→무섭고 귀찮은 대상(나에게 문제가 있을 때)→그래도 찾는 대상(병들고 나이 들었을 때)

♣ 예측을 파괴하면 고도의 웃음이 나온다.

152
·

애절한 광고

참돌이가 서울에서 대구까지 국도를 이용하여 자동차 여행을 하면서 많은 광고판을 보았다. 그 중에 영동 근처에 있는 한 주유소의 간판이 유난히 참돌이의 시선을 끌었다.

'두 아들을 대학에 보내고 있음. 제발 들러 주십시오.'

☞ 자식 교육은 미래의 희망이요 참사랑의 실천이다.

♣ 동정을 유발하는 유머.

153

어리숙한 내 동생

대공원으로 네 살배기 동생과 형이 함께 봄소풍을 갔다. 비둘기들이 사방에 모여 앉아 먹이를 찾고 있었다. 그래서 형이 길가에서 파는 200원짜리 새의 모이를 두 봉지 샀다.

"형아~ 나두… 나두!"

보채는 동생에게 모이를 한 봉지 건네주고 봄의 기운을 즐기고 있었다. 한참 놀다 와 보니 동생이 모이를 다 뿌렸는지 동생의 손에 모이 봉지가 없었다. 그래서 실컷 뿌려 주라고 1,000원어치를 더 사 줬는데도 금세 모이가 없어지는 것이었다. 그래서 이왕 사 주는 거 원없이 놀도록 몇 봉지 더 사 주려 하자 동생이 풍요로운 표정을 지으며 말했다.

"형아, 이제 배불러, 먹기 시타……."

☞ 남용과 오용은 건강의 석이다.

♣ 우매를 이용한 유머 만들기.

154

영특한 꼬마

어느 집의 집 주인이 전세를 놓으면서 대문에 '셋방 있음. 단 딸린 아이들이 없어야 함'이라는 안내문을 써 붙여 놓았다. 이를 본 한 꼬마가 어느 날 그 집에 찾아와 주인 아주머니를 찾더니 말했다.

"아주머니, 방을 얻고 싶어서 왔습니다. 제게는 딸린 아이가 없어요. 그저 늙은 아버지와 어머니뿐이에요. 그러니 방을 얻을 수 있겠지요?"

그러자 주인 아주머니가 반갑다는 듯이 말했다.

"그럼 애야, 전세를 줄 수 있지."

☞ 모든 어른은 한때 모두 어린이였다.

♣ 주객을 바꾸는 기법으로 유머 만들기.

155

·

오리 몸에 웬 닭살

엄마 오리와 아기 오리가 모처럼 연못의 물고기를 포식하고 집으로 돌아오고 있었다.

"엄마, 나 오리 맞아?"

"그럼, 네 아빠도 오린데."

"정말 나 오리 맞지?"

"오늘따라 왜 그러니? 맛있는 밥 먹고."

"그런데 왜 나는 소름이 끼치면 닭살이 돋지?"

☞ 자기에 대한 의심은 자기 학대요 남에 대한 의심은 타인 학대다.

♣ 반복과 역전으로 웃음 만들기.

156

·

오 해

한 남자가 버스 정류장에서 햄버거와 포테이토칩을 먹으면서 버스를 기다리고 있었다. 그때 중년 부인이 애완견을 끌고 다가와서는 그 남자의 옆에 섰다. 그 부인도 버스를 기다리는 눈치였다. 애완견은 그 남자의 햄버거 냄새에 매우 자극되어 낑낑거리더니, 그 남자에게 뛰어오르며 귀찮게 했다. 그러자 그 남자가 중년 부인에게 물었다.

"제가 조금 던져 줘도 괜찮겠습니까?"

"그럼요. 매우 친절하시군요."

그러자 그 남자가 개를 집어들더니 길바닥에 던져 버리는 것이었다.

☞ 던질 것을 던져야 한다. 자만에 빠진 자에게는 각성을, 사랑이 필요한 대상에겐 사랑을, 명확하지 못할 땐 의문을 던져야 한다.

♣ 목적어를 바꾸는 기법(타동사를 사용하면서 목적어를 생략했다가 임의로 바꾸기)→목적어에 대한 불분명한 이해는 상당한 혼란을 준다.

157

왕초보 의사

한 환자가 수술대에 누워 있다가 의사와 간호사의 대화를 듣고 허겁지겁 도망가기 시작했다. 그 광경을 이상하게 생각한 다른 간호사가 환자에게 물었다.

"왜 그렇게 도망가죠?"

"글쎄, 간호사가 위험한 수술이 아니니 그다지 긴상하지 말라지 뭡니까."

"그게 뭐 어떻다는 겁니까?"

"글쎄, 간호사가 환자를 안심시키는 게 아니라 의사한테 그러지 뭡니까."

☞ 의술은 믿음으로 치료하는 과학이자 예술이다.

♣ 믿지 못하는 현대인의 심리와 사이비 전문가가 많은 세상을 폭로한 유머.

158
·

유능한 교관(△)

야전 생존법 교관이 후배 교관에게 한마디 충고를 했다.

"자네 말야, 야외로 생존법 교육을 나가게 되면 피교육생보다 멀찌감치 앞서서 걸어야 하네. 그래야 알지 못하는 풀이 보이면 발로 슬쩍 뭉개 버릴 수가 있고, 유능한 교관이 될 수 있는 거야."

☞ 체면은 진실을 가리고 발전을 막는 무서운 바이러스병이다.

♣ 인간의 체면의식을 폭로한 유머.

159
·

제발, 쓰다 버린 거라도

배탈이 난 차돌이가 급하게 화장실로 뛰어 들어가 일단 일을 보는데 휴지가 없었다. 난감해진 차돌이는 그렇다고 다시 밖으로 나갈 수도 없었다. 그래서 좁은 구멍을 통해 옆칸을 바라보았다. 순간 차돌이의 얼굴에 화색이 돌았다. 옆칸에 친구 참돌이가 앉아 있었기 때문이었다. 차돌이는 다행이다 싶어 조용히 말을 걸었다.

"너 참돌이지? 거기 있는 거 다 알고 있어."

그러나 참돌이의 대답은 들려 오지 않았다. 그래서 차돌이는 더욱 부드러운 목소리로 말을 걸었다.

"휴지 한 장만 빌려 줄래?"

그런데 이번에도 아무런 반응이 없었다. 차돌이는 자존심이 상했지만 어쩔 수 없어 다시 애원조로 말을 걸었다.

"그럼, 반 장만 찢어 줄래?"

그러나 참돌이는 끙끙 신음 소리만 낼 뿐 아는 척도 하지 않았다. 차돌이는 너무도 화가 났다. 하지만 이것저것 가릴 상황이 아니었다. 그래서 차돌이는 더욱 비굴한 목소리로 말했다.

"그럼 쓰다 버린 거라도 던져 줄래?"

그러나 이번에도 역시 콧김 소리만 내뿜을 뿐 대답을 하지 않았다. 차돌이는 부아가 치밀어 소리쳤다.

"야, 이 짠돌아, 쓰다 버린 것도 아깝냐?"

그때 나지막한 참돌이의 목소리가 들려 왔다.

"나도 지금 말리는 중이야."

☞ 진짜 어려울 때 도와주는 것이 진정한 봉사다.

♣ 인간이 궁지에 처하면 약해지는 속성을 폭로한 유머.

160

참돌이의 경제적 데이트 방법(△)

a)큰 서점에 가서 참돌이는 상권을, 여자친구는 하권을 사서 나중에 서로 바꿔 읽는다.

b)10원짜리 동전 1,000개를 넣은 커다란 꿀꿀이 저금통을 안겨 주며 전화하라고 한다.

c)당신 생일날 연인에게 선물을 한다.

'나로 하여금 태어난 기쁨을 느끼게 해 줘서 정말 고마워'라고.

d)슈퍼에 들러 똑같이 생긴 컵과 칫솔을 산다. 이를 닦을 때마다 서로 생각하기.

e)연인이 생각나면 통화하고 싶은 내용을 메모했다가 서로 노트를 바꾸어 본다.

f)무선 전화기는 폼으로 갖고 다니고 남은 돈이 있는 공중전화 골라서 전화하기.

g)승객이 꽉 찬 비둘기호 열차 안. 좌석이 아니더라도 두 사람

만의 몸을 의지해 여행하기.

　h)연인 이름으로 도장을 새겨 선물한다.

　'이담에 쓸 일이 생길 거야. 이를테면 혼인 신고에'라면서.

　i)시계를 바꿔 찬다. 서로의 시간을 저당잡힌다.

☞ 데이트는 마음의 문을 여는 초보 과정이다.

☞ 마음과 실체를 보여주어야 진정한 만남이 된다.

♣ 생활의 지혜를 주는 유머.

161
·

퇴직한 경관의 착각

　퇴직한 경찰관이 가족과 함께 차를 타고 고속도로상 무인 감시 카메라가 있는 구간을 느린 속도로 달렸음에도 불구하고 카메라가 반짝이며 사진이 찍히는 것이었다. 남자는 이상하게 생각되어 차를 돌려 다시 그 길을 지나가는데 또 카메라가 반짝였다. 전직 경찰관은 뭔가 고장이 났다고 생각하고 다시 한번 지나갔고 카메라는 또 찍혔다.

　"이 녀석들 카메라 관리도 제대로 안하는군."

　퇴직 경찰관은 직업의식을 발동하여 관할 경찰서로 감시카메라가 고장났다고 알려주었다. 그러나 고맙다는 인사 대신에 2주 후에 집으로 안전띠 미착용 벌금 고지서가 세 건이나 날아왔다.

☞ 항상 점검의 대상은 자기 자신이다.

♣ 자기는 안하면서 남을 질타하는 현대인의 위선을 폭로한 유머.

162
·

허무 그리고 황당

　똥을 누려고 힘을 주다가 방귀가 나오면 허무한 것이요, 방귀를 뀌려고 힘을 주다가 똥이 나오면 황당한 것이다.

또한 트럭 뒤에서 똥을 누고 있는데 트럭이 앞으로 가면 허무한 것이요, 트럭이 뒤로 오면 황당한 것이다.

☞ 불완전한 인간은 항상 허무와 황당함 속에 산다.

♣ 웃음은 그럴듯한 비교에서 나온다.

제2절 풍자형 유머
- 인간의 작은 모순을 웃음으로 처리하는 유머
- 자기 반성을 기초로 모순의 해결을 꿈꾸는 유머

201
·
가상 동물 왕국(★)

♥ 동물 대표자 선출

용인 자연농원의 동물들이 인류 멸망시 지구를 지배하기 위한 비밀조직을 결성했다. 먼저 **통합 규약**을 만들기 앞서 전체 대표자를 뽑기 위한 임시회의를 열었다. 육상의 길짐승을 대표해서 원숭이, 바다 동물을 대표해서 돌고래, 하늘의 날짐승을 대표해서 독수리, 민물 동물을 대표해서 수달, 땅 속 동물을 대표해서 두더지가 에버랜드 돌고래 쇼장 하수장에 몰래 모였다. 그러나 임시회의가 있던 날 호랑이와 쥐, 박쥐들이 소문을 듣고 와서 대표 선정에 의의가 있다며 항의 시위를 했다.

호랑이는 '약한 원숭이가 어찌 길짐승의 대표가 될 수 있느냐'며 강한 자신이 대표가 되어야 한다고 포효했고, 쥐는 '이 지구상에서 가장 숫자가 많은 자기들이 땅 속의 대표가 되어야 한다'고 찍찍거렸고, 박쥐는 '독수리는 곧 멸종할 품종인데 어찌 대표가 되느냐며 숫자도 많고 어디든 전자파를 쏘며 비행할 수 있는 자기들이 하늘의 대표가 되어야 한다'며 저마다 대표 선출 무효를 선언하며 시위를 하는 것이었다.

그러나 사전 선정된 대표들은 시위를 무시하고 전체 대표자 선출을 위한 연설을 했다. 먼저 원숭이가 기조 발언을 했다.

"그 동안 살기 위해서 인간들 앞에서 재롱을 피웠지만 그래도 인류와 가장 유사하고 지능이 있으니 인간들의 언어를 터득하여 인류가 멸망하면 인간들이 사용하던 시설이며 문화를 쉽게 접수할 수 있는 나를 대표로 뽑아 주세요."

그러자 돌고래가 반박하며 한마디 했다.

"동물 중 최고의 지능을 갖춘 동물은 역시 돌고래라고 생각합니다. 소수의 돌고래가 불가피하게 인간들 앞에서 재롱을 떨고 있지만, 유연하면서 품위가 있고, 바다를 지배할 수 있는 제가 적격자가 아니겠습니까? 아직도 바다는 오염되지 않은 미래의 공간이지 않습니까?"

이때 수달이 나서며 말했다.

"원숭이는 물에서 살 수 없으니 지구상의 70%는 통치할 수가 없고, 돌고래는 육지에서 살 수 없으니 지구상의 30%는 다스릴 수 없는 태생적 한계가 있습니다. 그러나 저는 힘도 있고 하늘을 빼고는 못 가는 곳이 없습니다. 물갈퀴만 진화시켜 날개가 되게 한다면 하늘까지 날아오를 수 있습니다. 저를 밀어 주십시오."

그러자 독수리가 자기를 과시하면서 말했다.

"저는 물 속은 들어가지 못하지만 위에서 다 내려다보며 자유롭게 통치할 수 있소. 저를 뽑아 주는 것이 지구의 미래를 위한 선택일 것이오."

독수리의 말이 끝나기가 바쁘게 두더지가 말했다.

"저는 대표가 되기에는 능력이 부족하오. 그러나 독수리가 되면 안 되오. 그 동안 우리 두더지를 너무도 못살게 굴었으니까요."

이렇게 각 대표자들의 연설이 끝나고 투표에 들어갔다. 결과는 각자 자기를 찍었고, 두더지만 원숭이를 밀어 주는 바람에 원숭이가 2표로 동물 대표로 선출되었다. 그리하여 원숭이의 수락 연설이 있었다.

"먼저 두더지에게 감사하오. 두더지에게 공동 통치기구 설립을 제안하고, 약속대로 인간들의 언어를 터득하기 위한 노력을 할 것이오. 차후 통합 규약을 만들기 위한 정기집회를 호암광장 잔디밭에서 열고자 하오. 다들 참석하시오."

☞ 조물주는 누구에게도 완전한 능력을 주지 않았다.

♣ 투표에 의한 대표자 선출의 한계를 풍자.

♥ 1차 정기집회(혼란)

원숭이를 대표자로 선출한 동물들은 통합 규약을 만들기 위한 1차 정기집회를 열었다. 호암광장 잔디밭에서 열리다 보니 원숭이와 두더지만 참석하고, 독수리는 광장 주변을 배회하고, 수달과 돌고래는 참석도 못하여 1차 정기집회는 정족수를 채우지 못한 채 무산되고 말았다. 그래서 원숭이의 제안으로 물과 산, 나무가 골고루 있는 장소를 찾기로 하고 해산을 했다.

☞ 자기 편리 위주의 발상은 항상 갈등을 만든다.

♣ 성급한 결정과 독선의 한계를 풍자.

♥ 임시 보좌관단 회의(집회 장소 선정)

1차 정기집회가 무산됨에 따라 각 대표들의 보좌관들이 모여 집회 장소에 대한 의견을 나누었다. 먼저 돌고래 보좌관이 의사 발언을 했다.

"모두가 각기 다른 태생적 습성 때문에 어디를 선정해도 모든 동물을 만족시키는 장소는 없을 것입니다. 그래도 돌고래 쇼장은 맑은 물이 있고, 지상으로 좌석이 있으며, 하늘을 동시에 볼 수 있어 최적의 장소라고 생각하오."

그러자 두더지 보좌관이 부적절하다고 말했다.

"돌고래 쇼장은 온통 시멘트로 되어 있어 두더지가 접근할 수 없으므로 부적절하다고 생각하오."

이에 돌고래 보좌관이 덧붙여 말했다.

"돌고래 쇼장 밑으로 비밀 지하통로가 있어 그리로 들어오면 문제가 없을 것입니다."

그러자 이번엔 원숭이 보좌관이 말했다.

"집회 장소로 쇼장은 부적절하오. 핵심 시설인 본부 건물을 이용하면 지하에는 하수구를 통하여 갈 수 있는 풀장이 있고, 층별 공간이 있고, 옥상에는 하늘을 바로 볼 수 있고, 인간이 사용하고 있는 최첨단 장비를 이용하여 서로를 연결할 수가 있소."

이에 독수리 보좌관이 반박하고 나섰다.

"원숭이 보좌관은 환상에서 깨어나시오. 우리는 아직까지 동물에 불과하오! 인간들의 장비를 누가 다룬다는 말이오?"

이렇게 말들이 많자 수달 보좌관이 한마디로 일축하며 말했다.

"서로 말들이 많으니 투표로 합시다."

그래서 각 보좌관들의 의견 제시가 끝나고 투표에 들어갔다. 결과는 원숭이를 빼고 돌고래측 의견을 존중하여 정기집회 장소로 돌고래 쇼장을 선정하였다.

☞ 자기 위주로 이야기하면 공감을 얻지 못한다.

♣ 남을 생각하지 못하는 아집을 풍자.

♥ 2차 정기집회(무질서)

2차 정기집회는 돌고래 쇼장에서 열렸다. 원숭이가 단상으로 나가 개회식을 하는데 1차 정기집회 무산에 대한 불만으로 독수리가 원숭이를 향하여 날아들자 원숭이가 물로 피신하다 물을 먹는 해프닝이 벌어졌다. 그러자 원숭이는 자기 위상에 손상이 갔다며 갑자기 폐회식을 선언하고 말았다.

☞ 불만이 있으면 대화로 풀어 갑시다.

♣ 폭력을 행사하는 패거리 정치를 풍자.

♥ 3차 정기집회(동물 교육과목 선정)

3차 정기집회는 사전에 합의된 돌고래 쇼장에서 열렸다. 호랑이의 경호 하에 원숭이가 단상으로 나가 개회식을 했고, 3차 집회 의제로 '인류 멸망 대비 동물 교육과목 선정'을 제시하자 먼저 원숭이가 자기의 의견을 말했다.

"인간들이 주로 육상에서 살면서 사용했던 지상의 시설과 문화를 그대로 접수하려면 먼저 말을 가르치고 두뇌를 개조해야 하는데, 그 기초가 되는 직립 보행부터 가르쳐야 하오."

그러자 돌고래가 말했다.

"이제 지상은 황폐해져 살 곳이 못 되오. 누구나 수영을 익혀야 하오."

이에 독수리가 자기의 의견을 제시했다.

"지구의 지상과 해상은 모두 살 곳이 못 된다는 사실은 모두가 알고 있소. 그러니 무한 공간을 날 수 있는 비행술을 가르쳐야 하오."

그러자 두더지가 말했다.

"그래도 땅 속은 오염이 덜 되었으니 땅 파는 기술을 가르쳐야 하오."

그러자 이번엔 수달이 나서며 점잖게 한마디 했다.

"저마다 자기 특기만 교육해야 한다고 하는데 듣고 보니 다 필요한 교육이오. 각 대표마다 1개의 과목만 제시합시다."

이렇게 하여 동물 교육과목에 대한 각자의 의견이 집계되었다. 원숭이는 직립 보행, 돌고래와 수달은 수영, 독수리는 날기, 두더지는 땅 파기를 제시하여 동물들의 통합 교육과목으로 직립 보행, 수영, 날기, 땅 파기가 선정되었다.

☞ 교육은 미래를 보장하는 보험이다. 지나친 통제 교육은 미래 보장은 고사하고 인간을 파괴할 뿐이다.

♣ 획일주의 교육의 모순을 풍자.

♥ 동물 통합교육대 개교

동물 교육 과목이 선포되자 먼저 각 대표자들부터 돌고래 쇼장에 마련된 통합교육대에 입소하여 밤마다 교육을 받게 되었다. 원숭이와 독수리는 수영을 배우다 물만 실컷 먹고 털이 빠지면서 체온이 떨어져 중도에 포기하고 말았고, 수달과 돌고래는 날기를 배우다 지쳐 졸도하고 말았으며, 두더지는 직립 보행을 배우다 발갈퀴가 뭉그러지고 허리를 다쳤다. 그래서 동물 대표들은 첫날 교육도 받지 못하고 모두 도망쳐 버렸다.

☞ 모든 이에겐 자기만의 독특한 재능이 있다.

♣ 개인의 자질과 특성을 무시한 무개성주의 교육을 풍자.

♥ 4차 정기집회(사사오입)

4차 정기집회가 개회되자마자 흥분한 독수리가 먼저 의사 진행 발언을 했다.

"원숭이 대표는 농불 교육의 실패에 대한 책임을 시고 물러나야 하오! 그 동안 원숭이의 통솔력 부족으로 다양한 동물들을 다스릴 수 없다는 것이 드러났고, 독선과 아집으로 동물들의 단합은 한 걸음도 나가지 못했소! 스스로 물러나지 않는다면 물리적으로 퇴진시키겠소!"

그러자 원숭이가 독수리의 발언에 반박하며 나섰다.

"독수리는 환상에 빠져 있소! 첫술부터 배부를 수 없다는 인간들의 속담도 들어 보지 못했소! 다수의 이름으로 선출된 나를 독

156

수리가 퇴진을 강요하는 것은 예법에 맞지 않소! 무례한 독수리! 우리는 당신이 날짐승의 대표라는 사실까지 의심하는 바이오!"

"아니 저것이……!"

독수리가 흥분하자 돌고래가 중재하며 나섰다.

"독수리, 흥분하지 마세요. 모든 것은 순리로 풀어 가야 합니다. 원숭이의 신임을 묻는 투표를 합시다."

그리하여 신임을 묻는 투표가 실시되었다. 투표 방식은 원숭이의 유임을 찬성하는 자는 객석에 앉고, 반대하는 자는 풀장에 들어서기로 했다. 잠시 후 정적이 흘렀고 각자의 결단이 있었다. 돌고래는 지체없이 물로 뛰어들었고, 독수리는 물 위에 앉아 고통스럽게 날개를 퍼덕이며 반대 의사를 보였고, 원숭이와 수달은 객석에 자리를 잡았다. 그러나 두더지는 몸은 객석에 둔 채 입은 풀장에 대고 갈증을 해소하려고 물을 마셨다. 이때 원숭이가 무대로 나와 재빠르게 찬성을 선포해 버렸다.

"두더지의 자세는 찬성과 반대를 구분하기에 너무도 애매하나 그래도 몸의 반 이상이 객석에 있었으므로 찬성 쪽으로 인정하여 유임을 선포하오!"

이렇게 원숭이의 억지로 유임이 결정되고 폐회가 선포되었다.

☞ 요령으로 일시적으로 이길 수는 있다. 그러나 완전하게 이길 수는 없다.

♣ 아전인수격 처리를 풍자.

♥ 독수리의 등극

원숭이의 독선에 불만을 품은 독수리가 호암광장을 맴돌다가 원숭이의 눈을 발톱으로 찍어 하야를 받아냈다. 생명의 위협을 느낀 원숭이는 독수리의 요구대로 각 대표들을 소집하여 신상 발언을 하였다.

"그 동안 제가 동물세계를 대표해서 새로운 세계에 대비한 노력을 하였지만 무능한 탓으로 모든 것이 허사로 돌아가고 혼란만 주게 되었습니다. 이제 독수리에게 저에게 남은 기간의 권한을 이양하니 독수리 중심의 단결을 호소합니다."

그러자 겁을 먹은 두더지가 찬성하며 나섰다.

"원숭이의 퇴진은 시기 적절한 결정이오! 우리 독수리를 대표로 추대합시다. 신(神)도 잘한 결정이라고 안심할 것입니다."

이에 독수리가 대표 수락 연설을 했다.

"원숭이가 오늘 부로 나에게 대표권을 이양하였소! 적체된 문제를 조기에 해결하고, 통합 규약이 만들어지고 사태가 수습되는 대로 차기 정식 대표자에게 대표권을 물려주고자 하오! 과도기를 이끌 저에게 많은 성원을 바라오!"

이렇게 하여 독수리가 동물세계를 대표하는 과도 체제가 구축되었고, 독수리가 전체 대표가 되던 날 독수리의 앞가슴에 둥근 흰 점이 생겨나 점박이 독수리라고 구분지어 불렀다. 점박이 독수리는 조기에 사태를 수습하고 동심(동물들의 마음)을 얻고자 원숭이를 이어 육상 대표가 된 치타를 부대표로 임명하여 내부체제를 강화시켰으며, 동물교육 헌장을 만들어 단결을 호소하고, 동물답게 살기 운동을 전개하고, 통합 교육과목을 폐지하고 저마다의 특기를 살리는 전문교육 체제로 전환하고, 먹이 정보를 정확히 제공하여 배고픈 동물이 없도록 하였으며, 날뛰는 동물들의 기강을 정립하여 전성기를 누리게 하였다.

그런데 장기 독재 집권체제를 구축한 점박이 독수리가 어느 날 사육사의 총에 맞아 죽게 되었다. 왜 사육사가 독수리를 쏘았는지 아무도 모르다가 뒤늦게 동물들 사이에서 떠도는 이야기로는 독수리가 대표활동을 위해 우리를 뚫고 나오는 것을 우연히 목격한 사육사가 탈출로 오인하고 쏘게 되었다고 한다. 점박이 독수리가 죽자 부대표인 치타가 임시로 대표권을 이양받았다.

☞ 통치자에게 완전함이란 있을 수 없는 단어다. 단지 완전하도록 노력할
뿐이다.

♣ 권력 쟁취와 불의의 사고로 실권하게 되는 과정을 풍자.

♥ 5차 정기집회(호랑이의 등장)

치타는 대표로 추대되기만을 기다리며 말없이 지냈으나 어느
날 호랑이가 출현하여 자기가 육상 동물의 대표가 되겠다며 치타
를 강제로 쫓아 버렸다. 그리고 호랑이는 독수리 사후에 공석이
되어 버린 하늘의 대표로 매를 임명하고, 각 대표들의 형식적인
동의를 얻어 동물 대표가 되었지만 호랑이의 대표성을 부인하는
저항운동이 많았다. 그리하여 호랑이는 사육사와 야합하여 먹이
창고를 통제하자 두더지를 빼고 다른 대표들은 호랑이의 말을 듣
게 되었다.

그러나 동물들이 표면적으로만 굴복하고 진정으로 따르지 않자
호랑이는 홧김에 돌고래 쇼장에 뛰어들어 돌고래를 쥐어뜯어 초
죽음 상태로 만들어 놓았다. 그러자 다른 동물들의 저항이 더 거
칠게 전개되었다. 그리하여 가까스로 50일간의 대표 기간을 채우
고 육상의 대표권을 늙은 사자에게 이양하고 사자가 전체 대표가
되도록 후원하였다.

☞ 통치는 가면극도, 웃기는 놀이판도 아니다.

♣ 강제적인 권력 쟁취와 나누어 먹기식 권력 이양을 풍자.

♥ 6차 정기집회(사자의 등극)

호랑이를 이어 육상의 대표가 된 늙은 사자는 호랑이의 비호하
에 전체 대표가 되고자 하였으나 연속적인 육상 대표의 집권을
못마땅하게 생각하는 동물들의 저항에 부딪쳤다. 그래서 사자가
중도에 포기하고자 했으나 다행히 하늘의 대표인 매의 지원을 받

아 용기를 얻게 되었다.

한편 돌고래와 수달은 육상 위주의 판도에서 수상(水上) 위주의 판도로 교체할 수 있는 절호의 기회라며 서로 단합하는 듯하다가 협상이 깨지자 각자 출마를 했다. 이에 실망한 두더지가 사자를 지원하는 바람에 사자가 대표로 선출되었다.

대표가 된 사자는 대표권 행사에 걸림돌이 되는 호랑이를 멀리 쫓아 버리고 진정한 대표가 되고자 했으나 수상 세력의 저항에 부딪쳐 통솔력을 제대로 발휘하지 못하고 질질 끌려 다녔다. 그러던 어느 날 수달과 매를 포섭하여 공동체제를 겨우 이끌다가 임기 말년에는 퇴임 후를 걱정하다가 육상 세계를 잘 모른다고 생각하는 수달을 밀어 주었다.

☞ 통치는 덕과 카리스마의 적절한 배합을 필요로 한다.

♣ 세력을 모아 권력을 잡는 정치 풍토를 풍자.

♥ 수달의 등극

수달은 사자의 도움을 받아 돌고래와 경합을 벌이다가 어렵게 대표가 되었다. 대표가 된 수달은 오염된 연못을 개선한다는 명분으로 기형의 물고기를 죽여 버리고, 사자의 탐욕과 실책을 흉보다가 사자를 우리에 가두고, 비밀조직에 가담된 육식 동물에 대해 포획령을 내리는 등 초기에는 동심(動心)을 얻어 인기 있는 통치를 했다. 그러나 차츰 독선에 빠지고, 인기 위주의 반짝 쇼를 벌이고, 건전한 다수의 여론을 무시하고, 먹이 사슬에 대한 지나친 간섭과 연못 속의 연꽃 제거 등 연속적인 실책으로 동심이 이반하자 동심을 수습하기 위해 스페인에서 수입해 온 투우(鬪牛)를 길짐승의 대표로 앉혀 분위기를 바꾸어 보고자 했다.

그러나 수달은 본질을 외면하고 인기몰이에 치중하다가 수질이 더 탁해지고, 지상의 두더지는 토양의 오염으로 시름하게 되고,

육상엔 무질서가 판을 치고, 하늘의 매는 지상의 쓰레기 더미를 뒤지는 추악한 세상이 되고 말았다. 이에 위기의식을 느낀 수달은 투우를 앞세워 위기를 피하고자 했으나 투우는 통합교육대를 기피했다는 약점이 노출되어 돌고래와의 대권 경쟁에서 아쉽게 지고 말았다.

☞ 통치는 인기 있는 드라마가 아니라 느낌을 주는 연극이 되어야 한다.

♣ 인기를 추구하다 본질을 놓치는 풍토를 풍자.

♥ 돌고래의 등극

돌고래는 육상 동물의 행태에 염증을 느낀 매의 지원으로 대권을 차지한 후 수상·공중의 통합 기구를 만들고, 준비된 대표답게 육식 동물의 수를 제한하여 먹이 사슬을 정상화시키고, 식물세계와의 새로운 교류와 포용, 오염된 수질 개선을 위한 실질적인 노력, 동물들의 행동 양상 정립과 동물들간 정보 교류에 대한 관심 피력 등 오래 준비한 대표답게 산적한 문제를 조리 있게 잘 처리했다. 그리고 인간세계에 대한 저항심을 고조시켜 내부 불만을 밖으로 돌렸다. 인류는 곧 멸망한다고 선전을 하고 그날에 대비하여 단결할 것을 선동했다.

그러나 인간 스스로도 망한다고 예측한 날, 1999년이 지나도 인류가 건재하자 돌고래의 위상이 약화되었고, 인간들의 동물 학대와 공해로 인한 동물 기형이 속출하고, 인간들의 유전자 조작으로 족보 없는 새로운 동물들이 생겨나자 돌고래는 위기의식을 느끼게 되었다. 그리하여 동물 종족 보존과 동물 학대 방지를 위한 대책회의를 열었다.

☞ 통치는 지식을 주는 잡지가 아니라 지혜를 주는 교양서가 되어야 한다.

♣ 선동정치와 연합정치의 한계를 풍자.

♥ 7차 정기집회(동물 종족 보존 단합대회)

모처럼 돌고래 쇼장에서 정기집회가 열리자 각 대표는 물론 수많은 동물들이 몰려와 집회를 지켜보았다.

이때 돌고래가 서두를 꺼냈다.

"작금의 동물 학대와 공해, 유전자 조작을 그대로 방치하면 우리 동물은 지구의 주인이 되기도 전에 전멸하고 말 것이오! 좋은 대책이 있으면 말들 해 보세요."

그러나 항상 준비된 돌고래를 이길 재간이 없었던지 오랫동안 침묵이 흘렀다.

이윽고 두더지가 말문을 열었다.

"지금의 문제는 인간에 의해 파생되는 동물의 문제가 아니라 동물끼리도 화합하지 못하고 서로 잡아 먹는 몰인정과 무질서에 문제가 있다고 봅니다. 지금도 약육강식이 지배하는 동물 세상이 아니오! 이런 근본적인 모순이 있는 한 지금의 고통은 피할 수 없는 숙명이오! 거창한 구호들 집어치우고 동물끼리라도 단합하는 세상이 와야 하오!"

두더지의 발언이 끝나자 주변에 몰려 있던 뭇짐승들이 많은 박수를 보냈다. 이어서 투우가 한마디 했다.

"지금의 땅과 물은 오염의 극치에 달했소! 수달이 대표이던 시절보다 살기가 어려워졌소! 특수공작대를 만들어 환경을 파괴하는 인간을 처단하는 법을 만듭시다."

그러자 수달이 힘을 얻어 앞으로 나섰다.

"제가 대표 시절 환경보호법을 만들자고 했으나 돌고래가 반대하여 무산이 된 적이 있소! 내가 한 일에 비해 과소평가 받는 것이 억울하여 아직도 물러가지 못하는데 저를 다시 지지해 준다면 도를 닦아 인간으로 환생하여 인간 세상에 동물 학대 방지법을 만들어 놓고 다시 복귀하겠소!"

수달의 발언이 있자 주변에 몰려 있던 뭇짐승들이 말도 안 된다고 야유를 놓아 수달은 도중에 비참하게 내려오고 말았다.

그러자 다리 한쪽을 절뚝거리며 매가 발언을 했다.

"돌고래와의 기존 통합 규약에 회의를 표시하는 바이오! 우리 푸른 하늘 세력은 통합으로 오히려 잃은 것이 많았소! 나의 다리 한 쪽도 인간들이 쳐 놓은 그물에 걸렸다가 빠져 나오느라 불구가 되어 버렸소! 육상의 질서를 확립하여 날짐승이 편히 쉴 수 있게 하고, 기존의 규약을 다시 한번 공고히 한다면 우리 날짐승은 돌고래를 지속적으로 지지하고자 하오! 만약 우리의 요구 조건이 무시된다면 길짐승과 연대를 하겠소!"

매의 발언에 다수는 침묵하며 서로 다른 계산을 하고 있었다.

마지막으로 돌고래가 집회를 마무리하며 말했다.

"지금까지 다양한 의견이 제시되었습니다. 동물들간 서로 사랑하고, 동물들간 단합 방안을 법안으로 만들어 다음 집회 때 표결에 부치겠소! 이것으로 7차 정기집회를 마칩니다."

☞ 통치는 다수에게 희망과 의욕을 주는 예술이다.

♣ 현실과 동떨어진 법안의 무기력성을 풍자.

♥ 8차 정기집회(밀레니엄 시대 일꾼 뽑기)

2000년이 되어도 인류가 건재하자 동물 대표들 사이에 동요가 일고 돌고래의 인기도 떨어지자, 돌고래는 동물 조직을 강화하고 내부 불만을 해소할 목적으로 보조 일꾼을 뽑기로 규약을 제정하여 공포를 하였다.

이에 각 대표들은 세력을 모으기 위해 날뛰기 시작하였다. 먼저 돌고래는 수달을 끌어들여 수상(水上)의 세력을 강화시키고 매를 달래어 강력한 통합 세력을 구축하고 싶었지만 수달이 강력하게 반발하고 연합했던 매파마저 하늘 대표로 다시 분리될 것을 주장하자 돌고래의 권력 집중이 쉽지 않았다. 투우는 수달과 두더지를 끌어들여 육상 세력을 연합하여 수상 세력과 대응하고 싶었으나 수달도 두더지도 쉽게 동조를 하지 않아 애를 태우며 세월을 보냈다. 결국엔 매마저 분리 독립을 하여 육상, 수상, 공중의 3파전으로 분파되었다.

돌고래는 '밀레니엄 시대의 정보교류와 지식의 축적을 위할 수상 세력에게 표를 달라'고 했고, 투우는 '밀레니엄 시대의 번창을 주도할 육상 세력을 지지해 달라'고 하였다. 한편 매는 '차세대 진정한 일꾼인 공중 세력에게 희망을 걸라'고 했으나 두더지와 수달은 어느 세력에도 동조하지 않고 냉담한 반응을 보였다.

☞ 우리 후손을 위해서라도 지역주의는 극복되어야 한다.

♣ 권력을 잡기 위한 이합집산을 풍자.

202

같은 날 산 것인데(△)

음식을 다 먹고 난 손님이 웨이터에게 항의를 했다.

"2주일 전에 여기서 먹었던 요리는 참 맛있었는데, 오늘은 맛이 안 좋으니 왜 그렇죠?"

그러자 웨이터가 대꾸했다.

"참 이상하네요. 같은 날 사들인 재료들인데요."

☞ 음식은 치부의 수단도 장난의 대상도 아니다. 인간의 생명을 유지케 하는 숭고한 대상이다. 위생 처리가 불량하고 유효 기간을 초과한 음식은 독이다.

♣ 위생관념 없이 돈벌기에만 급급한 세태를 풍자.

203

•

과 일

과일 경연대회가 열렸다.

"우리 고장에서 난 사과는 축구공만합니다. 바나나는 말이죠, 말하면 뭘해! 그건 기차처럼 길고 커요!"

한 농부가 이렇게 떠벌리며 뒷걸음치다가 수박더미 위에 그만 나동그라지고 말았다. 그때를 놓치지 않고 다른 농부가 말했다.

"우리 고장의 포도를 조심하시오."

☞ 허풍을 떨지 말라. 허풍을 떨고 나면 마음은 더 왜소해진다.

♣ 인간의 허풍은 고무풍선처럼 쉽게 터짐을 풍자.

204

•

아담과 이브를 본 세 사람(△)

영국인과 프랑스인, 쿠바인 세 사람이 에덴동산의 아담과 이브에 관한 프로그램을 보고 있었다.

먼저 영국인이 말했다.

"저들은 분명히 영국인의 원조일 거야. 사과가 하나밖에 없는데 이브가 아담에게 먹으라고 주는 걸 보라고."

그러자 프랑스인이 말했다.

"아냐, 아냐. 벌거벗고 과일을 같이 먹고 있는 것을 보니 프랑스인의 원조임이 분명해."

이에 쿠바인이 말했다.

"저 사람들은 쿠바인의 원조일 거야. 걸칠 옷도 없고 먹을 것도 없는데도 파라다이스에 살고 있다고 우겨대는 걸 보라고."

☞ 모두가 자기 관점으로 보고 행동한다.

♣ 폐쇄적 사회의 모순성을 풍자.

205
·
공 범

형사가 범인에게 말했다.

"공범자들 이름을 대란 말이야!"

"혼자 했습니다. 요즘 세상에 어디 믿을 놈이 있어야죠."

그러자 형사가 중얼거렸다.

"맞아! 단독 범행이 확실할 거야."

☞ 믿을 사람이 없다고 탓하기 앞서 자신은 믿을 수 있는 사람인지 먼저 돌아보라.

♣ 서로 믿지 못하는 불신 사회를 풍자.

206
·
공산당(△)

공산주의 국가의 어느 초등학교에서 학생들에게 공산주의를 찬양하는 글을 지어 오라고 했더니 한 학생이 이렇게 썼다.

'우리 집의 고양이가 새끼 고양이를 세 마리 낳았습니다. 그래서 이 새끼들을 모두 공산당에 가입시키고자 합니다.'

그래서 선생님이 참 잘 썼다고 칭찬했다.

다음날 그 학생이 선생님에게 고칠 곳이 있으니 그 작문을 돌려 달라고 했다. 그리고는 다음과 같이 고쳐가지고 왔다.

'우리 집의 고양이가 새끼 세 마리를 낳았는데 그 중에서 두 마리만 공산당에 가입시키겠습니다.'

깜짝 놀란 선생이 그렇게 고친 이유를 묻자 학생이 대답했다.

"오늘 아침에 보니까 한 마리가 눈을 떴던 걸요."

☞ 진실은 가려지지 않는 법이다. 한 손으로 가렸던 비밀은 언젠가는 노출이 되고 만다.

♣ 공산주의의 선전과 현실의 이중성을 풍자.

207

국가 기밀 누설죄

한 남자가 모스크바의 붉은 광장을 가로질러 뛰면서 소리를 질렀다.

"옐친은 바보야. 옐친은 바보야!"

이렇게 반복해 소리지르다가 비밀경관에게 체포되어 재판을 받게 되었다. 판사가 그에게 10년의 강제노동을 선고했다.

"소란 죄로 5년, 국가기밀 누설죄로 5년."

☞ 인간에 대한 비밀이 1급 비밀이다.

♣ 사회주의 국가의 억압통치를 풍자.

208

그 외중에도 장사를(△)

프랑스의 미테랑 대통령이 서거하자 각국 대사들이 장례식에 참석하였다. 이때 프랑스의 관습에 따라 관에다 돈을 넣는 의식이 있었다. 영국 대사가 100불을 선뜻 내놓자, 이스라엘 대사는 백지 수표에 100불을 써서 넣었다. 그러자 뒤에 서 있던 일본 대사가 가계수표에 200불을 적더니 영국 대사가 먼저 내놓은 100불을 거슬러 가는 것이었다.

☞ 돈은 재화 가치의 교환 수단인데 돈 때문에 양심과 인격까지 버려서야 되겠는가.

♣ 국제사회에서 일본의 지독한 경제적 추행을 풍자.

209
·

너무 힘들었습니다

살인 혐의를 받은 피의자가 몰래 검사를 만나 돈을 내놓으며 애원했다.

"제발, 과실치사 정도로 판결이 나게 해 주세요."

며칠 후 열린 재판에서 피고는 자신이 원했던 대로 과실치사가 적용되어 5년형을 받게 되었다. 그러자 피고는 검사에게 몹시 고마운 표정을 지으며 귀에 대고 속삭였다.

"검사님, 정말 고맙습니다. 너무 힘들었죠?"

그러자 검사가 피의자의 귀에 대고 속삭였다.

"그럼요. 다른 검사들이 그냥 무죄로 하자는 것을 5년형을 구형해야 한다고 설득하느라고 아주 곤욕을 치렀지 뭐요!"

☞ 정확히 모르면 그냥 지켜보고 있는 것이 좋다.

♣ 돈이라면 무엇이든지 들어주는 세태를 풍자.

210
·

너부터 잘해(★)

사격을 통제하던 참돌이 중내장은 용감한 이등병이 계속 불합격하자 화가 났다. 그래서,

"용감한 이병, 이리 나와. 넌 내가 특별히 지도하겠다. 저 50미터 지점에 병을 세워 두어라."

라고 지시하고 의기양양하게 정조준을 했다. 그런데 보기 좋게 빗나가고 말았다. 이에 중대장이,

"이것은 네가 보여준 사격 방식이었어!"

하고는 오히려 더 큰소리를 치는 것이었다.

☞ 모든 문제는 자기 자신에게 있다. 나부터 잘하면 상대도 자동적으로

잘하게 된다.

♣ 자기 자신을 모르는 우둔성을 풍자.

211
·

죽은 레닌의 착각

레닌이 이승을 떠나 하늘나라로 갔다. 하루는 레닌이 구름 위에 앉아 아래 세상을 내려다보았더니, 모스크바 인민들이 모두 망원경을 쳐들고 자기를 향해 쳐다보고 있는 것이었다. 그래서 지도자는 그의 특보(特報)를 불렀다.

"내가 모스크바를 떠나온 지도 이미 여러 해가 흘렀건만, 아직도 인민들은 내가 이곳에서 어떻게 지내는지 근황을 알고 싶어서 저렇게 모두 망원경을 치켜들고 나를 쳐다보고 있지 않느냐!"

이에 특보가 구름 밑을 살펴보고 나서 레닌에게 아뢰었다.

"각하! 제가 자세히 살펴보니 저들이 치켜들고 있는 것은 망원경이 아니오라 보드카 술병입니다."

☞ 자기 위주의 판단은 무서운 착각을 낳는다.

♣ 인간의 독선과 망상의 모순을 풍자.

212
·

모르면 말로 하지(△)

숲 속에서 왕 노릇을 하던 호랑이가 자만에 빠졌다. 그래서 만나는 동물마다,

"이 숲 속에서 누가 왕이냐?"

라고 질문했다. 그러자 질문을 받은 토끼와 여우, 살쾡이 등 모든 동물들이 몸을 낮추고 떨면서,

"호랑이 님께서 이 숲 속의 왕이십니다."

라고 답변했다.

그러자 더욱 거만해진 호랑이가 어느 날 곰에게도 똑같은 질문을 했다. 이에 곰은 말도 없이 넓은 앞발로 호랑이를 날려 버렸다. 호랑이는 혼비백산하여 일어서면서 투덜거렸다.

"모르면 모른다고 하지, 날려 버릴 게 뭐야."

☞ 자만은 고통과 파멸에 이르게 하는 병이다.

♣ 자기의 위치도 모르면서 거만에 빠지는 모순을 풍자.

213
·

변호사

하루는 지옥과 천당을 갈라놓고 있는 울타리를 누가 고칠 것인가 하는 문제를 놓고 천사와 악마가 열을 내며 토론하고 있었다. 마침내 화가 머리끝까지 난 천사가 말했다.

"그 울타리를 당신이 고치지 않으면 당장에 고소하리다."

그러자 악마는 하나도 겁날 것 없다는 표정으로 이렇게 대꾸했다.

"좋소. 고소를 하든지 말든지 맘대로 하시오. 유능한 변호사들이 다 여기에 모여 있으니 어디 한번 고소해 보세요."

☞ 변호사의 힘으로 모순이 정의로 탈바꿈되어서야 되겠는가.

♣ 법의 정의를 촉구하는 풍자.

214
·

어느 민족이 지저분한가(△)

기네스협회에서 동양에서 가장 지저분한 민족을 뽑는 생체 실험을 했다. 먼저 한국과 중국, 일본 국민 중에 동일한 신체 조건과 학벌 수준이 같은 사람을 선발하여 똥돼지 우리에 집어넣고

참을성 실험을 실시했다.

실험 결과 일본 대표는 실험이 개시된 지 두 시간도 채 못 되어 뛰쳐나왔다. 그리고 한국 대표는 일주일이 지난 뒤에 뛰쳐나왔다. 협회에서는 마지막 남은 중국 사람이 언제쯤 나올 것인지에 대해 관심이 집중되었다. 그런데 3주일이 지나자 똥돼지만 뛰쳐나왔다.

☞ 진짜 문제는 정신적 지저분함이다.

♣ 누구에게나 지저분한 성분이 있음을 풍자.

215
·

연탄값

택시가 용산 미군부대 앞을 지나다가 흑인 병사 두 명을 태웠다. 신호 대기 중에 동료 기사를 만난 김기사가 말했다.

"오늘 재미 봤어?"

그러자 강기사가 대답했다.

"연탄 두 장 실었어."

이윽고 목적지에 이르자 흑인 병사가 내리며 택시 요금으로 500원을 냈다. 그러자 강기사가 따지며 물었다.

"이게 뭡니까?"

"연탄 두 장 값이오."

☞ 밤말은 쥐가 듣고 낮말은 새가 듣는다는 옛말도 있듯이 항상 말조심을 해야 한다.

♣ 무시와 멸시는 자기 파멸임을 알리는 풍자.

216
·

영국 노동당의 창시자

영국 노동당의 진짜 창시자가 누굴까 하는 토론이 벌어졌다. 그러자 곁에서 듣고 있던 윈스턴 처칠이,

"그건 콜롬부스지."

하고 말했다. 이에 모두 놀란 표정을 하며 처칠을 보자 처칠이 설명을 덧붙였다.

"생각해 봐요. 콜롬부스는 출발할 때 어디로 갈 것인지 알지 못했어. 도착했을 때도 거기가 어딘지 몰랐지. 게다가 출발해서 돌아올 때까지의 비용은 전부 남의 돈으로 했거든."

☞ 우연에 의한 위대한 발견도 있을 수 있다. 그러나 계획성과 현실감각이 없다면 우연은 작은 발견에 그친다.

♣ 싫어하는 노동당에 대한 익살이다. 그러나 익살에 독기는 없다.

217
·

오리무중 보고(△)

미국 대통령이 쿠바의 현지 사정을 파악하기 위해 미중앙정보국(CIA)의 스파이를 파견했나. 스파이는 구바에서 몇 주간 정보를 수집한 후 귀국하여 대통령에게 보고드렸다.

"각하, 쿠바는 실업자는 없는데 일하는 사람도 없습니다. 아무도 일하지 않는데 모든 생산 목표는 달성되었습니다. 모든 생산 목표는 달성되었지만, 상점에는 아무 것도 없습니다. 상점에는 아무 것도 없는데, 모두 먹고는 지냅니다. 모두 먹고는 지내지만, 시민들은 종일 불평만 합니다. 모두 종일 불평을 하지만 카스트로가 광장에 나오면 모두가 환호로 맞이합니다.

각하! 요약해서 말씀드리면 현상은 모두 수집했지만, 결론을

내릴 수가 없습니다."

☞ 사회주의 국가는 다수의 침묵과 인내로 모순을 지속하는 집단이다.

♣ 인간의 본능을 무시한 사회주의 국가의 비효율성을 풍자.

218
·

용감한 선장(△)

어떤 선장이 항해 중에 해적선의 기습을 받았다. 선장은 용감한 목소리로 말했다.

"빨리 빨간 망토를 가져와라!"

빨간 망토를 입은 선장은 갑자기 힘을 내어 용감하게 싸워 적을 물리쳤다.

이튿날, 이번엔 해적선이 5척이나 뒤쫓아오는 것이었다. 선장은 또 빨간 셔츠를 입고서 용감하게 지휘하여 이번에도 해적선을 물리쳤다. 선장의 용맹스런 모습을 보고 한 선원이 물었다.

"선장님은 왜 빨간 셔츠를 입으면 그렇게 용맹해집니까?"

선원의 물음에 선장이 용감한 목소리로 말했다.

"칼에 찔리더라도 피가 옷에 비치지 않도록 하기 위해서라네! 그래야 내가 칼에 맞더라도 너희가 안심하고 싸울 것 아니냐!"

선장의 희생정신과 용기에 부하들은 감동했다.

며칠 뒤 해적선이 수십 척 몰려왔다. 그러자 용감한 선장의 얼굴이 노랗게 변하며 외쳤다.

"노란 망토 가져와!"

☞ 표정 관리는 고도의 연출이다.

♣ 약한 모습을 보이지 않으려는 인간의 계산된 세계를 풍자.

219
·

위치 측정(△)

어느 날 참돌이가 사촌 동생과 함께 록키산맥에서 하이킹을 하다가 그만 길을 잃고 말았다. 참돌이는 즉시 지도와 나침반을 꺼내 놓고 현재 위치를 정치하려고 했다. 그러자 전자 기술자인 사촌 동생이 배낭에서 포켓용 위치 측정 수신기를 꺼내더니 자그마치 네 개의 인공위성과 연결하고 지도를 보는 등 면밀히 관측한 후에 자랑스럽게 선언했다.

"이제 우리 위치를 정확히 알아냈어요."

사촌 동생은 먼 산을 가리키며 의기양양하게 말했다.

"우리는 현재 저 산 위에 있어요."

그러자 참돌이가 표정을 일그러뜨리며 말했다.

"동생, 차라리 우리가 밟고 있는 이 산을 저 산 위로 옮기지 그래."

☞ 장비에 전적으로 의존한다면 새로운 맹종을 낳는다. 장비는 우리의 육신을 도와주는 보조물에 불과하다.

♣ 독립심을 잃어 가고 있는 현대인의 나약성을 꼬집는 유머.

220
·

이상한 금주(△)

술집에 와서 꼭 두 잔씩만 마시고 가는 단골 노신사가 있었다. 웨이터가 왜 두 잔만 마시느냐고 물었더니 노신사가 말했다.

"내게 둘도 없는 친구가 있었는데 그 친구가 죽을 때 자기 몫까지 술을 마셔 달라고 했거든."

이에 감동한 웨이터는 죽은 친구의 술값을 자기가 지불하겠다고 했다. 그리하여 노신사는 그날부터 두 잔을 마시고도 한 잔

값을 지불하게 되었다.

그러던 며칠 후 노신사가 한 잔만 마시고 그냥 나가는 것이었다. 그래서 웨이터가 물었다.

"왜 한 잔만 하시고 가세요? 그럼 한 잔 값이라도 주셔야지요."

"오늘부터 나는 술을 끊기로 했네. 마신 한 잔의 술은 내가 마신 게 아니라 죽은 친구가 마신 술일세."

☞ 공짜 술 좋아하지 말라. 그 술에 마음이 취하고 자칫하면 당신의 코까지 꿰일 수가 있다.

♣ 자기 위주로 계산하는 인간의 이기성을 풍자.

221
·

전신 마취

의사가 수술을 위한 전신 마취를 준비하고 있었다. 수술대에 누워 있던 환자가 갑자기 저고리 주머니에서 지갑을 꺼내 돈을 세기 시작했다. 그러자 의사가 말했다.

"이봐요, 수술비는 나중에 내도 괜찮아요."

"알고 있어요. 마취당하기 전에 내 돈이 얼마인지 확인해 두려고요."

☞ 불신의 시대일수록 돈과 문서는 확실하게 확인하고 거래해야 하나 그것도 때와 장소를 가려야 한다. 양심과 믿음은 마취의 대상이 아니다.

♣ 서로 믿지 못하는 불신사회를 풍자.

222
·

제 이름도 모르면서

S대학에서 심리학 시험을 치를 때의 일이었다. 강의실은 많은

학생들이 시험을 치르느라고 정신이 없었고 교수님은 신문 한 장을 펼쳐 보며 시간을 보내고 있었다.

끝나는 시간이 가까워 오자 교수는 끝까지 남아 있는 몇 명의 학생들을 예의 주시하고 있었다. 어느덧 시험 시간이 끝나고 답안지를 거두는데 한 학생이 계속 남아 있는 것이었다. 교수님은 '오냐. 너 어디까지 버티나 보자' 하고 버티기를 한 시간. 드디어 문제의 학생이 답안지를 들고 답안지가 쌓여 있는 책상으로 가자 기다렸다는 듯이 교수가 말했다.

"자네는 시험 시간을 초과 사용했으므로 학점을 줄 수가 없네."

그러자 학생이 곰곰이 생각하다가 말했다.

"교수님, 제 이름을 아세요?"

"내가 어떻게 이 많은 학생들 이름을 다 알겠나?"

교수님의 말이 끝나자마자 학생은 그 많은 시험지 속에 자기 답안지를 끼워 넣고 줄행랑을 쳐 버렸다.

☞ 상대를 정확히 모르고 불필요하게 통제하는 것은 어리석은 짓이다.

♣ 대중 속의 무관심을 풍자.

223

·

조상 자랑

이탈리아인과 유태인이 제각기 자기 조상 자랑을 하고 있었다.

이탈리아인이 유태인에게 말했다.

"이번 로마의 유적을 파 보니 녹이 슨 동선이 나왔다더군."

"그게 어쨌단 말인가?"

라고 유태인이 말을 받자 이탈리아인이 말했다.

"우리 선조들이 그때 벌써 전화를 발명했다는 증거란 말이오."

이에 유태인이 말했다.

"며칠 전 우린 예루살렘 유적을 발굴했는데 아무 것도 없더라."하고 기죽은 듯이 말하자 이탈리아인이 신이 난 듯이 말했다.

"그럴 테지. 이탈리아의 고대 문명을 따라올 민족이 없고 말고."

이탈리아인의 말이 끝나자 유태인이 웃음을 띠면서 말했다.

"무슨 말인지 잘 모르겠나? 우리 선조들은 벌써 무선전화를 발명했었단 말이야."

☞ 자기 잘난 맛에 산다지만 터무니없이 지나치면 자기 비하가 된다.

♣ 자기 잘난 맛에 사는 인간의 아둔함을 풍자.

224
·

진짜 구두쇠(△)

IMF시대 조기 종식을 위한 구두쇠 경연대회가 열렸다. 많은 사람들이 참가하여 자기 절약 방안을 자랑했다. 경합이 벌어진 뒤에 수상자가 발표되었다.

5등:에너지 낭비가 무서워 복잡한 생각은 아예 안하는 사람.

4등:종이가 아까워 계획도 안 세우는 사장.

3등:휴지 없이 오줌으로 대변 뒤처리를 하는 사람.

2등:200자 원고지에 한 칸도 안 남기고 200자를 다 쓰는 사람.

1등:수면제를 먹어야 잠을 자는 사람이 수면제가 아까워 손에 쥐고 자는 사람.

☞ 마음 씀씀이만은 절약의 대상이 아니다. 벼룩이 잡으려다 초가삼간 태우는 식의 목적이 전도된 절약은 없어야겠다.

♣ 목적과 수단의 전도를 풍자.

225

참돌이와 방학 숙제

참돌이는 방학 숙제로 관찰 기록문을 써 내는 것을 받았다. 며칠간 고민한 참돌이는 벼룩을 관찰하기로 했다. 그래서 벼룩을 한 마리 잡아 마룻바닥에 놓고 소리쳤다.

"벼룩아! 뛰어! 뛰어!"

그러자 벼룩이가 팔짝팔짝 뛰었다. 이번에는 벼룩의 뒷다리를 떼고 다시 소리쳤다.

"벼룩아! 뛰어! 뛰어!"

그러나 벼룩이가 아무 반응을 보이지 않는 것이었다. 그러자 참돌이가 의미심장하게 씨익 웃더니 관찰 결과를 적었다.

'벼룩은 뒷다리를 떼면 귀가 먹는다.'

☞ 부분적인 관찰과 분석은 동굴의 우상에 빠진다.

♣ 부분적인 사고력만 키워 주는 교육현실을 풍자.

226

총보다 무서운 한국 가스 배달차(△)

미국의 유명한 총잡이늘이 일본의 사무라이(갈삽이)를 완전히 평정하고서 내친 김에 한국의 주먹 패거리도 제압할 목적으로 입국을 했다. 미국의 총잡이들이 김포공항에 내려 서울로 진입하다가 한국 패거리 제압을 포기하고 곧장 미국으로 돌아갔다.

왜냐하면 오토바이 족들이 가스통을 싣고서 시내를 질주하는 것을 보았기 때문이다.

☞ 가스 배달차도 정말 위험하지만, 집집마다 보유하고 있는 노출된 가스 폭탄에 대해 한번쯤 생각해 보았으면 한다.

♣ 한국의 안전불감증을 풍자.

제3절 언어 유희형 유머

- 눈높이 언어의 창조, 언어의 배합과 비틀림으로 새로운 뜻을 찾는 유머

301
·

개(△)

군견 한 마리가 워낙 지능지수가 높아 군견학교에서 박사 학위를 받았다. 박사 학위가 없는 어느 장교가 그 군견이 박사라는데 자존심이 상하여 일부러 시비를 걸었다.

"대단히 영리하신 바둑이 씨, 외국어로 한마디 해 보세요."

견공은 서슴없이 대꾸했다.

"야옹!"

☞ 외국어에 대한 집착은 내 것마저 망각하게 한다.

♣ 동물의 입장에서 사고를 비틀면 유머가 된다.

302
·

경상도 사람의 지하철행

경상도 사람 둘이 서울에 도착해서 지하철을 탔다. 두 사람이 싸우듯이 큰소리로 이야기를 계속하자 옆에서 조용하게 얘기하던 서울 사람들이 참다 못해 소리쳤다.

"좀 조용히 하세요!"

경상도 사람이 그 말을 듣고 곧장 말을 내뱉았다.

"이기 다 니끼가 이기가?"

이 말을 듣고 당황한 서울 사람이 옆사람을 보고 말했다.

"거 봐! 내가 일본 사람이라고 그랬잖아!"

☞ 말은 인격이요 결단이며 품위이다. 감정이 상했을 때는 말을 최대한 억제해야 한다.

♣ 사투리를 비속화한 유머.

303

•

그런 말은 누구나 할 수 있다

75세 된 할아버지가 젊은 신부와 새장가를 들고 난 다음날 병원을 찾았다.

"76세 먹은 내 친구도 새장가를 들고 일주일에 두세 번은 사랑을 한다는데 난 제대로 안……."

"할아버지! 나이 들어서 오는 성적 장애는 당연한 것이니 제때에 드시고 주무시고 무리하지 마세요."

의사가 처방을 하고 돌려보내려 하자 할아버지가 버럭 화를 내며 말했다.

"의사 양반! 76세 된 내 친구는 잘 된다는데 그렇게 박절하게 진단하나?"

"그런 뻥튀기 말은 누구나 할 수 있어요."

☞ 누구나 허풍을 떤다. 특히 남자들은 성적 능력에 대해 떠벌리기를 즐긴다. 그러나 자기 능력은 자기가 안다.

♣ 우매함은 나이에 관계없이 따라다님을 폭로한 유머.

304

•

여자들이 하는 말의 진짜 의미

• "준비 다 돼 가요."→"오래 걸릴 수도 있어요."

• "당신이 원한다면 난 상관없어요." → "꿈도 꾸지 마!"

• "행복해요."→"다시 한번 확인할 필요가 있어. 그것도 지금."

- "입을 게 하나도 없어요."→"옛날의 몸매가 아니라고요."
- "이 옷 좋아요?"→"내가 얼마나 근사한지 말해 줘요."
- "내 일 신경 쓰지 말아요."→"그렇게만 해 봐. 넌 사망이야."
- "그렇군요, 당신이 정말 옳아요."→"딱 두 달만 지나 봐. 이 일로 크게 후회할 일 생길 거다."

☞ 말은 진짜 마음의 표현이면서 때로는 욕망을 감추는 위장술이다.

305

나는 년

한강 고수부지에서 연날리기 대회가 열렸다. 처음으로 출전한 한 어린이가 연을 띄웠다. 그러자 사회자가 말했다.

"한 연이 날아갑니다."

이번엔 두 어른이 연을 한꺼번에 띄우자 사회자가,

"쌍년이 날아갑니다."

하고 말하더니 가운데가 빈 방패연이 날아가자,

"속없는 연도 날아갑니다."

하고 말했다. 마지막으로 모든 사람들이 함께 연을 날리자 사회자가 말했다.

"온갖 잡년들이 다 날아갑니다."

☞ 연과 깃발은 자유를 추구하는 인간들이 고안해 낸 대리만족 물건이다. 유사 발음은 신중하게 표현하고 그래도 오해가 있으면 해설을 해야 한다.

♣ 동음이의어를 이용한 유머 만들기.

306

내 이름은 김씨

회사의 사장이 새로 입사한 남자 사원을 불러 적성에 맞는 일 자리를 주기 위해 얘기를 나누었다.

"이름이 뭐죠?"

"김씨예요."

"이것 보세요. 여긴 막노동판이 아니고 회사예요. 당신이 우리 회사에 들어오기 전에 어떤 일을 했는진 모르지만, 우리 회사에서는 이름을 그렇게 부르는 걸 허용하지 않아요. 그리고 나는 김씨, 이씨, 박씨 이렇게 부르는 것을 정말 싫어한단 말이오. 앞으로 또 그런 식으로 이름을 얘기하면 당장 그만두게 할 거요. 이름이 뭔지 다시 말해 봐요!"

"김하늘별사랑입니다."

그러자 잠시 침묵이 흐르고 사장이 말했다.

"좋아요, 김씨. 그럼 집은 어디죠?"

☞ 이름은 자기를 표현하는 최고로 아름다운 간판이다.

♣ 자기 모순은 잘 모르면서 남의 모순은 쉽게 지적하는 우매성을 소재로 한 유머.

307

너의 영어 실력은

너 시골에 사느냐를 영어로 번역하면?

'유인촌? You In Chŏn?(You are living In country?)'

'You are a girl'을 의문형 문장으로 바꾸면?

'You are a girl이니?'

☞ 외국어의 표현은 빌리더라도 담긴 정신은 우리화해야 한다.

♣ 우리말과 외국어를 섞어 써도 신선한 유머가 된다.

308
·
놀부 자지 개 자지

놀부는 평상에서 자고 있고, 놀부의 개는 평상 아래에서 자고 있는 것을 일곱 자로 줄인다면?

"놀부 자지 개 쟈지."

☞ 다 자더라도 양심만은 깨어 있어야 한다.

♣ '자다'의 동사 변형을 '쟈지'의 이미지에 복합시킨 용어 혼란 유머.

309
·
다이빙

'죽여주게 맛있는 아이스크림'을 영어로 바꾸면?

'Die hard.'

'죽여주게 차가운 얼음'을 영어로 바꾸면?

'Die 빙(氷).'

310
·
대

참돌이는 아는 사람을 만나면 뒤통수를 치는 버릇이 있었다. 하루는 앞에 가는 여자의 뒷모습이 아는 사람과 너무도 닮아서 뒤통수를 쳤는데 전혀 모르는 여자였다. 그래서 죄송하다는 말을 꺼내기도 전에 얻어맞은 여자가 한마디 말을 했다. 이에 참돌이는 꼼짝 없이 당하고 말았다.

"대!"

311
·

대포 피하려다 다대포로 들어서다(★)

무장공비가 남해안에 어렵게 상륙하여 부산까지 숨어들었다. 초긴장을 하면서 다니는데 '대포'라는 간판을 보고서 화들짝 놀라 도망을 치다가 '왕대포'를 보고는 혼비백산하여 줄행랑을 쳤다. 숨을 돌리고 이정표를 보니 '다대포'였다. 그래서 무장공비는 그만 자수하고 말았다.

☞ 우리 마음의 대포는 지금 무엇을 향해 쏘고 있는가?

♣ 동음이의(同音異意)어를 활용한 유머.

312
·

던지고 받은 놈 나와(△)

참돌이와 참순이는 같은 반 급우였다. 참돌이가 글쓰기를 하다가 문장이 마음에 들지 않아 지우고 새로 쓰려고 하는데 지우개가 없어 창가에 앉아 있는 참순이에게 신호를 보내자 지우개가 날아왔다. 지우개가 멀리 날아가는 것을 본 선생님이 소리를 질렀다.

"지우개 던지고 받은 놈 다 나와!"

이에 참순이는 교단으로 나갔으나 참돌이는 나가지 않았다. 그러자 선생님이 참돌이의 귀를 잡고,

"참돌이는 양심이 불량하구만."

하면서 매우 격해 있었다. 이에 참돌이가 대꾸했다.

"지우개를 받지 못하고 떨어뜨렸는데요."

☞ 자기 편리 위주의 해석은 사이비를 낳는다.

♣ 언어 묘사를 세분화하면 숨겨진 유머가 나온다.

313

마누라의 어원

마누라의 어원은 경상도에서 생겼다는 설이 가장 유력하다. 신혼 첫날밤 신랑이 욕실에서 나온 신부를 향해 이렇게 말했다.
"마! 누~라."(마! 누워라.)

314

말 시리즈

• 말 놓으세요

이문세가 절벽 타기를 하다가 실족하여 겨우 한 손으로 암벽을 잡고 있는데 마침 정상에 오른 최불암이 이것을 보고 손을 내밀며 말했다.
"젊은이 큰일날 뻔했구먼."
그러자 이문세가 안도하며,
"말(말씀) 놓으세요."
라고 하자 최불암이가 손을 놓아 이문세가 절벽 아래로 추락하고 말았다.

☞ 마음과 말은 반비례한다. 마음을 낮추면 말은 올라가고 마음을 높이면 말은 내려간다.

♣ 진짜 말(言)과 연상어를 이용한 유머.

• 더 좋은 곳으로

이문세가 등산을 하다가 허기가 져 풀을 뜯어먹고 있는데 산나물을 캐러 온 할머니를 만났다.
"젊은이, 이게 무슨 추태여! 나를 따라오면 배부르게 해 주지."
이문세는 식사를 할 수 있다는 희망에 부풀어 할머니를 한참 따라가자 더 넓고 무성한 풀밭이 나왔다.

"젊은이, 여기가 더 풀이 좋고 연하니 여기서 먹게."

☞ 더 좋은 곳을 기대하지 말라. 지금 이 순간이 가장 좋은 순간이다.

♣ 예측 파괴를 이용한 유머.

315

•

뭐라캔는교

야타족이 경주로 원정 와서 처녀를 보고 다짜고짜 '야, 타!'라고
하자,

"뭐라캔는교?"

했다. 그러자 야타족이 말했다.

"일본 사람인가?"

☞ 아무나 보고 타라고 하지 말라. 그것은 경우에 따라서 개구리에게 돌
  을 던지는 행위가 될 수 있다.

♣ 사투리를 이용한 유머.

316

•

바람둥이 남자의 환생(△)

• 바람둥이 남자가 죽어서 숫말로 환생했다. 처음 간 곳은 숫
말만 득실거렸다. 이때 한 말은,

"할말이 없네."

였다. 그리고 그 다음 간 곳은 암말만 득실거리는 곳이었다. 이때
한 말은,

"할말이 많네."

였다. 그리고 암말을 다 상대해 주고 싫증이 나서 다른 곳으로
갔는데 전생의 누나가 말로 환생해 있었다. 이때 그가 한 말은

이러했다.

"말이라고 다 할 말이 아니네!"

• 바람둥이 여자가 죽어서 암말로 환생했다.

처음 간 곳은 숫말만 득실거리는 곳이었다. 이때 한 말은,

"해 줄 말이 많네."

였다. 그리고 그 다음 간 곳은 암말만 득실거리는 곳이었다. 이때 한 말은,

"해 줄 말이 없네."

였다. 숫말을 다 상대해 주고 싫증이 나서 다른 곳으로 갔는데 전생의 오빠가 말로 환생해 있었다. 이때 한 말은 이러했다.

"말이라고 다 해 줄 말이 아니네!"

☞ 원인이 있으면 결과가 있다. 말이 있으면 행동이 있어야 한다.

♣ 성적 분방함을 폭로한 유머.

317
·

박찬호와 박세리의 영문 표기(△)

세계적인 스타가 된 박찬호와 박세리의 공통점은 박씨라는 것과 미국에서 성공했다는 것이다. 그러나 박씨 영문 표기가 박찬호는 Park으로 표기하는 데 비해 박세리의 박은 Pak이다. 그 이유는 뭘까?

박세리는 알(?)이 없기 때문이라고 한다. 그러면 박찬호는 알이 하나인가?

☞ 스포츠의 영웅이면서 애국심을 실천한다면 그와 그녀는 이미 국가의 영웅이다.

♣ 외국 표현을 자세히 관찰하면 유머거리가 나온다.

318
·
방귀의 표현(△)

- 시적 표현:쌍바윗골의 비명 소리
- 소설식 표현:예부터 쌍바윗골에는 주기적으로 이상한 비명 소리가 들렸으니…….
- 수필식 표현:방귀는 흔히 소리와 냄새를 동반한다. 어떤 방귀이든 간에 방귀가 있다는 것은 살아 있다는 증거다.
- 과학적 표현:인간의 육체가 유일하게 만든 가스가 배출시 나는 소리
- 한 자로 줄이면:뿡
- 세 자로 말하면:똥트림
- 네 자면:똥딸꾹질
- 여덟 자면:내적 갈등, 외적 표현
- 아홉 자면:'똥굵기 가ᄇ야본 소리'(훈민정음식 표기)
- 열 자면:똥 - 똥 - 똥, 트림 - 트림 - 트림, 야(랩음악식 표현)

☞ 누구나 다 방귀를 뀐다.

♣ 언어의 비틀림은 사고의 비틀림(증폭)과 같이 만나야 제맛이 난다.

319
·
부드러운 혀

한 랍비가 제자들을 위해 만찬을 마련했다. 소와 양의 혀로 만든 요리가 나왔는데, 그 가운데에는 딱딱한 혀도 있었고 부드러운 혀도 있었다. 제자들은 모두 부드러운 혀만 골라 먹으려 했다. 그러자 이 모습을 랍비가 보고 말했다.

"그대들도 항상 혀를 부드럽게 간직하게. 딱딱한 혀를 가진 사람은 다른 사람을 화나게 하거나 화목을 깨뜨리게 한다네."

☞ 부드러운 말 한마디는 분위기를 살아나게 한다.
♣ 인간의 지성에 호소하는 유머.

320
·

빼

'사랑은 이제 그만'을 한 자로 줄인다면?
"빼!"

☞ 사랑을 갑자기 변화시키지 말라. 사랑은 동력 전달 장치처럼 물리적으로 일시에 변화시키는 것이 아니라 이심전심으로 발전되는 것이다.
♣ 유머와 Y담의 한계를 절묘하게 뛰어넘은 언어적 유희.

321
·

사방에서 보아도 똑같은 한자

- 口, 回, 十, 米, 井
☞ 언제 어디서 보아도 변함없는 존재는 사랑받는다.
♣ 시각적 구조를 동원한 유머.

322
·

사람은 원래 독해

불 속에 들어 있으면서도 타 죽지 않는 동물은 사람이다.
- 왜? : 불화(火) 자 속에 사람인(人) 자가 들어 있으니까.
☞ 의지와 신념, 사랑이 있는 사람은 정말로 강한 존재다.
♣ 한자를 재미있게 풀어 공감을 유도하는 유머.

323

삼손과 미녀(△)

할머니와 손녀가 유선방송에서 나오는 〈삼손과 미녀〉를 시청했다. 점잖은 장면이 지나가고 삼손과 미녀가 격렬하게 사랑하는 장면이 나오자 할머니가 텔레비전을 끄고 흥분하기 시작했다. 그러자 손녀가 쑥스러워하면서 말했다.

"할머니도 흥분돼?"

그러자 할머니가 숨을 제대로 못 쉬면서 말했다.

"조금 전까지 삼촌(손) 삼촌(손) 하다가 사랑을 할 수 있느냐? 몹쓸 놈의 세상……."

☞ 제대로 듣지 못하는 것도 의사소통의 적이다.

♣ 우매를 이용한 유머.

324

앞뒤 어디를 읽어도 같은 낱말

- 토마토(3자)
- 기러기(3자)
- 소 보지 보소(5자)
- 자지 만지자(5자)
- 소주 만병만 주소(7자)
- 오이 꽃도 꽃이오(7자)
- 다시 합창합시다(7자)
- 자지만 또 만지자(7자)
- 소몰고 지게 지고 몰소(9자)

☞ 앞에서 한 말을 뒤에 가서 바꾸지 않는 사람이 정직한 사람이다.

325

•

오늘 밤은 참아 주세요

'오늘은 참아 주세요'를 석 자로 줄이면?

"그냥 자."

☞ 다 참고 아껴도 사랑의 열정만큼은 아끼지 맙시다.

326

•

오 - 입 하러 왔나(△)

　김삿갓이 황해도 용주골에 머무를 때의 이야기다. 동네 청년들이 김삿갓의 몰골을 보고 놀려 주기 위해 동네 수절 과부를 10일 이내로 꼬시면 동네 청년 대장으로 모시겠다고 제의를 했다. 이에 김삿갓이 5일 만에 성사시키겠다고 장담을 했다.

　김삿갓은 그날 밤 수절 과부 집으로 가서 문을 두들기고는 과부가 나오면 '오 - 입' 하고 도망쳤다. 그러자 과부는 김삿갓이 좀 모자라서 저러는구나 하고 쉽게 생각했다. 그런데 다음날도 그 다음날도 연거푸 나흘을 똑같은 행동을 되풀이하는 것이었다. 5일째 되던 날 김삿갓은 동네 청년들을 불러모아 수절 과부를 차지했음을 보여주겠다고는 큰소리치고 과부 집으로 갔다. 그리고는 문을 두들기자 과부가 문을 벌컥 열고 웃으면서 말했다.

　"오늘도 오 - 입 하러 왔나?"

　문 밖에서 이를 지켜본 청년들은 아연실색하며 그 뒤로 김삿갓을 대장으로 삼았다고 하는 이야기다.

☞ 남녀간에 성적인 과장이나 기만은 범죄이면서 사회질서를 혼란시킨다.

♣ 계산된 용어의 반복으로 결과를 반전시키는 유머.

327
·
옷가게 주인의 말솜씨

- 키 큰 사람이 오면:훤칠하십니다.
- 키 작은 사람이 오면:아담하십니다.
- 뚱뚱한 사람이 오면:듬직하십니다.
- 빼빼 마른 사람이 오면:날씬하십니다.
- 위의 네 사람이 동시에 오면:개성도 다양하십니다.

☞ 말은 경우에 따라서 훌륭한 무기가 될 수 있다.

328
·
와! 때 있나

경상도의 신혼부부가 신혼여행 첫날 호텔에서 여장을 풀고 어색하던 차에 신부가 말을 건넸다.

"제가 먼저 씻을까예?"

"와? 너 때 있나?"

☞ 목욕은 때를 벗기는 과정이 아니라 마음을 씻는 과정이다.

♣ 허구의 내용이라도 진지하게 접근하면 유머가 된다.

329
·
왔데이(△)

경상도 할머니와 미국인 전도사가 버스를 기다리고 있었다. 한참만에 버스가 멀리서 나타나자 할머니가 혼잣말로 지껄였다.

"왔데이."

그러자 전도사는 할머니가 'What day?'라고 묻는 줄 알고,

"Monday."

라고 대답하자 할머니는,

　"먼데(무엇인데의 사투리/무슨 차야)?"

라고 되묻는 줄 알고,

　"버스데이(버스다)."

라고 알려주었다. 이에 전도사가 'Birthday'라고 인식하고, 'Happy Birthday'라고 축하해 주었다. 그래서 할머니는 다가오는 버스 이름을 '해피'로 이해하면서 자기도 미국 사람과 대화가 가능한 줄 알고 무척 만족해 했다.

☞ 자기 잣대와 기분으로 대화하면 사실과 전혀 다른 대화가 된다.

♣ 우리말과 외국어의 발음상의 유사성을 재미있게 살린 유머.

330

요일별 술 마시는 이유도 가지가지

　주정뱅이의 일주일 일과표는?

　- 월요일은 주일의 시작이니까 원래 한잔하는 날이고,

　- 화요일을 화끈하게 한잔하고,

　- 수요일은 수수하게 한잔하고,

　- 목요일은 목만 축이고 들어가고,

　- 금요일은 금세 한잔하고 들어가고,

　- 토요일은 내일 쉬니까 토하도록 마시고,

　- 일요일은 내일 출근해야 하니까 일찍 한잔하고 들어간다.

☞ 술은 슬픈 자에게 약이 되기도 하지만 인간의 정신을 갉아먹는 균이다.

♣ 발음과 유사 의미를 연결하여 삼행시를 연상시키는 유머.

331
•

요즘의 경상도 사투리

- 자기 립스틱 색깔 예쁜데→니 주디가 왜 그 모양이고?
- 자기 사랑해→내 디져도 그런 말 몬한다.
- 다리를 부러뜨려 놓을 테다→달간지를 뽀사 삘라!
- 예쁜 아가씨→문디 가스나
- 멋진 청년→문디 자슥
- 형님 안녕하세요?→새인교?
- 선생님 안녕하세요?→샘인교?
- 여보, 회사 다녀왔소→아는?
- 냄새가 좋군. 저녁 메뉴가 뭐지?→밥도

☞ 말은 달라도 숨겨진 정서와 감성은 같다.

♣ 투박한 사투리로 인간의 정을 유발시키는 유머.

332
•

우리말의 묘미가 있는 유머

- '고추잠자리'를 두 자로 줄이면:팬티
- 남자는 이것을 사용할 때 성중히 무릎을 꿇지만 여자는 이 것을 쓸 때 깔아 뭉갠다. 이것은 과연 무엇일까:요강
- 달마가 동쪽으로 간 까닭은:뭔가 좋은 일이 생길 것 같아서
- Love Hotel을 순수 우리말로 표현하면: 조 선 놈은 들어오 고 일 본 놈은 나가는 곳.
- 만년 실업자의 소망은:아, 나도 근로소득세 좀 내 봤으면
- 미워, 미워, 미워를 네 자로 줄이면:셋 다 미워
- '배보다 배꼽이 더 크다'를 다른 신체 부위로 예를 들면:젖

보다 젖꼭지가 더 크다.

- 서로 진짜라고 우기는 신은:옥신각신
- 선풍기 틀고 자다 죽은 사람? :바람과 함께 사라진 사람
- '씨름 선수들이 죽 늘어서 있다'를 세 글자로 줄이면:장사진
- 양초 곽에 양초가 꽉 차 있을 때를 세 자로 줄이면:초만원
- 우리 나라의 전통적인 산아 제한 표어는:무자식이 상팔자다
- 이 세상에서 가장 잠을 잘 자는 사람:이미자
- '저 아가씨가 가씨인가'를 경상도 말로 바꾸면:가가 가가가?
- '자연보호 운동'을 다섯 자로 줄이면:보지 왜 만져.
* 보다의 어미 변화로 성적 이미지인 ××를 연상시켜 긴장을
  고조시킨다.
- 포경 수술을 순수 우리말로 하면:아주까리
- 할머니를 다섯 글자로 말하면:흰머리 소녀
- 하나님도 부처님도 다 싫어하는 비는:사이비
- 술에 취한 생쥐가 비틀거리면서 고양이에게 겁없이 하는 말
  : '나 쥐약 먹었다.'
♣ 우리말의 무궁무진한 묘미를 동원한 유머.

333

자신을 알라

생쥐 부부가 자는데 다른 쥐들이 부스럭거려 편안히 잠을 잘
수가 없자 부인 생쥐가 남편 생쥐에게 말했다.
"여보! 우리도 고양이 한 마리 사다 기릅시다."
☞ 자기 존재를 모를 때 무식한 언행이 나온다.
♣ 자기를 모르는 우매를 소재로 한 유머.

334

쥐톨만한 게

생쥐와 개가 함께 길을 가다가 고양이가 술에 취해 비틀거리고 있는 것을 보았다. 이를 본 개가 말했다.

"참 세상 개판이군."

이에 생쥐가 말했다.

"쥐톨만한 게 못하는 소리가 없네!"

☞ 모르는 게 약이다.

335

차이점

• **학교와 핵교의 차이점**

- 학교는 학생이 다니는 곳이고, 핵교는 학상이 댕기는 곳.

- 학교는 선생님이 가르치는 곳이고, 핵교는 선상님이 갈키는 곳.

• **날치기와 들치기의 차이점**

- 날치기는 정치 용어이고, 들치기는 법률 용어이다.

• **밀가루와 밀가리의 차이점**

- 밀가루는 공장에서 만드는 것이고, 밀가리는 공 - 자에서 맨든 것.

☞ 발음의 차이는 있어도 뜻만 통한다면 훌륭한 언어다.

336
·
참기름 들기름

참기름과 들기름이 있는데 이걸 합치면 어떻게 될까.
참들기름? 들참기름 - 답:엄마한테 혼난다.
♣ 성분의 합성을 의미의 합성으로 반전시키는 유머.

337
·
커피잔 속의 파리의 유언

커피잔에 파리가 빠져 죽으면서 뭐라고 했을까.
"세상에 나와서 쓴맛 단맛 다 보고 죽는다."
☞ 아무리 미미한 존재라도 그들 나름의 애환이 있게 마련이다.

338
·
콩나물 무쳤냐(△)

모 부대 취사장에 콩나물 병장과 감자 일병, 그리고 무 이등병이 있었다. 그런데 콩나물 병장은 성질이 고약해서 무 이등병만 보면 혼내고 때리는 것이었다. 그러던 어느 날 무 이등병이 쓰레기를 태우러 가서 자다가 콩나물 병장한테 걸리고 말았다. 그래서 콩나물 병장이 무 이등병을 마구 때리는 것을 지나가던 감자 일병이 발견하고는 콩나물 병장에게 달려가서 항의했다.
"콩나물 무쳤냐?"(콩나물, 너 무를 때렸느냐?)
☞ 타인의 몸과 마음을 존중합시다. 인간을 때려서 다스릴 권한은 이 세상 누구에게도 없다. 때리는 것은 인간 속에서 살 자격을 스스로 박탈하는 행위다.
♣ 귀에 익은 문장에 새로운 의미를 합성한 유머.

제4절 이야기형 유머
-그럴듯한 상황, 일정한 주제와 줄거리가 있는 유머

401
·

가상 전쟁(★)

숫자 나라와 알파벳 나라는 인접하면서도 사이가 나빠 수차례 전쟁을 치렀다. 숫자 나라의 왕이 전쟁에서 죽고 호전적인 왕자가 대를 이어 등극하자마자 전쟁을 위한 각료회의가 열렸다.

이에 숫자 나라 왕이 말했다.

"부왕은 많은 병력을 무모하게 전선으로 투입시켜 실패했는데 정면 공격보다는 침투식 전술로 승리를 얻고자 하오. 경들은 좋은 대안을 제시하기 바라오."

그러자 한 장수가 말했다.

"알파벳과 아라비아 숫자는 상이하게 다르므로 침투하자마자 노출이 되는 게 문제이옵니다."

이에 또 한 장수가 말했다.

"아라비아 숫자와 알파벳을 비교하여 유사한 것부터 훈련시켜 투입시키면 되겠습니다. 먼저 0자는 알파벳 O 집단군에, 숫자 1자는 알파벳 I 집단군에, 2자는 배를 집어 넣고 머리를 똑바로 세우게 하여 L 집단군에, 6자는 허리를 반듯하게 펴는 훈련을 시켜 알파벳 b 집단군에 투입시키는 방안을 건의드립니다."

이에 왕이 말했다.

"그래, 그 계책을 당장 시행하도록 하라."

숫자 나라는 왕의 지시에 따라 선발된 특수요원들에게 지독한 훈련을 시킨 후 알파벳 나라로 은밀하게 침투시켰다.

그런데 한 달 뒤에 왕 앞에 놓인 전투상보(전투 기록서)에는 모두 실패했다는 내용이 적혀 있었다.

〈전투상보 1〉:먼저 0자는 알파벳 O 집단군에 투입하여 초기에 많은 전과를 세웠음. 그러나 알파벳 나라에서 O 지역에 P 집단군을 이주시켜 O와 P가 한 짝으로 다니게 통제하면서 숫자 0자는 전부 노출되어 전멸하였음.

〈전투상보 2〉:1자는 알파벳 I 집단군에 투입하여 초기에 전투력을 발휘하였으나 I 집단군에서 소문자 i로 복장을 변경하면서 노출되어 철수하고 말았음.

〈전투상보 3〉:2자는 고된 수련으로 자세를 L자로 완전 변형시켜 L 집단군에 투입하여 초기에 잘 싸웠으나 L 집단군에서 소문자 l 로 복장을 변경하는 바람에 제대로 싸워 보지도 못하고 철수하였음.

〈전투상보 4〉:6자는 간단한 자세 교정 작업으로 허리를 펴고 b 집단군에 투입하여 눈부신 전과를 올렸으나, 눈치를 챈 b 집단군에서 대문자 B로 복장을 바꾸는 바람에 아지트까지 노출되어 모두가 전사하였음.

이에 충격을 받은 왕이 말했다.

"우리의 계책이 수포로 돌아갔으니 다른 제안을 제시하시오."

그러자 처음 계책을 냈던 장수가 말했다.

"왕이시여, 이 모든 실패에 대한 책임을 지고 전선으로 직접 달려가 새로운 계책을 찾아보겠습니다."

그러자 왕은 할말을 잊고 말았다.

☞ 우리가 가야 할 21세기는 상호 승리를 추구해야 할 시대다.

♣ 유머는 실험정신에 따라서 많은 것을 발굴할 수가 있다.

402
·

공작원이 죽은 이유(★)

북위 37.8°, 동경 129°, 강릉 앞바다 바위섬 주변에 잠수복 차림의 북괴 공작원의 시체가 떠올랐다. 조업 중이던 어부의 신고로 군경이 출동하여 침투 경위와 사인을 규명하기 시작했다. 공작원이 소지한 카메라의 필름을 분석한 결과 ○○일대 군사시설이 찍혀 있는 것으로 보아 공작원은 임무를 마치고 복귀하다 심장마비로 사망한 것으로 추정되었다. 그런데 왜 죽었는지 그 사인을 규명하기 위해 합동조사팀이 구성되고 과학적 의견이 제시되었다.

먼저 군의관이 말했다.

"아마 과도한 긴장 상태에서 장거리 수영으로 인한 심장마비인 것 같다."

그러나 특수요원의 신체 특성상 장거리 수영은 사인이 되지 못한다고 판단한 수사관이 사망 시기를 전후해서 주변 상황을 알기 위해 선장을 불러서 물었다.

"시체를 발견하던 시점에 배 위에선 어떤 일이 있었습니까?"

그러자 선장이 대답했다.

"그물을 치고 대기하는 중이라 심심하여 라디오를 청취하고 있었습니다."

이에 수사관 A가 말했다.

"그때 특이 사항이나 기억에 남는 일이 없었나요?"

"다른 것은 모르겠고, 라디오에서 휴대폰을 선전하는 김국진의 '마라도로 옮겼어'라는 말이 방송되었습니다.

그러자 수사관 B가 말했다.

"그래 바로 그거야……. '마라도로 옮겼어'라는 말이 심장마비를 일으킨 원인이야."

이에 수사관 A가 물었다.

"그게 무슨 뚱딴지 같은 소린가?"

"내 말을 공작원의 입장에서 들어 보게. 복귀하던 공작원이 젖먹던 힘까지 다하여 겨우 접선 장소에 도달했다고 생각했는데 '마라도로 옮겼어'라는 말을 듣자 접선하도록 되어 있는 모선이 마라도로 옮긴 줄 알고 본능적으로 충격을 받고 심장마비로 죽었을 것이 아닌가."

"그런 논리라면 받아들일 수 있네."

☞ 합동수사팀의 보고서에도 '마라도로 옮겼어'라는 말이 사인으로 적혀 있었다.

♣ 과거 사례를 그럴듯하게 전개하여 창조적 웃음을 주는 유머.

403
·

궁지에 빠진 어느 부부의 소원

금실 좋은 신혼부부가 등산을 하던 중 길을 잃고 헤매다가 요정의 도움으로 겨우 길을 찾게 되었다. 그런데 요정이 장난기가 발동하여 세 가지 소원을 들어주겠다고 했다. 그래서 아내가 고민고민 하다가 배가 몹시도 고파 자기도 모르게 '피자 파이'라고 하자 먹음직스런 피자 파이가 뚝 떨어졌다. 소원 중에 하나가 쉽게 날아가자 신랑이 홧김에 '이 피자 파이가 네 얼굴에 붙어라' 하자 파이가 신부의 얼굴에 붙어 앞이 보이지 않게 되었다. 신부의 얼굴에 피자 파이가 붙어 비틀거리자 신랑은 하는 수 없이 세 번째 소원으로 '신부의 얼굴에 붙은 피자 파이를 제거해 달라'고

요청했다.

☞ 말은 곧 행동이다. 고로 신중해야 한다.

♣ 인간의 공짜 심리를 이야기로 전개한 유머.

404

김밥 이야기

김밥과 떡볶이 그리고 오뎅이 달리기 경주를 벌였다. 김밥이 줄곧 선두를 유지했으나 마지막 결승 테이프를 조금 앞두고 김밥의 옆구리가 터지고 말았다. 그래도 김밥은 개의치 않고 전력 질주해 1등으로 골인했다. 그런데 이게 웬일인가. 심판은 2등으로 들어온 떡볶이의 손을 들어주는 것이었다. 김밥은 거칠게 항의했다. 그러자 심판이 아무 말 없이 경주로를 가리켰다. 김밥이 뒤를 돌아보니 저만치에서 햄이 '김밥, 같이 가!' 하며 열심히 달려오고 있었다.

☞ 칠칠맞은 행동은 언제나 미완성일 뿐이다. 깔끔하게 살아야 한다.

♣ 인간의 조급증, 졸속 처리, 일단 하고 보자는 무계획성을 폭로한 유머.

405

낙타 똥구멍은 시계인가(△)

걸프전 당시 이라크와 사우디 접경 지역에 배치된 고참과 후임병이 있었다. 전선이 조용하고 변화가 없자 이등병 지미는 긴장이 풀리면서 시간이 더디게 감을 느꼈다. 시계가 없는 이등병이 고참병에게 물었다.

"지금 몇 시입니까?"

그러자 고참이 진지 앞에 서 있던 낙타의 꼬리를 들더니 태연하게 말했다.

202

“응, 지금 열두 시야.”

이등병은 고참이 대강 둘러대는지 알고 마음속으로 1초 단위로 숫자를 세기 시작했다. 3,600번을 끈기 있게 셈을 마친 이등병이 또 질문을 했다.

“지금은 몇 시죠?”

이에 고참이 또다시 낙타 꼬리를 들더니,

“십삼 시야.”

라고 능청스럽게 대답했다. 이등병은 우연의 일치라고 생각하고 300번을 다시 세고는 질문을 했다.

“음, 지금은 십삼 시 오 분인데.”

이등병은 너무도 놀라워서 물었다.

“어떻게 시간을 그렇게 잘 맞추십니까? 낙타 똥구멍에 시계라도 달아 놓았습니까?”

그러자 고참이 대답했다.

“꼬리를 들어야 저 막사 앞의 시계탑이 보이잖아.”

☞ 말없이 보여줄 수 있는 것은 너무도 적다. 말을 안하면 귀신도 모른다.

♣ 특정 상황을 설정하여 흥미를 유발.

406

누가 나쁜 놈인지(△)

꾀가 많기로 소문난 차돌이 일병이 휴가를 얻어 고향에 돌아왔다. 기분 좋게 택시를 불러 탄 것까진 좋았는데 목적지에 가까워질 무렵 문득 호주머니를 살펴보니 돈이 한푼도 없었다. 그래서 지금이 바로 자신의 기지를 발휘할 때라고 판단한 차돌이 일병이 운전기사에게,

“세워 주세요. 잠깐 저기 담뱃가게에서 담배하고 성냥을 사가

지고 올께요. 그런데 아까 차에서 10만 원짜리 수표를 떨어뜨렸
는데 어두워서 그런지 도무지 못 찾겠네요.”
라고 말하고는 급히 담뱃가게로 뛰어 들어갔다.

뒤돌아보니 아나나 다를까 택시가 쏜살같이 어둠 속으로 사라
져 가고 있었다.

☞ 계획적인 거짓말과 인간의 욕심이 결합되면 사건이 생긴다.

♣ 속고 속이는 일부 세상사를 소재로 한 유머.

407

·

도루묵

건실한 한 대학생이 있었다. 그에게는 여자 친구도 있고 꿈도
있고 능력도 있는 녀석이었다.

그러던 어느 날 그에게 절망적인 변화가 일어나게 되었다. 한
창 나이에 머리가 빠지는 것이었다. 그는 심각하게 고민하게 되
었고, 어느새 여자 친구도 그의 곁을 떠나고 말았다. 그래서 그는
한 가지 굳은 결심을 하게 되었다. 그는 열심히 아르바이트를 해
서 돈을 마련해 머리를 심기로 했다. 그리고 정말로 그는 열심히
일했고, 드디어 돈을 모아 머리를 심을 수 있었다. 그래서 긴 머
리칼을 휘날리며 돌아온 그에게 어머니가 말했다.

“애야, 영장 나왔다.”

그러자 그는 머리를 쥐어뜯으며 울부짖었다.

“인생은 미완성!”

☞ 인생이란 다 내 뜻대로 되는 것이 아니다.

♣ 생활 속에서 쉽게 느끼는 사항을 그럴듯한 이야기로 구성한 유머.

408
·

머리도 주변을 살펴보고 굴려야

차순이는 만원 버스 속에서 운좋게 자리를 잡고 앉았으나 얼마 안 돼 방귀가 나오려고 했다. 그녀 앞에는 잘생긴 남자가 서 있었으므로 그녀는 당황했으나 한 가지 꾀가 머리를 스쳐 갔다. 때마침 베토벤의 〈운명 교향곡〉이 흐르고 있었기 때문에 그 음악에 정확히만 맞춘다면 사태가 해결될 수 있을 것 같았다. 그래서 한 치의 오차도 없이 정확히 맞춰 시원하게 욕구를 해소한 그녀는 회심의 미소를 지었다. 그런데 이게 웬일인가. 주위에 있던 사람들의 따가운 눈총이 그녀를 향해 쏟아지고 있었다. 애석하게도 그녀는 헤드폰을 끼고 있었던 것이다.

☞ 완벽한 기만은 있을 수 없다. 기만을 좋아하다 보면 결국에는 자기가 자기를 속이게 된다.

♣ 능력 이상으로 여건을 고려하지 않고 일을 벌리다 오히려 창피를 당하는 인간의 우매를 동원한 유머.

409
·

물방울 시리즈(★)

〈소나무와 물방울〉

솔잎 끝에 맺혀 있던 물방울 하나가 아침 햇살을 받으며 영롱히 빛을 발하고 있었다. 마치 자기가 최고인 양 뽐내다가 자신의 무게를 지탱하지 못하고 소나무 밑으로 여지없이 추락하고 말았다. 추락한 물방울은 땅 속으로 스며들다가 소나무 뿌리의 흡인력에 이끌려 소나무 잔뿌리에서 굵은 뿌리, 밑둥치를 지나 줄기와 잔가지를 거쳐 올라 어렵게 솔잎 나무 즙의 일부로 빠져 나와 다시 세상 빛을 보게 되었다. 그래서 얼마나 기뻤던지 물방울은 중심을 잡지 못하고 소리를 지르다가 송화 가루와 함께 어디론가 멀리 날아가고 말았다.

☞ 인생은 마냥 좋은 것도, 시종 불행한 것도 아닌 호사다마(好事多魔)다.

〈시궁창 속의 물방울〉

시궁창 속에 떨어진 물방울 하나가 갖은 악취와 끈적거림 속에서 고통을 당하면서도 불평하지 않고 흘러가고 있었다. 핏빛보다 진하게 오염된 바닥, 기름 찌꺼기와의 충돌, 쓰레기가 퇴적된 통로를 빠져 나가느라 곤욕스러웠다. 하지만 참고 버티던 어느 날 물방울의 몸이 산산이 부서지더니 하늘로 올라 구름덩이 속에서 원래의 형체를 찾게 되었다.

☞ 인생은 참으면 복이 온다.

〈강물 속의 물방울〉

강물에 떨어진 물방울 하나가 있었다. 어떤 인위적 노력도 필요 없이 그냥 있어도 전체의 흐름 따라 흘러가기도 하고, 바닥으로 스며들기도 하고, 바닥의 돌과 수초, 다양한 물의 형태를 만날 수 있었다. 긴장도 고민도 없이 오랜 여행을 하다 보니 왜 가는지에 대해 회의감과 고독을 느꼈다. 그리하여 한눈을 파는 사이에 작은 수로로 빠져 바다로의 여행 기회를 놓치고 말았다.

☞ 편하면 발전이 없다.

♣ 특수 상황을 설정하여 교훈을 주려는 우화의 일종.

410
·

북극으로 간 난봉꾼(△)

천하에 둘도 없는 난봉꾼이 있었다. 교도소에도 몇 차례 갔다

왔지만 개정의 기미가 없자 법정에서는 북극에서 홀로 노력 봉사 하도록 판결을 내렸다. 그래서 난봉꾼은 북극으로 보내졌고, 세월 이 흘러 법정에서 봉사활동을 제대로 하는지 감독을 나갔다. 그 런데 여기서 감독관은 기이한 장면을 목격했다.

난봉꾼이 곰에게 마늘을 먹이고 있었던 것이다.

☞ 제 버릇은 남 주는 게 아니다.

♣ 고질적 습성의 모순을 이야기로 전개한 유머.

411

•

숫자병동에서 생긴 일(★)

• 4자가 치료받는 병동에 +자가 입원을 했다. 눈이 어두운 원 장이 +자를 보고 말했다.

"환자, 언제 팔 기부스 풀었어요?"

• 6자(임산부)를 위한 체조 교실에 1자가 잘못 들어갔다. 그러 자 병원 간호원이 말했다.

"언제 해산했나요? 퇴원 절차 밟으세요."

• 8자를 해부 실험하는 병동에 3자가 잘못 들어갔다. 그러자 3 자를 발견한 인턴이 말했다.

"쟤 누가 절개했어. 왜 한쪽은 안 보이나?"

☞ 착시와 착오는 항상 있을 수 있다. 문제는 빨리 바로잡는 것이다.

♣ 인간의 착시(錯視) 현상을 소재로 한 유머.

412
·

시간을 끌면 손해(△)

초등학교 3학년끼리 보기 드문 강간사건이 일어났다. 여학생의 어머니가 정식으로 경찰에 고소했고 3학년 남자와 그 어머니가 경찰로 소환되었다. 경찰이 조서를 꾸미려 하자 흥분한 남자 어머니가 아들의 바지를 내리고 말했다.

"상식적으로 이런 작은 고추로 가능(?)하다고 봅니까?"

이에 아들이 어머니 귀에 대고 속삭였다.

"엄마, 오래 잡고 있으면 우리가 불리해요."

☞ 이젠 조기 성교육 문제를 진지하게 생각해 보아야 한다. 성(性)문제는 본인만이 해결할 사안도 그리고 사회적 억압으로 통제될 성격도 아니다.

♣ 인간의 고정관념을 깨뜨리려는 유머.

413
·

신통한 호랑이(△)

어느 마을의 뒷산에 신통한 호랑이가 살고 있었다. 이 호랑이는 처녀가 지니기면 나타나고 처녀가 아닌 사람이 지나가면 나타나질 않았다. 그래서 예쁜 애인을 사귀고 있는 차돌이는 그 애인이 너무 자유분방한 탓에 자기 애인의 처녀성을 시험하기 위해 호랑이가 나온다는 그 산으로 데려갔다.

그날은 몹시 바람이 불고 비가 오는 날이었다. 애인은 비도 오고 날도 추운데 호랑이가 나오겠냐며 다음에 가자고 했다. 그러나 차돌이는 빨리 확인하고 싶은 생각에,

"호랑이는 상관없대. 비오는 날도 처녀가 지나가면 나온대…"

하면서 애인의 손을 잡고 그 산으로 갔다. 드디어 호랑이가 나온

다던 산길에 도착한 애인은 양심이 찔려 왔고 산길이 거의 끝나가는데도 호랑이가 나타나질 않자 차돌이의 얼굴이 일그러지는 순간 호랑이가 나타났다. 차돌이는 다시금 얼굴이 환해지며 여자친구의 손을 꼭 잡았다. 애인 역시 얼굴에 희색이 만면해지면서 마냥 좋아했다. 그런데 호랑이의 넋두리를 듣게 되었다.

"아! 비가 오니 되게 미끄럽네."

하고 투덜거리며 다시 산으로 올라가는 것이었다.

☞ 이 세상에 순결은 없다. 그것은 여성을 구속하는 잣대에 불과하다.

♣ 인위적 잣대를 만들어 놓고 인간을 구속하는 우매를 동원한 유머.

414

·

암 호

깊은 밤, 참돌이는 곤한 잠에 빠져 있었다. 한참 잠을 자고 있는데 갑자기 요란스럽게 전화벨이 울렸다. 참돌이는 잠결에 전화를 받았다. 그러더니 곧 전화를 끊는 것이었다. 잠시 후에 다시 전화벨이 울렸다. 참돌이가 수화기를 들었더니 역시 아무런 말도 하지 않고 전화를 끊어 버렸다. 옆에 자고 있던 아내가 이상한 눈빛으로 참돌이를 바라보았다. 참돌이는 아무렇지도 않은 듯 다시 자리에 누웠다. 그러자 얼마 후 다시 전화벨이 요란스럽게 울려댔다. 이번에는 하도 이상해서 직접 참돌이의 아내가 전화를 받았다.

"여보세요?"

그러나 수화기에서는 아무런 말도 들려 오지 않았다. 아내는 이상한 기분이 들었다. 그녀는 참돌이를 바라보며 걱정스러운 투로 물었다.

"혹시 도청당하고 있는 게 아닐까요?"

"아니야."

참돌이는 자신있게 대답했다.

"그럼, 누가 협박하는 건 아닐까요?"

"아니야."

"그럼, 무슨 전화죠?"

이에 참돌이가 조심스럽게 되물었다.

"아무 얘기도 안하지?"

"예."

"전화가 세 번 걸려 왔지?"

"예."

그제야 참돌이는 고개를 끄덕였다.

"그렇다면 그건 암호야."

"암호라니요?"

"벙어리 김기사가 이리로 오겠다는 암호야."

☞ 가장 풀기 어려운 암호는 마음의 빗장이다.

415
·

약국으로 간 토끼

토끼 한 마리가 헐레벌떡 약국으로 뛰어 들어왔다.

"아저씨, 당근 있어요?"

그러자 약사가 말했다.

"여기는 약국이란다. 당근을 사려면 야채가게에 가야지."

다음날 토끼가 또 찾아와서는 아주 심각한 표정으로 물었다.

"아저씨, 당근 있어요?"

"이 짜샤! 여기선 안 판대도."

토끼는 그 다음날에도 어김없이 찾아왔다. 그리고는 약사의 눈치를 슬금슬금 살피더니 말했다.

"아저씨, 저 감기 기운이 있어요."

"오, 그래?"

"그러니까 당근 좀 주세요."

이에 화가 난 약사는 토끼를 잡아 집어던져 버렸다. 그 바람에 앞니 두 개가 부러진 토끼는 그 다음날도 약국에 찾아와 문 틈으로 얼굴만 내민 채 말했다.

"아저씨, 당근 주스 있어요?"

☞ 지나친 자기 고집은 병이다.

♣ 집요한 반복은 웃음을 준다. 자기 주장만을 고집하는 인간의 우매를 폭로.

416
·
어떤 야구 선수 이야기(△)

타율이 낮은 야구 선수가 있었다. 2진 그룹으로 내려갈 위기에 처하자 마음먹은 대로 칠 수 있는 야구 방망이를 간절히 기도했다. 기도의 효과인지 소원이 이루어졌다. 이 선수는 9회말 소속팀이 지고 있는 상황에서 대타로 기용되어 타석에 섰다. 야구 방망이가 마음먹은 대로 되는지를 시험했다. 초구를 맞이하기 전에 '이번 공은 좌측 담장 플라이'라고 마음먹자 제1구가 신기하게도 좌측 담장을 넘기는 볼이 되었다. 방망이의 위력을 최종 확인하기 위해 제2구는 '우측 담장을 넘기는 플라이'라고 마음먹자 진짜로 공이 우측 담장을 넘기는 볼이 되었다. 방망이의 위력을 확신한 선수는 '이제는 멋진 홈런' 하면서 방망이를 움켜잡았다. 그런데 치기도 전에 경기가 끝나고 말았다.

1루 주자로 나가 있던 선수가 도루를 하다 실패했기 때문이다.

☞ 인생은 자기 마음대로 되는 오락 게임이 아니다.

417

요술 램프 이야기(△)

〈이주일과 요술 램프〉

인기 절정에 있던 이주일이 밤무대 공연을 마치고 밤늦게 귀가하다가 요술 램프를 주웠다. 소설에서 본 대로 흔들었더니 요정이 나왔고 요정은 다시 살려주어 고맙다며 한 가지 소원을 들어주겠다고 했다. 이에 고무된 이주일은 평소 사고 싶었던 '강남' 일대의 땅이 생각나 지도를 펼치며 강남 땅을 살 수 있도록 해 달라고 했다. 그러자 요정이,

"강남 땅을 다 산다는 것은 천지가 개벽되기 전에는 어렵다."

고 하자 이주일이 말했다.

"그것이 어렵다면 얼굴을 고쳐 주어 신성일처럼 해 주세요."

이에 요정이 더 난감해 하면서 말했다.

"그렇다면 강남 지도를 다시 펴 보세요. 어떻게 해 봅시다."

☞ 얼굴을 고친다는 것은 자기 파괴요 자기 기만이다.

☞ 요술 램프는 줍는 것이 아니라 우리 마음속에 있다.

〈할아버지와 요술 램프(★)〉

유머 동네의 욕심쟁이 할아버지가 의사에게 마지막 선고를 받고 비참하게 밤길을 가다가 요술 램프를 주웠다. 할아버지는 그것이 무엇인지도 모르고 오다가 램프가 흔들려 요정이 나왔다. 요정이 한 가지 소원을 들어주겠다고 하자 할아버지는 골똘히 생각하다가 30년 전에 유산 문제로 남남이 돼버린 동생과의 관계를 좋게 해 달라고 했다. 이에 요정은 할아버지가 죽음을 앞두고도 자기 목숨보다 우애를 먼저 생각하는 줄 알고 감동하여 말했다.

"동생과 인연을 끊은 것이 한이 되었나 봐요."

“한이 맺혀서가 아니라 그 동생이 많은 재산을 모아 놓고 상속
자도 없이 다 죽어간다는 애길 들었어요.”
“그렇다면 목숨보다 돈이 더 중요……?”
하면서 요정은 말을 잊지 못하고 심장마비로 죽어 버렸다. 그 뒤
로 이 지구상에는 요술 램프의 행운이 사라지게 되었다고 한다.
☞ 욕심은 분명 자기 파멸이자 인류의 공적(共敵)이다.

418
·

존재에 대한 궁금증

아기 하마가 엄마 하마에게 물었다.
“엄마, 나 하마 맞아?”
“그럼, 내 자식 하마지.”
하지만 아직도 좀 이상하다고 느낀 아기 하마는 옆에 있던 아
빠에게 물었다.
“아빠, 나 진짜 하마 맞아?”
“그래, 맞다니깐…….”
아기 하마는 고개를 갸우뚱거리며 엄마 아빠에게 물었다.
“엄마 아빠, 그런데 왜 우리 장롱에서 살아?”
☞ 인생은 자기와 인간의 한계를 깨우쳐 가는 과정이다.

419
·

진귀한 새

차돌이가 산책 도중 갑자기 참을 수 없을 정도로 똥이 마려워
공원 한가운데서 실례를 하고 말았다. 그런데 마침 일어섰을 때
경찰관 두 명이 걸어오고 있었다. 차돌이는 재빨리 모자를 벗어
그 위에 씌워 놓고 경찰관에게 말했다.

"실은 제가 조류학자인데 지금 굉장히 진귀한 새를 붙들었어요. 동물원에 가서 새장을 가져오려고 하는데 그 동안 좀 봐주시지 않겠습니까?"

두 경찰관은 3시간 정도 모자 옆에서 계속 지키고 있었지만 조류학자가 나타나지 않았다. 마침내 두 사람은 의논 끝에 한 사람이 살며시 모자를 들어올리면서 다른 사람이 재빨리 새를 붙잡기로 했다.

"붙잡았나?"

하고 모자를 들어올린 경찰관이 소리쳤다.

"응 그래, 붙잡긴 했는데 말야, 새가 부서지고 말았어."

☞ 그래도 순수한 사람이 있기에 사회의 급진적인 타락을 막아 준다.

420

특수 개미

취직에 실패한 한 청년이 결심을 하고 산으로 들어갔다. 그는 10년 동안 개미를 훈련시켜 10년 후 개미가 두 발로 서서 이동할 수 있도록 만들었다. 그는 하산하여 훈련된 그 개미를 사람들에게 보여주어 큰 돈벌이를 하려 했던 것이다. 그래서 식당에 들어간 청년이 개미를 접시에 놓고 말을 시킨 나음 자랑스립게 웨이터를 불렀다.

"이봐 웨이터, 이 접시의 개미를 좀 보라고."

그러자 곧 웨이터가 다가와 죄송하다고 하고는 접시의 개미를 손으로 꾹 눌러 죽여 버렸다.

☞ 자랑은 아무에게나 하는 것이 아니다.

421
·
한 수 위

깡패 조직에서 최고 왕초의 경호원을 모집하는데 최종 시험까지 올라온 세 사람이 있었다. 그래서 이 세 사람에게는 각각 작은 상자가 하나씩 주어졌는데 그 속엔 파리가 한 마리씩 들어 있었다. 첫 도전자로 나선 주병진이 상자를 여니 파리가 날아 도망쳤다. 그래서 얏! 소리와 함께 칼을 휘두르자 날던 파리가 반쪽이 되어 다시 그 상자 속으로 떨어졌다. 이번엔 두 번째 도전자 이경규의 차례였다. 상자가 열리고 나는 파리를 향해 칼을 휘두르니 파리의 날개가 잘려 팔랑개비처럼 빙글빙글 돌면서 상자로 떨어지는 것이었다. 세 번째로 나선 참돌이도 칼을 휘둘렀지만 파리는 여전히 날고 있었다. 그러자 왕초가 말했다.

"아니! 어찌 된 일인가?"

이에 참돌이가 대답했다.

"저 파리, 오래는 살겠지만 새끼는 못 나을 겁니다!"

☞ 물리적 한 수 위보다는 정신적 한 수 위를 추구합시다.

♣ 과장도 극에 달하면 유머가 된다.

422
·
호랑이 사냥(★)

호랑이도 인간처럼 멍청한 형, 보통형, 천재형이 있다. 호랑이 사냥 방법도 유형에 따라 각기 다른데, 일단 호랑이 굴로 최대한 잠입해서 호랑이 유형을 식별해야 한다. 호랑이 특성은 눈빛과 잠버릇으로 구분된다. 멍청한 호랑이는 눈빛도 흐리고 초점 없이 땅만 쳐다보며 먹이가 있으면 앞뒤 없이 먹고는 곧장 자버리는 특성이 있으며, 보통형의 호랑이는 눈빛이 무서우나 좌우를 불안스럽게 살피며 먹이를 먹고는 10여 분 뒤에 깊은 잠을 자며, 천재형의 호랑이는 예리한 눈빛으로 먼 산을 바라보며 무엇을 잘 먹지도 않지만 설사 무엇을 먹더라도 잠시 자고 일어나는 특징이 있다고 한다.

호랑이 유형이 식별되면 유형별로 사냥 방법을 적용하는데, **멍청한 호랑이를 사냥하는 방법**은 호랑이가 먹이를 먹고 깊이 잠이 들면 호랑이 왕자(王字)형 이마에다 면도날로 열십(十)자로 칼질을 한 뒤에 꼬리를 잡고 엉덩이를 차면 멍청한 호랑이는 너무도 놀라서 그대로 알몸은 튀어 나가고 가죽만 남는다.

그리고 **보통형의 호랑이를 사냥하는 방법**은 사전에 소에서 피를 빠는 진드기를 준비했다가 호랑이가 잠이 들면 사타구니에 살짝 놓으면 진드기가 본능적으로 피를 빨게 되고 호랑이는 가려워서 깨어나 상황을 파악하게 된다. 호랑이는 가려운 원인이 진드기의 출현으로 판단하고 진드기를 제거하기 위해 구르기도 하고 비벼도 보지만 잘 떨어지지 않는다. 독이 오른 보통형의 호랑이는 극약 처방으로 사타구니를 오므려 거시기(?) 부분을 물어서 진드기 제거를 시도하지만 잘 떨어지지 않자 성질이 나서 거시기 부분을 터뜨려 죽게 된다.

한편 **천재형의 호랑이를 사냥하는 방법**은 호랑이가 잠시 잠들었을 때, 호랑이의 코앞에 피묻은 생리대를 갖다 둔다. 호랑이는 피 냄새를 맡고 일어나 눈앞의 생리대를 관찰·분석하게 된다.

'생리대는 일부 인간들의 죽은 피를 받아내는 도구인데.'

이렇게 생각한 호랑이는 극도로 자존심이 상하게 된다.

'백수의 왕인 나에게 더러운 피를 먹으라고 하다니.'

고민이 이어지고 번민을 하다가 막다른 결론에 도달한다.

'인간에게 이런 수모를 당하느니 차라리 깨끗하게 죽자.'

하고는 벼랑을 찾게 된다.

☞ 멍청한 이는 시련이 오면 아무 생각 없이 처신하다가 봉변을 당하고 보통형의 사람은 일이 생기면 자기 집착에 빠져 스스로 고통을 만들며, 천재형의 인간은 사소한 것에도 예민하게 반응하여 정신적 고민을 스스로 만들고 자기를 괴롭히다 극단적인 행동을 한다.

♣ 인간의 태생적 한계를 풍자.

제5절 비교·분석형 유머
- 이 시대의 고통을 지혜롭게 이겨내는 유머

501
·
가나다라 인생 법칙(△)

- 가려움 법칙:심하게 가려운 곳일수록 손이 닿지 않는다.
- 나만 모르는 법칙:나와 관련된 소문은 나만 모른다.
- 동창회 법칙:동창회에 가면 좋아했던 사람은 다들 안 나오고 상관없는 사람들끼리만 2차를 간다.
- 라면 법칙:라면이 있으면 불이 없고, 불이 있으면 라면이 없다.
- 미팅 법칙:미팅에서 '저 사람만 안 걸렸으면' 하는 사람과 꼭 짝이 된다.
- 바겐세일의 법칙:바겐세일에 가 보면 꼭 사려는 물건은 세일에서 제외된 품목이다.
- 시험의 법칙:공부를 안하면 몰라서 틀리고, 어느 정도 하면 헷갈려서 틀린다.
- 애프터서비스의 법칙:고장난 제품을 고치려고 서비스맨이 당도하면 정상으로 작동된다.
- 정류장의 법칙:자주 오던 버스도 타려고 하면 안 온다.
- 차의 법칙:큰맘 먹고 세차하면 꼭 비가 온다.
- 택시의 법칙:택시를 기다리면 빈 택시는 반대편에만 나타나고, 기다리다 못해 건너가면 먼저 있던 쪽으로 온다.

- 칵테일 법칙:젊어서는 돈이 없어 칵테일을 못 마시고 늙어서는 속이 쓰려서 못 마신다.
- 피장파장 법칙:뜻밖의 수입이 생기면 반드시 뜻밖의 지출이 더 많아진다.
- 화장실의 법칙:공중화장실을 이용하기 위해 제일 짧은 줄에 서면 안에 있는 사람이 큰일을 보는지 꼭 오래 걸린다.

☞ 인생은 미완성! 그러나 그 자체가 행위예술이다.

♣ 자기 마음대로 안 되는 일상 세계를 그럴듯하게 엮어 공감을 주는 유머.

502
·

고장난 라디오와 앙칼진 여자의 공통점(★)

- 시도 때도 없이 시끄럽다.
- 고치는 값이 바꾸는 값보다 비싸다.
- 주파수(분위기)를 바꾸어도 소란하기는 마찬가지다.
- 열받는다고 때리면 아주 못 쓴다.
- 보는 것보다 듣는 것이 더 고통스럽다.
- 다른 선택의 여지가 없다면 운명처럼 여기는 것이 현명하다.

☞ 그래도 고장난 라디오는 고쳐 쓸 수 있지만, 앙칼진 여자는 어떻게 해볼 도리가 없다.

503
·

그래도 상처는 주지 않는다(△)

탐험가가 식인종 동네에 가서 식인종들의 식성을 비난하는 발언을 했다.

"아직도 식인종은 사람을 잡아먹는가?"

그러자 식인종이 말했다.

"우리는 사람을 잡아먹지만 당신 같은 문명인처럼 먹자도 않을
사람을 죽이진 않는다."

☞ 남에게 아픈 말을 하지 않는다는 것은 화술(話術)의 기본이다.

504

•

아버지들의 위상 변화(△)

- 네 살 때:아빠는 뭐든지 할 수 있었다.

- 여덟 살 때:아빠는 모든 걸 정확히 아는 건 아니었다.

- 열 살 때:아빠가 어렸을 적에는 지금과 확실히 많은 것이
  달랐다.

- 열네 살 때:아빠는 모르는 것이 많으면서도 내가 원하지
  않는 것을 강요한다.

- 열일곱 살 때:아빠와 난 생각과 언어 사용, 기호식품, 취미
  면에서 너무 달랐다.(다른 시대와 공간에 사는 외계인 같았지.)

- 스물한 살 때:아버지는 내 사생활과 자유로운 언행을 못마땅
  해 하는 정신적 비협조자이자 분위기 훼방꾼이었다.

- 스물다섯 살 때:아버지는 책에 없는 것을 알고 계셨다.(오랫
  동안 그 일을 하셨기 때문이지.)

- 서른 살 때:일을 시작하기 전에 아버지에게 의견을 물어보
  는 게 좋을 듯하다.(아버진 경험이 많으시니까.)

- 서른다섯 살 때:아버지에게 **의견을 여쭙기 전에는** 난 아무
  것도 할 수 없다.(아버진 나보다 더 좋은 생각을 갖고 계시니까.)

- 마흔 살 때:아버지라면 이럴 때 어떻게 하셨을까 하는 생
  각을 종종 한다.(아버진 지혜가 많으셨으니까.)

- 쉰 살 때:아버지가 지금 내 곁에 계신다면 무슨 일이든 할
  것이다.

☞ 아버지에 대한 평가는 자기도 아버지가 되어 진지한 삶을 살아 본 사람만이 내릴 수 있다.

505
·

김정일이 남침을 못하는 이유(★)

- 첫째, 방위병 제도 부활
  - 방위병 제도 부활 이후 변화된 후방 전력 판단 불가
  - 야간에 무엇을 하는지 모른다.(半軍半民 활동)
  - 신출귀몰한 출퇴근(특수 요원화)
  - 후방 지역 침투 불가(지역 내 이상한 놈은 금방 식별)
- 둘째, 아군 포의 특수성
  - 평소 아무 곳이나 떨어지다가도 결정적일 때는 정확히 투하
  - 전시 북괴 전쟁 지도부에 정확하게 떨어질 게 뻔하니까.
- 셋째, 북괴 수뇌부의 전쟁 지도 능력 부재
  - 위장과 선동으로 지탱해 온 집단이기에
- 넷째, 아군 향토 방위력 증강
  - 후방 지역에도 장갑차 배치.

☞ 김정일이 진짜 남침을 못하는 이유는 우리의 국력을 알기 때문이다.

506
·

낙 타

굶주린 낙타 세 마리가 사막을 헤매다가 영화 필름이 든 깡통을 발견했다. 한 마리가 입으로 뚜껑을 벗겨 그 속에서 주르르 풀려 나온 필름을 잘라먹었다. 이윽고 두 놈이 필름 한 통을 완전히 먹어치워 필름통과 필름 감개만이 남게 되자, 한 낙타가 다

른 낙타에게 말했다.

"굉장히 맛있다, 그지?"

"글쎄, 난 잘 모르겠는데."

그러자 세 번째 낙타가 말했다.

"난 영화보다는 책이 나은 것 같애."

☞ 아는 체하는 것은 병이다.

507
·

낙타가 바늘구멍 통과하기(★)

각 민족별로 낙타가 바늘구멍을 통과하는 요령에 관한 연구 보고서가 입수되었다.

- 독일:낙타가 통과할 수 있는 대형 바늘을 제작한다.
- 일본:유전공학으로 빈대만한 낙타를 만들어 바늘구멍으로 통과시키는 실험을 한다.
- 중국:사회주의 정책 고수로 부자를 없앤다. 그리하여 '부자가 천국 가기란 낙타가 바늘구멍 통과하기보다 어렵다'는 말이 필요 없게 한다.
- 미국:동물애호법을 구체화시켜 동물을 이용한 서커스, 동물원, 동물 경주 등 오락의 대상이 되지 않게 하여 '낙타가 바늘구멍으로 통과한다'는 말 자체가 나오지 않게 하고 그 말만 사용해도 동물 학대라고 규정한다.
- 한국

-과거:먼저 낙타가 있는 사막으로 가서 관찰하고 경제성이 없다는 보고서를 만든다.

- 현재:한국의 IMF 극복과 부자 천국 가기의 함수관계를 연구하고 낙타와 바늘의 입장을 바꾸어 바늘이 낙타 귀를 통과시

킬 궁리를 한다.

- 미래:낙타표 실을 개발하여 바늘구멍으로 쉽게 통과시킨다.

☞ 낙타의 바늘구멍 통과보다 어려운 것은 마음을 깨끗하게 하는 것이다.

♣ 기대 밖의 우월감을 주지는 않지만 그 특징 비교가 공감을 주는 유머.

508
•

남자가 아내의 바가지에 죽는 이유(★)

- 첫째:바가지의 본질(폭력)을 모르고 쉽게 생각하기 때문에
  (바가지 폭력론을 정확히 이해하라.)
- 둘째:바가지에 즉각 대응하기 때문에(이길 자신이 없으면 바가
  지를 외면하라.)
- 셋째:바가지에 쉽게 자존심을 걸기 때문에(바가지는 바가지로
  받아들여 자존심을 마춰시켜라.)
- 넷째:바가지를 유발시키는 근본 원인을 모르거나 알면서도
  고치지 못하기 때문에(바가지 긁힐 일을 아예 하지 마라.)
- 다섯째:바가지 발생시 초동조치가 미흡하기 때문(바가지가 나
  오면 즉각 사랑의 말과 행동으로 대응하라.)

☞ 바가지에 자주 긁히면 치명적인 상처가 되고 헤어지는 원인이 된다.
  바가지의 원인을 없애 바가지가 없는 세상을 만들자.

♣ 사실적인 원인 분석으로 공감을 주는 유머.

509
•

누가 더 바쁜가(★)

대기업의 회장이 본사의 이완된 분위기를 해소하고 생산력을
향상시키려는 목적으로 〈무엇이 진정으로 회사를 위하는 길이며,
누가 더 바쁘게 일하고 있는가〉라는 주제를 놓고 '나의 주장 대

회'를 개최했다. 잘난 많은 후보들이 자기 자랑과 생산력 향상을 위한 비법을 공개했다.

심사 결과 우수 사원 5명이 결정되었다.

- 5등:점심과 저녁은 지참한 도시락으로 해결한다.
- 4등:오줌 싸고 ×볼 시간도 없이 일한다.
- 3등:회사에 출근해서 퇴근시까지 소변을 한 번도 안 본다.
- 2등:퇴근도 없이 일하며 대소변도 하루 한 번으로 해결한다.
- 1등:하루에 한 번 가는 것도 아까워 사무실에 정수기를 설치했다.

☞ 자기 과장은 인간의 정신적 기만이다.

510
.

'뛰는 놈 위에 나는 놈'의 여러 해석(△)

세계 석학들에게 '뛰는 놈 위에 나는 놈 있다'를 해석하라고 한다면 아마 다음과 같은 결론을 내릴 것이다.

- 노자:뛰어가나 날아가나 종착지는 같다. 인위적으로 고생하지 마라.
- 부디스트:뛰는 놈과 나는 놈 모두 언젠가는 육체가 병든다.
- 공자:뛰는 놈이나 나는 놈이나 다 쌍놈이다.
- 예수:뛰는 놈이나 나는 놈이나 다 불쌍한 자이니 주님의 뜻으로 거두어 주소서!
- 손병희:뛰는 놈이 곧 나는 놈이다.
- 다윈:뛰는 놈이 진화하면 나는 놈이 된다.
- 갈릴레이:뛰는 놈이나 나는 놈이나 똑같이 도착한다.
- 스티븐호킹:뛰는 놈이 블랙홀에 빨려들 때 나는 놈은 이미 사라졌다.

- 마르크스:뛰는 놈은 나는 놈에게 착취당한다.
- 칼융:뛰는 놈은 주행콤플렉스, 나는 놈은 비행콤플렉스에 사로잡혔다.
- 샤머니즘:뛰는 놈은 뛰다가 죽고 나는 놈은 날다가 죽는다.
- 환경주의자:뛰는 놈이 나는 놈보다 환경을 더 오염시킨다.
- 생물학자:뛰는 놈은 다리가 있고 나는 놈은 날개가 있다.
- 절대주의자:뛰는 놈 위에는 반드시 나는 놈이 있다.
- 상대주의자:뛰는 놈이 있기 때문에 나는 놈이 있다.
- 낙관주의자:뛰는 놈도 언젠가는 날 수 있다.
- 비관주의자:나는 놈도 언젠가는 뛸 수밖에 없는 상황이 온다.
- 화학자:뛰는 놈보다 나는 놈의 엔트로피가 아무래도 높다.
- 약장사:이 약 한 병만 먹어 봐. 뛰는 놈이 날 수 있어.
- 학생 주임:복도에서 뛴 놈은 누구고, 자율학습 시간에 날아 버린 놈은 누구냐?
- 포수:나는 놈 밑에 쏘는 놈이 있다.
- 거미:나는 놈 위에 기는 놈이 있다.
- 수학자:뛰는 놈은 2차원에 속하고 나는 놈은 3차원에 속한다.

☞ 뛰고 날아도 다 하늘 아래서 논다.
☞ 손오공이 뛰고 난다고 삼장법사가 되는 것은 아니다.

511
·

머리가 희어지는 이유(★)

- 첫째:머리는 나쁜데 너무 과도하게 사용하여 두뇌 수용능력을 초과했기 때문(대뇌 피질 에러 발생론)
- 둘째:머리가 좋은데 사용하지 않았기 때문(대뇌 피질 파업론)
- 셋째:유전 현상 혹은 음주 후 음식을 잘못 먹어서(평계론)

- 넷째:원인 불명(자기만 아는 원인에 대한 묵비권 행사)
- 다섯째:백의민족의 후손이기 때문에(사이비 민족주의자)
- 여섯째:검은 머리 파뿌리화(자연 현상론)

☞ 머리가 희어지는 것은 인생의 연륜이다.

512
·

소리가 녹는 더운 나라(★)

세계탐험가협회에서 열대 탐험가들이 자기 자랑을 늘어놓았다.

먼저 적도 탐험가가 말했다.

"내가 탐험한 적도는 얼마나 더운지 아스팔트길을 만들 수가 없어 비포장도로만 사용한다."

이에 사막 탐험가가 말했다.

"내가 탐험한 사막은 얼마나 더운지 규석이 녹아내려 모래를 헤치면 바닥에 온통 유리 원액이 흐른다."

그러자 이상한 나라 탐험가가 말했다.

"내가 탐험한 이상한 곳은 얼마나 더운지 낮에 말을 하면 말이 녹아내려 땅에 쌓였다가 밤에 다소 시원해지면 말들이 일어서서 제 모습을 갖추고 전달이 된다."

☞ 진정한 양심의 소리는 불구덩이 속에서도 타지 않는나.

513
·

소리가 어는 추운 나라(△)

세계탐험가협회에서 극지방의 탐험가들이 자랑을 늘어놓았다.

먼저 남극 탐험가가 말했다.

"내가 탐험한 남극은 얼마나 추운지 오줌을 누는 순간 얼어붙어서 거시기를 얼음 기둥에서 떼느라고 죽을 고생을 했다."

이에 북극 탐험가가 말했다.

"내가 탐험한 북극은 얼마나 추운지 가스 버너를 피워도 금방 불이 얼어붙어서 동굴을 파고 피워서야 겨우 불을 피웠어."

그러자 이상한 나라 탐험가가 말했다.

"내가 탐험한 이상한 곳은 얼마나 추운지 밤에 말을 하면 말이 얼어붙어 있다가 낮에 온도가 오르면 밤의 말이 조금씩 풀려서 들린다고."

☞ 아무리 추워도 희망은 얼지 않는다.

514
·

술은 왜 마시나(★)

소주 회사에서 광고 목적으로 〈술은 왜 마시는가〉라는 주제를 놓고 사계의 권위자를 불러모아 세미나를 했다. 각계 대표들은 나름대로 그럴듯한 자기 주장을 발표하였다.

- 시인 대표:몸에 고통을 주어 잠자는 시심을 깨우기 위해.
- 여성 대표
- 과거:남자들이 술마시고 술주정 부리는 경지를 이해하려고.
- 현재:개념적인 남녀평등이 아니라 체질 면에서도 남녀가 동등함을 과시하기 위해.
- 미래:술을 정복하여 남자를 진정으로 지배하기 위하여.
- 노동자 대표
- 과거:지친 세포를 위로하고 새로운 힘을 축적하기 위해서.
- 현재:불확실한 현실과 미래를 걱정하며 동병상련으로.
- 미래:세월의 뒤안길로 사라진 노동자를 기념하기 위하여.
- 철학자 대표
- 고전주의자:술이 있어 술을 마신다.

- 낭만주의자:술을 마신다. 새로운 자유를 위해.
- 신비주의자:술을 마신다. 고로 존재한다.
- 현대 철학자:인간의 이성적 모순을 잊기 위하여.
• 유림 대표:옛 조상들의 음주 예법을 오늘에 되살리기 위해서.
• 제약회사 대표:술의 '독'과 '약'의 한계를 알기 위해서.
• 종교 대표
- 과거:종교인 자신의 위선적 고통을 잠시라도 잊으려고.
- 현재:술이 현대인의 종교생활에 미치는 해악을 실험하기 위해
- 미래:전도를 위한 사교술로.
• 술꾼 대표:몸에 해로운 술을 남들이 마시고 실수하는 것을 방지하려고.
• 모델 대표:맨정신으로 무대를 누비기 쑥스러워서.
• 예술가 대표:알코올 기운 속에 숨어 있는 마력을 섭취하여 예술에 접목하기 위해서.
• 교직자 대표:술을 먼저 마셔 보고 주법을 교육시키려고.
• 소림사 영화감독:영화 〈취권〉의 허구성을 검토하기 위해.
☞ 진짜 술 마시는 이유 : 본능 + 현실도피 + 스트레스 해소.

515
•

술과 유머의 공통점과 차이점(★)

• 공통점
- 인간이 만든 것이다.
- 좋은 것은 향기가 있다.
- 가짜도 있다.
- 할수록 는다.

- 오래 될수록 좋다.
- 과하면 성적인 유혹에 **빠지게** 된다.
- 공짜가 없다.(마신 만큼 취하고, 정성을 들인 만큼 감동을 준다.)
- 좋고 나쁨에 따라 뒤끝이 있고 없다.(좋은 술은 뒤끝이 없고, 좋은 유머는 정신을 맑게 한다.)

☞ 술과 유머는 사랑과 자유를 **안주로** 삼는다.

- 차이점
- 술을 많이 마시면 뇌가 마비되고, 유머를 많이 하면 가슴이 뜨거워진다.
- 술 마실 땐 안주가 필요하고 유머에는 분위기가 필요하다.
- 과음 뒤엔 본능이 나오고, 유머 뒤엔 즐거움이 나온다.

☞ 술과 유머가 지나치면 이성이 마비된다.

516
·
야근에 대한 석학들의 견해(★)

세계적인 영웅과 석학에게 '야근에 대한 견해를 청하자' 다음과 같은 결론이 내려졌다.

- 이순신:'나의 퇴근을 누구에게도 알리지 마라.'
- 나폴레옹:'나의 사전엔 **야근이란** 없다.'
- 데카르트:'야근을 **생각한다.** 고로 낮에 할 일도 밤에 한다.'
- 노자:'야근을 하나 **안하나** 결과는 같다. 인위적으로 고생하지 마라.'(生而不有)
- 부디스트:'야근하는 중생은 언젠가 육체를 병들게 한다.'
- 공자:'야근하는 놈은 **쌍놈이다.'**
- 예수:'야근하는 어린양은 다 불쌍한 자이니 주님의 뜻으로 거두어 주소서!'

- 손병희:'야근하는 이가 주간 업무를 제대로 할 리가 없다.'
- 안창호:'야근을 안하면 입에 가시가 돋는다.'
- 다윈:'야근이 버릇되면 점진적으로 진화하게 된다.'
- 갈릴레이:'야근을 한 놈이나 안한 놈이나 결과는 똑같다.'
- 마르크스:'야근하는 놈은 야근 안하는 놈에게 착취당한다.'
- 야비한 간부:'저녁 먹고 들어올께'라고 말해 놓고 아침에 출근한다.
- 샤머니즘:야근하는 놈은 빨리 죽는다.
- 환경주의자:야근하는 놈이 환경호르몬을 더 많이 섭취한다. (컵라면을 많이 먹고 담배를 많이 피우기 때문에)
- 상대주의자:주간에 노는 놈이 있기 때문에 야근하는 놈이 있다.
- 낙관주의자:야근하는 자는 언젠가는 인정받는다.
- 비관주의자:야근하는 놈도 언젠가는 명퇴하는 상황이 온다.

☞ 야근을 한다는 것은 다음날 업무의 부실을 의미한다.

517

애주가의 작위

- 공짜 술만 얻어먹고 다니는 사람:밍작
- 친구들한테 술을 잘 사 주는 사람:후작
- 술을 마시면 얼굴이 희어지는 사람:백작
- 홀짝홀짝 술을 혼자 즐기는 사람:자작
- 어떤 술이고 마다 않고 마시는 사람:남작

☞ 진짜 술을 잘하는 사람은 술을 마시고도 다음날 티를 안 낸다.

518

유머 나라 유머 급수(★)

유머가 발달한 나라에서는 유머 자격증을 발급한다.

- 급외:재미있는 유머를 듣고도 이해도 못하는 사람
- 18급:유머를 듣고서 한참 뒤에 속뜻을 이해하고, 한번 들은 유머는 금방 잊어버리는 사람
- 5급:유머를 듣고서 남에게 그대로 전달하는 사람
- 3급:세상에 공개된 유머를 이해하고 자기 수준과 분위기에 맞도록 응용하는 사람
- 1단:오랜 장고 끝에 유머를 만드는 사람
- 3단:유머를 쉽게 만드는 사람
- 7단:생활 자체가 유머인 사람(고통스런 일도 웃음으로 전환)
- 9단:우는 것까지 유머스런 사람(행동 자체가 웃음이요 감동)

☞ 유머는 최고의 문학이다. 당신의 유머 수준은 어디에 해당되십니까?

519

유머를 하고도 웃기지 못할 경우 범하는 죄(★)

- 상대가 이해를 못할 때:국민 정서 위반죄
- 시간을 끌고도 웃기지 못할 때:시간·자원 낭비죄
- 주제가 없을 때:소음 공해죄
- 썰렁할 때:분위기 파괴죄

☞ 웃기지 못하는 유머보다 더 안 좋은 유머는 내용 없는 유머이다.

520
·
유머와 루머의 공통점(★)

- 출처를 찾기 곤란하고, 찾더라도 오리발 내밀면 대책이 없다.
- 인간이 만든 것으로 결과적으로 인간을 웃긴다.
- 비틀린 생각에서 태어나 관심을 끌다가 더 새로운 것이 나오면 죽는다.
- 대상자를 유명하게 한다.
- 인간은 이상한 존재임을 깨닫게 한다.
- 비정상적으로 생겨난 것은 반드시 인간에게 상처를 준다.
- 아니 땐 굴뚝에 연기가 날 리 없다.(반드시 동인이 있다.)

☞ 유머는 가슴에서 나오고 루머는 머리에서 나온다.

521
·
이번에 지면 낭패야(★)

모든 경기에는 서로간 승률을 따지게 되어 있다.

상급자를 모시고 하는 테니스 경기 중반에 승률 체크가 있었다. '나는 4승', '난 3승 1패', '난 4패' 등 서로가 자랑과 아쉬움을 승률로 제시하고 있었나.

그리고 마지막 경기에 들어가면서 승률을 따져 보고 있었다.

A:난 여기서 이기면 5승이야.

B:난 여기서 지면 3승 2패구만.

C(오너):난 마지막 판까지 지면 낭패야.

☞ 승부에 대한 집착은 마음을 마비시킨다.

522
·
지구 살리기(★)

　세계적인 환경보호단체인 그린피스가 〈지구 살리기〉 세미나를 열었다. 각국의 환경단체에서 나와 열띤 토론과 발표가 있었고 수상자가 발표되었다.

- 등외:자기가 호흡할 분량의 산소를 생산할 수 있는 나무 심기 의무화
- 5등:헌 것을 무조건 새 것으로 만들어 주는 기계 개발안
- 4등:강과 바다도 개인에게 유상 분배하여 책임제 관리
- 3등:전 지구에 감시 카메라 가동으로 환경 오염자에게 세금 부과
- 2등:지구보다도 더 큰 세탁기를 만들어 지구 세탁하기
- 1등:환경 오염자에게 산소 공급 제한(중단)

☞ 환경보호는 코로 호흡하는 자라면 누구나 지켜야 할 의무 조항이다.

523
·
차, 차, 차(★)

- 끝까지 굴리는 차:크레도스(그래도…써)
- 남자 챙기는 여자가 좋아하는 차:레간자(내 남자)
- 말은 못 타는 차:소나타(소나 타!)
- 아기 있는 엄마가 타기 싫어하는 차:아 - 토스(toss)
- 안주를 좋아하는 사람이 선호했던 차:포 - 니?
- 임신부가 타면 안 되는 차:아반테(아만 떼니까)
- 외판원이 선호하는 차:누비라(누벼라)
- 운동선수가 싫어하는 차:그랜저(그래! 져)
- 차를 배달할 때 타서는 안 되는 차:티 - 코(차에 코 빠지니까)

- 처녀가 타기 싫어하는 차:아벨라(아 밸라)
- 왕자병에 걸린 남자가 선호하는 차:프린스

☞ 진짜 좋은 차는 인간의 안전을 생각해서 만든 차다.

524

투우가 투우사에게 죽는 이유(★)

- 첫째:붉은 망토만 보고도 먼저 흥분하기 때문(흥분하지 않으면 죽지는 않을 것이다.)
- 둘째:본질(기만)을 모르고 공격하기 때문(투우가 공격하지 않으면 누구도 투우를 죽일 수가 없다.)
- 셋째:공격을 하더라도 허상을 공격하기 때문(공격해야 할 대상은 투우사인데 투우사를 향하지 못하고 망토를 향해 공격)
- 넷째:예정된 죽음의 향연(힘만 갖고 대응하는 투우가 인간의 야만성과 입체적인 기술을 이길 재간이 없다.)
- 다섯째:인간을 모르기 때문(인간의 이중성을 모르기 때문)

☞ 정신과 문화의 열세는 반드시 종속을 부른다.

♣ 진실한 원인 분석으로 공감을 주고자 하는 유머.

525

티코 시리즈

- 티코, 그랜저를 앞지르다

티코가 고속도로에서 주행하다가 껌이 붙어 고장이 나고 말았다. 그래서 운전자가 티코를 갓길에 세워 두고 고치는데 그랜저가 다가와 정비를 해 주겠다고 했다. 그런데 워낙 정비 소요가 많아 정비를 포기하고 고무줄로 견인하여 정비공장으로 가는데 탄력이 붙은 티코가 그랜저를 앞지르게 되었다. 이때 뒤따르던 티코 판매부 상무가 이 장면을 찍어 다음날 스포츠 신문에 대서특필했다.

'이제 티코가 그랜저도 앞지르다.'

☞ 부분적 관찰을 기초로 한 아전인수는 자기 기만이다.

• 티코, 바람과 함께 사라지다

톨게이트에서부터 그랜저를 뒤따르던 티코가 갑자기 그랜저를 앞질러 가다가 얼마 후 다시 뒤처지게 되자 그랜저 운전사가 '그럼 그렇지' 하면서 안도하는 순간 티코가 시야에서 완전히 사라지고 말았다. 화가 난 그랜저 운전사가 아무리 따라잡으려 해도 티코가 보이지 않았다. 그런데 고속도로 휴게실에 들어서자 식사를 끝내고 나오는 티코 운전사를 만날 수 있었다.

"어떻게 그렇게 빠르죠?"

"바람이 얼마나 세게 부는지, 티코는 바람과 함께 사라집니다."

☞ 한 가지 단점은 한 가지 장점으로 작용할 수도 있다.

• 길 잃은 티코

인적이 끊어진 야심한 밤에 길 옆에 주차해 둔 티코가 운전자도 없는데 왔다갔다하는 것이었다. 티코 주위에는 할머니가 누구를 기다리는 듯 왔다갔다하는 것 외에는 아무도 없었다. 이때 순찰을 돌던 경찰이 자기 눈을 의심하면서 '왜 티코가 길을 잃고 방황하는가' 하고 연구를 했다. 그런데 할머니가 가 버리자 티코가 조용히 멈추었다.

그럼 티코를 방황하게 한 원인은 무엇일까?

– 할머니가 삐삐 자기방을 붙이고 있어서 그 자력에 의해.

☞ 티코는 작지만 큰 기쁨을 주는 우리의 국민차이다.

526
·
한우란(★)

첫째, 한국 사람이 자의든 타의든 먹는 모든 쇠고기(광의의 정의)

둘째, 한국에서 포장해서 한국 사람에게 파는 쇠고기(심정적 정의)

셋째, 한국 소를 한국 사람이 길러서, 한국 사람이 먹는 쇠고기(협의의 정의)

☞ 유통 구조 확립으로 한우의 명예를 찾아 줍시다.

527
·
현대판 콩쥐 시리즈

• 콩쥐 시련 1

콩쥐가 깨진 독에 물을 붓고 있었다. 그런데 갑자기 소가 나타나서 콩쥐에게 말했다.

"콩쥐님, 제가 도와드릴께요. 그러니 콩쥐님은 놀다 오세요."

"알았어. 나 그럼 놀다 올께."

콩쥐는 아이들과 고무줄을 하며 놀다가 집으로 왔다. 그린데 콩쥐는 소가 하는 행동을 보고 놀라지 않을 수 없었다. 소는 그때까지 깨진 독에 물을 붓고 있었던 것이다.

☞ 생각 없는 도움은 오히려 방해다.

• 콩쥐 시련 2

콩쥐가 또 깨진 독에 물을 붓고 있었다. 그런데 이번엔 갑자기 두꺼비가 나타나서는 콩쥐에게 말했다.

"콩쥐님, 제가 도와드리지요. 그치만 제가 지금 배가 너무 고프니까… 제게 밥 좀 주세요."

그래서 콩쥐는 두꺼비에게 밥을 주었다. 그런데 한 시간이 지나도 두꺼비가 나오지 않아 콩쥐는 두꺼비가 밥을 먹고 있는 곳으로 가 보았다. 방문을 연 콩쥐는 놀라지 않을 수 없었다. 두꺼비는 밥만 먹고 튀어 버린 것이었다.

☞ 신용은 제2의 생명이다.

• 콩쥐 시련 3

이번엔 콩쥐가 밭을 매다가 호미가 부러졌다. 그래서 콩쥐가 울고 있는데 갑자기 소가 나타나서는 콩쥐에게 말했다.

"콩쥐님, 제가 도와드릴께요."

그래서 콩쥐는 다른 일을 보러 갔다. 그 일을 마치고 온 콩쥐는 또 놀라지 않을 수 없었다. 소는 그때까지도 호미를 고치고 있었던 것이다.

☞ 현대의 모든 일처리는 정확하고 빠르고 알차게 해야 한다.

528
•

IMF와 임진왜란의 공통점(★)

- 내부 모순과 외세의 팽창주의가 만나서 생긴 사건이라고 하지만 진짜 발생 배경은 잘 모른다.
- 통치 엘리트가 잘못을 하고 백성이 고통을 받았다.
- 엄청난 고통을 당하고서야 다수가 뭉쳐서 극복했다.
- 난세가 영웅을 만들고 영웅이 난세를 극복한다.
- 완전 회복까지는 7년이 걸릴 것이다.

☞ 국난 극복은 다수의 힘으로!

529
•
IMF 시대 경제적 봉사활동(★)

IMF시대 전국 봉사활동 클럽에서 〈돈 없이도 할 수 있는 봉사활동을 위하여〉라는 세미나가 개최되었다. 여기엔 많은 연사가 등장하였다.

- 모델 대표:뭐니 뭐니 해도 돈 안 들이고 하는 최대의 봉사는 웃는 얼굴을 보여주는 것이다.
- 웅변가:말 한마디로 천냥 빚을 갚듯이 좋은 말은 최대의 봉사요 보시다.
- 심리학 교수:진정한 마음씨를 발휘하여 감동과 믿음을 주는 것이 최대의 봉사다.
- 안과 의사:눈을 밝게 하여 모든 이에게 애정의 눈길을 주는 것이 최대의 봉사다.
- 사회 봉사자:따뜻한 손길로 잡아 주고 격려해 주는 것이 봉사다.

☞ 심사평:발표자 모두 경제적 봉사활동을 제시했는데 다섯 가지가 고루 섞여야 진정한 봉사이다.

제3부

신 유머 창작 기법

-누구나 유머를 만들 수 있다

♠ 신 유머 창작 기법은 좋은 문장 만들기에도
그대로 적용이 가능한 원리임.

I. 서 론

본서는 유머 창작 기법 정리에 최종 목표를 두고 제1부에서 유머의 본질을 개관했고, 제2부에서는 한국의 건전한 유머를 통해 본질적 요소가 좋은 유머에 어떻게 스며 있는가를 살펴보았다. 원론과 예시를 통해서 작성 기법의 기본 테두리는 그어 보았지만 유머 창작 기법은 제3부로 미루어 온 터였다.

본질은 실체의 정면을 보여주어 실체에 이르는 지름길을 제시하고, 실체의 이면까지 공통적으로 적용되는 사항을 제시한다. 따라서 본질은 행동의 준거(準據)틀을 제시하고 응용의 지혜를 주지만, 본질은 포괄적인 세계를 다루기에 손에 딱 잡히는 것은 없다. 전쟁의 본질을 다룬《손자 병법》은 차원 높은 정신적·물리적 영역을 일깨워 주고 있지만 구체적인 적용 방안은 보는 이에게 돌리고 있다. 마치 축구의 이론을 정립하고 녹화된 월드컵 축구 경기를 보여준다 하여 축구 실력이 금방 배양되는 것이 아니듯이, 본질을 알고 난 뒤에 구체적인 적용 방안은 스스로 찾아야 한다.

제1부 〈신 유머학〉에서는 웃음과 유머의 역사를 통해 실체의 정면을 살펴 나름대로 정의를 하였으며 유머의 본질을 다각도로 고찰해 보았다. 그리고 미래 정보화 시대에 맞는 유머를 창작하기 위해 구석구석까지 들여다보았다. 그리고 제2부 〈유형별 유머 모음집〉에서는 잘 만들어진 유머를 통해 유머가 지혜와 감동까

지 줄 수 있다는 가능성과 유머의 순기능적인 측면을 살펴보았다.

본질의 고찰을 통해 유머는 사회의 거울이며 우리들의 작은 자화상임을 알았다. 또한 잘된 유머를 통해 유머의 본래 목적이 '웃음을 만들어 마음의 평안과 기쁨을 주기 위한 계획적인 말과 행동의 일체'임을 밝혔다. 그러나 아무리 논리적이고 화려한 본질과 예시를 제시하더라도 만드는 절차를 제시하지 못한다면 씨앗이 싹트지 못하는 것과 같기에 유머 창작 기법란을 별도로 고려하였다.

본질에서 논한 이론적 요소로 전체적인 안목을 심어 주고, 본질과 유머 예시에서 느낀 여운을 기초로 작성 기법을 논하고자 하였다. 그리고 유머의 생명력이 싹으로 터져 나와 줄기가 되고 열매를 맺을 수 있도록 유머 만드는 절차를 집중적으로 제시하고자 하였다.

유머 창작 기법은 막연한 생각만으로 정리되는 것이 아니다. 또 수학 공식처럼 대입할 사안도 아니다.

유머를 화술과 지도력에 응용한 여러 종류의 책자가 출판되어 애독되고 있으나, 이들은 인위적인 체계를 세워 나름대로의 논리성과 기발함을 지니고 있다.

그러나 본서는 인위적인 논리체계가 아니라 물리법칙과 자연현상 그리고 사회적 현상에서 그 원리를 찾아 식상함에서 벗어나고자 하였다. 제3부에서는 유머를 순수예술 차원에서 그 응용의 근본을 새로 정립하고자 하였다.

Ⅱ. 유머 창작 7대 원칙
- 문장 만들기에도 그대로 적용이 가능한 원칙임

1. 서론

유머가 웃음을 만드는 작위적 활동이자 가공술인 이상 만드는 비법과 기술은 반드시 숨어 있게 마련이고, 그 비법은 계속 변천해 갈 것이다. 앞에서 '유머는 인간에게 마음의 평안과 기쁨을 주기 위해 웃음을 만드는 계획적인 말과 행동의 일체다'라고 정의하였다. 유머는 상대에게 웃음과 감동을 주기 위한 인위적인 표현 수단의 하나로 언어의 기록인 동시에 행동으로 나타나는 표현술이다.

유머 만들기에도 강도는 약하지만 시·공간적 제약과 종교적·문화적 제약을 극복하려는 최선의 방안, 즉 주제 설정과 구현, 공감대 형성, 창의성과 간결성 등 과학적인 속성이 숨어 있다. 유머는 상대를 기쁘게 하고 감동을 주기 위해 표정과 몸짓, 말과 신호, 문자와 기호 등 일종의 정신적·물리적인 수단을 이용한다. 여기서는 유머를 창조함에 있어 과학적 질서를 찾기 위해 체계적이고 논리적인 원칙을 모색하고자 한다.

앞으로 제시할 원칙과 기법은 문장력 향상에도 도움이 될 것이다.

2. 제1원칙 : 주제 의식을 가져라

1)주제의 설정

목표와 목적 설정은 모든 일의 시작이다. 일을 도모하는 계획을 수립함에 있어 명확하고 결정적이며 도달하고 싶은 목표부터 선정하고, 이 일을 왜 한다는 목적을 설정하듯이 좋은 유머도 먼저 전하고자 하는 주제, 찾고자 하는 정신, 남기고 싶은 메시지 등 유머의 목표(목적)부터 선정해야 한다. 그 목표를 쉽게 주제라고 한다면 주제는 인류에게, 국가와 민족에, 뜻이 있는 개인에게 유익한 것이어야 하고, 참신하여 다수가 관심과 호감을 갖도록 해야 한다.

목표는 구체적인 행동을 구상케 하고 일관성을 유지케 하는 **방향타** 역할을 하듯이 **유머**에 있어 주제는 전하고자 하는 내용의 초점이며, 유머를 엮고 이끌어 가는 에너지원이다. 주제는 논조의 바뀜과 구성의 휘청거림을 방지하여 한 방향으로 나가게 한다. 주제의식은 노골적으로 드러나지는 않지만 유머를 움직이는 에너지원이다. 빙산의 일각처럼 주제는 보여지는 것이 극히 적더라도 지향하는 방향이며 결승점이다.

잘된 유머를 완성하려면 최종 상태, 즉 유머의 주제를 설정하고 구상에 착수해야 한다. 주제의식이 뚜렷할 때 모든 유머가 그 주제를 향하여 형틀을 짓고, 주제를 살리는 표현을 모으게 된다. 주제의 설정은 유머의 모든 것이라 해도 과언이 아니다. 한 인간의 인생도 가치관과 인생 목적에 따라 그 생이 판이하게 달라지듯이 유머도 주제 설정이 전체 효과를 좌우하므로, 유머를 예술로 인식한다면 그 주제는 인간 중심적이며 미래지향적인 것에서 찾아야 한다.

　유머자(유머리스트)의 취향과 목적에 따라 주제의 성격은 천차만별이다. 하지만 유머는 단순한 웃음을 주는 잡기가 아니라 인간의 마음을 편안하게 하고 새로운 정신세계를 유도하고 감동을 주는 예술이므로 유머의 주제는 따뜻한 휴머니즘과 인간 존중에 바탕을 두어야 한다. 그리하여 인간의 정서순화와 새로운 시대정신의 창출을 지향해야 한다.

2)주제 설정시 고려 사항

　첫째, 유익한 주제인지를 3자의 입장에서 검토해 봐야 한다. 주제는 일단 인간에게 이익을 주어야 한다. 정서를 순화시키고 교훈과 감동을 주고 깨우침을 주어야 한다. 너무 자극적이어서 혼란을 주거나 너무 고발적이어서 불안하게 하거나 또 너무 이상적이어서 공감을 잃어서는 안 된다. 주제는 일단 인간에게 유익하기 위해 의지를 고양시키고, 새로운 사실을 일깨워 주고, 참신해야 하며, 명확하고 구체적이며 누구나 공감할 수 있는 것이어야 한다.

　둘째, 유쾌한 주제인지를 3자의 입장에서 검토해 본다. '이왕이면 다홍치마'라는 말처럼 주제는 유익하면서도 유쾌하여 즐거움을 주어야 한다. 너무 예리하여 기존의 감성을 다치게 하거나, 너무 복잡하여 머리를 아프게 하거나, 너무 색깔이 강하여 편을 가르거나, 억지 주장으로 우리의 정서를 칙칙하게 해서는 안 된다. 주제는 일단 즐거움을 주기 위해 밝은 정서를 바탕에 깔아야 하고, 희망과 감동을 주어야 하며, 단순 명확하여 이해하기 쉬워야 한다.

　셋째, 유일한 주제인지 검토해 본다. 모방적이고 파생적인 주제는 피해야 한다. 오로지 창작으로 승부를 걸어야 한다. 펴고자 하는 주제가 이미 존재하고 있는지를 살펴보고 있다면 과감하게 포기하도록 한다. 유사한 전개로는 호감을 받지 못한다. 우리 나라의 유머는 극소수를 빼고는 비실명으로 공개되기에 동일한 주제가 파생적으로 퍼져 독창성을 잃고 있다. 새로운 것을 지향할 때 발전이 있다.

넷째, 독창적일지라도 표현의 자유를 빙자하지 말아야 한다. 아무리 독창적인 시도를 하더라도 주제가 산만하거나 선정적인 것이라면 재고되어야 한다. 인류 공동의 선과 정의에 위배된다면 표현의 자유로부터 보호될 수 없다. 인간의 정서와 정신을 향하지 않은 주제는 오염이요 독이다. 표현의 자유를 빌미로 외설적 유머를 정당시한다면 인간은 계속해서 황폐화될 것이다. 유머마저 외설에 빠진다면 병을 고치려다 병을 얻게 되는 우를 범할 것이다. 그런 유의 사이비 유머는 공동의 노력으로 퇴치해야 한다. 따라서 유머의 생명이요 혼인 주제부터 신중히 생각하지 않으면 안된다.

다섯째, 주제를 폄에 있어 기존의 것과 충돌 요소는 무엇인지를 살펴보아야 한다. 즉 특정 종교와 이익집단을 편들거나 비하하는 것은 아닌지, 특정 개인의 명예에 손상을 줄 여지가 없는지, 국민적 정서에 위배되거나 정치적인 색체가 짙은 것은 아닌지 등을 살펴보아야 한다. 그리하여 치명적인 충돌 요소는 반드시 피해야 한다.

여섯째, 다소의 충돌이 예상되는 주제라면 부드럽게 완화시킬 대안이 있는지 살펴보아야 한다. 발전을 위한 쓴 소리와 재미를 위한 최소의 충돌은 불가피하다. 문제는 충돌이 예상되는 주제의식을 어떻게 최소화할 것인가에 대해 워게임해 보고, 그 대안이 없다면 그 주제의 생사에 대해서는 신중을 기해야 한다.

246

3)한 주제의 고수

일단 유머의 주제가 설정되면 일관성을 유지해야 한다. 유머의 성격에 따라 일관성의 적용은 다소 다르더라도(언어 유희형과 비교·분석형 유머엔 많은 주제가 담긴다) 주제를 구현하기 위해서는 한 방향을 고수해야 한다. 무엇인가 한 방향으로 궤적을 그려야 보는 이의 의식에 달라붙어 오래도록 기억될 수 있다.

영화가 끝난 뒤에 머리에 남는 것이 없다면 그 영화는 단순 오락물에 지나지 않듯이, 유머를 듣거나 읽은 뒤에도 뚜렷이 남는 그 무엇이 없다면 그 유머는 주제 구현에 실패한 것이라고 볼 수 있다. 그러므로 유머가 한 방향으로 끝까지 갈 수 있도록 주제의식을 상기하면서 끌고 가야 한다. 그래야 하나의 주제를 비로소 구현할 수가 있고, 의지를 고양시키고 정서를 순화시킬 수 있다.

문장도 한 단락에 하나의 뜻을 집중시켜야 상대를 쉽게 이해시킬 수가 있듯이, 한 유머에 여러 의미를 담으려고 하면 난해하고 유머의 리듬을 잃게 된다. 송곳 끝에 모아진 힘처럼 한 유머에는 단순 구상으로 하나의 뜻을 담아야 한다.

4)주제의 집중과 구현

한 주제의 고수가 주제에 대한 방향감각을 유지하는 일관성이라면 주제의 집중은 주제를 명확하게 드러내고 무게 중심을 잡는 것이다. 주제가 한 방향으로 나아간다고 다 주제가 구현되는 것은 아니다. 자칫하면 병렬식 구도로 단조로움에 빠질 수도 있다. 하나의 주제를 지향하되 주제에 강한 이미지와 무게를 실어 주는 기법이 필요한 것이다. 주제를 집중시키는 방안으로는,

첫째, 문단 단위의 소주제는 전체 주제와 일치해야 한다. 문

단 단위의 소주제가 모여서 전체 주제를 뒷받침하게 되는데 주제의 일관성을 살리고 핵심 주제에 무게를 실어 주는 기법은 여러 가지가 있다. 핵심 주제를 소주제로 분할하여 소주제별 문단을 구상하고, 문단별 소주제의 구현과 연결, 참신하고 독창적인 의미 창출, 그리고 보통 사람이 타성에 젖어 있는 분야에 대한 충격 요법, 지나가는 작은 넋두리가 아닌 무엇인가 색다른 표현과 주장, 특이한 전개, 상반되는 이미지 대비를 통한 실제 의미 부각, 주어와 술어의 단순 구조 연결 등 전하고자 하는 주제가 있으면 주제에 무게를 더하는 방법을 찾아야 한다.

둘째, 주제와 소재의 연계성이 있어야 한다. 주제를 뒷받침하는 것은 소재와 구성이다. 소재와 구성은 주제를 이루는 소품이 되어야 한다. 주제가 상점의 간판이라면 뒷받침하는 문장들은 비치 품목들이다. 간판과 비치 품목이 다른 가게를 상상할 수 없듯이 주제와 소재(뒷받침 사례)가 주종 관계를 이루어야 한다. 작전 목표가 제아무리 잘 선정되더라도 전투수행 방법이 뒤따르지 못하면 의미가 없듯이 유머의 주제가 설정되면 뒤따르는 예화에서 같은 방향으로 공조가 되어야 한다. 또한 연결 어구를 잘 살려 처음과 끝이 같은 맥락에 놓이게 하여 단일 주제에 풍부한 소재를 엮더라도 일관성을 유지해야 한다.

셋째, 이미지를 집중시키되 간단해야 한다. 이미지의 집중은 한번 설정된 성격은 끝까지 고수가 되어야 한다. 이미지의 변질과 변형은 신뢰를 받지 못한다. 캐릭터의 고수와 동일 이미지를 다각도로 표현하되 간단해야 한다. 집중을 위해 유머가 길어지거나 난해하다면 그것은 하나의 효과를 위해 간명(簡明)의 원칙에 벗어나게 된다. 좋은 문장은 독특한 발상법으로 주제를 선정하고 하나뿐인 유일한 표현과 이미지의 집중으로 쉽게 전달해야 한다.

넷째, 동일한 상황에서 전개되어야 한다. 주제의 고수와 집중을 위해서는 전개되는 무대가 동일해야 한다. 무대가 시공을 뛰어넘거나 바뀌게 되면 산만해진다. 단편소설이 특정 국면을 자르거나 멈춰 놓고 이야기를 찾듯이 유머도 동일한 상황에서 전개하여 집중된 흥미와 주제의식을 살려야 한다.

다섯째, 불필요한 부분의 표현 에너지는 과감하게 절약해야 한다. 좋은 열매를 얻기 위해 솎아 주기를 하듯이 핵심을 구현하기 위해서는 잡다한 것을 최소화해야 한다. 그리고 하나의 방향에 힘을 모으기 위해서는 기타 방향의 잡스런 노력은 배제해야 한다. 또 전하고자 하는 의미는 정밀 묘사하고, 부속 의미는 음영 처리해야 한다.

여섯째, 필요하다면 기존의 상식과 법칙까지도 파괴하면서 새로움을 추구해야 한다. 녹색 벌판에 빨간 장미의 드러남처럼 눈에 띄어야 하고 마음에 들어야 한다. 평범한 것으로 승부를 걸 수는 없다. 주제가 설정되고 한 방향으로 고집스럽게 나가면서 강인한 그 무엇의 인상과 중심이 있을 때 열매를 얻을 수 있는 것이다.

3. 제2원칙 : 공감대를 형성시켜라

공감대란 마음을 여는 기술이며 화자와 청자간의 마음의 주파수를 일치시키는 것이며, 지금부터 하고자 하는 이야기가 유익한 것임을 알려주는 기술이다. 우리는 첫단추의 중요성에 대하여 교육을 받아 왔다. 공감대 형성은 모든 표현의 첫단추라고 해도 과언이 아니다.

연사에게 있어 가장 어려운 것이 무엇이냐고 물으면 '강단에 서는 순간 어색한 분위기를 일축하고 짧은 순간에 공감대를 형성하는 것'이라고 답변한다. 연사는 강단에 서기 전부터 어떻게 공감대를 형성할 것인가를 놓고 고민하고 생각한다. 처음부터 우스개 이야기를 시작한다면 권위와 진지성이 떨어지고 또 처음부터 무게를 실어 이야기하면 호응을 받기 어렵다. 듣고 싶은 방송이 아니면 채널을 돌려 버리듯 공감대 형성에 실패하면 더 이상 주목을 끌지 못한다.

유명 연사는 여유와 배짱으로 자연스럽게 자신을 소개하고 주제를 능청스럽게 언급한다. 마치 음악의 전주곡이 흘러나올 때처럼 마음 편하게 처리한다. 좋은 유머의 서두 역시 유머의 티를 내지 않고 이야기하듯이 전개한다. 서두의 공감대 형성은 저항감을 줄이고 분위기 조성 역할을 한다. 전하고자 하는 뜻이 아무리 좋더라도 전개 초기에 공감대를 얻지 못한다면 독자의 관심을 흡인할 수 없다. 좋은 유머와 나쁜 유머를 구분하는 그 기준선은 공감대를 얻느냐 얻지 못하느냐에 달려 있다. 유머가 공감대를 얻는 길은,

첫째, 그 구조와 내용 전개가 사실적이어야 한다. 구상과 전개가 그럴듯해야 한다. 마치 실화를 소개하듯이 사실적이며, 인위적 발상에 의해 구상을 하더라도 필연적 구조를 만들고 구체적인 묘사를 해야 한다. 재미를 가중시키기 위해 우연적 구조에 의존한다면 공감대를 얻지 못할 것이다. 또 질량감과 거리 감각이 살아나게 해야 한다. 예를 들면 그냥 동해안이 아니라 '북위 37.8°, 동경129°, 강릉 경포대 앞바다 바위섬'이라고 표현하면 실감이 나고 이야기 속으로 흡인시키는 데 유리하다.

다음은 사실적인 소재를 유머로 구성한 예를 들어 보자.

〈어떤 화장실(△)〉

참돌이가 유료 화장실에 들렀다가 기이한 현상을 발견했다. 1번 화장실엔 한 사람도 줄을 서지 않았고 2번 화장실엔 10여 명,

3번엔 4명, 4번엔 3명, 5번부터 10번까지는 두서너 명씩 줄을 서 있었다. 참돌이 생각에 1번 화장실은 관리인이 청소 도구함을 넣어 두는 곳이거나 고장난 화장실이 아닌가 생각을 했지만 소변도 급하고 하여 밑져 봐야 본전이라는 생각으로 1번 화장실을 열었다. 순간 참돌이의 예측은 빗나가고 말았다. 예상 외로 깨끗하고 휴지까지 있고 하여 대변까지 보았다. 그런데 출입문 하단부에 낙서가 있기에 보았더니 어느 연인이 여행을 하면서 겪었던 야한 이야기를 소개한다며 제1탄으로 여행을 하게 된 배경이 적혀 있었다.

'~어쩌고~저쩌고 하다가 우리는 같은 방에서 자게 되었다.'

그리고 마지막 줄에서 참돌이는 2번 화장실의 긴 줄을 이해할 수 있었다.

-'제2탄(첫경험)은 2번 화장실에서 만나요.'

화장실 유머 읽기를 마친 참돌이는 급히 1번 화장실에서 빠져나와 2탄을 기다리는 긴 줄 뒤로 슬그머니 붙었다.

☞ 실화를 이야기하는 것처럼 사실적이다.

둘째, 우리들의 관심 분야를 찾고, 우리가 주인공이 되는 구성을 해야 한다. 세상의 관심과 동떨어진 이야기를 하거나 나와 관계가 없는 분야를 너저분하게 제시한다면 주목을 받지 못한다. 또한 관심을 끌었다면 그 내용이 유익해야 주의력을 집중시킬 수 있다. 그 내용이 삶의 의욕을 고취시키고, 인간의 존엄성을 구현하고, 신바람을 유도하는 내용이라면 모든 계층이 좋아하게 될 것이다. 유머가 언어 유희적 재치나 풍자, 정서 순화형 성격을 띠든 어쨌든 간에 유머의 생명은 공감대를 얻는 데 있다. 공감대를 형성한 후에는 마음을 편안하고 따뜻하게 하는 데 주력해야 한다.

다음은 우리가 주체가 되는 소재가 공감대를 쉽게 형성하고 흥미를 유발하게 됨을 보여주는 유머를 예로 들어 보자.

〈튀김솥 속의 잠수정(△)〉

영국과 미국, 한국의 수병이 연합작전을 마치고 서로 대화를 나누게 되었다. 서로 가까워진 그들은 자기 부대 함선 크기와 성능에 대해 자랑이 오갔다.

먼저 영국 수병이 말했다.

"우리 함선은 너무 커서 스크루가 바다 바닥에 걸려 출동할 때마다 골칫거리야."

이에 미국 수병이 말했다.

"나는 함선에서 요리병으로 근무하는데 감자 튀김 솥이 얼마나 큰지 감자가 익었는지 확인하려면 소형 잠수정을 타고 가서 확인한다오."

그러자 한국 수병이 말문을 열었다.

"우리가 이번 서해안 교전에 출동한 함선은 세계 최초로 개발된 가스 분사식으로 추진되기 때문에 스크루가 어디에 걸릴 위험은 없는데 너무 빨라서 제 속도를 낼 수가 없어 골치였어."

☞ 이 유머에 한국 수병이 포함되지 않고 프랑스 수병으로 처리가 되었다면 공감대를 얻지 못할 것이다. 단순하게 인간의 과장과 허풍을 꼬집는 데 그치고 말 것이다.

셋째, 정의와 이상을 추구하여 대리만족을 주어야 한다. 보는 이를 유머 속으로 흡인하기 위해서는 상대를 유머 속의 상황으로 끌어들여 본인의 정신적 주파수와 일치하도록 하고 거기에서 정의감과 진실이 이기게 유도하여 보는 이가 대리만족을 느끼게 해 주어야 한다.

다음은 순발력 있는 대응으로 보는 이에게 대리만족을 주는 유머를 예로 들어 보자.

〈복수(△)〉

매력적인 젊은 여자가 혼자서 술을 마시는데 한 젊은이가 다가와 물었다.

"실례합니다만, 제가 한잔 사 드릴까요?"

그러자 그 여자가 소리를 빽 질렀다.

"여관에 가자고요?"

"아 - 니 잘못 들으셨군요. 한잔 사 드릴까 하고 물었는데요."

"그러니까 여관에 같이 가자는 말이죠?"

여자는 더욱 흥분한 듯 큰소리로 외쳤다. 기가 막히고 당황한 젊은이는 구석으로 물러났고, 술집 안에 있던 사람들이 모두 분개하여 죄없는 그 청년에게로 빈병을 던지는 소동이 벌어졌다. 잠시 후 그 여자가 청년이 있는 자리로 왔다.

"잠시 소란을 피워서 죄송해요. 실은 제가 심리학을 전공하거든요. 예기치 않은 상황을 맞았을 때 인간이 어떻게 행동하는가를 연구하고 있는 중이랍니다."

그러자 젊은이가 여자를 보며 소리를 버럭 질렀다.

"뭐라고요? 이제는 20만 원만 주면 여관에 가겠다구요?"

☞ 젊은이의 기지 있는 대응으로 대리만족을 주고 있다.

넷째, 보는 이에게 도움을 주어야 한다. 먹거리 시장이 다양한 먹을 것을 제공하듯이 유머는 보는 이에게 오감(五感)의 즐거움과 배울 거리를 제공해야 한다. 오감의 즐거움은 시각적인 아름다움을 제공하여 눈을 즐겁게 하고, 마음에 음률과 감동을 주어 귀를 즐겁게 하고, 사회적 냄새(분위기)와 시대감각을 느끼게 하여 정신적 후각을 즐겁게 하고, 지적 호기심을 자극하여 미각을 즐겁게 하고, 접촉 감각과 부드러움을 주어 촉각을 즐겁게 해야 한다. 심심풀이로 보는 관상과 사주 하나도 즐거움과 지혜를 제공하고, 기자는 특종감이 있는 곳이라면 전쟁터라도 달려가 목숨걸고 카메라를 들이대듯이 유머리스트는 독자에게 지적·정신적인 도움과 유쾌함을 주기 위해 구도자처럼 정진해야 한다.

다섯째, 의사전달이 쉬워야 한다. 즉 복합 구조가 아니라 단순 구조로 끌고 가야 한다. 좋은 유머는 우리의 정서를 살리기 위해 단조로운 부분은 단순 구조와 논리적 비약으로 박진감이 넘치게 표현하고, 비중이 있는 국면과 전환이 필요한 부분은 정밀한 묘사를 하기 위해 슬로우 비디오 식으로 처리한다.

의사를 정확히 전달하려면 리듬을 타야 한다. 좋은 문장은 리듬(3, 3, 4의 아리랑 박자)을 타면서도 내용(진리와 사실) 전달에 충실하듯이 좋은 유머는 호쾌하게 전개하여 보는 이가 아무런 부담감이 없도록 리듬에 빠지게 한다. 풍부한 유머감을 준비해 두고 서서히 접근하되 내용과 리듬을 씨줄과 날줄로 삼아 표현의 리듬을 살려야 한다.

또한 어렵고 애매한 유머는 3자를 이해시키는 데도 실패할 뿐더러 유머를 만든 자신마저도 확신을 갖지 못한다. 따라서 유머를 만들 때는 사실적이고 실용적인 사고(思考)로 명쾌하게 전달하며, 아집과 현학에 빠져서는 안 된다. 그리고 3자의 입장에서 자신의 유머를 검토해 보고 3자가 이해하기 어렵다고 생각되면 과감하게 수정해야 한다. 유머는 쉬워야 한다. 그리하여 짧은 시간에 많은 정보를 전달해야 한다.

여섯째, 가려운 곳을 긁어 주는 것이어야 한다. 오랜 고민 과정을 거쳐 겨우 발상이 되더라도 인식 속으로 녹아들기 위해서는 내용이 독특하여 인간의 가려운 곳을 긁어 주어야 한다. 즉 약한 자의 불만을 대변해 주는 소리마당이 되어야 한다. 표현이라는 자유의 옷을 입더라도 신분의 한계와 책임을 져야 한다는 강박관념 때문에 쉽게 쓴 소리를 하지 못한다. 유머마저 이 쓴 소리를 기피한다면 제대로 된 쓴 소리는 나올 수가 없다. 가려운 곳을 긁어 주는 발상법과 표현법이 씨줄과 날줄이 되어 결합되어야 한다. 그래야 읽는 이의 정신과 정서에 쾌감을 줄 수 있다.

씨앗을 뿌렸다 하여 싹이 트고 열매가 되는 것이 아니라 온도와 습도가 맞아야 싹이 트듯이, 유머도 읽는 이의 정서와 시대적 분위기에 맞으면서 새로움을 줄 때 유머로서 생명력을 얻게 되는 것이다. 유머에 있어 공감대 형성이란 유머가 읽히도록 유도하는 기술이자 유머가 마음속에 오래 기억되도록 하는 비법이며, 정서와 희망을 찾는 테크닉이다. 유머의 어감을 조정하는 기술에 따라 유머의 맛과 색은 천차만별이 된다. 공감대란 유머를 포장하는 기술이 아니라 유머의 내장을 신선하게 관리하는 비법이다. 양념에 따라 음식 맛이 달라지듯이 유머의 공감대 기술에 따라 유머의 질도 색다르게 변할 것이다.

4. 제3원칙 : 인간적인 관점에서 접근하라

인류가 존속하는 한 인간애(人間愛)는 모든 활동과 예술의 동인(動因)이다. 아무리 과학이 발전하고 우주시대가 도래하였다 하여도 모든 것을 움직이는 것은 인간이다. 따라서 모든 일은 인간애에서 태동이 되고 인간애가 일을 마무리한다. 진정한 예술은 인간을 아끼고 인간에게 도움을 주려고 하는 가슴에서 시작된다. 예술은 단순 기교에서가 아니라 뜨거운 인간애에서 나온다. 유머 또한 웃기는 기교에서 나오는 것이 아니라 인간을 사랑하는 것에서 나온다. 자기를 드러내지 않는 겸손한 유머, 타인의 마음과 입장을 존중해 주는 유머, 화려하지 않지만 잔잔한 감동이 있는 유머는 인간에 대한 뜨거운 사랑에서 나온다.

인간애는 유머의 맛을 내는 조미료다. 인간애는 기계적인 구조에 빠지지 않게 컨트롤도 하고 인간의 모순을 극단적으로 미워하는 게 아니라 애교로 흡수하며 내적으로는 정서순화와 긍정적 사고를 유발하여 원만한 해결책을 유도한다. 인간미가 있는 유머는 감추는 것이 없이 모두를 개방시킨다. 너그러움과 인내심으로 새로운 도전을 웃음으로써 넘게 한다. 상대의 공격을 공격으로 제압하는 것이 아니라 여유와 포용으로 공격을 둔화시킨다. 상대의 악의성 공격도 일단은 받아들이고 품위 있게 뛰어넘기를 한다. 인간미가 있는 유머는 조잡하지도 서두르지도 않는다. 있는 그대로 받아들이되 있는 그대로에 머무르려고 하지 않는다. 현실을 인정하되 유연하게 받아넘기려고 한다.

인간애가 없이 오만하고 거만한 마음과 인간을 무시하거나 가볍게 여기는 경솔한 마음에서 만들어지는 유머, 자기와 다른 종교와 문화를 배척시하는 뒤틀린 심사에서 나오는 유머는 일시적인 웃음은 주어도 감동을 주지는 못한다. 좋은 유머와 나쁜 유머를 구분하는 또 하나의 기준선은 인간애를 발휘하느냐 마느냐에 있나. 유머가 인간애를 배합하고 수용하는 길은 **첫째, 모든 것을 인간적인 사고로 접근해야 한다.** 예술가가 제아무리 재미있는 소재를 찾아 이곳저곳을 떠돌다가도 결국은 인간미를 만나면 정열을 쏟는다. 인간의 본능과 감성을 소재로 웃음을 만들더라도 인간을 욕되게 하거나 특정인의 이미지를 훼손하는 것이라면 미련없이 버려야 한다. 인간미는 웃음이라는 터널에서 외압을 버티는 역할을 한다. 인간미가 있는 유머라야 비로소 안정을 찾는다. 왜냐하면 유머도 인간을 소재로 하고 인간을 위한 예술이기 때문이다. 유머는 같은 소재를 사용하더라도 인간미를 첨가하기에 따라서 물리적 차원으로 남느냐 아니면 화학적 차원으로 승화되느냐의 차이가 발생한다.

둘째, 갈등 요소를 인간미로 해결하게 해야 한다. 서부극 영화를 보면 악당이 나와 못된 짓을 하게 하고 나중에 정의의 사나이가 나와서 평정하는 구조를 갖는다. 유머도 명확한 갈등이 있고 이를 인간적으로 해결하면 웃음과 안정된 정서가 나온다. 인간이 주가 되는 인간적 표현, 인간을 이해하고 상대를 존중하며, 상대방의 분위기까지 고려하는 그런 인간적 표현은 편안함을 주고 유쾌함을 주듯이 인간미를 다루는 유머는 즐겁고 안정감을 느끼게 한다. 눈에 보이는 사실 묘사에도 인간이 들어가 있고, 심리적 묘사에도 보통 인간의 표준적인 생각이 들어가 인간의 이야기를 하고 있다. 즉 정서가 행동으로 전환된다.

인간미를 다루는 유머에 있어 심리적 묘사의 최종 도달점은 개념이나 구호가 아니라 행동이다. 행동으로 전환되지 못한 심리 묘사는 해법 없는 엉터리 공식과 같다. 행동을 찾지 못하는 심리 묘사는 정신적 유희에 불과하다. 인간 내면에 가라앉아 있는 정서를 끌어내어 실질적인 행동으로 연결시켜야 한다.

어떤 형태로든 유머는 말장난이 아니다. 유머를 애매모호하게 기술하여 이중 해석의 혼란을 주거나, 행동으로 구체화되지 못하는 표현은 추방되어야 한다.

셋째, 인과적(因果的)이며 유기적으로 전개하여 내면의 미를 추구하도록 한다. 유머는 원인과 결과가 서로 논리적인 짝이 되게 하고, 그 전개를 유기적으로 하여 인간적인 것이 반드시 이기게 됨을 믿게 해야 한다. 그리하여 생각의 표출과 정서의 연결이 생명체의 구조처럼 치밀하게 결합되게 해야 한다. 근거도 없이 어설프게 사실과 다르게 전개하여 특정인의 정서를 파괴하거나 뜬구름 잡기 식으로 구성하여 이해를 어렵게 하거나, 생각과 행동이 일치되지 않아서 무엇을 전달하는지 모른다면 유머가 아니라 혼란이다.

유머는 시대정신을 대변한다. 유머는 이미 작가의 손에서 나오는 순간부터 우리의 얼굴이며 우리의 희망 사항이다. 유머를 제대로 성장시킬 자신이 없으면 유머를 만들지 말아야 한다. 아무리 뛰어난 문장력과 풍부한 상상력을 앞세운 유머라 하더라도 감동으로 이어지지 못하고 공수표로 전락한다면 그 유머는 오염이요 표현의 장애다. 의도하는 내면의 세계를 체계적으로 전달하기 위해서는 속뜻을 응집하여 그에 맞는 행동으로 표출시키는 기술이 필요하다. 그 표현이 시원시원하여 읽는 이를 신명나게 해야 한다. 정신적인 울타리에 갇혀 답답해서는 안 된다. 차세대의 유머는 신파조가 아니다. 심리적 상태를 인과적이며 유기적으로 연결하여 내면의 아름다움을 찾아 왕성한 의욕을 고취시켜야 한다. 누구나 그럴듯하게 느끼고 있는 사고의 호수로 뛰어들어 그 속에서 새로운 정신과 참신한 의미를 찾고 행동을 만들도록 하자.

5. 제4원칙 : 격식을 깨뜨려라

좋은 문장은 예기치 못한 소재와 방법으로 참신한 표현을 지향하듯이 좋은 유머는 세상에서 흥미 있는 소재를 발굴하되 기존의 격식을 깨뜨린다. '물이 위로 흐르고 하늘빛이 호수에 잠긴다. 운동하던 물체가 갑자기 속도를 거부하고, 정지된 물체가 허공 속으로 사라지고, 강한 작용에 약한 반작용이 대응한다.' 고전적 물리법칙이 깨지고 삶과 죽음이 공존한다. 신기한 표현으로 경이로움과 감동을 준다.

진지하게 인간을 이야기하고 인간을 섬기는 유머는 인간의 고정관념과 아집을 보고 흥분한다. 인간을 사랑하기에 인간의 모순을 제거하고 싶은 것이다. 인간이 어울려 사는 세상과 세상사 원리를 조금만 들여다보아도 그 어떤 제도와 법률로 안전장치를 해두었다 해도 인간의 마음이 그려내는 활동의 무대는 모순투성이다. 그 모순을 소재로 인간을 즐겁게 할 이야깃거리는 무궁무진하다. 그 모순의 가닥을 잡고 하나씩 깨뜨려 가면 좋은 유머가 된다. 아무리 좋은 집도 허공에 지을 수가 없듯이 아무리 좋은 유머도 가상의 세계에서 구축하는 것은 실감이 떨어진다. 인간의 현재 모습과 삶의 형태에 기초를 두고 꾸며야 재미있는 유머를 얻을 수 있다.

인간의 심적 모순과 더불어 형식에 치우치는 모순을 깨뜨려야 한다. 천년 전의 체면 의식이 지금도 남아서 중요한 갈림길을 만들고 인간을 불편하게 하고 있다. 대화로 풀어도 될 문제를 꼭 편을 갈라서 파업을 하고 조금만 이해관계가 달라도 마주보며 달리는 기차처럼 충돌을 한다. 그러면 모두가 피해자가 되고 서로가 상처를 입는다. 지금도 법의 자구 해석만 잘하면 불손한 행동이 정당시되는 세상이 아닌가. 이러한 형식의 모순을 건드리기만 해도 좋은 유머가 생겨난다. 힘주어 깨뜨리지 않고 모순의 방향만 제시해도 모순이 붕괴한다.

6. 제5원칙 : 창의적 열정을 가져라

보통의 문장이 본인의 경험과 생각, 상상을 논리적으로 정리하여 사실을 전하는 데 급급하다면, 창의적 문장은 특이한 발상법으로 새로움을 발굴하고 체계적인 표현법으로 그 내용 전달이 명쾌하다. 그리하여 인간의 영혼을 살찌우고 무딘 감정을 정비하고 순화시키는 데 기여하듯이, 창의적 유머는 새롭고 참신한 내용과 표현을 찾아내어 읽는 이를 매료시킨다. 좋은 문장은 표현의 기법에서가 아니라 좋은 생각에서 태어나듯이 좋은 유머는 좋은 생각, 특이한 아이디어에서 탄생한다.

창의성은 생각을 바꾸는 데서 시작한다. 매일 걷던 길도 반대로 걸어 보면 새롭고, 매일 접하는 사무실의 구조라도 바꾸어 보면 기분이 달라진다. 하물며 생각을 바꾸어 본다면 많은 것이 새롭게 다가설 것이다. 자기 안경을 벗고 객관적인 눈으로 바라다보고 옳다고 생각했던 것 중에 잘못된 것이 있을 수 있고, 보이지 않던 것이 새롭게 보이고, 더 넓은 세상이 보일 것이다.

인간은 누구나 아집의 동굴 속에 갇혀 살기에 자기만 옳고 남은 다 그릇된 것이며, 자기의 종교는 위대하고 남의 종교는 미개한 것으로 착각한다. 이러한 생각을 바꾸어야 삶이 바뀌게 된다. 높게 보이던 것이 있다면 인위적으로 낮추어 보고, 싫어했던 것이 있다면 생각을 뒤집어서 반대로 생각해 보라. 많은 것이 새롭게 보이기 시작할 것이다. 모든 예술이 문화와 사회상, 사상적 욕구를 반대로 풀면서 새롭게 변화·발전했듯이 유머도 모방적 변천이 아니라 창의적 노력에 의해 발전한다.

생각을 바꾼다는 것은 사고 발상법을 180도로 전환하고 사물을 바라보는 각도와 잣대를 다양하게 적용해 본다는 것이다. 최악의 상황을 설정해 두고 최악의 상황을 극복하기 위해 연구하는 자세에서 생각은 바뀌어진다. 좋은 조건에서는 생각이 나약해져서 행동을 거부하지만 악조건에서는 생각이 더 두터운 갑옷을 입고 전쟁터로 나아가 싸울 궁리를 한다. 사물을 거꾸로도 혹은 뒤집어서 볼 수 있는 기행적 실험정신이 있어야 한다. 생각을 바꾸어야 행동이 바뀌고 잠재된 의욕이 과감하게 탈출하게 된다.

창의성은 바꾼 생각을 현실에 접목시킬 때 완성된다. 새로움이 창출되더라도 현실에 접목되지 않으면 허사다. 날아가는 물고기가 가상의 세계에서 현실의 세계로 나왔을 때 그 예술적 공간을 만들어 주어야 한다. 생각을 바꾸더라도 그 생각을 받아 줄 공간이 없다면 바뀐 생각은 행동화되지 못할 것이다. 특허를 받더라도 현실적으로 뒷받침되지 못해 실용화되지 못하고 사장되는 것이 많다고 한다. 생각을 바꾸어서 독특한 경지를 열더라도 문화적·종교적 잣대에 걸리면 현실적 접목이 어렵기는 하다. 그리하여 동물을 소재로 한 우화를 통해 인간의 모순을 꼬집으며 직선을 피해 간다.

창의성은 아주 기초적이고 기본적인 것에서 나온다. 창의성은 뜬구름 타기가 아니다. 바닥을 기면서 원리를 찾고 절차를 가다듬는 가운데 생겨나는 것이다. 프로 선수는 자기 뜻대로 되지 않으면 기초부터 새로 시작하듯이 창의성은 기본을 다시 확인하는 과정에서 생겨난다. 기초와 기본에 강하다는 것은 응용의 힘을 갖고 있다는 것이다.

새로움이 없는 말 비틀기식 유머, 행동에 도움이 안 되는 유희적 유머, 정서의 창조가 없는 소모성 유희나 소일거리로서의 유머는 이제 박물관으로 보내야 한다. 인간의 기본 심리와 기초 정서에 충실한 가운데 개성의 차별화를 추구하여 유머를 생산해야 한다. 유머는 인간미의 생산, 정서의 생산, 감동의 생산으로 독자의 허기진 정서를 순화시키고, 무딘 감성에 새살이 돋게 하고, 거친 마음에 순리와 순서를 깨닫게 해야 한다. 최대의 감동은 인간적 순수를 기본으로 삼고, 인간이 목마르게 찾고 있는 것을 충족시켜 주기 위해 보통 사람의 생각 범주를 뛰어넘어야 한다. 남들이 생각하지 못하는 발상과 표현 창출에 노력을 집중해야 한다.

창의성은 미래 예측에서 나온다. 욕구가 행동을 만들고 생산을 부추기듯이 현재 사용되고 있는 모든 것은 과거에 상상하고 예측하였던 산물들이며, 미래에 이러한 것이 필요할 것이라는 예측력은 이미 새로운 창조를 의미한다. 이제 인류를 위한 예측력은 물질적인 것이 아니라 정신적인 것이 되어야 한다. 물질적인 예측력은 인간을 편리하게는 하지만 행동을 빼앗으며 무기력하게 할 것이나 정신세계의 예측은 인간을 윤택하게 할 것이다. 미래의 인간이 원하는 정신적인 놀이세계, 정신적인 쉼터를 예측하여 발상법을 키우고 그 공간을 만들어 주어야 한다. <u>미래 인간의 정신적인 세계를 뒷받침하고 누구나 접근할 수 있는 경지는 유머밖에 없다. 따라서 유머는 소수의 독점 품목이 아니라 지구인의 놀이 예술이 되어야 한다.</u>

7. 제6원칙 : 오감(五感)을 활용하여 형상화시켜라

1)서론

인간의 오감(시각, 청각, 후각, 미각, 촉각)에 순응하는 표현을 한다면 가장 자연스럽고 정확할 것이다. 유머 창조에도 오감 중 어느 하나만 사용하거나 오감의 속성을 고루 배합한다면 복잡 다양한 상황과 정서를 정확하게 그릴 수 있을 것이며, 인간의 구미에 딱 들어맞아 무한한 즐거움을 줄 것이다.

2)오감을 활용한 표현

첫째, 눈에 그려지도록 시각화시켜야 한다. 시각은 지각의 으뜸 창구이기에 눈으로 보는 것만큼 확실하고 정확한 것은 없다. 인간의 내면세계를 그려낸다는 것은 곤욕스런 작업이다. 표현에 따라서 많은 군더더기가 생기기 쉽고 어감의 전달이 불가능할 수도 있다. 그런 어려움에서 벗어나는 지름길은 시각화다. 즉 눈에 선하게 보여지도록 묘사하는 것이다. 시각화는 정밀화처럼 외형적인 묘사는 물론 내면의 세계까지 일정 형태로 형상화하여 겉으로 보여주는 것으로 말이 필요 없는 경지다. 시각화시킨 표현은 집중력과 매력이 있다. 시각화는 정밀 묘사로 마음에 와 닿게 하며 전체를 한눈에 보여준다. 미세한 부분, 심리적인 부분까지 정밀하게 표현한다. 따라서 시각화의 멋을 터득하면 모든 것이 눈에 보이듯 선명하게 표현할 수 있고, 추상적인 내용과 심리적 세계마저 시각화할 수 있다. 눈으로 보여준다는 것은 확실한 표현법이며 가장 정성스런 봉사다.

좋은 문장은 추상적인 사고와 보이지 않는 내면의 부분까지 파고들어 형상을 만들어 의사를 전달하듯이, 좋은 유머는 내용의 참신성에 추가하여 얼굴 없는 심리적 세계까지 시각적으로 보기 좋게 그려낸다. 보일 듯 말 듯한 순수한 감정부터 음흉하게 도사리고 있는 심리적 모순까지 놓치지 않고 짚어 내면서 파격미를 추구한다. 이렇게 내용이 형상을 얻을 때 쉽게 다가설 수 있다.

둘째, 내용이 귓전에 메아리치도록 청각화시켜라. 인간 세상의 다양한 의미를 의식에 각인시키는 또 하나의 수단은 청각에 의존하는 것이다. 귀로 듣는 것만큼 감미롭고 감성에 직접 호소하는 것은 없다. 청각화는 말로 의미를 리듬화시켜 마음을 여는 기술이다.

유머의 청각화는 현장의 대화를 직접 생생하게 들려주는 것이며, 음향 의식을 발휘하여 내면의 소리를 발굴하는 것이며, 귀에 들리듯 메아리치듯 감성을 개발하는 것이다. 또 내용의 발굴과 병행하여 운율과 리듬을 살리는 기술이다.

인간의 귀에 잘 적응되는 표현과 리듬이 자연스럽고 의미 전달에 용이하다. 다소 내용이 좋아도 귀에 거슬리면 이미 그것은 수용으로부터 멀어지고 잊혀져 간다. 좋은 내용과 음향화는 때로 일치하기 어려울 수도 있으나, 음향화된 표현은 오래오래 살아 남아 감동과 정서를 준다.

셋째, 내용이 손에 잡히도록 촉각화시켜야 한다. 눈으로 보고, 귀로 듣고 난 뒤의 인간 욕망은 손으로 만져 보고 싶어한다. 무엇을 접촉한다는 것만큼 정감이 가고 강렬한 실체 의식을 심어 주는 것은 없다. 형태 의식과 감각 구조, 내면의 변화를 시각화, 청각화를 거쳐 질량감을 느끼도록 한다는 것은 살아 있는 표현의 핵심 요소다. 접촉한다는 것은 살아 있음의 자기 확인이며 자기 정감의 전파 작용이다.

표현도 눈과 귀에 순응하고 나아가 손에 와 닿게 하고, 군데군데 충격과 자극을 주어 짜릿한 감각과 질량을 느끼게 해야 한다. 일반적인 틀에서 벗어나 좀더 짜릿하고 요철이 살아나도록 유머를 구성하고 파격미를 발휘해야 한다. 유머도 일반적 룰에서 벗어나 범상으로 지향할 때 표현의 촉각이 살아난다.

넷째, 내용의 맛을 느끼도록 미각화시켜야 한다. 찬거리를 요리하여 맛을 내듯이 소재를 정리하여 감동을 연출한다는 것은 대단한 쾌감이다. 표현에서 미각의 효과란 내용, 의식, 철학을 잘 배합하여 감동을 연출하는 것에 비유된다. 표현의 미각화는 멋이며 의미다. 이는 건전한 의식을 기초로 하며, 의미의 차별화가 되도록 하기 위한 고도의 테크닉이다.

유머에 있어 표현의 미각화는 재미가 있으면서 교훈과 감동을 부가적으로 창조하는 것을 말한다.

다섯째, 내용의 체취를 느끼도록 후각화시켜야 한다. 후각은 보고 듣고 만져 보고 맛보는 것보다 다소 둔한 감각이지만 냄새를 느끼는 감각은 분별 신경의 백미(白眉)다. 고약한 냄새, 향기로운 냄새, 무색무취, 무색유취, 유색유취 등 냄새는 생리적 현상이면서 심리적 효과를 창출한다. 유머의 후각화는 사상성을 의미한다. 냄새가 없는 유머, 냄새가 지독한 유머, 향기로운 유머, 무미

건조한 유머 중에 향기로운 냄새가 나는 유머를 만들기 위해 마음의 색깔을 배합하고, 낱말의 운율을 살리고, 감정의 질량을 신고, 의미를 담아 최종적으로 내가 풍기고자 하는 냄새를 만들어야 한다. 유머의 후각화는 의미적 냄새, 그 시대정신 창출에 충실한 것을 말한다.

3)의미의 형상화

머리 속에 섬뜩하게 형상으로 그려지는 유머는 쉽게 전달된다. 손에 잡히듯 구체화된 문장이 이해가 쉽고 명쾌하게 전달되는 것처럼 형상을 얻은 유머는 그 구조가 아무리 복잡하더라도 쉽게 메시지를 전한다. 공작새가 오색 날개를 펴듯이 감정의 색이 잘 배합된 유머는 그 의미를 뚜렷하게 전할 수 있고, 녹색 들판의 빨간 장미처럼 시각적으로 잘 드러난 유머는 뜻과 정서 전달이 명쾌하다.

유머가 구조를 갖고 풍기는 감성에 색깔이 있을 때 유머는 예술로써 거듭난다. 유머가 미세한 정신세계를 다루더라도 이해할 수 있어야 제멋을 내게 된다. 자신만의 성역에 갇혀서 소리 없는 메아리를 들려주거나, 개념적인 언어를 쭉 늘어놓아선 안 된다. 명확한 표현이 되려면 마음속의 그림자까지 그릴 수 있는 그런 경지에 도달해야 하듯이 좋은 유머는 세상 속에서 아이디어를 얻고 세상 속의 표현으로 이해를 도와야 한다.

형상화된 표현은 속도감을 갖는다. 시간과 공간을 과감하게 압축하는 것만이 호흡을 빠르게 하는 것은 아니다. 상세한 설명이 필요한 부분은 세심하게 묘사하고, 평이한 부분과 주변 요소는 과감한 생략으로 속도를 내야 한다.

그리고 부수적으로 속도감을 발휘하기 위해서는 사유의 기동성과 군더더기 없는 전개, 쉬운 표현, 국면 전환의 신속성이 요구된다. 유머의 속도감은 유머를 만드는 이의 의식적인 감각과 노력이 있을 때 가능한 기교다.

좋은 문장은 뜻이 없이 전개되는 공허한 표현과 손에 잡히지 않는 애매모호한 표현을 거부하듯이 좋은 유머는 현장 감각을 유지하고 부피감과 질량감을 느끼도록 노력한다. 현장의 소리가 생생하게 들리는 듯하고, 현장의 풋풋한 냄새가 퍼지는 듯하고, 까칠한 가시에 피부가 아리는 듯하다.

좋은 표현은 상식과 순리에 기초하기 때문에 안정감을 주며, 좋은 유머는 정직과 순리에 기초하기에 친근감을 준다. 직접 보는 듯 표현하지 못하고 아집과 자기 미련에 빠져 너저분하게 길어진 유머, 무엇이라고 꼬집지 못하면서 뜬구름 타는 식의 공허한 유머, 뜻과 형상을 만들지 못하고 개념적으로 말을 만드는 말장난식 유머, 주관자의 피상적인 관찰에 의존한 유머, 종교와 문화 면에서 자기 세계를 주장하다가 다른 영역을 비하시키는 저질스런 유머, 주관과 객관의 혼재에서 오는 앞뒤 없는 유머 등 안정감이 없는 유머는 버려야 한다. 즉 뜻과 형상을 만들지 못하고 공허하게 길어지는 유머는 경계해야 한다.

8. 제7원칙 : 짧고 진실하게 처리하라

<u>좋은 유머는 간결한 가운데 긴 여운을 남긴다.</u> 역사적으로 짧게 여운을 남긴 유머(문장)를 꼽으라면 주저 없이 시저의 '왔노라, 보았노라, 이겼노라!'를 꼽을 수 있겠다. 간결하지만 자신의 그간 이야기를 다 말하고 있다.

말이 많으면 실속이 없듯이 유머에 있어서도 복잡한 구도와 산만한 전개는 읽는 이에게 혼란과 짜증을 주고, 생각의 자유를 앗

아가며, 임의적 해석을 가능케 하여 유머자의 의지와 생각을 제대로 전하기 곤란하게 한다. 따라서 좋은 유머는 자신의 의도를 간단 명료하게 주어와 술어로 짧게 연결해 가야 한다. 그러나 짧다 하여 의미의 본체마저 흐리게 해서는 안 된다.

유머의 영역은 우주만큼이나 무변광대하다. 막힘도 형식도 없다. 그러나 인간의 인지 능력은 한계가 있다. 아무리 연상과 해석 능력이 뛰어나더라도 유머가 파생에 파생을 낳으며 연속적으로 이어지는 복합구조의 유머라면 짜증을 느낀다. 아니 지구력이 있는 사람이라도 혼동을 느낄 것이다.

생명 있는 유머는 생활 주변에서 일어난 체험을 기초로 짧지만 진실하게 엮어 간다. 유머의 구조가 단순하고 짧을 때 의미 전달이 용이하고 유머 색깔을 표현하기가 쉽다. 그리고 진실한 유머, 눈으로 보고 쓰는 유머가 이미지를 그리기가 쉽고, 확신에 찬 어조로 유머를 이끌어 갈 수 있다. 현장에서 직접 보고 느낌을 적은 나의 이야기, 우리의 정서를 대변한 유머가 진짜 유머요 공감을 줄 수 있는 유머다. 유명한 유머리스트는 대다수가 진실과 체험을 기초로 감동을 생산한다.

유머는 인간의 공간에서 호흡하며 진실의 보물을 찾아가는 작업이다. 진실은 짧고 담담하게 표현되듯이 명유머는 짧지만 강한 여운을 준다. 진실이 아닌 가상의 세계를 표현할 때 장구해지고 부연 설명하게 된다. 짧게 그리고 진실이 가득 찬 유머는 간단하지만 자기 절제와 내실이 있다. 자기 과시가 개입되는 순간 유머는 늘어지고 매력을 잃는다. 명유머는 진실한 인격에서 시작되고 실용적인 사고에서 완성된다.

Ⅲ. 유머 발생 원리를 이용한 유머 창작 기법

1. 서론

유머는 웃음을 만드는 체계적 절차이자 그 산물이다. 유머는 때로는 웃음을 낳는 황금 거위로, 때로는 생활의 지혜를 주는 교양서로, 때로는 모순을 지적하는 화살의 역할을 한다. 이렇게 다양한 기능을 하는 유머는 인류의 위기를 극복할 수 있는 신종 구원체로서 연구의 대상이 되고 있다. 요즘 동서양을 막론하고 유머 연구가 한창이라고 한다. 유머가 특정 문학장르를 치장하는 종속 장르가 아니라 독립된 장르로 분리시키려는 움직임이 일고 있다.

생물학이 생명의 신비를 캐내어 삶과 죽음으로부터 자유로워지는 데 연구 목표를 두듯이, 유머학은 웃음의 신비를 찾아 삶의 고통과 갈등으로부터 벗어나 진정한 행복을 찾는 데 목표를 둔다. 앞에서 유머의 역사와 속성, 기능과 목적을 살펴본 것은 유머 발생 원리를 원초적으로 살피기 위해서였다. 유머의 일반적 특성을 돋보기로 확대시켜 보면 유머는 웃음을 만드는 절차이며 그 절차가 만든 산물이다.

유머는 이제 소수의 지적 호기심과 연구 대상에서 벗어나 우리의 연구 과제, 인류 공영을 위한 과제가 되었다. 유머는 개인의 대화는 물론 인간의 정서를 다루는 책과 드라마, PC 통신에서 단골 메뉴로 등장한다. 무슨 마력이 있고 무슨 위력이 있기에 줄기차게 생산되고 유통되는가. 이름 모를 산 속의 옹달샘 하나에도 역사의 근원이 있는데 인간의 마음을 조절하고 힘을 주고 새롭게 하는 유머도 공통적인 발생 비밀이 있을 것이다. 여기서는 유머 발생의 비밀을 적용하여 유머 창작 기법을 알아보고자 한다.

2. 유머는 부조화에서 정상으로 돌아가려는 구심력에서 발상

부조화(비정상)의 상황에서 정상으로 돌아가려는 노력에 의해 유머는 발상되고 형틀을 얻는다. 물은 낮은 데로 흘러가고자 하듯이 인간의 의식은 편하고 안전한 것을 추구하는 속성이 있다. 정상적인 것을 볼 때는 마음의 평안을 느끼나 비정상적인 것에서는 불안을 느낀다. 인간성의 피폐, 상식의 실종, 기준 이하의 행동, 말이 안 되는 상황, 즉 비정상적인 상황을 보게 되면 불안과 분노를 느끼면서 정상으로 돌아가고자 한다. 언론, 참여 문학, 예술은 모두 정상을 찾으려는 활동이다. 부조화의 상황에서 유머가 발생하는 유형은 다음과 같다.

첫째, 비정상적인 것을 파괴하거나 공격을 가하여 정상을 회복할 때 유머가 나온다. 그럴듯한 구조와 내용을 가지면서 강한 모순이 더 강한 모순에 의해 파멸되거나 약한 순수가 강한 인위를 제압하거나, 인간의 이중적 성격이 순수에 의해 들통나거나 정상이 아닌 것을 정상으로 가는 구조를 갖추어 줄 때 유머가 되는 것이다. 모순이 우여곡절 끝에 잘못되거나 기존의 고정판이 깨어지면 웃음이 나온다.

비정상적 소재는 유머자에게 강력한 동기를 부여한다. 유머자의 눈에 비친 인간의 인위적 행동으로 인한 부자연스러움, 강자의 횡포와 약자의 비굴과 침묵이 빚는 사회적 정체현상, 아집이 만드는 갈등현상은 다 유머의 대상이다. 유머자는 순수한 양심을 일깨우고 새로운 질서와 정의를 구축하기 위해 화합의 손을 내밀고 웃음의 향기를 피우며, 때로는 정상을 회복하기 위해 심판의 칼을 들이댄다.

다음은 비정상적인 것을 공격하여 정상을 찾으려는 뜻에서 유머를 구성한 예이다.

〈가장 수사를 잘하는 나라〉

국제범죄예방 학술 세미나에서 재미있는 실험을 했다. 어느 나라 경찰이 범인을 가장 잘 잡는가를 측정하기 위해 노란 생쥐를 세 마리 풀어놓고 빨리 잡기 경연을 하였다.

한국 수사관은 2시간도 안 되어 피투성이가 된 노란 강아지를 생포해 오는데, '노란 강아지가 낳은 생쥐야 생쥐…' 하면서 실성한 상태로 나오는 것이었다.

이때 미국 수사관은 인공위성과 열 추적 장비를 동원하여 땅속에 숨어 있는 노란 생쥐를 4시간 만에 생포했다. 그리고 러시아 수사관은 구멍이란 구멍엔 모두 도청장치를 하여 땅 속에 숨어 있던 생쥐를 12시간 만에 생포했다. 또 중국 수사관은 수사관 천여 명을 요청하여 인근을 다 뒤지더니 이틀이 지난 뒤에 죽어버린 노란 생쥐를 갖고 왔다.

☞ 교훈 : 빠른 일처리보다 중요한 것은 정상적인 일처리다.

♣ 범인을 신속히 잡는 것보다 생사람을 잡는 일은 없어야 한다는, 인권이 존중되는 정상적인 사회를 희망하며 만든 유머.

둘째, 큰 기대를 허무로 전환시키면 유머가 발생한다. '태산명동서일필(泰山鳴動鼠一匹), 즉 산이 울고 움직이는 동안 대단히 긴장하는데 실제로 나타난 것은 겨우 쥐 한 마리뿐이다'라는 유머적 상황은 큰 기대가 붕괴되면서 나오는 웃음을 말한다. 그것은 기대가 허무로 돌아가는 순간, 기대에 비해 너무나 작은 결과를 확인하는 순간에 기대는 날아가고 웃음이 터져 나오는 것이다. 이는 과도한 정신적 긴장에서 해방되면서 나오는 웃음이다. 영역과 수준이 나보다는 판이하게 높다고 생각했던 상대가 나와 동등하거나 나보다 못한 수준임이 드러나면 인간은 안도의 웃음, 자신감에서 나오는 웃음을 짓는다. 이상적으로 생각했던 대상이 말과 행동이 논리에서 벗어나 있고 자체에 모순을 지니고 있다면 또 웃음이 생긴다. 큰 기대를 허무로 전환시키는 기법에는 '모순 폭로', '비속화', '우매' 등이 있다.

　셋째, 부조화를 발견하고 정상적인 심성을 갈구하면 유머가 된다. 일상적인 형태와 룰에 비추어 보아 부조화는 웃음을 부른다. '턱받이를 한 건장한 청년, 어른의 모자를 쓴 어린아이, 남장을 한 여인'은 그 일상적 표준에서 보면 부조화다. 정상적인 판단을 하는 사람은 이를 보고 웃는다. 현재의 부조화를 보면서 웃는 것은 정상을 아는 자의 우월감과 동정심에서 나오는 웃음이다. 새로움의 발견은 탄성을 주고, 부조화의 발견은 웃음을 유발한다. <u>부조화를 보고 웃는 것은 그 부조화의 발견에서 오는 웃음도 있지만 저래서는 안 된다는 각성에서 나오는 정신적 웃음이 강하다.</u> 즉 다시 정상으로 돌아가야 한다는 양심과 기대의 웃음이다. 인간은 누구에게나 정상으로 향하는 구심력이 있기 때문에 모순의 일부를 보여만 주어도 각성의 힘을 갖는다. 이런 발생의 속성은 유머가 사회에 참여하게 한다. 홉스는 '유머는 열등한 타인에 대한 자아의 우월감의 결과로서 갑자기 일어나는 자기 만족에서 생긴다'라고 말한 것과 맥락을 같이하고 있다.

다음은 인간의 정상적인 심성을 갈구하면서 만든 유머이다.

〈앵무새보다 못한 인간들〉

새를 파는 가게 주인이 앵무새를 사러 온 손님에게,

"저의 집 앵무새는 그렇게 교육을 해도 '미안합니다', '감사합니다', '어떠십니까', '안녕하세요', '안녕히 가십시오'밖에 할 줄 모르는데도 사시겠습니까?"

라고 말을 건네자 손님이 말했다.

"그만하면 잘하는 거예요. 그런 말조차도 제대로 할 줄 모르는 인간들도 얼마나 많은데요."

☞ 감사할 줄 알고 보답하는 것은 인생의 보험을 드는 것이다.

♣ 뛰어난 재능보다도 화려한 말재주보다도 가장 기본적인 심성은 감사함을 아는 것임을 일깨워 주기 위한 유머.

3. 유머는 낙관적 사고에서 발상

유머를 머리로 만들 수도 있다. 그러나 좋은 유머는 가슴으로 만들어야 한다. 아무리 웃기는 좋은 소재가 있어도 따뜻한 마음과 여유가 없다면 수정이 안 된 알처럼 생명을 잉태할 수 없다. 문학작품과 예술품을 보면 여유가 배어 있다. 욕망으로 가득 차 하나의 빈틈도 노출되는 것을 두려워할 때 무슨 예술이 생기겠는가? 유머도 나의 이기심을 버리고 인간을 넓게 사랑하는 마음과 나의 권위와 체면의 잔을 비우고 그 잔에 소탈함과 진실을 채울 수 있는 여유, 상대를 편안하게 하고 어떤 도움을 줄 것인가를 고민하는 인간적 자세에서 생기는 것이다.

진정한 유머는 상대를 생각하고 아껴 주는 여유와 실천 의지가 있을 때 생겨난다. 진짜 유머는 상대를 세워 주는 마음, 즉 타인의 몸과 마음을 존중해 주는 여유에서 생겨나는 것이다. 작은 지식과 옹졸한 울타리에 갇혀 있다면 유머라는 행위 예술은 생길 수가 없다. 또한 유머는 나의 것을 버리고 관조할 수 있는 여유가 있을 때 생겨난다. 나의 동굴에 갇히고 나의 영역에 깊숙이 빠진 상태에서는 유머가 생겨나지 않는다. 그리고 유머는 마음씨 좋은 사람만이 입을 수 있는 정신의 옷이다.

한국 문학에 나타난 유머적 요소를 보더라도 여유와 낙관적 자세에서 유머적 행동이 생겨남을 알 수 있다. 우리의 골계를 보면 그 밑바탕에 한국적 멋이 담겨져 유연미를 발산하고, 도교의 영향을 받은 듯 무위자연(無爲自然)의 사상이 깃들어 욕심이 없고, 봉건적 압박에서도 여유 있는 대응과 낙관적인 자세로 웃음과 해학을 즐겼다.

또한 여유와 웃음은 동전의 양면처럼 여유가 웃음을 만드는 요인으로 작용하기도 하고, 웃음이 인간에게 여유를 주기도 한다. 웃고 나면 분노도 고통도 사라진다.

다음은 여유와 낙관적인 자세로 유머를 구성한 예이다.

〈할머니와의 약속(△)〉

한 할머니가 부산행 고속버스를 타자마자 기사에게 간곡히 부탁을 했다.

"기사 양반, 몸이 피곤해서 잘 테니까 대전에 도착하거든 꼭 깨워 주게."

"알겠습니다, 할머니! 대전에 도착하면 깨워 드리겠습니다."

기사는 할머니의 청을 받고서도 열심히 운전하느라 대전에서 깨워 드리는 것을 깜박 잊고 대구까지 와 버렸다. 그래서 기사는 할머니와의 약속을 지키기 위해 반발하는 승객들에게 환불을 해 주고 다시 대전으로 가서 조심스럽게 할머니를 깨웠다.

"할머니, 대전에 도착했습니다."

"응, 이제 반 왔군."

☞ 여유는 행복을 다루는 면허증이다. 여유는 행복을 지키는 무기다.

♣ 계산적인 사람이 볼 때는 비웃을 정도의 순진함이 노출된 유머다. 그러나 여유를 아는 이에겐 공감의 웃음을 준다.

4. 유머는 상대적 우월감에서 생긴다

우월감이란 자기가 남보다 뛰어나다고 느끼는 감정이다. 무관심 혹은 긴장감 속에 있다가도 나의 우월성이 확인되면 인간은 마음이 평정되며 웃게 된다.(우월감을 느끼는 주체는 '나'나 독자가 되게 해야 한다.)

상대에게 우월감을 느끼게 하는 방법은 **첫째, 바보 같은 우스꽝스런 언동과 우매한 행동을 하는 물리적 우월감 조성 방법이 있다.** 이는 옛날 코미디에 주로 사용되었던 것이다.

둘째, 비교를 통한 우월감 조성이다. 이는 동일 대상의 질적 비교를 통하여 무엇이 더 우수하다고 느끼게 하거나 직접 손을 들어 주는 방법이다. 이는 앞에서 논한 유머 종류 중 비교·분석형 유머 만들기에 주로 적용된다. 화자간의 우월성을 저울질하여 한쪽의 우월성이 드러날 때 유쾌한 웃음을 준다. 예로부티 구전되는 해학 중에서 예를 들어 보자.

〈처녀 뱃사공〉

소양강에 한 처녀 뱃사공이 있었는데 하루는 어떤 총각이 배를 타더니,

"내가 당신의 배를 탔으니 이제 당신은 나의 아내요."

하며 농담을 했다. 배를 저어 갈 때는 아무 말도 안하던 처녀 뱃

사공이 이윽고 강 건너편에 도착해 그 총각이 배에서 내리자 한 마디 던졌다.

"당신이 내 배에서 나갔으니 이제 내 아들이네."

☞ 무심히 던진 말이 싸움의 불씨가 된다.

♣ 처녀 뱃사공의 지적인 순발력이 총각의 무례함을 제압하면서 웃음을 만든다.(처녀 뱃사공의 우월감에 동조하며 독자는 웃는다.)

〈그래도 상처는 주지 않는다(★)〉

동물농장에서 서로 먹는 습성에 대해서 다투게 되었다. 백수의 왕인 사자가 거만하게 말을 시작했다.

"나를 제외한 대다수의 동물이 죽은 동물을 먹는데 우리 같으면 안 먹고 죽고 만다. 특히 하이에나는 누가 흘린 것을 주워 먹는데 자존심도 없냐?"

이에 하이에나가 말했다.

"난 누가 흘린 것을 먹지만 뱀처럼 무식하게 벗기지도 않고 털까지 통째로 먹지는 않는다."

그러자 뱀이 말했다.

"난 통째로 먹지만 남에게 고통과 상처를 주지는 않는다."

☞ 잘난 척하면 더 잘난 자에게 창피를 당한다.

♣ 남에게 피해를 주지 않는다는 뱀의 우월감이 드러나면서 지적 웃음을 제공한다.(나도 남에게 피해를 주지 않는다는 우월감이 있을 때 진정으로 웃게 된다.)

셋째, 대상의 비속화와 모순의 폭로를 통한 우월감 조성이다. 이는 자기(대상)를 낮추거나 자신(대상)의 모순과 무능력을 화제로 삼는 심리적 우월감 조성 방법이다. 글 속의 화자와 보는 내가 우월감을 견주는 비교의 대상이 된다. 예를 들어 보자.

〈오해(△)〉

참돌이가 미국행 비행기 안에서 겪은 일이다. 오렌지 주스를 마시고 싶었지만 영어 회화가 곤란하여 포기하려고 하는데 오렌지 모양의 브로우치를 달고 지나가는 스튜어디스가 있어 손짓으로 불렀다. 그리고는 손으로 마시는 시늉을 하며 스튜어디스가 가슴에 달고 있는 오렌지 열매 모양의 브로우치를 손으로 가리켰다. 그러자 스튜어디스가 잘 알았다는 표정을 짓더니 잠시 후 우유 한 잔을 가져왔다. 참돌이는 본인이 원하는 것은 아니었지만 몸짓으로나마 음료수가 나온 것에 감사하며 우유를 마셨다.

♣ 영어를 제법 하는 사람이 이 유머를 볼 때는 참돌이의 언어적 무능력을 보면서 상대적 우월감이 생겨 웃게 되고, 영어를 잘 못하는 사람이 이 유머를 볼 때는 자기를 반성하며 실소를 머금게 된다.

넷째, 약한 이미지에 더 약한 이미지를 배합한 우월감 조성이다. 약한 존재를 등장시켜 열등감에 시달리게 한 뒤 그보다 더 약한 존재를 등장시켜 약한 존재끼리 실력 다툼을 하는 하찮은 상황을 설정하여 인간적 우월감을 주는 방법이다. 인위적으로 잘난 척하는 조직에 약한 존재가 고통받는 상황을 만들고 더 약한 존재를 등장시켜 우월감을 느끼게 배합하면 유머가 되는 것이다. 시중에 떠도는 유머 중에서 예를 들어 보자.

〈임마! 꽉 잡아!(△)〉

거북이가 봄날이 되어 들로 산보를 나갔다. 특유의 걸음으로 어기적어기적 걸어가고 있는데, 달팽이 녀석이 나뭇잎에서 깨어나와 땀을 뻘뻘 흘리면서 기어가고 있는 것이 안타까워 거북이가 자비심을 발휘하여 말했다.

"야 타!"

달팽이는 아무 소리도 못하고 거북이 등을 타고 가고 있는데 또 한 마리의 달팽이가 입에 거품칠을 하면서 힘들게 가고 있었다. 그래서 거북이가 거만스럽게 말했다.

"너도 타!"

달팽이가 타자 거북이는 신이 나서 가고 있었다. 이때 먼저 탄 달팽이가 새로 탄 달팽이에게 으스대며 말했다.

"야, 달팽아! 꽉 잡아, ×나게 빠르니까."

♣ 달팽이의 속도에 비하면 거북이의 속도는 광속이다. 하찮은 무리들이 자기네끼리 견주는 꼴을 통해 보는 이의 마음을 유쾌하게 한다.

다섯째, 강한 이미지에 더 강한 이미지를 배합한 우월감 조성이다. 이는 고통스런 상황에 더 고통스런 상황을 배합하거나, 강한 존재로 인식하고 우월감에 빠져 있던 존재가 있는데 그보다 더 강한 존재가 나와서 열등감을 느끼게 하거나, 강한 존재끼리 실력 다툼을 하다가 둘 다 망하는 상황을 구성하면 유머가 된다. 시중에 떠도는 유머 중에서 예를 들어 보자.

〈어머 쟤는 수박이야!(△)〉

동티모르에 파병된 한국 평화유지군을 위문하고 돌아오는 공연단이 폭우를 만나 초원에 추락하고 말았다. 그래서 여자 연예인은 다 죽고 단장인 최불암과 사회자 이경규, 가수 조용필만 살아났는데 얼마 안 되어 이들도 식인종 부락으로 잡혀갔다. 추장이 이 세 명에게 일단 명령하길, 초원에 나는 과일을 따오라고 했다. 그래서 최불암이 신속한 동작으로 앵두 알을 구해 오자 추장은 그것을 항문에 넣으라고 했다. 최불암이 앵두 알을 항문에 쉽게 넣자 추장은 그를 풀어 주었다. 이번에는 이경규가 호도 알을 주워 왔다. 추장은 똑같이 호도 알을 항문에 넣지 못하면 잡아먹겠다며 회심의 미소를 지었다. 이경규는 살겠다는 일념으로 똥구멍이 찢어지도록 호도 알을 밀어 넣었다. 그리하여 이경규도 어렵게 살아났다. 그래서 이경규가 땀을 닦으며 밖으로 나오는데 조용필이 저 멀리서 수박을 들고 신나게 오고 있었다.

"어머 쟤는 수박이야!"

♣ 추락, 식인종 위협, 항문의 고통 증가, 수박과 항문! 도저히 극복이 불가능한 고통 상황을 연출하여 웃음을 유발.

5. 유머는 긴장의 해소에서 생긴다

<u>유머는 예측했던 위험이 갑자기 별것이 아닌 것으로 전락하거나 노출된 긴장감이 해소될 때 생겨난다.</u> 우리 현대인은 한순간도 마음 편하게 지낼 수 없는 경쟁 구조, 대결 구조 속에서 살고 있다. 현대인은 빨간 망토를 들고 유혹하는 투우사를 향해 뛰어가는 투우처럼 한 수 위의 인간이 조종하는 대로 너무 직선적으로 폐쇄된 통로를 향해 뛰어가고 있다.

파블로프의 실험 대상 개처럼 종만 치면 침을 흘리듯 인간도 자신의 눈앞의 이익이 나타나면 그것을 쟁취하기 위해 스스로 에너지를 낭비하고 긴장을 만든다. 현대인은 누적된 긴장을 풀기 위해 술독에 빠지고 약에 빠진다. 그러나 술과 약은 얼니는 몸을 달래는 해열제에 불과하다. 근본적인 대책은 꽁꽁 숨어서 나오질 못한다. 이에 현대인이 개발한 긴장 치료제, 갈등 해소제가 유머인 것이다.

<u>유머는 긴장을 조직적으로 해소시켜 가는 기술이다.</u> 갈등과 긴장이 유지되는 한 웃음은 생겨날 수가 없다. 잔뜩 긴장을 하다가 긴장의 동인이 사라지거나 극복되면 웃음이 나오는 것이다. 서부 영화 속에 악당이 정의의 사자에게 쓰러질 때 박수가 나오는 것

처럼 긴장이 완화되면서 웃음이 나오고 유머가 생기는 것이다. 이 비밀을 유머 만들기에 적용하면 인위적으로 긴장 상황을 만들고 논리적인 해결 과정을 밟게 하면 유머가 되는 것이다.

다음은 인위적으로 긴장을 조성한 뒤 논리적인 해소 과정을 거쳐서 만든 유머이다.

〈알지?〉

참순이가 상점 앞을 지나가고 있는데 새장에 있던 앵무새가 소리쳤다.

"이봐, 야갸씨! 정말 못생겼다."

이에 참순이는 화가 났지만 우연의 일치라고 생각하고 그냥 지나쳤다. 다음날 참순이가 또 그 상점을 지나치는데 앵무새가 또 소리쳤다.

"이봐, 아가씨! 진짜 못생겼네."

참순이는 앵무새를 한 대 쳐주고 싶었지만 꾹 참고 그냥 지나갔다. 그런데 다음날 역시 앵무새가 말했다.

"이봐, 아갸씨, 아무리 보아도 못생겼다!"

더는 참을 수 없었던 참순이가 씩씩거리며 상점으로 들어가 주인에게 따지듯 말했다.

"이것 보세요! 도대체 앵무새 교육을 어떻게 시켰기에 저렇게 버릇이 없어요!"

그러자 주인이 앵무새에게 말했다.

"이봐, 앵무새, 한번만 더 아가씨 놀리면 털을 모조리 뽑아 버리겠어!"

앵무새 주인이 이렇게 엄포를 놓으며 참순이에게 연신 사과를 했다.

다음날 아침엔 즐거운 마음으로 참순이가 상점 앞을 지나가는

데 앵무새가 다시 참순이를 불렀다.

"이봐, 아가씨!"

"왜?"

그러자 앵무새가 씨익 웃으며 말했다.

"알지?"

☞ 아무리 억압해도 진실은 바뀌지 않는다.

♣ 정신적인 깨우침과 함께 갈등을 약화시키면서 웃음을 준다.

다음은 오해를 해소시켜 유머가 되게 하는 예를 들어 보자.

〈아버지와 아들〉

소문난 한 건달이 이사를 오던 날 선술집에서 깡소주를 마시고 있었다. 그런데 술이 거나하게 취한 50대 남자가 비틀거리며 다가오더니, 차마 입에 담지 못할 욕설을 내뱉는 것이었다.

"야, 아 자식아! 나 너네 엄마하고 같이 잤다."

건달 깡패가 들은 척도 않자 술취한 50대 남자가 더 큰 소리로 욕을 하기 시작했다.

"임마! 너네 엄마 정말 좋더라구!"

순간 모든 사람들의 시선이 건달 깡패에게 쏠렸다. 사람들은 곧 벌어질 처참한 살인 현장을 숨죽이며 기다리고 있었다.

잠시 후 깡소주를 들이킨 건달이 무서운 눈으로 남자를 쏘아보며 말했다.

"아버지! 오늘 너무 취했어요. 이제 그만 집에 가세요!"

☞ 인륜은 인간을 지키는 최후의 보루이다. 아무리 건달이라도 아버지는 알아본다.

♣ 건달에게 사비 거는 대상이 건달의 아버지란 것을 아는 순간 안도의 웃음이 나온 것이다.

6. 유머는 자유정신에서 생긴다

<u>유머는 끝없는 자유정신에서 생긴다.</u> 인간은 시·공의 제약을 받는 유한자이면서도 더 큰 새로움과 자유를 추구한다. 이런 노력이 있어 오늘의 인류는 존재할 수 있었고 또 발전할 수 있다. 나만의 자유는 상대방의 자유와 충돌하고 나아가 적이 되어 싸워 왔다. 유머는 충돌을 줄이면서 바른 소리를 하고 자유를 추구한다.

<u>유머는 수양의 결과로 얻어지는 정신적 자유에서 나온다.</u> 이런 종류의 유머는 남과의 비교에서 오는 우월감이 아니라 자기만의 정신적 만족에서 나온다. 이는 자기만이 아는 보람된 일을 했거나 소기의 목표를 달성했을 때 혹은 진리나 원리를 깨달아 정신적 자유에서 생기는 유머다.

<u>허무를 느끼고 기존 굴레로부터 벗어날 때 유머가 생긴다.</u> 이는 허무를 알고 자조적인 웃음을 짓거나, 다른 사람의 무의미한 욕망을 보고 깨닫게 되거나, 정신적 초월을 통해 상호 승리하는 것이 편하다는 것을 체험했을 때 생긴다. 상호 승리의 세련된 정신은 충돌을 막고 좋은 분위기를 형성하여 감동적인 유머를 만든다. 서로 살려는 상생(相生)의 원리가 적용되면 갈등은 줄고 소모적인 경쟁이 사라지고 관계의 자유 지대가 형성된다.

진정한 자유는 투쟁에서 쟁취하는 것이 아니라 상대를 존중하고 세워 주는 겸손한 마음이 만드는 것이다. 자유 정신에서 나오는 유머는 파격을 주지만 부담은 주지 않는다. 다만 삶의 교훈을 준다. 자유 정신을 추구하는 유머는 혼란을 자초하지 않고 진정한 질서의 아름다움을 지키면서 진실을 보여준다. 상대를 이기려는 자세를 버리고 상대를 존중하는 자세로 어떤 인위도 필요 없

이 그 자체가 웃음이요 꾸미지 않은 유머가 된다.

7. 유머는 지적인 창조 활동에서 생긴다

인간의 창조활동은 역사와 함께 해 왔으며 지금도 인간이 있는 곳이면 어디서나 왕성하게 진행되고 있다. 우리에게 남겨진 고대의 유산은 모두가 그 시대의 창조적 노력을 보여주고 있다. 그 중에 글이나 그림, 도자기들은 감정과 사상을 표현하는 유산이라면 익살스럽고 무언가 생각을 하게 하는 그림과 조각은 생각하는 갈대들의 노력과 부가가치 활동으로 빚어진 창조적 산물이다.

고대의 유산을 그 시대상으로 최대한 돌아가서 정밀하게 분석해 보면 우리는 고대의 인간을 간접적으로 만날 수 있다. 단순 직선과 곡선, 날개 달린 물고기, 익살스러운 그림, 외설적인 성교 등 고대의 작품은 기록이 부족하여 우리가 보지 못할 따름이지 그림으로 남겨진 것들 이상의 많은 노래와 이야기 등 문화적 행위들이 넘쳐 흘렀을 것이다. 우리가 고대인의 흔적이 담긴 동굴에서 주목하는 것은 익살스런 장면이다.

원시 공동사회라 하더라도 생각하는 인간이기에 힘과 소유의 차이에서 오는 인간적 갈등과 충돌이 있었을 것이다. 그 갈등을 해소하려는 정신작용으로 낙서도 하고 익살스런 그림을 그리고 웃기는 행동을 했을 것이다. 고대로부터 생각하는 갈대로서의 인간이 현실적인 갈등과 충돌을 최소화하기 위해 유머적인 요소가 자연 발생적으로 생겨났을 것이다. 그래서 그때 인간은 소유와 사유의 차이에서 오는 갈등을 주로 물리적 힘의 행사로 해결하고자 했을 것이다. 그 결과 갈등의 해소가 아니라 더 깊어지는 것을 깨달은 인류는 근대로 접어들면서 싸우지 않고 서로 이기는 화해라는 룰을 갈망했다. 힘의 질서에 복종하거나 부족간 그리고 국가간 친교를 하면서 인간도 자연적으로 웃는 근육이 발달하고 악살이 끼어들어 긴장을 완화시켰을 것이다.

인류 문명에 커다란 영향을 끼친 불과 종이, 전기의 발견이 인간을 편안하게 해 준 물질적 발견이라면 근대 유머의 발견은 인간의 충돌을 줄여 주는 정신적 발견일 것이다. 18~19세기 제국주의 열강들의 탐욕 활동이 노골화되면서 지식인층에 의해 자성하는 노력으로서 인간을 순화시키려는 스포츠와 예술, 문학활동, 유머적 표현 등이 시작되었을 것이다.

근대의 익살과 웃음은 힘의 논리를 보완하고 고래 싸움의 새우처럼 힘의 눈치를 보며 미미하고 약하게 생명을 이어왔을 것이다. 근대의 유머는 체계를 갖추지 않았지만 희곡과 비극에서 물리적 충돌을 줄이려는 사유의 소산으로 부분적으로 반영이 되었다.

현대 정보화 시대의 인간은 필요한 것이라면 웃음뿐만 아니라 더 어려운 감정까지 만들어 낸다. 인간의 욕망과 의지는 모든 것을 인위적 계산과 노력으로 달성하게 한다. 심지어 정신적 영역인 웃음까지 창조할 수가 있다. 자생적 웃음이 희박한 세상은 유머의 창조를 정당화하고 있다.

유머는 생산을 지향하는 인간이 만든 작품이다. 마음의 독소를 제거하기 위해 유머스런 표현을 하고, 지금 상대의 이야기가 나의 속마음을 불쾌하게 하지만 웃는 것이 유리하다면 과감하게 유머적 행동을 하고, 재주가 있다면 재미있는 유머를 만든다. 이 모두가 지적 창조활동이 빚어내는 유머다. 따라서 모든 것을 창조적 노력으로 유머화할 수 있다.

8. 유머는 인간의 유희적 활동에서 생긴다

인간이 다른 동물과 대별되는 특성은 사회적 인간, 문화적 인간, 언어적 인간, 도구적 인간, 마지막으로 유희적 인간으로 구분된다고 한다. 이러한 모든 특성 중에 인간을 멋스럽게 하고 긴장을 풀어 주고 화합하게 하는 것이 유희적 특성이다.

유희적 특성은 문명이 발전함에 따라 중요성이 증가되는 특성으로 인간은 본능적 에너지에 의해 놀이를 찾고 즐기며, 인정과 사랑의 욕구를 채우기 위해 활동한다. 유희적 상황을 예로 들어 보자. 원시 공동사회에서 운 좋게 많은 동물을 잡았다고 가상해 보자. 아무리 원시인의 무딘 감정이라 하더라도 어깨춤이 절로 나오고 흥이 생겨났을 것이다. 구석기, 신석기, 청동기, 철기 시대를 거치는 제1의 물결시대인 농경사회에서의 유희란 노동의 수고 뒤에 벌이는 자축과 새로운 기원을 비는 행사시 서로 쉽게 노는 유희가 필요했을 것이다. 즉 음주 상태에서의 가무(춤과 노래)가 주를 이루었다.

노동의 주 수단이 인간의 힘에서 기계의 힘으로 전환되는 근대 산업사회, 즉 제2의 물결시대에서는 인간의 소외 문제가 대두되면시 인간의 유희도 집단화되고 동적으로 변화를 시작한다. 기본적인 가무에 추가하여 의미가 담긴 유희가 생겨난다. 우리 민족의 경우 고려시대엔 귀족들 중심으로 향가와 가전체 소설이 나타나 시대적 애환을 담고, 조선조로 들어와 서민 및 양반들은 판소리나 시조, 창, 서예와 그림 등 정신적인 놀이가 양반들 사이에 널리 애용되었고, 동적인 놀이로서 서민 및 양반들 사이에 활쏘기와 승마, 씨름, 농악 등 전투적인 유희가 발달하였고, 궁중에서는 다양한 궁중놀이와 궁중무용 등 계층별로 놀이문화가 발달하였다. 그러다가 조선조 말에는 외국으로부터 각종 스포츠가 소개되어 유희의 조직화가 가능케 된다. 외국의 경우 연극(인형극)과 오페라 등 동적인 놀이가 생겨났다. 이 시기에 특징적인 유희는 동서양을 막론하고 정신적이면서 기술적인 유희로서의 유머가 생겨나게 된다.

현재 우리가 사는 세상은 앨빈 토플러의 표현을 빌리면 제3의 물결시대에 살고 있다. 이는 근대 산업시대의 물리적인 틀을 벗고 다양한 정보가 생산의 기초가 되고 생산된 지식이 고속으로 유통되는 시대를 의미한다. 산업화 시대에서 정보화 시대로 넘어가는 과도기에 인간의 고정관념과 제도는 상당 부분 맞물려 있으면서 충돌 요소로 작용한다. 과도기에 우리가 기술적인 요소만 숭배한다면 우리 인간은 주체로서가 아니라 통제의 대상으로 전락할 것이다.

실제 인류는 산업화 시대부터 인간의 소외 문제와 인간의 존엄성 유지 문제는 인류의 최대 고민이었고 우선 해결 요망 과제였다. 정보가 아무리 빠르게 전파를 타고 유통되고 인간의 편리를 위해 획기적인 변화가 있더라도 인간성이 파괴되는 발전과 번영은 그 의미를 찾을 수 없다. 제3의 시대에도 인류의 발전 법칙은 약육강식의 원리가 그대로 적용되고 있고, 전쟁의 원리가 적용되지 않는 곳이 없다.

인류는 지금도 여러 형태의 처절한 전쟁을 계속하고 있다. 자기 조직을 만들고 조직의 번영을 위해 정보를 사냥하고 획득한 정보를 요리하여 부와 권력을 부단히 추구하고 있다. 인류의 현재 양상은 정신의 일부를 팔아서 물질적 쾌락을 사고 있는 하루살이식 문화를 만들고 있다. 우리 주변을 돌아보면 비인간성의 삭막한 황무지가 도처에 널려 있다.

<u>그래도 인류는 올바른 양심과 기울어진 문화의 지축을 바로 세우려는 예술활동, 문학활동이 끊임없이 이어지고 있다.</u> 그 중의

하나가 유머의 탄생과 애용이다. 유머는 예술이라는 형제 중에서 막내 같은 존재로 태어났다. 늦게 태어났지만 재롱을 부려 부모의 사랑을 독차지하는 막내처럼 현대인의 스트레스를 풀어 주는 고등적인 유희로서 애용되고 있다. 유머는 현대 산업사회의 구석진 부분을 밝혀 주는 등불로 현대인의 정신적 피로를 해소시켜 주는 영약으로 태어난 것이다.

9. 풍자(풍자형 유머)는 정의감과 목적의식에서 발생한다

목적의식은 보여지는 것은 작지만 전체를 움직인다. 목적의식은 물에 잠긴 빙산처럼 모든 활동의 수면 아래에서 작용한다. 목적을 지닌 유머는 국민의 정서를 순화시키고, 목적을 띤 풍자는 작은 힘으로 큰 모순을 들어올리는 지렛대 같은 기능을 한다.

유머가 정보화 사회의 휴식처를 제공하고, 발전의 햇살 뒤로 생겨난 모순의 그림자에 빛을 준다면, 풍자는 시대의 지렛대로서의 보호장치는 없지만 강자의 비논리와 욕심에 저항도 하고, 정의사회를 위해 일부 세력의 모순을 과감하게 꼬집어 주는 역할을 한다. 풍자와 유머는 고도의 세련된 구조와 각본으로 다듬어져 활자화되어 퍼져 가는 강한 전염성이 있다.

보통의 유머, 기존의 유머는 해학 형태를 띠는 경우가 일반적이지만 정보화 시대 유머는 풍자형 유머가 증가하는 추세다. 유머가 어느 정도의 감성을 반드시 내포하는 데 반하여 풍자는 그 바탕에 지적인 세계를 주로 다룬다. 풍자도 감성을 기초로 하는 것이 자연스럽고 보는 이의 부담을 덜어 줄 수 있으나 지적인 날카로움으로 승부를 걸다 보니 감성의 배합이 쉽지는 않다. 풍자는 정상과 정의를 뿌리로 하면서 날카로운 비판의식을 줄기로 하여 개선 의지를 유발시키는 것을 열매로 한다. 따라서 풍자는 고소한 웃음을 창조하고 그 뒤로 개선 의지를 촉구한다.

풍자는 웃음을 통해서 인간의 잘못을 여유 있게 지적하고 교정한다. 힘없는 지성들의 소리 없는 저항이자 타락에 대한 경종이다. 또 쓴 약을 쉽게 먹을 수 있도록 포장한 캡슐과 같은 존재다. 썩은 두엄 무더기 위로 싹트는 개똥참외처럼 그렇게 의외로 생겨나는 것이다.

하루가 다르게 변하는 세상, 인정이란 약에 쓸려 해도 찾기 힘든 삭막한 세상, 강자의 독선과 위선이 넘치는 세상에서 용기 있고 뜻있는 지사(志士)는 풍자를 한다. 이는 지적인 도전이요 간접적인 저항이다. 최대 다수의 최대 행복을 위하여 풍자가 생겨난 것이다.

풍자는 정의의 잣대로 큰 모순을 들어올리는 지렛대요, 변동의 물결 속에서 중심을 지키게 하는 시계추이며, 겉으로는 약하지만 정의를 밝혀 주는 시대의 횃불이다. 풍자는 온 세상에 존재하는 이런저런 독소들을 유쾌하게 꼬집어 냄에 따라 심리적 정화를 꾀하고 행동의 변화를 촉구한다. 정보화 시대 풍자는 다소 보수적 관료의 눈총을 받으면서도 정의를 지향한다. 풍자는 삭막한 현실에서 움터 나와 정의의 햇살을 받고 밝은 웃음으로 발전한다. 웃음 속에 교훈을 품고 감동을 잉태한다. 그 교훈이 클수록 풍자의 가치는 높아지는 것이다. 이는 현실 비판, 정치 비판 등 다수가 제대로 표현할 수 없는 분야를 많이 다루고 있다. 풍자형 유머는 여론과 사회성이 그대로 반영된 수준 높은 유머인 것이다.

10. 이야기형 유머는 상상에서 배양된다

유머는 지금보다 더 나은 가상의 세계를 상상할 때 나온다. 상상에서 나오는 유머는 이야기의 형태를 지니면서 재미와 교훈을 준다. 이야기형 유머는 수련된 정신과 극적인 구상에서 나와 상상력이라는 날개의 힘으로 날아간다. 상상의 날개짓으로 도달하는 곳에는 인간이 주체가 되고, 자유와 행복이 있고, 개성과 여유가 있다.

모든 문학과 예술은 상상력으로 자란다. 인간은 희망의 동물이기에 현재보다도 미래가 더 나아지기를 기대한다. 상상은 인간의 지적 영역에 포함되면서 삶의 여백을 채워 주고 새로운 활기를 준다. 인류의 발전이 지적인 노력으로만 가능했던 것은 아니다. 인간의 상상은 비과학적이지만 인간적 잠재력을 부추겨 상상대로 실현되도록 한다.

자유로운 생각이 있고 느낌이 있는 유머를 통해 인간성을 회복해야 한다. 인류 고통의 막다른 골목에서 인간성을 찾기 위한 석학들이 부르짖는 도덕성의 회복, 인간성 회복은 식상한 용어가 되었으나 인간은 조금도 나아지지 않고 있다. 상상의 세계, 도피의 세계에서 웃음의 율도국(홍길동이 만든 이상적인 나라)을 만들어야 한다. 동물세계를 빙자하고 들어가서라도 거기서 인간성을 투영시켜 인간의 문제를 거론하고 느낌을 주어야 한다.

상상은 현실에서 벗어나 이상을 추구하지만 인간의 문제를 외면하지 않는다. 가출한 사람도 시간이 지나면 다시 돌아오듯이 현실감각 속으로 돌아오게 된다. 이는 현실감각이 이상적 세계와 미지의 세계를 지배하기 때문이다. 마음은 상상의 세계에 놀더라도 행동은 현실에서 떨어질 수 없는 이중성을 갖는다. 유머도 새로운 세계를 꿈꾸며 이야기 식으로 전개된다.

상상은 또 하나의 창조요 방향이다. 우리의 문화는 지속적으로 점진적으로 발전된 것도 있지만 상상의 힘으로 몇 단계를 뛰어넘은 창조도 있었다. 인류의 문화는 한 사람의 노력의 결과가 아니듯이 연차적으로 단계적으로 발전된 것도 아니다. 현실의 문제

타결보다 전혀 새로운 것을 내다보고 인류의 문화를 진보시킨 것도 많다. 유머에 접속된 상상은 희망적인 이야기를 만들어 새로운 힘을 주고 새로운 기운을 느끼게 도와준다.

인간의 가장 왕성한 상상력의 집합체를 신화라고 한다. 어느 이야기보다도 비현실적이지만 그것을 우습게만 넘기지 말아야 한다. 이유는 우리의 오래 된 감정과 역사의 숨결이 숨어 있기 때문이다. 유머가 신화적 요소를 인수받을 때 유머는 또 하나의 변신을 한다. 참신한 이야기의 속성을 띠게 되고 정신적인 세계에 대한 탐구와 미에 대한 정열을 포함하기 때문이다. 이야기형 유머는 가끔 현실의 울타리를 뛰어넘지만 인간을 사랑하기에 인간이 이해하는 범위로 다시 회귀한다.

11. 정서순화형 유머는 정신적 배설작용에서 생긴다

배설이란 생물체가 몸 안에 생긴 노폐물을 몸 밖으로 내보내는 것으로 대소변 보기, 눈물 흘리기, 함성 지르기, 성적 에너지 배출, 한바탕 웃기 등 내적 요소의 외적 표현이다. 먹었으면 배출해야 하는 것처럼 정신적인 느낌을 갖거나 그 무엇에 의해 정신이 속박되어 있다면 어떻게 하든 간에 겉으로 표출해야 한다.

배설은 에너지의 순환작용으로 물리적 에너지를 정신적 에너지로 바꾸어 준다. 유머는 지적활동의 산물로 고상하게 생기나 마음의 파장을 일으켜 생각을 바꾸어 주고, 마음속의 불만과 욕망을 밖으로 내보내는 정신적 배설작용을 한다. 배설작용은 성적(性的)인 소재를 주로 하는 유머나 풍자에서 사용되어 왔으나 진정한 배설, 배설 뒤에 쾌감을 맛보기 위해서는 외설적 유머에서 탈피하여 정서를 순화시키는 유머로 급회전해야 한다. 우리의 유머판은 독자의 구미를 따라가다 보니 온통 외설적인 것으로 도배

되어 버렸다.

인간은 정서순화형 유머를 통해 진정한 정신적 배설을 해야 한다. 대소변을 통해 누적된 찌꺼기를 배설하듯이 유머를 통해 누적된 불만과 욕구를 자연스럽게 배출해야 한다. 유머의 집에도 방과 거실, 베란다와 식당뿐만 아니라 건물 내에 수세식 화장실도 만들어 주어 혼자만의 시간을 갖도록 해야 한다. 정서순화형 유머는 정신적 배설을 도와주는 도구이면서 놀이의 장이다.

배설작용은 원초적 본능이다. 갓 태어난 아이는 의식이 다 분화되지 않아도 웃는다. 웃음은 본능적 표현이면서 마음 에너지의 표출이다. 인간은 무엇인가 드러내야 하고 그냥 웃어야 시원하다. 먹었으면 배설을 해야 하는 것처럼 정신적인 느낌을 가졌다면 어떻게 하든지 간에 표출해야 한다. 우리의 정신과 혼은 각개의 사고와 정서로 짜임새 있게 결합되어 있어 별도의 계산을 입력하지 않아도 차면 넘치게 되어 있고, 입력이 있으면 배출을 하게 되어 있다. 그 배출에는 이것저것 다 판단하고 시행하는 것이 아니라 인공위성이 지상의 모든 것을 감시하고 지령을 내리듯이 신체의 체제는 우리로 하여금 별도의 판단 없이도 배출을 하게 한다. 그 배출을 인위적으로 막으면 병이 된다.

유머를 통한 정신적 배설작용은 공격적 욕구를 해소시켜 준다. 그리고 배설은 전염이 된다. 텔레비전 코미디를 보면 대사 뒤로 웃음 소리를 넣어 듣는 이가 쉽게 웃음에 동화되도록 한다. 한번 배설된 웃음은 봄바람을 타고 번져 가는 산불보다 더 빠른 속도와 폭발력을 갖는다. 정서순화형 유머는 인간의 정신적 배설과 욕구, 발산을 도와준다.

12. 유머의 복합적인 발생 요인

유머는 단순 동인에 의해서 발생하는 것이 아니라 복합적 요소로 발생한다. 누가 무단 방뇨를 금지시키기 위해 방뇨 상습 지역에 무시무시한 가위 표시가 아니라 '주목! 이곳에서 대사를 치르는 자는 한 발을 들고 일을 보세요. -주인백-'이라는 유머스런 푯말을 세워 두었다고 하자. 이 푯말을 보고 방뇨를 삼간 사람이라면 마음속으로 '음~, 재미있는 표현이군' 하면서 웃을 것이다. 여기서 웃게 된다면 그것은 푯말을 보고 주인의 속마음을 헤아리는 여유(오죽했으면 저렇게까지)와 우월감(나의 도덕 수준으로는 이 정도의 무례한 짓을 하지 않지)과 안도감(부주의하여 실례를 하고 푯말을 보았더라면 기분이 상했을 텐데)과 정의감(저렇게까지 해서라도 방뇨를 막아야 한다)에 공감하면서 웃게 되는 것이다. 어떤 웃음이든 복합적 요소로 웃게 되는 것이다.

결국 유머의 발생은 인간의 본능의 일부이면서 여유와 우월감, 안도감과 정의감 등 고도의 정신작용과 지적 의지에 의해 생겨난다. 또한 우리 자신도 모를 사유 이상의 더 큰 정신세계가 작용하며, 지나친 욕구와 무질서의 반작용으로 추진되는 것이다. 그러므로 유머는 인간의 가장 순수한 정신의 세계에서 태동되고 사회적 물을 빨아들이면서 유지되고, 그 열매는 다시 뿌리를 덮는 토양으로 떨어져 새로운 세계를 추구한다.

유머는 자유정신에서 발생한다. 유머는 단순한 사유의 경지가 아니라 그 이상의 자유 혼의 경지다. 유머의 소재는 각양 각층에서 얻지만 화학적 처리 과정을 거친 유머는 공감의 박수를 받고 신바람을 일으키며 미래 우주시대까지 지적 공간을 확대하여 무한대의 공간과 찰나와 영원의 시축을 넘나든다. 유머의 자유성은 소재의 울타리를 파괴한다. 종교적 경지와 선대의 정신적 지주인

신화에까지 파고들어 웃음을 찾는다.

유머는 종합 분석력에 의해 생겨난다. 유머는 지적인 사고와 반복되는 행동, 인간적 이상향과 현실의 문제 등 종합적 분석력에 의해서 생겨나는 것이다. 전문적 경지에 이른 사람이라 하여 그들의 사고가 종합적이고 전 분야를 다 분석적으로 알 것 같지만 실제는 동굴의 우상에 갇혀 자기 선호 분야 외에는 문외한일 수가 있다. 유머는 오늘의 실제 상황을 기초로 분석적으로 꼬집고 비틀어 오늘의 우리에게 정신적 쾌감도 주고, 누구도 도전할 수 없는 예민한 부분을 파헤쳐 알려주고, 지친 사고체계에 휴식을 준다. 우리의 문학작품이 영적인 감각과 다수가 원하는 그 무엇에 대한 분석력, 그리고 유희적 놀이감각이 없이 단순한 사고로 창작되었다면 3류 소설 수준을 벗어나지 못했을 것이다.

유머는 사회적 욕구에 의해 생겨난다. 보다 정의롭고 보다 인간적인 것을 추구하는 사회적 욕구는 유머의 탄생 비밀에도 깊게 관여하고 있다. 작가가 사회적 욕구와 희망사항, 시대적 감성과 호기심을 무시하고 자기만의 정신세계를 이끌어 간다면 그 작품이 아무리 뛰어나더라도 호감을 얻지 못한다. 그 시대의 문학작품을 몇 껍질 벗겨내면 금방 사회적 욕구를 만난다. 우리의 잠재의식 속의 욕구가 발동하여 문화와 역사가 일러준 대로 순조롭게 가는 것도 있지만 기존의 것에 대한 반발의 힘으로 새로운 방향으로 가기를 선호한다. 이는 헤겔에 의해서 정립된 정반합의 원리라고 하는데, 이를 사회에 대한 도전의 원리로만 볼 것이 아니라 새로운 창조의 기능으로 바라볼 때에 그 설득력을 가진다. 생활에 대한 작은 습관의 파괴로부터 제도권에 대한 저항까지 구시대의 모습을 버리고 새로운 것을 추구하고자 한다. 유머가 사회적 욕구를 반영하지 못한다면 공감을 얻지 못할 것이다.

유머는 충돌을 막는 최고의 수단이다. 사회적 욕구의 반영은 기득권 세력과의 불가피한 충돌을 가져온다. 따라서 그 주제를 살리기 위해 동물 세계에 빗대고 인간보다 우위에 있는 신의 경지를 만들어 악의 인간을 징계한다. 신들의 싸움을 통해 인간들의 자존심을 세워 주면서 인간들의 본심을 이야기하고, 인간과의 싸움을 통해 인간의 더러운 욕망을 통제하고, 동물 세계를 빗대어 우회하면서도 인간의 이야기를 하고 있다. 아무리 우회를 하더라도 기존의 것에 대한 도전임을 금방 눈치를 채게 되므로 충돌을 불러들인다. 그 충돌의 현장에서 피해를 최소화하고자 동원된 것이 유머다.

유머는 안전의 욕구에 의해 생겨난다. <u>유머는 개인의 심성 안정제요 사회적 안전장치 역할을 한다. 안전을 추구하는 인간의 중심 욕구는 급격한 변화를 두려워한다. 우주처럼 무한대변으로 팽창하는 것보다 현재 울타리에서 안전을 찾고 나의 영역과 나의 이익을 지키고자 한다. 가장 근본이 되는 질서도 나의 이익에 위배되는 것이라면 불편해 한다.</u>

우리의 잠재의식 속에는 순리를 따르려는 욕구가 숨어 있다. 겉으로 큰소리치고 비틀고 모순을 찾아 나서지만 근본적인 원리는 안전에서 웃음이 나오는 것이다. 유머는 겉으로는 급진적이나 안으로는 보수적인 속성을 가지고 있다.

유머는 인간의 신체 리듬과도 관련이 있다. 인간의 신체 리듬이 달의 운행과 관련이 있듯이 유머도 주변 분위기와 개인의 기분에 따라 그 적용 정도가 달라진다. 아무리 웃기는 것이라도 새로운 긴장이 열리는 아침에 느끼는 강도는 떨어지나 긴장이 풀리는 오후나 술좌석에서는 별것이 아닌 것에도 웃게 되는 것이다. 인간의 기분과 웃음 사이에는 어떤 함수관계가 숨어 있는 것이 분명하다.

유머는 이상주의자의 현실참여에서 생긴다. 유머는 단순한 웃음을 전하는 소도구에 불과하다고 정의하기도 하고 웃음뿐만이 아니라 감동과 교훈을 주는 최고의 예술이라고 정의하기도 한다. 그 기준은 사람마다 다르다. 그러나 분명한 것은 이상주의자가 현실을 보면서 만든다는 것이다. 어떤 이상주의자는 외설적인 유머도 인간의 사유의 결과요 인간의 악을 징계하는 효과가 있다고 하는가 하면, 어떤 이는 추하고 외설적인 것은 인간의 정서를 파괴한다 하여 기피한다.

유머 발생에 대해 밝혀낸 비밀 중에는 생각의 힘만으로 두루뭉실하게 정리하고 넘어가는 것이 많다. 인간의 의식이 개입된 모든 활동, 즉 정신적·육체적 활동은 서로 엇물려서 발전하고 변화한다. 학문의 체계가 톱니바퀴처럼 서로 엇물려 있고, 보이지 않는 우주의 질서도 유기적으로 협조하고 유기적으로 기능하도록 되어 있다. 한 방향에 치우친 독선적인 발생 비밀을 밝히기보다는 쌍방적이고 입체적인 분석과 누구나 공감하는 잣대로 발생 비밀을 밝혀야 한다.

앞에서 논한 유머의 발생 원인도 어쩌면 필자의 주관적인 판단인지도 모른다. 그 본질적인 원인이 더 깊숙이 숨어 있을지 모른다. 따라서 유머의 발생 원인을 밝히는 일은 영원한 현재 진행형이다.

Ⅳ. 물리법칙을 통한 유머 창작 기법

1. 서론

1)질서의 고찰

인간과 현상계는 대개 일정한 법칙 아래 움직이고 있다. 이 법칙 아래 진행되는 운동의 일정한 체계를 우리는 질서라고 부르는데, 질서란 '사물의 올바른 조리 또는 올바른 차례'를 말한다. 그리스어에 어원을 두는 '코스모스'와 '로고스'도 질서를 의미하는 것으로, 전자는 우주 또는 세계의 질서와 조화를, 후자는 만물을 조화 있게 통일시키는 이성을 의미하며, 이 양자는 우주와 인간이 관계하는 질서를 함축성 있게 표현하고 있다. 이외에도 '만물의 이치'를 뜻하는 물리(物理), '일의 이치'를 뜻하는 사리(事理), '사람으로서 지켜야 할 도리와 규범'을 뜻하는 의리, 윤리 등이다 질서를 말하는 것들이다.

질서를 형성하는 대표적인 규칙 중의 하나가 인과율(因果聿)이다. '원인이 되는 어떤 일이 일어나면, 필연적으로 그에 부수하는 다른 상태가 따라 일어난다'는 인과율의 규칙성은 '현상의 생멸'과 '선악의 업보'를 설명하는 데 매우 유용하게 쓰여 왔다. 특히 최고의 예술이라고 일컫는 유머를 만드는 데도 물리법칙(物理法

則)의 기본 준거틀을 통해 먼저 유머 창조 기법을 정립하고자 한다.

2)고전 물리학의 세 가지 법칙

물질계의 질서에 관계되는 법칙을 '물리법칙'이라 하고 물리법칙을 연구하는 학문을 물리학이라 한다. 물리학은 현상계의 접근 방법 및 그에 대한 관점의 변천에 따라 크게 '고전 물리학'과 '현대 물리학'으로 양분할 수 있는데, 현대에 이르기까지 거시적 물질계의 상관적 질서를 제시하여 온 것이 바로 뉴턴에 의해 확립된 '운동에 관한 세 가지 법칙'이다. 이것을 우리는 '고전 물리학의 세 가지 법칙'이라고도 부른다.

고전 물리학의 제1법칙은 일명 '관성의 법칙'으로서, 외부적 힘의 작용을 받지 않았을 때, 처음에 정지하고 있던 물체는 언제까지나 정지하고 있으며, 운동하고 있던 물체는 언제까지나 그 속도로 등속운동을 한다는 것이다.

제2법칙은 일명 '운동의 법칙' 또는 '가속도의 법칙'이다. 이것은 물체에 힘을 가하면 힘의 방향으로 가속도가 생기며 그 크기는 힘의 크기에 비례하고 물체의 질량에 반비례한다는 운동의 법칙이다.

제3의 법칙은 '작용·반작용의 법칙'으로 작용은 항상 반작용과 정반대 방향으로 작용하고 그들의 크기는 서로 같다는 법칙이다. 즉 물체 A가 물체 B에 힘을 미치고 있을 때는 반드시 물체 B도 물체 A에 힘을 미치며 그 힘은 상호간의 크기가 같고 동일 직선 위에서 반대 방향이라는 것이다.

3)고전 물리학과 유머 창조의 상관성 관계

물리 현상은 정신의 창출 과정을 도와주며, 정신은 물리 현상의 지침으로 작용하기에 정신과 물리 현상은 상호 교감(交感)한다. 물질계의 질서를 설명하는 존재론적 법칙인 물리법칙을 유머 창작을 규준(規準)하는 당위론적 법칙 정립에 기여케 하려면 자연현상과 유머 속성을 대비시켜 이해하면 그 완성도가 높을 것이다. 요컨대 유머 창작 기법을 공자·칸트식의 인위적 사유(思惟)에서 찾는 것보다는 현상계의 기본 정리인 물리법칙의 존재성에서 찾는 것이 체계적인 의미를 가질 수 있다. 그러므로 물리법칙이 형이하학(形而下學)의 현상계를 설명하는 실증적 과학이라면 유머 창작은 형이상학(形而上學)의 정신계를 규준하는 것이다. 이 양자가 별도의 것이라 하여 상호 배타적인 것은 아니다. 물질계의 질서에 관계되는 법칙인 물리법칙을 유머 창작 기법에 어떻게 응용할 수 있는가를, 즉 물리법칙이 어떻게 유머 창작에 기여하고 있는가를 고전 물리학의 법칙을 수용하여 살펴보자.

2. 관성의 법칙을 이용하라

1)관성의 법칙 소개

뉴턴의 첫번째 법칙은 외부의 영향력이 배제된 상태에서는 물체는 언제까지나 현재의 상태를 유지하려 하지만 힘이 개입됨으로써 그 계속성이 변화되며, 그럼에도 불구하고 본디의 계속성을 유지하려면 그 힘만큼의 또 다른 힘이 필요하다는 것이다. 외부로부터 개입된 힘은 정지하고 있는 물체를 움직이거나, 움직이고 있는 물체의 속도를 정지시킨다. 이 힘 중 움직이고 있는 물체를 정지시키는 방향으로 작용하는 힘, 다시 말하여 운동하는 물체의 운동 방향과 반대 방향으로 작용하는 힘을 특히 '저항'이라고 한다. 저항이 생겼을 때 물체가 본래의 운동을 계속하기 위해서는 저항보다 큰 힘이 물체의 운동 방향으로 작용하여야 한다.

2)관성의 법칙에서 응용할 수 있는 유머 창작 기법

관성의 법칙에서 응용할 수 있는 유머 창작 기법은 **첫째, 항상 변함없는 마음으로 웃음을 지니고 살아야 한다.** 기쁜 일이 있을 때만 웃는다면, 즉 인간이 내적인 충족 상태에서만 웃는다면 인생의 70%는 슬픔 속에서 살아야 한다. 웃음은 주술적 효과가 있기에 기쁜 일이 없어도 웃으면 기쁜 일이 생기는 법이다. 항상 기뻐한다면 슬픔이 자리할 틈이 없다. 모든 것이 내 마음에 맞지 않아도 쉽게 화내지 않고 받아들이고 소화해 내는 자세에서 유머가 생겨나는 것이다. 찡그리고 마음이 비틀린 상태에서는 좋은 유머가 생겨날 수 없다. 즉 유머는 웃음 속에서 생겨나는 것이다.

둘째, 보통과 반대되는 생각으로 기대를 무너뜨리는 것이다. 인간은 변화를 싫어하고 현재의 안정을 갈구하는 보수성이 있다. 이런 보수성은 고정관념과 자기 집착, 아집 등 개인의 심리적 정체 현상을 초래하는데 유머가 지닌 유쾌한 기운과 새로워지려는 각성의 힘으로 보수적 정체를 극복하고 변혁의 길로 가도록 생각을 바꾸어 주어야 한다. 생각의 흐름을 바꾸고 기대가 굴절되게 하면 좋은 유머가 생겨난다. 상대의 기대와 예측을 무참하게 무시하는 반전과 상대의 예측을 조롱하는 기법에서 질적인 웃음을 얻는다.

다음은 기대를 무너뜨려 쾌감을 주는 유머를 예로 들어 보자.

〈누가 진짜 용감한 병사인가(★)〉

육·해·공군이 모여 통합 화력 시범을 보이는 자리에서 각 군 총장님들간에 자기 병사가 더 용감하다고 언쟁이 오고 갔다.

먼저 육군 총장이 말했다.

"지상의 왕자인 육군의 모든 병사는 총장의 지시라면 달려오는 탱크도 몸으로 막을 것이다. 내 말이 거짓이 아님을 보여주겠소!"

총장은 시범석에 대기하고 있던 병사들 중에 임의로 한 명을 지정하여,

"귀관! 저 달려오는 탱크를 육탄으로 저지하라!"

라고 지시를 내리자 병사가 지체없이 탱크로 달려가 납작하게 깔렸다. 이에 총장은 의기양양하게 육군의 조건반사적인 용감성을 과시했다. 그러자 해군 총장이 한마디했다.

"육군의 물리적인 용감성을 잘 보았소! 바다의 왕자인 해군의 생각하고 행동하는 용감성을 보여주겠소!"

해군 총장은 카메라맨을 대동하고 함포 사격을 위해 대기 중인 군함으로 가서 수병에게 지시했다.

"귀관! 현재 가동 중인 스크루를 몸으로 중지시킬 수 있겠나?"

"총장님, 무모한 짓인 줄 알지만 총장님의 체면을 생각하여 시도해 보겠습니다."

하고는 바다로 뛰어들었고, 이내 카메라의 렌즈에 바다 색이 일시에 붉은 색으로 물드는 것이 잡혔다. 이에 해군 총장은 생각하고 행동하는 용감성을 자랑했다. 이에 공군 총장이 말했다.

"해군의 생각하는 용감성을 잘 보았소! 하늘의 왕자인 공군의 진정한 용감성을 보여주겠소!"

공군 총장은 공군 시범석 하단에 대기하고 공군 병사들 중에 임의로 한 명을 지정하여 지시를 내렸다.

"귀관! 잠시 후 활주로에 전투기 한 대가 착륙할 테니 몸으로

착륙을 저지하라!"

그러자 공군 병사는,

"총장, 미쳤소!"

하면서 총장 쪽을 바라보았다. 이에 공군 총장이 말했다.

"각 군 총장님, 어느 병사가 진정으로 용감한 것인지 대답해 보시오!"

☞ 몸은 굽히더라도 마음마저 굴복하지 마라.

♣ 용감성이 물리적으로 발전해 가다가 급선회하여 진정한 용기, 정신적 용기를 생각케 하는 장면에서 역전의 웃음이 나온다.

셋째, 지속적으로 연구하고 실험하여 한 방향으로 유머적 관점을 정립하면 조직 속의 인간의 공통 특징이 보이고 웃음의 통로가 보인다. 운동하는 물체의 관성처럼 꾸준히 비교 분석하다 보면 발상법과 표현법이 열리게 된다. 그래서 유머 기운이 온몸에 퍼져 생활 자체가 유머가 되고, 문제가 문제로 보이지 않고 유머의 대상이 된다.

인간은 체면이라는 자기 마술에 걸려 고집을 부리고 벽을 만든다. 이런 정체성은 대인관계에서 갈등 또는 저항으로 작용하는데 유머가 지닌 화합의 기운으로 지속적으로 실험하면 유머 감각과 유머적 잣대가 만들어진다. 유머가 변함없는 목직의식과 인간존중의 정신을 고수해야 한다. 주제의식이 없이 웃기는 데만 치중한다면 결코 좋은 유머를 만들지 못할 것이다. 꾸준한 실험정신과 분석으로 삶의 본질과 세상의 이치를 캐내고 유머의 질을 한 차원 높여야 한다. 비교·분석형 유머는 여기에 해당된다. 시중에 떠도는 유머 중에서 예를 들어 보자.

〈컴퓨터가 애인보다 좋은 이유(△)〉
1. 세월이 흘러도 젊게 할 수 있다.(언제라도 가능하기 때문)
2. 마음대로 두들기고 만지고 분해해도 군말이 없다.(평생복종)
3. 마음만 먹으면 하시라도 마주 보고 일할 수 있다.(쌍방 동의 불필요)
4. 한번 사면 망가지기 전까지 쓸 수 있다.(내구성이 있다.)
5. 전기만 해결되면 어디든지 데리고 갈 수 있다.(평생 동행자)
6. 비밀 번호만 설정하면 누구도 넘보지 못한다.(순결 유지)

3. 운동법칙을 이용하라

1)운동법칙 소개

뉴턴의 두 번째 법칙은 물체에 힘을 가하면 힘의 방향으로 가속도가 생기며 그 크기는 힘의 크기에 비례하고 물체의 질량에 반비례한다는 운동의 법칙이다. 가속도란 단위 시간에 운동 상태의 변화 정도를 나타낸 것으로 물체의 관성 질량에 반비례한다는 것이다. 무거운 물체일수록 가벼운 물체보다 밀기 힘들며, 같은 속도로 움직이더라도 무거운 물체는 가벼운 물체보다 더 큰 힘을 발휘하는데 이것은 물체의 질량과 힘 사이에 비례 관계가 있음을 말한다.

이 비례상수를 물리학에서는 특별히 '관성 질량'이라고 부른다. 외부의 힘이 일정할 때 물체의 관성 질량이 크면 클수록 가속도의 값은 적어지는 것이다. 즉 물체의 관성 질량과 가속도 사이에 반비례의 함수관계가 존재하듯이, 인간이 처한 환경과 인간 의지 사이에도 반비례적인 함수관계가 있는 것이다.(보통 사람의 경우는 주변 환경이 어려우면 의지도 약해진다.)

2)운동의 법칙에서 응용할 수 있는 유머 창작 기법

물리학의 제2법칙에서 배울 수 있는 유머 창작 기법은 **첫째, 시사성(時事性) 있는 소재를 선택하여 세인의 관심을 장악하는 것이다.** 모든 운동이 현재를 기준으로 전개되듯이 현재의 세상 일에 관심을 갖는다는 것은 공감대를 얻기 쉽다.

다음은 1996년 강원도에 북괴 잠수함이 출현했을 때의 유머다.

〈나 호랑이 맞어〉

1996년 강원도 태백산에 갓 태어난 호랑이 새끼가 있었다. 몸집이 아주 작은 것에 대한 열등감이 생긴 호랑이 새끼는 자기 존재마저 의심하면서 만나는 호랑이마다 물어보았다.

"엄마, 나 호랑이 새끼 맞어?"

"그래, 맞어."

"아저씨, 나 호랑이 새끼 맞어?"

"그래, 맞어."

이에 자신이 생긴 호랑이 새끼는 이제 한번 더 확답을 받으려고 산 아래로 내려왔다. 그래서 강릉으로 침투했다가 도망가는 공비에게 물어보았다.

"아저씨, 나 호랑이 새끼 맞아요?"

그러자 공비가,

"꺼지라우, 이 개새끼야."

하면서 황급히 사라지는 것이었다. 이 말에 호랑이 새끼는 너무도 큰 충격을 받아 호랑이 굴로 가는 길을 잃고 말았다.

☞ 무장공비의 출현은 새끼 호랑이의 운명까지 바꾸어 놓았다.

둘째, 인간애의 에너지를 충분히 활용하도록 한다. 힘이 질량과 가속도에 비례하듯이 감동은 고난과 인간애에 비례한다. 유머는 인간애의 에너지로 믿음의 레일 위를 달리는 열차에 비유할 수 있다. 유머의 질은 사랑과 인간애에 비례하며, 유머를 더 유머답게 유지하는 위력은 인간애의 발휘와 사랑의 실천이다. 유머도 항상 좋은 소재만을 대상으로 하는 것이 아니라 추하고 저급한 것을 소재로 할 수가 있다. 중요한 것은 소재에 있는 것이 아니라 인간적인 관점에서 생각하고 인간에게 유리하도록 이끌어 가는 기술이다. 자식을 사랑하기에 매를 들 수 있는 용기와 명분이 있어야 한다. 세상은 항상 정신적 갈등, 경제적 갈등이 널려 있다. 갈등의 강도를 인위적인 바른 소리가 아니라 사랑으로 문제를 해결하려는 자세를 가져야 한다. 또한 세상에 대한 관심을 가져 진정으로 고난을 이기려 하고 인간을 아끼는 마음의 눈을 가져야 한다.

셋째, 참신한 비교로 느낌을 변화시켜 보라. 가속도가 단위 시간에 운동 상태의 변화를 나타내듯이 비교를 통해 고정된 느낌에 변화를 주어야 한다. 세상은 음양 오행의 원리에 의해서 움직이고 변화한다. 모든 사물과 현상에는 비교되는 짝이 있다. 여자에 짝하여 남자가 있고 선에 짝하여 악이 있으며 음지에 짝하여 양지가 있는 법이다. 비교는 표현의 근원이면서 풍부한 유머거리를 제공한다. 공통점이 전혀 없어 보이는 엉뚱한 대상에서 특징 있는 비교를 찾아낼 때 비교의 맛이 난다. 또한 반대말 찾기씩 단순 비교가 아니라 정서적 비교를 할 줄 알아야 한다. 비교를 통해서 얻을 수 있는 최고의 효과는 상대적 우월감을 통한 웃음 제공이요, 반대로 열등감을 제공해도 사실과 진실을 기초로 하면 조용한 미소가 나온다. 비교를 하되 독자가 예상치 못한 것을 제시할 때 웃음은 배가 되는 것이다. 비교를 통해 고정된 느낌에 변화를 주어야 한다. 비교를 통한 유머의 예를 하나 들어 보자.

〈파리가 술잔 위에 떨어졌을 때 각국의 반응(△)〉
• 영국 사람 : 말없이 나간다.
• 미국 사람 : 사진을 찍고 위생성에 고발한다.
• 독일 사람 : 파리를 얼른 건져내어 살리려고 노력한다.
• 프랑스 사람 : 파리가 술잔 위에서 죽어가면서 보여주는 전위 예술을 감상한다.
• 멕시코 사람 : 후후 불면서 마신다.
• 중국 사람 : 개의치 않고 같이 마셔 버린다.
• 일본 사람 : 잠시 기다렸다가 중국 사람에게 싼값에 판다.
• 한국 사람
  - 과거 : 주인을 불러 호통치고 계산하지 않고 나간다.
  - 현재(IMF) : 파리의 처지를 동정하며 살려 준다.(날개가 있는 것은 한번은 추락한다고 믿는다.)
  - 미래 : 정력용 식용 파리를 개발하여 술과 곁들여 먹는다.

♣ 민족적 특성을 유사하게 비교하여 고유 특성을 부각시키고, 느낌을 차별화시킨다.

넷째, 독특한 소재를 발굴하여 새로움을 추구하도록 한다. 인간은 스스로 무한한 가능성을 자각하고 잠재력을 계발(啓發)하기 위해 끊임없이 노력해야 한다. 자기의 생각이 바뀌지 않은 상태에서의 새로움이란 말장난에 불과하다. 사물과 현상이 질서정연하게 그려지지 않은 상태에서의 묘사나 설명은 허상이다. 독특한 소재로 유머의 격조를 높이는 유머를 만들어 보자.

〈숫자 초등학교에서 생긴 일(★)〉
• 숫자 0자만 다니는 초등학교에 8자 학생이 전학을 갔다. 눈이 어두운 교장 선생님이 8자를 보고 말했다.

"애야, 허리띠 풀어라."

• 8자만 다니는 초등학교에 9자 학생이 전학을 갔다. 그러자 눈이 어두운 여교장 선생님이 9자를 보고 다급하게 말했다.

"애야, 바지 내려왔다. 빨리 올려라."

• 8자만 다니는 학교에 6자가 전학을 갔다. 그러자 눈이 어두운 교감 선생님이 학생을 발견하고 말했다.

"애야, 상의 입고 입장해라."

• 7자만 다니는 학교에 9자가 전학을 갔다. 그러자 교무 선생님이 학생을 접수하면서 말했다.

"애야, 내일부터는 파마 풀고 단발머리로 등교해라."

♣ 독특한 소재로 신선한 느낌을 주는 유머.

4. 작용·반작용 법칙을 이용하라

1)작용·반작용 법칙 소개

세 번째 법칙의 요점은 두 물체가 서로 작용하고 있을 때는 각각의 물체는 상호 똑같은 힘을 서로에게 미치며 작용한다는 것이다. 여기에서도 우리는 인간의 사회성과 상관성의 의미를 찾을 수 있다. 즉 인간은 사회적 동물이라는 보편적이고도 진부한 명제를 거론할 필요도 없이 인간은 서로에게 상관적 영향력을 미치는 관계로서 존재하는 것이다. 키에르케고르의 말처럼 '인간은 나와 나 이외의 것의 관계'일 뿐이다.

따라서 세 번째 법칙으로부터 우리가 도출할 수 있는 당위 법칙은 인간은 사회적인 존재로서 상호간의 관계성을 떠나서는 존재 의미를 찾을 수 없으며, 인간은 교육을 비롯한 사회화 과정을 통하여 사회성을 전수하고 그의 유지와 발전을 위하여 노력해야 한다는 것이다. 이 법칙의 속성을 가장 잘 함축하고 있는 것이 인과율(因果律)과 인과응보(因果應報) 사상이다. 즉 원인이 되는 어떤 것은 필연적으로 다른 결과를 불러일으킨다는 이 결정론적 사고는 인간의 무한한 가능성을 축소시키고, 또한 발전적 진화를 위한 노력을 사장시키는 부정적 측면을 지니고 있지만 인간을 자제시키고 사회를 맑게 유지하는데 경종의 역할을 하고 있으며, 윤리적 규준으로 작용하여 사회와 국가의 건전한 도덕성을 유지하는 계율 역할을 해 오고 있다. 이 법칙의 속성이 근대 시대정신으로 제창된 것이 인내천(人乃天) 사상이며, 현대 시대정신으로 나온 것이 상호 승리 원리다.

2)작용·반작용 법칙을 적용한 유머 창작 기법

물리학의 제3법칙에서 배울 수 있는 유머 창작은 **첫째, 권선징악의 구조가 유머 창작에도 유효하다는 것이다.** 선과 악을 배비하되 선의 승리를 지향해야 한다. 악이 이기는 듯하다가도 자체 모순으로 선이 이긴다는 주제의식을 섞어서 흥미를 유발시켜야 한다. 시대가 변하더라도 권선징악의 구조는 인간의 감성을 순화시키는 최고의 구조다.

권선징악의 구조를 갖는 유머는 담백하고 명확하다. 컴퓨터가 아무리 복잡하고 미묘한 것을 만들어 내고 수많은 데이터를 처리해도 원리는 2진법이듯 선과 악의 구조로 모든 재미와 교훈을 만들 수 있다. 권선징악의 구조는 우리에게 선하게 살 것을 간접적으로 시사한다. 권선징악의 구조는 자기 중심적 사고에서 벗어나 타인의 정신과 신체를 존중하는 신사고(新思考)로 전환시켜 준다. 우스개 이야기를 통해 권선징악의 유머 구조를 알아보자.

〈쓸만한데 왜 버리나(△)〉

흥부가 연못가에서 나무를 하다가 너무도 허기진 나머지 도끼를 빠뜨리고 말았다. 잠시 후 산신령이 금도끼를 갖고 나오면서 물었다.

"이 도끼가 네 도끼냐?"

"아니올시다. 제 도끼는……."

잠시 후 산신령이 이번에는 은도끼를 갖고 나오면서 물었다.

"이 도끼가 네 도끼냐?"

"아니올시다."

그러자 잠시 뒤 산신령은 흥부의 쇠도끼를 갖고 나왔다.

"그럼 이 도끼가 네 도끼냐?"

"예, 맞습니다."

이에 감동한 산신령이 말했다.

"마음씨가 착하고 정직하니 금, 은 도끼를 모두 주겠다."

흥부가 나무를 하다가 금도끼를 얻었다는 소식이 놀부의 귀에 들어가자 놀부도 연못가로 가서 나무를 했다. 놀부는 눈치를 보다가 일부러 도끼를 빠뜨렸다. 산신령은 흥부 도끼가 빠졌을 때처럼 금도끼와 은도끼를 차례로 갖고 나왔는데 이때 놀부는 큰소리로 제 도끼가 아니라고 답변했다. 산신령이 놀부의 도끼를 갖고 나왔을 때 놀부가 제 도끼라고 했지만 산신령은 놀부의 도끼를 물 속으로 던지면서 말했다.

"아직 쓸만한데 왜 버렸느냐? 놀부 너는 멀쩡한 것을 투기한 죄로 이 연못 속에 가라앉아 있는 너의 도끼를 직접 찾아 가거라."

☞ 빠뜨리는 대상을 승용차나 아내로 한다면 현대적 감각을 살릴 수 있고, 성적 에너지를 유발할 수도 있다.

♣ 권선징악 구조는 미래에 활용해도 유익할 것이다.

둘째, 작용에 대한 독특한 반작용 대응을 하라. 작용에 대한 반작용은 그 자체가 신선한 쾌감을 준다. 더 쾌감을 부여하려면 의외성을 추구해야 한다. '이렇게 전개되겠지' 하고 예상했는데 반대로 진행이 되면 흥미가 있다. 일상적 논리를 뒤집는 곳에서 위력을 발휘한다.

의외성의 추구는 물리적 깜짝 쇼가 아니다. 기대했던 대상에 대한 교체도 아니요, 억지는 더욱더 아니다. 누구도 생각지 못한 이야기의 발굴이 되어야 한다. 평소 반대로만 하던 청개구리를 죽는 순간까지 믿지 못한 어미 청개구리가 산에 묻히기 위해서는 속마음과 반대되는 말을 해야 한다고 판단하고 유언으로 '물가에 묻어 달라'고 하자 청개구리는 그 동안의 잘못을 뉘우치면서 어미 청개구리의 마지막 유언대로 물가에 어미를 묻어 비가 오면 걱정이 되어 운다는 청개구리 우화는 의외성을 살린 작품이다. 다음은 의외성을 추구하는 유머를 예로 들어 보자.

〈확실하게 살 빼는 법〉
책임지고 살을 빼 준다는 신문광고를 본 뚱보 남자가 그 회사에 전화를 했다.
"5킬로만 빼 주시오."
그러자 회사에서는 송금하는 즉시 사람을 보내겠다고 말했다. 다음날 아침 현관 앞에 나가 보니 아리따운 아가씨가 수영복 차림으로 알림판을 목에 걸고 서 있었다.
'저를 잡는다면 저를 가지세요.'
뚱보는 이 내용을 읽기가 바쁘게 아가씨를 잡으려고 덤볐다. 그런데 아가씨가 얼마나 날쌘지 도무지 잡히지 않았다. 한 삼십 분쯤 지나 드디어 아가씨를 잡았다. 그러자 그 아가씨가 말했다.
"자! 체중을 달아 보세요. 5킬로가 줄었을 겁니다."

과연 체중은 5킬로가 줄어 있었다.

다음날 뚱보 남자는 다시 전화를 해 이번엔 10킬로를 빼 달라고 했다. 그랬더니 그 다음날 현관에는 어제보다 더 아리따운 아가씨가 목에 '당신이 저를 잡으시면 저를 가지세요'라는 푯말을 걸고 상반신을 노출한 상태로 서 있었다.

뚱보는 한 시간을 헉헉거리면서 추격을 해 결국 잡았다. 아가씨는 체중을 달아 보라고 했고 역시 체중이 줄어 있었다.

욕심이 생긴 뚱보 남자는 다음날 20킬로를 빼 달라고 했다. 그러자 회사에서는 너무 무리를 하면 목숨이 위험할 수도 있다며 말렸다. 하지만 뚱보는 막무가내로 우긴 끝에 송금을 하고 이제는 더 아리따운 아가씨가 완전 나체 상태로 올 것이라는 기대감에 잠까지 설치며 다음날 아침을 기다렸다.

마침내 벨이 울렸다. 뚱보가 문을 연 순간 문 앞에는 엄청나게 큰 숫곰 한 마리가 서 있었다. 목에 걸린 푯말에는 이렇게 쓰여 있었다.

'내가 너를 잡으면 너를 먹겠다.'

☞ 무지한 자가 용기만 있으면 위험하다.

♣ 20킬로를 빼는 단계에서는 더 아리따운 아가씨의 완전 노출 상태를 기대했을 것이다.

5. 신과학과 유머 창작 기법

1)양자역학 소개

새로운 시대를 여는 '앎의 패러다임'이 모색되는 가운데 신과학(新科學)이라고 불리는 분야의 움직임이 있다. 신과학의 분야는 갈피를 잡을 수 없을 만큼 한없이 넓은 것이기는 하지만 주로

'양자역학(量子力學)'을 근간으로 하는 현대 물리학을 중심으로 전개되고 있다. 미시적 물질계에 있어서 기존 인식을 깨뜨리는 또 하나의 과학혁명인 양자역학은 인간의 의식이 물질에 미치는 영향을 증명한 것이다.

이는 다음과 같은 실험으로 쉽게 이해될 수 있다.

밀폐된 상자 안에 고양이가 넣어져 있고, 독약이 든 약병이 한쪽에 있으며, 양자역학에 의해 망치가 그 병을 깨뜨려 고양이를 죽일 확률은 50 대 50이다. 양자론에 따르면 관찰자가 관찰을 행하기 전까지는 고양이는 삶과 죽음이 혼재된 상태의 허깨비로 존재한다. 관찰자의 관찰이 행해져야 비로소 살아 있는 고양이냐, 아니면 죽은 고양이냐가 결정나는 것이다.

그러나 여기에 놀라운 결과가 있다. 고전 역학적 세계관, 특히 뉴턴의 대전제에 따르면 튕겨진 전자는 관찰자의 관찰이 행해지기까지는 상자의 어느 쪽에도 실제로 전자가 존재한다고 말하는 것이 불가능하다는 것이다.

이 같은 양자론이 기존의 몇 가지 소중한 개념들을 파괴하고 있다는 것을 의미한다. 주체와 객체, 원인과 결과의 구별을 애매하게 만들어 버림으로써 그것이 우리에게 통합적인 세계관을 강력하게 암시한다. 이 모든 실험적 분파를 통합하여 1975년 '프리초프 카프라'는 그의 저서 《물리학의 도(道)》를 통하여 전체성의 지향을 강조하였다.

'영원불멸할 실체 같은 것은 하나도 없고, 관찰자와 객체는 분리되지 않으며, 부분과 전체도 분리되지 않는다. 모든 것은 관계성 가운데서 나타나고 통합된 전체 속에서 일어난다.'

즉 종래의 인과론과 결정론적인 세계관, 종속적인 상관성만이 강조되었던 물질과 의식의 관계가 전체적인 하나로 재정립된 것이다. 이것은 앞에서 주목한 바 있는 물리법칙과 정신적 가치체계가 교호(交互)적 상관관계가 있음을 의미한다.

2)신과학에서 적용할 수 있는 유머 창작 기법

양자역학에서 배울 수 있는 유머 창작은 **첫째, 단순 사고(思考)와 고정관념에서 탈피해야 한다.** 고정관념은 창조적인 삶의 장애물인 동시에 유머의 적이다. 사물을 보이는 대로 보는 사람은 결코 멋진 유머를 창조해 낼 수 없다. 예측을 불허하는 방향, 순수한 기대를 무자비하게 배신하는 방향으로 전개되어야 한다. 그러므로 유머 감각을 키우고 싶다면 정확히 파악하는 눈도 필요하지만 일단 지금까지와는 다른 각도로 세상을 바라보는 훈련이 필요하다. 또한 시간과 장소, 상황의 불일치에서 나타나는 순간적인 모순도 포착하고 거기서 웃음거리를 찾도록 해야 한다. 유머의 기본은 생활에서 우리가 보통 느끼는 사실이 아닌 새로운 상황에 직면했을 때의 황당함을 최소화할 수 있는 기지와 이러한 상황을 자연스레 연출하여 만들 수 있는 능력을 모두 포함한다.

다음은 예측 불허의 기법을 적용한 유머를 예로 들어 보자.

〈습관(★)〉

차돌이 회장은 전경련 주최 가든파티에 초청을 받았다. 그래서 회사의 어려운 사정을 알리고 도움을 청할 수 있는 좋은 기회라고 비서실은 좋아했다. 그러나 차돌이 회장은 파티에 몇 명이나 참석하는지 알아보게 하였다. 파티 참석 인원이 대략 70여 명 된다는 비서실장의 보고에 회장은 파티 참석을 안하겠다고 했다. 이에 의아해진 비서실장이 물었다.

"회장님! 이번 파티는 절호의 기회이온데, 선약이 있거나 만나고 싶지 않은 분이 오실까 봐 그러십니까?"

"아니야. 참석자가 열 명이 넘으면 곤란해서 그래."

"많을수록 좋은 자리 아닙니까?"

"아니야. 나는 파티 참석자 전원에게 술을 주고받는 습관이 있거든."

♣ 회장이라는 신분도 술 습관 때문에 고민한다는 특수상황을 연출하여 예측 불허의 묘미를 살린 유머.

둘째, 전체를 통찰해야 한다. 전체를 통찰하고 우선 외형적 질서에서 자유로워지기 위해서는 이 단편화의 오류에서 해방되어야 한다. 이제껏 인간이 정립한 사고의 결과는 곧 단편화의 산물이기 때문에 그것을 가지고는 결코 전체로서의 진리와 진실을 파악할 수 없다. 시중에 유통되는 유머는 단편적인 국면을 정지시켜 재미있게 각색한 것이기에 전체로서의 진리를 담지 못했다. 짧은 국면이지만 전체를 보고 완성이 있는 접근을 해야 한다.

우리는 각자가 갖고 있는 사고(思考) 렌즈를 통하여 자기 수용적인 지식을 얻고, 자기와 맞지 않는 것은 배척하며, 남들이 볼 수 없는 자기만의 영역을 만들었듯이 유머도 유머리스트의 개성의 렌즈를 통하여 자기만의 재미와 흥미 위주로 웃음을 만들었다. 그 렌즈를 통하지 않고는 어떠한 판단도 자기 보호도 불가능하다.

그러나 진리에 접근하고 전체로서 동화(同化)하기 위해서 그 렌즈를 벗어 던질 때, 그때 비로소 사물을 있는 그대로 완전하게 볼 수 있듯이 유머도 기존의 아집의 틀을 깨뜨리고 사물을 새로운 시각으로 바라보고 새로운 웃음거리를 만들어야 한다. 진정한 자아(自我)와 이타적 사랑으로 전체가 흐를 수 있는 비어 있는 의식의 길을 터 주어야 한다. 직관적인 '전체지(全體知)'와 '통찰'을 통해 진정한 아름다움을 추구하고 본질을 찾아야 한다.

셋째, 평면적 사고와 구분 의식을 버려야 유머가 된다. 선과 악, 좋고 나쁨, 이익과 불이익 등 갈등의 원인이 되는 구분 의식을 버리고 열린 의식의 세계로 가야 한다. 관찰 이전에 삶과 죽음이 공존하듯이 마음먹기에 따라 선이 악이 되고, 악도 선이 된다는 것이다. 나의 잣대로만 세상을 보고 판단하며 편을 가를 때 세상은 좁고 어두워지며, 불필요한 경쟁과 스트레스를 생산한다. 평면적 사고와 구분 의식을 버려야 유머의 소재가 보인다.

다음은 구분 의식을 버릴 때 좋은 유머가 됨을 예로 들어 보자.

〈두 마리 다람쥐(★)〉

동굴 속 바위틈에 두 마리 다람쥐가 살았다. 그 중 한 마리는 보통의 다람쥐로 밤과 도토리를 열심히 모으는 일에 열중했고, 또 한 마리의 다람쥐는 어려서부터 소리 내는 것에 관심을 갖다가 어느날 노래를 하게 되면서 일하는 것을 아예 망각하고 옆집 다람쥐가 흘린 먹이를 먹으면서 가을까지 지냈다. 그런데 겨울이 오자 날은 추워지고 먹이마저 구하기 어려워졌다. 노래하는 다람쥐는 허기에 지쳐 옆집 다람쥐를 찾아가 먹이 좀 빌려 달라고 했으나 옆집 다람쥐가,

"나는 고생해서 먹이를 구할 때 너는 놀기만 했으니 예술적으로 굶어 보렴."

하면서 문전박대하였다. 노래하는 다람쥐는 추위와 허기에 지쳐 결국 죽고 말았다. 옆집 다람쥐는 오랫동안 듣던 노래가 끊어지고 노래하는 다람쥐마저 사라지자 외로움을 이기지 못해 시름시름 앓다가 많은 먹이를 쌓아 두고 죽고 말았다.

☞ 서로 돕고 살지 않으면 서로 죽는다.

♣ 열심히 일하는 것은 좋고, 무엇인가 다른 것을 추구하는 것은 무조건

나쁘다는 구분의식을 버리게 하는 유머.

넷째, 포용성을 가져야 한다. 보이는 이것이 중요하다면 가려진 저것도 소중히 여겨야 한다. 유머가 보이는 것에서만 웃음을 찾으려 한다면 얼마나 단순하겠는가. 신과학이 단편적이고 순차적(順次的)인 결과를 무시하듯 오늘날의 유머는 모든 관계를 소중히 여기고, 내가 중요하듯이 남의 중요성도 인정할 수 있는 여유 있는 자세로 이야기를 만들고 웃음을 찾아야 한다.

6. 소결론

위에서 현대 물리적 질서에 대한 고찰적(考察的) 시도를 통하여 유머 창작 기법에 적용해 보았다. 이러한 원리 응용적 시도가 자칫 학문적 오류를 낳고 어거지로 비칠지 모르나 오늘날 인위적 기법에 식상해 있는 다수에게 근원적 느낌을 주고 새로운 준거틀을 마련하자는 취지에서 접근했고, 독창적 유머 창작 기법 정립을 위해 주관적 논리로 일반화시켜 보았다.

V. 농사 원리를 이용한 정서형 유머 창작 기법

1. 서론

농사짓기는 인류 역사와 함께 해 온 기술이며, 자연의 원리를 꾸준히 기록한 인간의 보고서이며, 순리와 순서를 깨우쳐 주는 교육장이다. 모든 것은 태어나 자라고, 성장했다가는 소멸해 가듯 유머도 어떤 동기에 의해 마음속에 태어나 자라나고 말과 문자를 빌려 성장했다가 세월이 지나면 사라지게 된다. 현상과 사실의 기록이자 인간의 이야기 혹은 인간을 위한 우스운 이야기인 유머를 어떤 틀이 없이 그냥 생각나는 대로 전개한다면 산만하여 체계적인 이해와 설득에 실패할 것이다. 가장 원초적이고 순수한 농사짓기 속성에서 유머 창조 기법을 응용한다면 이해가 용이하고 유기적인 체계를 정립하게 될 것이다.

농사의 전개 과정을 살펴보면, 농사가 끝나면 새로운 영농 준비를 하고, 봄에 씨앗을 선택하여 터를 갈고 뿌리면, 하늘은 햇빛과 비를 내려 자라게 하고, 진정한 생명체로 거듭나게 하려고 비바람을 통해 시련을 주고, 그 시련을 이긴 후에 열매를 맺게 하듯이, 유머 또한 이 원리에서 하나도 빠뜨릴 것이 없다. 영농 준비를 하듯이 구상을 하고, 씨앗을 뿌리듯 구상을 유머 뼈대로 옮기고, 햇빛과 비를 내리듯 공감대를 형성하고, 비바람의 시련을 겪듯이 갈등구조를 만들고, 열매를 맺듯이 소기하는 목적의식을 구현한다.

이 원리는 유머 만들기에만 적용되는 것이 아니라 글쓰기와 말하기, 그리고 영상예술 등 표현의 세계에 공통적으로 적용할 수 있는 원리다.

2. 농사 준비를 하듯이 소재를 준비해야

농부는 농한기에 토질을 개량하고 씨앗을 준비하고 농기구를 정비하듯, 유머리스트는 유머를 시작하기 전에 영감과 발상법을 키워 가고 소재를 선택하고 구상을 하는 등 관련 준비를 해야 한다. 농사 준비가 미흡한 농사는 이미 실패이듯 발상이 참신하지 못하고 소재 준비가 미흡한 유머는 이미 시작부터 완성과는 거리가 먼 허구다.

3. 싹 틔우기에 정성을 쏟듯 공감대를 형성해야

농부가 씨앗을 뿌렸다고 해서 모두 싹이 트는 것은 아니다. 온도와 습도가 맞아야 싹이 트듯이 유머도 하는 자와 듣는 이의 정서 구조와 논리적 이해도가 일치해야 거부감 없이 받아들여지게 되는 법이다. 따라서 서두에서부터 공감대 형성에 주력해야 한다.

유머의 공감대는 읽는 이가 듣고 싶은 이야기, 새로운 심리 세계 소개, 가렵고 아픈 곳을 긁어 주고 달래 줄 때 생긴다. 우리의 이야기, 우리가 관심을 갖는 분야에 대해서 이야기하여 보는 이의 마음을 잡아야 한다. 사람이 처음 만나 나누는 몇 마디와 겸손한 자세가 차후 관계를 좌우하듯이 유머의 운명도 시작에서부터 좌우되는 법이다. 싹이 트지 못하면 씨가 썩어 버리듯, 공감대를 얻지 못한 유머는 무의미한 유머다. 공감대 형성, 아(我)와 피아(彼我)의 정서를 일치시키는 기술은 사랑에 있어 전희와 같은 것이다.

4. 뿌리내림을 하듯 일관된 주제의식을 가져야

싹이 틈과 동시에 어린 뿌리는 땅 속의 양분을 찾아 뻗어 가듯 유머의 공감대가 형성되었다고 생각되면 주제를 짜임새 있게 엮어 가야 한다. 뿌리의 자생력이 없는 생물은 오래 가지 못하듯 아무리 공감대를 형성하였다 하더라도 유머를 이끌어 가는 주제의식이 희박하다면 유머는 빛 좋은 개살구에 불과하다.

모든 생물은 원뿌리가 있고 잔뿌리가 있듯이 주제도 핵심 주제가 있고 파생된 주제가 있을 수 있다. 그러나 잡초처럼 원뿌리보다 잔뿌리가 강하다면 그 식물은 크게 성장할 수 없듯이 원주제보다 부주제를 강하게 언급한다면 주제의식이 흐려지고 혼동을 줄 수 있다. 유머에 있어 뿌리의식은 유머의 중심이 된다.

5. 줄기가 뻗어 가듯 논리적으로 전개해야

뿌리가 양분을 공급하더라도 줄기가 힘차게 자신의 공간으로 뻗어 가지 못하면 그 생명체는 열매를 맺지 못하듯, 주제의식이 뛰어나더라도 논리적으로 전개하는 힘과 뒷받침 사례가 없다면 그 유머는 독자에게 웃음과 감동을 주지 못한다.

나무에 있어 잎과 줄기가 활동의 상징이듯이 유머에 있어 논리적 전개는 감동의 원동력이다. 뿌리의 영양분과 줄기와 잎의 활동력이 자연스럽게 연계되어야 열매가 되듯이 유머는 단일 주제가 논리적으로 전개될 때 의미를 얻게 된다. 논리적 전개는 이치에 닿아 있어 앞뒤로 비틀거림이 없고 간결하면서도 정확하고 통쾌하다.

6. 잡초를 제거하듯 군더더기는 제거해야

잡초가 작물의 성장을 방해하듯이 산만한 문장, 본질에서 벗어난 전개, 덧붙이기식 표현은 이해를 어렵게 한다. 한 가지 사실과 현상을 묘사하는 문장은 하나뿐이듯 특정 상황을 유머화하는 구성도 하나뿐이다. 그 하나를 찾기 위해 고뇌하고 불면의 밤을 보내야 한다. 유머가 사유에 빠지다 보면 신변 잡기에 흐르고 군더더기와 논리적 비약이 생긴다.

문제와 갈등이 제시되었다면 논리적으로 해결해 가는 과정이 필요하다. 식물에 있어 잡초가 성장을 방해하듯이 유머(문장)에 있어 군더더기와 논리적 비약은 명쾌한 전개와 이해를 방해한다. 그러므로 손에 잡히는 것이 없이 길어지는 것을 삼가해야 한다.

7. 꽃을 피우듯 유머의 절정을 극적으로 처리

꽃보다 그 식물을 주목시키는 것은 없다. 꽃이 지고 나면 세인의 관심이 줄어들듯 유머의 꽃은 의외성의 도출과 반전에 있다. 꽃 속에 향기와 꿀이 있어 벌과 나비들이 찾아들듯이 인간미와 극적인 의미를 도출하여 유머의 꽃이 피어나게 해야 한다.

웃음을 유발하는 핵심 포인트, 즉 진지함에 대한 거부, 위선에 대한 조롱, 예측하지 못한 반전, 비상식적인 논리에 대한 공격, 인간미의 극적인 처리를 잘 살려야 한다. 그 핵심 에너지에 의해서 웃음이 폭발한다.

유머를 전개하는 주변 요소는 보조물에 불과한 것이다. 꽃이 피어야 열매를 맺듯이 유머의 핵심 요소가 절정에서 극적으로 처리되어야 웃음과 감동의 열매를 맺을 수 있다.

8. 열매를 맺듯이 감동을 생산해야

열매는 최종 산물이요, 미래를 이어갈 또 하나의 씨앗이듯 유머에 있어서 열매는 감동의 생산이다. 그 생산은 정의의 전파, 새로운 삶의 패턴 정립, 갈등 해소, 고통 다스리기 등 한마디로 유머가 추구하는 방향이며, 유머가 주는 이득의 총체다. 이는 유머리스트의 마지막 외침이며 대변이다.

꽃이 핀 이후에 열매가 되고 안 되는 것은 하늘의 뜻이듯 유머적 착상이 진정한 유머로 인정하고 안하는 것은 독자의 몫이다.

9. 열매를 저장하듯 기록으로 남겨야

거두어들인 열매는 어떤 형태로든 저장하게 되듯, 생산된 유머도 짧게는 며칠에서 몇천 년을 가는 불후까지 그 질과 생명이 다양하다. 영원케 하는 기본은 기록하는 것이다. 기록하는 습관, 이는 불후의 유머를 만드는 기본 습관이며 최대의 기술이다.

Ⅵ. 풍자형 유머 창작 기법

1. 어둠을 밝히는 횃불식 풍자(풍자형 유머)

※본서에서 말하는 풍자 속에는 풍자형 유머도 함께 포함되어 있음.

1)서론

횃불은 어둠을 밝혀 적의 침입에 대비하거나, 밤의 어둠을 뚫고서 무엇을 찾거나, 새벽까지 기다리지 못하고 밤길을 떠날 때 필요한 수단이었다. 횃불은 새벽의 큰 빛이 오기 전까지 작은 빛의 역할을 하던 원시적 수단이듯이 풍자(諷刺) 혹은 풍자형 유머는 인간의 모순과 사회의 결함과 악습, 부패, 착오, 불합리 등 사회적 어둠을 지적하고 조소하여 웃음의 효과를 나타내는 문예의 한 종류다. 풍자는 어느 특정의 문학 형태에만 한정뒨 것이 아니라 수필, 소설, 연극, 드라마, 담화 등 여러 장르에 등장하여 때로는 쓴 소리와 바른 소리로 공감의 웃음을 발휘하고 있다.

풍자는 빛을 내어 어둠을 쫓는 횃불식과 환부를 절개하는 예리한 수술칼식, 그리고 자기 몸을 때려 소리를 내는 종소리형으로 구분된다.

먼저 횃불식의 풍자는 사회 부조리를 주로 고발하는 풍자로서 현실의 모순과 불합리가 양산하는 부정적·비판적인 요소를 태워서 빛을 내어 어둠을 다소라도 밝혀 주는 기능을 한다. 요순시대에도 모순의 어둠은 있었을 것이다. 사회의 어둠은 불완전한 인간이 만드는 불가피한 산물이다. 인간이 있는 한 어둠은 있을 수밖에 없다는 대전제 하에 시작하는 방식이다.

수술칼식 풍자는 사회의 병들고 곪은 부분을 외과적 칼로 도려내는 기능을 한다. 다수의 침묵으로 방관하기엔 그 전염 효과가 클 때는 과감하게 도려낸다는 풍자 방식이다. 횃불식과 수술칼식의 풍자는 모두 모순 고발성 풍자라는 면에서는 동일하나 횃불식은 어둠을 제시하여 스스로 빛(정상)으로 가게 하는 선도형이라면, 수술칼식은 상처를 제시하고 분석하여 건강하게 하는 문제 추방형이다.

종소리형 풍자는 유머자 자신의 모순부터 포함되며, 나아가 인간의 보편적 무지를 일깨워 주어 자기 반성을 유도한다. 소극적이고 정서적인 풍자인 셈이다. 그 강도가 약할 때는 정서형 유머로 둔갑한다.

2)어둠 속에서 횃불을 들듯이 풍자 대상을 선정

<u>풍자는 어둠 속으로 빛을 투사하는 작업이다.</u> 어둠은 실존하는 것이 아니라 빛이 없는 일시적 현상이다. 빛이 들어오면 어둠이 사라지듯이 바른 소리와 지혜가 모순 속으로 투입되면 모순이 하나씩 깨지기 시작한다. 어둠은 빛이 드는 순간에 사라지지만 모순은 서서히 사라지는 차이가 있다. 하지만 풍자를 통해 모순이 까발려지고 정상 궤도로 가도록 강요받는다.

풍자는 새벽까지 기다려 어둠이 사라지게 하는 자연적 빛이 아니라 인위적으로 빛을 만들어 어둠을 쫓는 것이다. 어둠은 공격의 대상이 아니라 깨우침의 대상이다. 오늘의 어둠은 대개가 인

간의 욕심이 빚는 무리, 무질서, 비합리, 비도덕성, 부조리, 부패 그리고 정신과 양심의 실종에서 생긴다. 이 어둠 속으로 양심의 빛과 깨우침의 빛이 새어 들어가면 어둠은 더 이상 존재하지 못한다.

한 치 앞도 안 보일 때 횃불이 필요한 것이지 초저녁이나 여명에 횃불을 든다면 오히려 낭비요 행동만 지체되는 요인이 되듯 풍자도 꼭 필요한 풍자를 해야 한다. 어떤 형태든 풍자는 고난을 안고 온다. 그러므로 꼭 감수할 수 있는 고난이 되어야지 불필요한 고난은 에너지 낭비에 불과하다.

풍자는 때로 깊숙한 목표를 선정하고 외로운 투쟁도 한다. 다변화된 세상에서 정의와 불의, 논리와 비논리, 순리와 역리가 혼돈되고 뒤섞이면서 선과 악마저 구분이 애매하고, 집단의 이익 때문에 정의가 좌초할 때가 있다. 여기에 풍자가 위험을 무릅쓰고 깊숙이 찾아 들어가 정의가 이기도록 해야 한다.

오늘날 우리가 설정할 수 있는 어둠은 세계화 시대에 맞지 않는 국가 목표 설정, 국가 기능의 비효율성, 정의와 형평성이 없는 공권력, 이상이 없는 정책, 공감대를 얻지 못한 문화, 타락과 부패, 인륜의 퇴화, 개인의 이기주의 등 국가 이익의 손상을 가져오거나 가져올 위험이 있는 상황과 개인을 피폐하게 하는 내·외적 요소를 실존하는 어둠으로 규정해야 한다. 즉 국가 이익을 내번하고 인간의 존엄성을 세워 주는 풍자가 되어야 한다. '어둠이 무엇인가'라는 명확한 상황 인식이 설정된 뒤에 어둠을 밝히는 횃불을 들어야 한다.

3)때를 맞춘 횃불처럼 적시성을 갖추어야

횃불은 어둠을 예측하여 미리 준비하되 어둠 속으로 길을 나서는 순간에 들어야 한다. 낮에 미리 켜는 횃불, 새벽에 켜는 시기를 상실한 횃불은 의미가 없듯이 풍자도 시사성이 있어야 한다. 너무 성급하여 문제의 근원이 제기 안 된 풍자는 공감을 얻기가 어렵고, 문제가 방치되어 심대한 피해가 나타난 뒤에 등장하는 풍자는 가치가 없다. 모든 것이 때와 장소에 맞을 때 진정한 가치를 발하듯 풍자도 때와 시운에 맞아야 한다.

적시성이 있는 풍자가 되려면 세상을 보는 예리한 눈을 가져야 하고 분위기를 종합하는 힘이 있어야 한다. 그리고 변함없는 무게 중심과 정신적 근력(筋力)을 갖추어야 한다. 바람을 느낀 뒤에 비의 진로를 아는 것은 보통의 지혜다. 공기 중의 습도만으로 바람을 예측하고 비의 진로를 아는 것은 체감적 지혜다. 풍자는 척 보면 알 수 있는 체감적 지혜를 필요로 한다. 그리하여 누가 어디서 어떤 무리수를 두고 있으며, 그로 인한 고통은 어디로 가고 있으며, 이것을 차단할 대안은 무엇인지, 사회의 분위기와 바람을 체감해야 한다. 또한 풍자가 국가 이익에 기여하기 위해서는 냉정해야 한다. 풍자는 웃음을 표면에 깔면서 변화와 화합을 동시에 추구해야 한다. 풍자가 자기 이익의 범위 속에서 자기 이익을 위해 전개한다면 이 또한 제거 대상의 어둠이다.

4)오래 타는 횃불처럼 지구력을 가져야

한번 치켜든 횃불은 어둠이 사라지고 길손이 안전한 곳으로 갈 때까지 지속적으로 들어야 한다. 어설프게 횃불을 켜고 가다가 중도에 꺼져 버리면 오히려 더 큰 피해를 야기할 수도 있다. 이와 같이 지적 호기심과 영웅 심리로 풍자를 하다가 일시에 고난이 몰려온다고 접어 버리면 개인의 자존심은 땅에 묻히고, 이를 잠시라도 쳐다보았던 다수는 실망에 빠지게 된다.

　풍자는 인기를 위해 하는 것이 아니라 국가의 이익과 인간의 존엄성을 지키기 위해 하는 것이다. 그러므로 주장한 논리는 정도에서 벗어나지 않는 한 끝까지 같은 목소리로 주장해야 한다. 옳다고 믿으면 모든 것을 걸고 꿋꿋하게 밀고 나가야 한다. 심지가 다 타고 횃불 봉이 타고, 횃불을 들었던 손이 타더라도 들었던 손을 내려선 안 된다. 즉 횃불로서의 지조를 지켜야 한다는 것이다.

5) 잘못 든 횃불은 빨리 내려야 한다

　삶의 현장에서 보다 큰 정의와 진실의 편에 서서 예리한 필봉으로 사회의 불의와 정의의 표류, 여론의 불시착 현상을 꼬집고 방향을 잡아 주고 의견을 제시하는 시사성 풍자는 분명 횃불의 속성이다. 이런 횃불을 들고 가다가 안내하는 길이 잘못 들어선 길이라고 판단되면 미련없이 되돌아 나오는 지혜가 있어야 한다.

　시사성의 풍자는 때로는 상황 인식의 미흡과 정보 부족, 결과 미예측 등으로 최초의 주장이 잘못될 수도 있다. 이때는 미련 없이 진실하게 고백하고 원점으로 돌아가야 한다. 풍자는 다소 자극성을 지니나 확실한 근거에 기초하고 재치를 곁들여 향기를 품어야 한다. 사실과 다른 침소봉대형 풍자, 특정의 정서를 해지는 풍자, 종교와 문화의 중립성을 위반한 풍자는 악취를 풍기므로 조심해야 한다. 잘못 든 횃불은 지체없이 내려야 한다.

2. 환부를 도려내는 수술칼식 풍자(풍자형 유머)

1)서론

칼은 물건을 베거나 깎거나 써는 데 쓰이는 날이 선 연장이다. 무엇을 절단하고 치명적인 상처를 주기도 하지만 때로는 환부를 도려내고 상처를 아물게 해 주는 외과 기구로 사용된다. 풍자도 칼의 속성을 지니고 있다. 사회의 곪아터진 부분을 절개하고 고름을 짜내고 새살이 나오게 해 준다.

그러나 아픈 부위를 정확히 모르고 아무 곳이나 절개하거나 소독이 안 된 칼로 집도를 하면 상처를 악화시키듯이 풍자가 모순의 핵심도 모르면서 산만하게 파헤치고, 무심하게 그리고 편협된 시각과 확인이 안 된 분야를 풍자한다면 무서운 흉기로 변할 수 있다.

2)아픈 곳을 정확히 찾아야

몸에 열이 난다 하여 해열제만으로 치료할 수 없고, 몸이 탈났다고 하여 이곳저곳을 아무렇게나 칼을 댈 수 없듯이, 사회현상에 문제가 있다면 먼저 아픈 원인을 찾아야 한다. 즉 사회 구성원의 질서 순응도와 정신적·윤리적 건강 상태, 제도의 실효성, 조직의 생산성, 문화의 동질성, 가치관과 행동규범의 일치성, 충·효·예의 실천도 등 사회 전반에 걸쳐 상처난 부분과 상처가 예상되는 부분을 찾아야 한다. 또한 왜 아픈지를 되짚어 보아야 한다. 그리고 논리와 제도, 법적 대응이라는 외과적 치료와 병행하여 문화행사, 의식개혁과 사회 정화운동 등의 내과적 치료를 시도해 보아야 한다. 이 내과적 치료에 풍자도 한몫을 하게 된다.

상처는 시간의 차이는 있으나 반드시 드러나게 마련이듯 사회적 상처는 어떤 경로를 택하든 간에 노출되게 마련이다. 이러이러한 것은 이러한 원인으로 발생된 문제요 저러한 것은 저러한 원인이 제공되었기 때문이라고 하는 사회병의 진단자는 많다. 문제는 자기 이익과 연계해서 문제를 본다는 것이다. 아픈 곳을 찾을 때는 풍자의 칼, 지적의 칼을 놓고 먼저 조용히 사색하도록 한다.

3)전체를 관조해야

환부를 찾고 진단이 끝나면 수술에 앞서 기구를 소독하듯이, 유머리스트는 문제를 찾고 분석이 끝나면 공인의 자세와 전문가의 입장에서 치우침이 없이 접근해야 한다. 사심이나 비전문적인 견해, 지엽적인 분석은 위험하다. 객관적인 시각과 중립적 위치에서 전체를 관조해야 한다. 성급하게 단편적이고 감정적인 차원에서 풍자가 전개되면 공감대를 얻지 못하고 또 하나의 문제만 야기될 수 있다. 마치 소독이 안 된 기구로 수술을 한다면 상처를 치료하기는커녕 덧나게 하는 것처럼 말이다.

4)근본적 대안과 명쾌한 결론을 제시해야

진단과 소독이 끝나면 수술에 임하듯이, 문제 진단과 중립적 견해가 설정되면 근본적인 대안과 명쾌한 결론을 제시해야 한다. 임기응변적 대안과 끝이 흐린 풍자는 환부를 도려낸 뒤에 상처를 꿰매지 않는 격이다. 완전하게 아물 때까지 균이나 이물질이 들어가지 못하게 봉합 처리를 하듯이, 풍자는 공감대가 형성된 뒤에 문제를 제시하고 논리적 접근과 중립적 위치에서 명쾌한 결론을 내려야 한다.

3. 자기 몸을 때려 울려 퍼지는 종소리 같은 풍자

1)서론

이 세상에는 크고 작은 종들이 있다. 각종 종교의 제일선에서 종교적 의미를 전파하는 도구로 사용되기도 하고 초인종과 같은 신호 수단, 혹은 장식용으로 사용되기도 하는데 모든 종들이 소리를 낸다는 것과 쇠로 만든다는 것이 같다. 그 중에서도 범종의 종소리가 제 몸을 떨며 나오는 것은 한 송이 국화꽃이 피는 것 이상으로 정성스럽고 온갖 어려움과 고뇌를 거친 결과이다.

종을 만드는 과정은 먼저 광맥을 찾아 동굴을 내고 위험을 무릅쓰고 지하 갱도에서 철광석을 채석한다. 이것을 분쇄기에 넣어 불순물을 제거하고 완전히 용해시켜 쇠의 성질을 순화시킨 주물을 범종 구조틀에 부어 종의 형틀을 만든다. 그리고 표면을 매끄럽게 처리하고 문양을 다듬은 뒤에 소리 시험을 한다. 긴장된 순간을 보내고 소리 맛을 보아 소리가 조잡하면 다시 용광로에 넣어 몇 번이고 불순물을 제거하고 다시 주조하여 크고 웅장한 소리가 나올 때까지 그 일을 되풀이하여 좋은 소리를 내는 종을 만든다.

그러나 여기서 종 만드는 모든 작업이 끝나는 것이 아니다. 그 종이 나름대로의 소리를 내고 그 소리가 멀리 퍼져 나가기 위해서는 종은 자신의 몸을 때려야만 하는 마지막 과정을 거쳐야 하듯이 풍자는 음지에서 소재를 찾고, 주관적이고 확인이 안 된 요소는 제거하고, 전체를 통찰하여 정의와 인간성 구현이라는 형틀에 넣어 만들고서 마지막 자기 성찰의 과정을 거쳐야 한다. 자기 반성과 자기 울림 과정이 없이 남의 탓으로만 돌린다면 풍자는 공격성을 띠게 되고 인간적인 공감을 얻기가 어렵다. 풍자의 대상자에게 공포만 제공할 뿐 누구에게도 정감을 주지는 못할 것이다.

2) 자기 반성을 기초로 한 풍자

종소리가 울릴 때마다 자기 몸을 때려야 하듯이 풍자 한 토막도 자기 반성에서 출발해야 한다. 나는 옳은데 너와 세상이 엉망이라고 한다면 누가 동조를 하겠는가? 풍자는 그냥 비판과 공격성만으로 고고해지는 것이 아니다. 아집과 독선, 가식으로 가득 찬 보편적 인간 속성을 조용히 반성하고, 바른 마음으로 마음의 잡념을 제거하고 자신의 행동반경을 나에서 우리, 우리에서 국가로 확대시켜 나가는 데서 소재를 구해야 한다.

또한 자신이 옳다고 믿는 가치관을 조용한 목소리와 논리로 이끌고 가야 한다. 그리고 풍자를 함에 있어 많은 모순의 화살을 밖으로 돌리기 전에 문제의 시발점인 인간의 문제, 노력 부족, 성의 부족을 먼저 돌아보고 안으로 다지고 채찍질하여 새로움을 향하여 나가야 한다.

이것이 종소리형 풍자가 취할 자세요, 종에서 배울 수 있는 교훈이다. 땅 속에 묻힌 철광석이 소리를 내는 종으로 바뀌기까지에는 수많은 고뇌와 정성의 과정을 겪어야만 하듯이 지금의 모순이 호쾌한 풍자를 거쳐 정상을 회복하도록 하기 위해서는 인간의 공통적 모난 부분부터 손질을 하고, 조잡스럽고 흐트러진 가치관을 새롭게 하기 위한 용해 과정을 거쳐야 한다.

3) 인간적 여유와 넉넉함이 있는 풍자

종소리는 종의 떨림 현상이 종 안의 넉넉한 공간에서 소리로 공명되어 울려 퍼지듯이 풍자는 어떤 고통과 모순이 자기 정화 과정을 거쳐 정서적·정신적 울림이 되고 양심의 소리가 되어 무한히 자유로운 영역으로 퍼져 간다.

종소리가 딱딱한 쇠의 울림이 변해 은은한 소리가 되듯이 풍자는 잔인한 모순도 마음의 공간과 여유의 터에서 일단 진정이 된 뒤에 정서를 순화하고 나아가 얼큰한 감동을 준다. 자기 모순은 모두 감추고 상대와 사회의 모순만 찌르고 파헤치고 뒤집기에만 치중하는 풍자는 오히려 정신을 피곤하게 한다. 자기 겸손이 전제된 화술이 쉽게 공감을 주듯이 자기 반성이 포함된 풍자는 상대를 편안하게 하고 넉넉함과 인간미를 준다.

풍자를 함에 있어 마음을 안정시켜 현실을 직시하면서 내일을 볼 수 있는 지혜를 갖고, 눈 속에 묻혀 봄을 기다리는 잔디의 인고를 찬미할 수 있는 운치가 있고, 자연의 질서와 대자연의 이치 앞에 초연할 수 있는 겸허함이 있어야 한다. 그리고 어떤 고통을 지불하고 희생을 겪더라도 여유와 넉넉함이 있어야 한다.

4) 행동을 유발하는 풍자

맑고 웅장한 종소리를 들으면 들은 것으로 끝나는 것이 아니라 마음의 변화를 주듯이 지혜와 감동을 주는 풍자는 행동의 변화를 준다. 풍자를 보면 나에게도 저런 모순적 속성이 있는지, 자신을 먼저 돌아보게 한다.

종소리를 듣고 그 종을 만든 장인(匠人)의 고뇌와 노고를 생각하게 되듯이 풍자를 보면 참신성과 용기에 감사한 마음을 갖게 되고 자신도 사려 깊은 행동을 하게 한다. 풍자를 보면서 그냥 피상적으로 보아 넘기지 않고 그렇게 풍자가 되기까지 피나는 노력과 자기 싸움이 있었고 몇 번이고 허무와 좌절감을 맛보면서 꾸준히 생각을 가꾸어 왔음을 인지해야 한다.

느낌에서 그칠 풍자라면 풍자가 아니다. 어떤 형태든지 행동을 유도하고 선창해야 한다. 그 행동은 안으로 돌아보고 시작되는 행동이어야 한다. 설사 내게 잘못됨이 추호도 없더라도 남을 탓하지 마라. 이것은 결코 참다운 풍자의 경지가 아니다. 용서할 줄 알고 남을 이해할 수 있을 때 진정한 풍자가 시작된다.

5)조용한 각성을 주는 풍자

생각해 보라! 모두가 잠든 새벽에 공기를 타고 울려 퍼지는 웅장한 종소리는 음향적 가치를 뛰어넘어 마음에 울림을 주지 않는가? 그리고 연상해 보라. 종소리가 용광로 속에서 불순물이 제거되고 강해지는 유형적 과정을 거쳐 제 몸 때려 밖으로 울려 퍼지듯 풍자는 모순 속에서 태동되고 각성 속에서 세련되고 강해지며, 부단한 자기 성찰과 각성을 통해 비로소 태어나기에 풍자는 고상함이 있고 씹을수록 향기가 넘친다. 풍자는 의식이 깨어 있고 활력이 넘치고 늘 텅 비어 깨어 있음을 자랑한다.

Ⅶ. 석굴암 원리를 이용한 언어형 유머 창작 기법

1. 서론

경주 토함산 중턱에 있는 석굴암은 신라 혜공왕 때 하나의 원석을 정교하게 조각하여 만들었다고 한다. 거친 돌을 다듬어 이 세상에서 최고로 정교한 석불을 만들었다. 일제 때 일부 구조를 변경하여 훼손된 것도 있지만 선조들의 예술성과 그 신비함은 불후의 명작으로 남을 것이다.

첨성대가 여러 개의 부품을 전체 구조 속으로 쌓아 가는 원리라면 석굴암은 하나의 원석을 쪼고 깎아 내고 다듬으면서 원하는 형상을 만들어 가는 원리다. 첨성대 쌓기의 원리가 이야기를 엮어 가는 원리와 유사하다면 석굴암 만들기의 원리는 말과 문장을 다듬어 가는 것과 유사하다.

석굴암을 만드는 과정을 유추해 보자. 어디에선가 크고 결이 좋은 원석(화강석)을 구하기 위해 토함산 주변을 돌아다녔을 것이다. 어렵게 구한 원석은 토함산으로 옮겨지고, 재단이 되고 설계가 되면서 석굴과 석불 작업이 동시에 이루어졌으리라. 완성의 날에 석불 이마에 박힌 여의주가 찬란한 빛을 발하며 동해로 퍼져 갔을 것이다. 그럼 석굴암 만드는 과정을 언어 유희형 유머를 만드는 데 적용해 보자.

2. 원석을 구하듯이 적절한 동기를 찾아야

석굴암을 만들겠다는 왕실(?)의 의지는 먼저 크고 결이 좋은 원석을 구하는 데 지혜를 모았을 것이다. 원석을 구하기 위해 토함산 주변을 돌아다녔듯이 언어형 유머는 먼저 생활 주변의 소박한 정서가 담긴 웃음을 찾기 위해 거친 삶의 현장으로 가야 할 것이고, 신세대 감각이 넘치는 신선한 웃음을 찾기 위해 대학가의 순수한 언어 현장으로 가야 한다. 나아가 생각하는 웃음, 사회 분위기를 좋은 쪽으로 전환시킬 수 있는 웃음을 찾기 위해서는 웃음을 전문적으로 연구하는 집단으로 가야 한다. 그리고 개인적으로 웃음을 연구하는 유머리스트는 사람의 특성을 낱낱이 이해하고 인간을 사랑하는 연습부터 해야 한다. 거기에서 웃음의 동기가 생기기 때문이다. 언어 유희형 유머를 만들려면 말의 현장으로 달려가서 말의 세태를 파악해야 한다.

3. 구한 원석을 옮기듯이 말의 의미를 새롭게 풀어야

어렵게 구한 원석을 작업장으로 옮겨서 석불 작업을 하였듯이 언어로 유머를 만드는 가장 손쉬운 방법은 말을 분해하여 새롭게 조립한 풀이어다. 풀이어는 원래의 뜻과 비슷한 풀이를 하는 경우와 원래의 뜻과 정반대되는 풀이를 하는 경우, 그리고 유희형 풀이 등 세 가지로 구분된다.

비슷한 풀이를 하는 경우는 사전적 정의가 아니라 현실 공감적인 정의를 유머스럽게 하는 경우다. 잘못된 것에 대한 정의의 소리이면서 양심의 소리를 전하고자 하는 것이다. 이를테면 이런 표현이다.

<웃음도사의 유사 뜻풀이>
- 고인돌 : 고릴라가 인간을 돌멩이 취급하던 시대.
- 땡칠이 : 종이 땡 치기 무섭게 퇴근하는 샐러리맨.
- 악마 : 악을 쓰는 마누라.
- 이혼 : 이제는 자유로운 혼자.
- 범죄자 : 범죄를 짓고 변호사를 선임하지 못해 자동적으로 감옥소 가는 사람.

한편 반대의 뜻으로 풀이를 하는 경우는 도전적이고 반항적인 쾌감이 있다. 이는 의외성과 반 기대 효과와 일치하며, 일순간에 예측을 파괴하며 재미가 있다. 이를테면 이런 표현이다.

<웃음도사의 반대 뜻풀이>
- 까마귀 : 까닭 없이 마음이 귀엽다.
- 데이트 : 데리고 이리저리 다니다가 트집잡아 보내는 것.
- 부도덕 : 부지런한 도둑은 덕이 있다.
- 신사 : 신도 포기한 사기꾼.
- 약속 : 약간씩 속이는 것.
- 원앙부부 : 원한과 앙심으로 맺어진 부부.
- 정의(正義) : 정치가 개입하면 의심스러워지는 것.

또 반대의 뜻풀이도 유사한 뜻풀이도 아니면서 웃음을 주는 풀이어가 있다. 이름하여 말을 즐기는 형의 유희적 풀이다. 이를테면 이런 표현이다.

<웃음도사의 심심풀이 뜻풀이>
- 강아지 : 강의 시간마다 아슬아슬하게 지각을 면하는 학생.
- 남녀평등 : 남자와 여자의 등은 다 평평하다.

- 노발대발 : 할아버지 발이 크다.
- 눈치코치 : 눈 때리고 코 때리고.
- 라이벌 : 라면 먹고 이빨 쑤셔 잇새를 벌려 놓는 한심한 녀석.
- 만수무강 : 만수네 집에는 요강이 없다.
- 미모 : 미리 모아 놓은 돈.
- 박학다식 : 박사와 학사는 밥을 많이 먹는다.
- 백설공주 : 백방으로 설치고 싸돌아다니는 공포의 주둥아리.
- 솔선수범 : 솔담배나 선 담배를 먼저 권하는 것.
- 아편전쟁 : 아내와 남편 사이에서 벌어지는 부부싸움.
- 오락가락 : 오락 시간에는 가락이 있어야 흥이 난다.
- 언어도단 : 언제나 물고기는 도마 위를 거쳐 식탁에 오른다.
- 요조숙녀 : 요강에 조용히 앉아 있는 숙녀.
- 이집트 : 이틀 동안 집에 틀어박혀 있다.
- 임전무퇴 : 임산부 앞에서 침을 뱉지 마라.
- 자포자기 : 자신 없는 일은 일찌감치 포기하고 자신 있는 일
  을 기분 좋게 하라.
- 현모양처 : 현저하게 히프의 모양이 양쪽으로 처진 사람.

☞ 대다수의 말 비틀기 유형은 심심풀이로 비튼 형이다.

4. 석굴과 석불의 관계처럼 동음이의어를 활용

석굴 속에 석불이 존재하면서 둘은 가슴속의 심장처럼 보호되고 보호하는 교감적 역할을 한다. 우리의 글은 한자와 한글을 섞어 쓰는 관계로 동음이의어가 많다. 그러나 상황에 따라 상대가 쓰는 용어가 무슨 뜻인지 금방 알 수 있다. 동음이의어를 조금만 섞어 쓰면 고상한 권위를 무너뜨리기도 하고, 다른 뜻으로 전환하여 신선함을 주기도 한다. 이를테면 다음과 같다.

〈사(?)나이 일생〉

- 사(四)나이 - 모유 먹으며 네 발로 기어다닐 때.

- 사(思)나이 - 사춘기, 여자 생각에 잠 못 이룰 때.

- 사(事)나이 - 낮일 밤일 가리지 않고 일할 때.

- 사(死)나이 - 새벽에도 죽어 있다고 아내한테 바가지 긁힐 때.

〈웃음자의 대화 중에서〉

- 시민 : 이번 총선에 전국의 고수(高手)들이 저마다의 야망을 안고 뛰어들겠지?

- 웃음자 : 고수들 싸움에 젊은이는 앙수(叩首;머리를 조아림)나 할 걸세.

- 시민 : 이번에 나올 주공약은 무엇일까? 하기사 싸울 때만 공약(公約)이지 이기고 나면 공약은 사라지게 되지.

- 웃음자 : 어차피 당선되고 나면 선거시 공약(公約)은 공약(空約)이 되는 것이지.

☞ 동음이의어를 이용해 불만과 불평을 우회해서 전한다.

5. 빛을 발하듯 작품의 완성도를 높여야

석굴암은 현대의 컴퓨터로 설계한 것보다도 더 정교하고 균형미가 있다. 그 예술적 미소, 과학적인 공간 처리 등 예술적 가치는 인간이 만들었다는 사실조차 믿어지지 않지만, 석굴암의 탄생을 가능케 한 것은 기술이 아니라 종교적 열정과 완성을 향한 장인정신이었을 것이다. 석굴암의 장인정신에서 배울 수 있는 유머 창작 기법은 유머가 이 시대의 최고의 문학 장르라는 신앙적 믿음과 함께 열정을 가지고 자연적인 웃음을 만들기 위해 연구해야한다. 그 연구의 핵심은 갈등과 이야기의 중심을 극적으로 승화

(전환)시켜 깨우침의 빛을 발하게 하는 것이다.

석굴암의 원석을 구하듯 유머의 동기를 찾고, 원석을 쪼고 다듬듯이 언어를 정제하고, 그 마지막 단계에서 의미 있는 뜻을 찾아 극적인 전환을 시도해야 한다. 출발한 곳(인간적 발상)으로 다시 돌아가는 회귀본능이 있어야 한다. 그 정점에서 유머의 질감과 성격을 살피면서 전체적인 균형미와 인간미를 살려야 한다.

석굴암의 섬세한 부분은 끌로써 가늘게 파기를 반복하듯 유머의 질감이 섬세한 부분은 단어 반복 기법을 사용하여 각인을 시키면서 반복을 통한 웃음을 주고, 균형미에 방해가 되는 부분은 과감히 제거하여 전체적인 균형을 잡듯이 유머의 흐름을 처지게 하는 부분은 과감하게 압축하여 역동적으로 처리해야 한다. 기본 주제에서 벗어나는 부분은 과감하게 통제하여 전체적인 통일성을 기해야 한다.

거대한 원석이 정밀하게 다듬어져 작품이 다 되면 깔끔한 마무리를 해야 한다. 마무리가 작품의 전체를 좌우한다는 생각으로 정밀 확인을 해야 한다. 예리한 직감력의 끌과 감각적인 망치에 상처입고 깨어져 나간 부분이 있는지를 살피듯이 웃음을 찾기 위해 어느 특정인의 자존심과 이익에 손상을 준 것은 없는지, 또 있다면 복구해 주어야 한다. 또한 작업간의 잡념이나 한눈 팔기로 전체 구조에 맞지 않은 부분이 있는지를 살피듯이 유머의 주제에 벗어나서 지저분해진 부분이 있다면 제거해 주어야 한다.

Ⅷ. 첨성대 쌓기 원리를 이용한 이야기형 유머 창작 기법

1. 서론

우리가 알고 있는 첨성대는 신라 선덕여왕 원년(647년)에 만들었다고 한다. 첨성대는 여러 개의 부품을 전체 구조에 맞도록 쌓아서 특정한 기능과 미를 완성한 건축물이다. 이 첨성대 쌓기 원리를 잘 통찰해 보면 소재를 조합하여 특정의 주제를 구현하는 이야기 만들기 원리와 유사함을 알게 된다.

치밀한 구조가 요구되는 이야기형 유머 창작에 첨성대의 원리를 적용한다면 보다 체계적이고 구성이 탄탄하면서 재미거리가 있는 유머를 만들게 될 것이다.

유머 창작은 목적 없이 떠나는 여행도, 미로 속의 숨바꼭질도 아니다. 삶의 현장에서 유머감 소재를 찾고, 조리 있게 얽어 첨성대처럼 차곡차곡 쌓아 올라가는 작업이다. 특히 이야기형 유머는 소설류와 평론류처럼 사건의 전개 과정인 구성이 생명이다.

2. 목적과 주제의식이 있는 발상을 해야

첨성대가 누구 한 사람의 뜻에 의해 갑자기 생겨난 것은 아닐 것이다. 첫 단계에서 무엇을 할 것인가에 대한 궁리가 있었을 것이다. 첨성대는 농경문화가 정착되는 시기에 기상 예측을 위한 천문 관측소 혹은 하늘에 제사 지낼 기단으로 사용할 목적으로 첨성대를 설계하였을 것이다.

이렇게 어떤 일을 함에 있어 첫 단계에서 목적을 설정하고 그에 맞는 새로운 발상을 하게 되는데 그 발상은 행동의 출발지가 된다. 유머에 있어서 발상은 목적의식과 구성의 기초가 되는데 이는 완성을 위한 첫 단추이다. 발상이 신선하고 좋아야 뒤따르는 구성과 전개도 논리적이면서 의외의 쾌감을 주게 된다. 첨성대 원리에 적용하면 발상법은 최초에 무엇을 만들겠다는 목적의식과 추진 방향을 정하는 과정이다.

첫째, 만들고자 하는 것의 목적과 기능부터 설정해야 한다. 유머를 만들고자 하는 목적, 즉 무엇을 전하겠다는 주제의식이 선행된 뒤에 발상이 따라붙는 것이지 발상을 하고 난 뒤에 목적을 설정한다면 기형을 만들 것이다. 그냥 축조물로 만들다 보니 첨성대가 된 것은 아닐 것이다.

다음은 무심히 말의 중요성을 일깨워 주겠다는 목적의식에서 만들어진 유머를 예로 들어 보자.

〈똥차에 똥이 차야 떠나지(△)〉

날은 덥고 불쾌지수가 90에 육박하는 무더운 날 많은 사람이 버스를 기다렸으나 한참 만에 버스가 도착한데다 에어컨도 안 되는 낡은 차였다. 누군가 참았던 불평을 한꺼번에 터뜨렸다.

"시간도 못 지키는 데다가 똥차가 왔구먼그래!"

이 말을 듣게 된 기사는 화가 났지만 꾹 참으면서 출발을 하지 않았다. 이에 불평자가 불만 섞인 어조로,

"기사 양반 출발합시다."

라고 하자 기사가 단호한 어조로 말했다.

“똥차에 똥이 가득 차야 출발하지요!”

☞ 입은 비뚤어져도 말은 바로 하라는 선조들의 말씀을 새겨 봅시다.

♣ 말의 중요성을 일깨워 주겠다는 주제의식을 구현하기 위해 말로써 아
 프게 하는 상황을 설정하게 하고, 그로 인해 보복당하는 구조를 엮은
 것이다.

또 하나, 기분 따라 달라지는 인위적 잣대는 선진사회를 만드
는 데 장애가 된다는 주제의식을 살린 유머를 예로 들어 보자.

〈김서방과 김가놈(★)〉

구한말 양반제도가 붕괴되던 시기에 있었던 사건이다. 푸줏간
을 찾은 양반이,

“어이, 김가야! 고기 한 근만 올려라.”

라고 하자 푸줏간 주인이 무뚝뚝하게 고기를 잘라 주었다. 이어
서 상인이 들어와,

“김서방!”

하면서 상냥하게 고기 한 근을 주문하자 푸줏간 주인이 똑같은
한 근인데도 양반에게 주었던 양의 배를 썰어 주었다. 그러자 양
반이 따졌다.

“야 이놈아, 똑같은 한 근인데 이렇게 차이가 나느냐?”

“양반님께 드린 한 근은 김가놈이 자른 것이고, 저 상인에게
드린 한 근은 김서방이 자른 것입니다요….”

♣ 기분에 따라 달라지는 인위적 잣대는 선진사회를 만드는 데 장애가
 된다는 주제의식을 구현하기 위해 감정에 따라서 잣대가 바뀌는 그럴
 듯한 상황을 설정하고 그로 인한 문제의식을 노출시키는 유머.

둘째, 생각을 바꾸어 의외성을 추구하고 기대감을 파괴하라.

생각을 바꾸면 고정관념에서 벗어나 새로운 발상을 할 수 있다. 시공을 초월하는 상상력, 거꾸로 보는 세상, 날개 달린 물고기처럼 기능을 교체하는 감각 등 생각이 바뀔 때 예측하지 못한 말과 행동이 나오게 된다. 발상의 틀이 바뀌어야 상대의 예측과 기대를 깡그리 파괴할 수 있다. 관점을 바꾸어 이미지를 새롭게 한 유머를 예로 들어 보자.

〈계백 장군과 부관(★)〉

무장의 본보기인 계백 장군에 관한 역사서가 발견되어 학계에서는 비상한 관심을 보였다. 기록에 의하면 계백 장군이 5000결사대를 이끌고 황산벌 전투를 하기 앞서 부인을 포함한 모든 식솔을 직접 참수(斬首)하고 황산벌로 갔다는 사실도 잘 기록되어 있었고, 그 참수 과정을 지켜본 부관이 했던 말이 새로이 발굴되었다. 역사 기록을 보자.

"계백 장군은 일찍이 총명하고 ....(생략)"

계백 장군이 식솔을 참수하고 나오자 문 밖에 대기하고 있던 부관이 말을 올렸다.

"장군! 신라와 싸워서 이기면 어찌하시렵니까?"

부관의 목메인 소리에 계백 장군은 아무 소리도 못했다.

☞ 계백 장군의 인간적 책임성, 무장으로서의 지조와 기개, 죽더라도 깨끗이 죽으려는 정신적 향기는 지고지순한 민족정신의 본보기이다. 그 정신적 세계는 존중한다. 하지만 싸우기도 전에 지레 판단하고 식솔까지 참수한 것은 인간적인 면에서 재평가해야 한다.

♣ 새로운 관점을 제시하여 기대를 실망으로, 거대한 것을 왜소한 것으로 전환시키면 정신적인 웃음이 발생한다.

3. 발상을 기초로 체계적인 구성을 해야

신라 선덕여왕 원년(647년)에 만들어진 첨성대는 최초에 왕의 착안이든 신하의 건의에 의해서든 첨성대는 발상이 되었을 것이고, 발상 이후에 설계와 축조가 이어지지 않았다면 오늘날 첨성대를 보지 못했을 것이다. 그 당시 기호화된 설계도는 없었다 하더라도 어떻게 만들겠다는 구체적인 복안은 있었을 것이다. 이렇듯 예술작품에서 작품을 이루는 여러 요소를 결합하여 전체적인 통일을 꾀하는 일을 구성이라고 하는데, 첨성대의 축조 목적을 달성하기 위하여 어디에 위치를 정하고 어떻게 기초를 쌓고 어디로 창문을 내며 어디를 기준으로 방향을 잡을 것인지를 전체적으로 엮어 보는 절차를 가졌을 것이다.

첨성대의 밑변이 정확히 동서남북을 지향하듯 유머도 어떤 방향성을 가져야 한다. 그 방향성 위에 구조물이 쌓여지고 균형과 조화를 추구해야 한다. 유머도 발상이 되고 나면 발상에 생명을 불어넣기 위해 동원되는 소재를 논리적으로 조합을 하면서 유기체적 결합을 시도한다. 발상된 주제를 구현하기 위해 어떤 상황을 설정하고, 초기에 어떻게 공감대를 형성하고, 어디에 포인트를 두고 어느 부분에서 의외성을 추구하여 반전을 시도할 것인지 워게임을 해 보아야 한다. 구상을 기계적으로 논할 수는 없다. 다만 이야기가 되도록 전개하기 위해 내용 전달이 용이하고, 엮어 감이 순리적이되 감정의 굴곡이 드러나야 한다. 그리하여 보는 이에게 공감과 편안함을 주는 유머가 되어야 한다.

4. 전체를 통찰하면서 작은 일부를 조명해야

오늘날 관점에서 보더라도 첨성대는 과학적이면서도 뛰어난 예술작품이다. 이는 첨성대를 만들었던 건축가(?)가 단순한 기능인이 아니고 천문지리와 풍수, 그리고 역학에 능했다는 증거다. 종합적인 지식을 기초로 안으로는 정교하고 쓸모 있는 관측대(혹은 제단)가 되고 겉으로는 예술품이 되도록 집중했듯이 유머도 세상을 종합적으로 보면서 주제 부분에 대해서는 일관된 웃음과 감동을 주어야 한다. 단편소설이 어느 한 국면을 집중적으로 묘사하고 심리적인 묘미를 보여주듯이 유머도 세상사를 무대로 하되 전하고자 하는 특정 부분을 확대경으로 확대하여 웃음과 감동을 동시에 추구하는 것이다.

첨성대는 실질적 기능을 갖추면서도 겉으로 굴곡이 있는 조형미를 창조했듯이 유머도 웃음의 기능을 앞세우면서 감동이 있는 유익한 유머 짓기를 해야 한다. 이는 유머는 세상사에서 흔히 있을 수 있는 상황에 초점을 맞출 때 가능하다. 축조물이 너무 복잡하게 외형의 미만 추구한다면 견고성과 예술성 중 하나도 챙기기가 어렵듯 유머가 너무 시간적·공간적으로 복잡 구조를 띤다면 웃음과 감동 중 어느 하나의 생산도 어려울 것이다. 다음은 전체를 통찰하되 한 부분에 집중하는 유머의 예를 들어 보자.

〈고장난 전화(△)〉

새로 부임한 중대장은 통솔의 기본은 권위와 위엄이라고 생각하고 있었다. 하지만 그는 평소 만화 보는 습관을 부임 이후에도 버리지 못했다.

어느 날 중대장 실에서 한참 만화를 보고 있는데 노크 소리가 났다. 그는 재빨리 만화책을 서랍에 넣고는 수화기에 귀를 대고 들어오라고 소리쳤다. 이윽고 통신병이 들어오자 덧붙였다.

"지금 대대장님과 중요한 통화를 하고 있으니 잠시 후 들어와라."

“중대장님! 저는 지금 전화기를 수리하러 왔습니다.”
그러자 중대장이 할말을 잃고 말았다.
☞ 인간의 권위의식과 위선 등 인간의 심리적 특성과 습관의 중독성을
통찰하면서, 권위를 지키려다 거짓말까지 하게 되는 이중성을 집중적
으로 노출시켜 권위에 대한 쓴웃음을 제공한다.

5. 명쾌한 반전으로 쾌감을 추구해야

첨성대는 하단부터 직선과 곡선을 배합하며 차곡차곡 쌓아 올
라가다가 목에 해당되는 부분에 이르러 좁아졌다가 머리에는 네
모난 형태로 마무리된다. 첨성대는 변화가 있다. 첨성대의 변화처
럼 유머도 의미와 구조의 반전이 있어야 한다.
홍부전이 보여주는 권선징악 구조에서의 반전은 선이 악에게
지독스럽게 당하다가 선의 순리와 큰 힘에 의해서 선이 승리하는
반전을 하게 되고, 홍길동전이 보여주는 이상 추구형 구조의 반
전은 현실의 모순과 적나라하게 대응하다가 결국에는 현실도피
후 새로운 세계를 만들며 이상을 완성한다. 유머는 반전과 예측
파괴, 기대감의 허탈한 전락, 긴장감의 갑작스런 해소 등 관성이
깨어지는 원리를 이용하는 대표적 장르다.
반전을 인위적으로 꾸밀 수도 있고 자연적이고 순리적인 깨우
침으로 변환되는 구조도 있다. 인위적인 반전보다는 자연적이고
순리적인 반전이 강렬한 쾌감을 준다. 장미 한 송이 그 자체는
이미 생명이며 예술이듯 순리를 지향하는 유머의 구조는 이미 완
성이며 교훈이다. 들어서 매끄럽고 읽어서 자연스러운 리듬이 있
다.
아무리 훌륭한 건축물도 허공에 세우지 못하고 땅 위에 세워야
하듯이 아무리 좋은 유머라도 인간의 문제와 인간의 존엄성을 외

면한다면 설 곳이 없다. 유머가 반전의 묘미를 추구하더라도 현실적 감각으로 마무리가 되어야 한다. 즉 보편적 정서의 도출이나 여운이 남게 하는 기술, 독자의 상상에 맡기는 여백 처리 등 한계 속에서 선과 미를 추구하는 식의 마무리 말이다.

경주의 돌이라 하여 모두 옥(玉)이 아니듯, 웃기는 내용이라 하여 다 유머는 아니다. 짜임새 있는 구성과 의미 있는 내용이 결합될 때 비로소 유머는 자기 구실을 하게 된다.

IX. 생활 속에서 유머(위트) 만들기

1. 서론

앞에서 제시한 유머 기법들은 충분한 시간을 갖고 구상하고 정밀한 워게임으로 유머와 문장을 창작하는 일반적 절차를 정리한 기법이다.

여기서 논하는 〈생활 속의 유머 만들기〉는 삶의 현장에서 임기응변적으로 유머를 할 수 있는 절차와 기법을 제시하고자 한다. 이 절차와 기법을 누구나 알고 익히면 생활 속에서 유머스런 감각과 심성을 배양하여 삶의 순간을 놓치지 않고 웃음으로 전환시킬 수 있는 능력을 갖게 된다.

수시로 변화하는 생활 속에서 유머 기법을 터득한다면 생활 자체가 유머인 사람이라 할 수 있다. 생활 속에서 즉흥적으로 유머를 하려면 먼저 현재 분위기를 읽고, 조금 뒤에 닥칠 일을 예견하고, 분위기를 전환시킬 구상을 하고, 이 구상이 전체 분위기에 적합한지, 공감대를 얻기 쉬운지를 순간적으로 워게임해 보고, 그 자리에서 가장 어울리는 소재를 찾아 이야기하듯이 유머를 해야 한다.

이제 생활 자체가 웃음이요 기쁨인 유머인이 되는 길은 역지사지(易地思之)를 생활화하고, 마음속에 평상심을 가져 사소한 것에 흔들리지 말고, 마음에 밝고 건강한 기운을 축적하여 자신에 대한 믿음이 생기게 하고, 불필요한 긴장을 스스로 버리고, 생산보다는 관계를 중시하여 인간존중의 철학을 몸소 실천해야 한다. 생활 속에서 유머(위트)를 만드는 절차를 알아보자.

2. 평소 긍정적이고 낙천적인 생각을 해야

항상 밝게 보라. 그러면 마음이 안정되고 웃음이 나올 것이다. 고기도 먹어 본 사람이 잘 먹는다는 말이 있듯이 매사를 밝게 생각하는 사람이 행동도 힘이 있고 활기가 넘쳐 고난을 쉽게 극복할 수 있으며 자신감이 생겨 자생적인 웃음을 취할 수 있다.

인생은 고해(苦海)라고 하는데 정말로 내·외적으로 기분이 좋은 상태에서만 웃는다면 보통 사람은 한번도 웃지 못하고 죽게 될 것이다. 자기 암시와 마인드 컨트롤로 마음을 즐겁도록 만들어야 한다. '나는 필요한 존재이며 삶은 살 만한 가치가 있고 즐겁다'는 자기 암시를 지속하면 삶이 즐겁고 웃음이 절로 생길 것이다.

흔쾌히 받아들여라. 모든 것을 나의 운명인 양 기꺼이 수용하리. '피할 수 없으면 즐겨라'는 말이 있듯이 흔쾌히 받아들여 즐겨라. 그리하면 웃음의 문이 열릴 것이다. 행동의 문 앞에 의욕이 나가서 찾아오는 운명을 적극적으로 반기지 못하고 욕심과 주저함이 미리 나가 앉아 있으면 오는 복을 차 버리게 된다.

기쁘게 받아들여라. 상대가 나를 험담하고 욕하더라도 운명시 하자. '나'라는 주체를 확고히 하여 흔들리지 않으면 악조건 하에서도 기꺼이 웃을 수 있다. 미련 없이 흔쾌히 받아들여 마음이 항상 즐거운 상태에서 웃음이 샘솟게 하자.

인간애의 복주머니를 갖고 현실의 통로를 지나가라. 인간에게 인간애가 없다면 동물이거나 로봇에 불과하다. 인간은 무엇을 하든 인간애라는 복주머니를 챙겨서 현실의 통로를 지나다가 마음이 가난한 자를 만나면 인간애를 나누어 주어야 한다.

욕심으로 바쁘기만 하고 일의 순서를 정하지 못할 때 조용히 자신의 인간애 지수를 돌아보고, 자신이 설정한 인간애 통로를 지나면 욕심은 절로 세척이 되고 떨어져 나간다. 인간애의 통로를 빠져 나오는 순간 웃음이 생길 것이다. 즐거운 마음이 있다면 우리 주변의 모든 것은 다 유머의 대상이요 기쁨을 제공한다.

프리즘을 통과한 빛이 본래의 무지개 색으로 구분되듯이 우리의 삶과 어울림을 '인간애'라는 프리즘에 통과시키면 마음의 빛깔이 구분되고, 일상생활의 멋을 유머의 프리즘에 통과시키면 평범한 삶도 멋과 여유가 감돌 것이다. 무지개가 바라보는 자의 것이라면 유머는 즐거운 자의 것이다. 인간애로 충만하여 살아 있는 현재를 즐길 때 웃음은 절로 생겨나리라.

모든 것이 내 뜻대로 이루어지리라고 확신하라. 세상에 대한 믿음과 세상을 보는 혜안, 그리고 내 소신대로 살 수 있는 배짱이 있다면 특별난 재능이 없어도 멋있는 인생을 살 수가 있다. 내 마음이 요구하는 대로 행동을 하면서도 치우침이 없는 경지에 도달한다면 그 자체가 웃음이요 극락이다. 우리의 몸과 마음을 바치는 생활전선에서, 한때 방황하는 유흥가 거리에서, 자기 전에 바라보는 방안의 천장에서, 버스를 타고 가면서도 자기 자신과의 대화로 믿음을 안에서 찾는다면 모든 것이 내 뜻대로 이루어지며 웃음이 자생적으로 생겨날 것이다.

깨인 눈으로 주변을 살펴보면서 눈높이 사랑을 실천하라. 그리하면 모든 것이 만족스럽고 행복할 것이다. 우연히 바라본 옆사람의 말과 표정, 계절의 변화에 순응하는 자연, 외로운 사람들의 어울림 등 모두가 즐거움의 대상들이다. 다 창조의 기운이 숨어 있는 씨앗들이다. 세상이라는 대지에 관심만 가지면 자신의 위치가 보이고 웃을 거리가 즐비하다.

낙관주의자가 유머를 즐긴다. 유머는 음지에서 나오는 곰팡이 류가 아니라 양지를 지향하는 고등식물이다. 내가 손해를 보아도 웃을 수 있는 여유 있는 자세, 모든 것이 잘 될 것이라고 믿는 낙관적 자세에서 유머적 착상과 유머적 사고가 생기는 것이다. 화만 내는 아내보다 미소짓는 모나리자 사진이 더 낫다고 한다. 안정을 주고 정겨움을 주기 때문이다. 웃는 얼굴! 이는 모양새의 미추를 떠나 천사요 수호신이다. 찌푸린 얼굴, 짜증스런 어투, 불만 섞인 대화, 독선적 자기 주장, 이는 독소요 악마다. 웃음 근육을 두고도 웃지 못한다면 정말 바보다. 웃음은 낙관적인 사고에서 나오면서 또 사람을 낙관적으로 만든다.

그냥 웃자! 그것은 자기 자신을 위해서도 좋지만 함께 하는 모든 이를 즐겁게 하는 표현 봉사다. 찌푸린 표정은 일시적 공격은 될지 몰라도 자기 보호가 되지는 못한다. 평소 긍정적이고 낙천적인 생각과 웃는 습관은 유머를 할 수 있는 기초 능력을 갖추게 한다. 유머는 머리로 하는 것이 아니라 가슴으로 하는 것이기에 풍부한 감성을 지니고 있어야 한다.

3. 현재 분위기를 읽어야

현재 분위기를 읽어야 한다. 현재를 정확히 보는 눈이 미래를 예측하고 보장한다. 모두의 겉과 속이 다 편한 자리인지, 겉으로 긴장이 흘러나와 질퍽거리는 자리인지, 누가 누구를 좋아하고 싫어하는 자리인지, 음양의 분위기를 조성해 주기를 은근히 바라는 자리인지, 누가 좀 때려 주기를 기다리는 전투 전야의 분노가 서린 자리인지를 알아야 한다.

현재 분위기가 어떻게 전개될 것인지를 예측하라. 판단하고 있는 분위기가 차후 나의 의도대로 분위기가 전개될 것인지, 아니면 그 반대로 진행될 것인지를 예측해야 한다. 그리고 가라앉아 있는 빙산(보이지 않는 분위기) 요소는 무엇이며, 예측할 수 있는 돌출 상황은 무엇이며 돌출 상황에 어떻게 대응할 것이며, 나의 의도대로 가고 있다면 어디서 개입할 것인지를 예측해야 한다.

현재 분위기를 판단하라. 현재의 분위기가 처음에 생각한 대로 가고 있는지, 최초 예측과 유사하게 전개되고 있는지, 정반대로 가고 있는지를 구분하고 판단하라. 현재의 분위기 파악은 순발력 있게 대처할 수 있는 능력을 주고, 지혜를 미리 준비하게 한다. 현재 분위기를 알아야 하시라도 개입할 수가 있다.

4. 현재 분위기를 기초로 대응책 구상

현재 분위기와 차후 발전 상황을 예측하여 대응책을 강구하라! 현재 기상(분위기)의 감지, 어떻게 전개될 것인지에 대한 예측, 그리고 검증 후에 최선의 대응책을 구상해야 한다. 방어적인 대응을 할 것인지, 아니면 공격적인 대응을 할 것인지를 결정하고, 어느 시기에, 누구를 대상으로, 어떻게 할 것인지를 강구해야 한다.

먼저 대응 형태를 결정하라. 현재 상대가 겉으로는 웃음으로 포장해 놓고 나를 은근히 공격하고 있다면 수세적으로 대응보다는 공격적 대응이 좋을 것이다. 또 의향을 떠보거나 소극적으로 나의 의사를 타진하는 것이라면 일단 자세를 낮추면서 수세적으로 대응하는 것이 유리할 것이다. 다음은 상대의 도발적 반응에 즉각 공격적으로 대응하는 유머의 예를 들어 보자.

〈몰랐어요(△)〉

미스코리아 선발대회에 입상한 미녀가 OO대학 축제 댄스파티에 참석하자 남학생들이 미녀 주위를 온통 에워쌌다. 그 중 키가 작고 얌전해 보이는 한 남학생이 용기를 내서 말을 걸었다.

"저, 다음 댄스곡에 제 파트너가 되어 주시겠습니까?"

미녀는 거만한 표정으로 그 남학생을 힐끗 바라보며 말했다.

"미안합니다. 난 어린애와 춤추고 싶지 않은데요."

그러자 그 키 작은 남학생이 큰소리로 말했다.

"실례했습니다. 당신이 임신중인지 몰랐어요."

♣ 남을 무시하는 것에 대한 공격적인 대응의 예.

적시적으로 대응하되 완벽하지 않으면 대응하지 마라! 대응 시기는 적시성을 추구하되 완벽한 대응력을 갖출 때까지는 시간을 벌어야 한다. 누가 시비를 걸어오고 기분을 상하는 상황이 발생하더라도 웃으면서 시간을 벌어야 한다. 성급하게 하여 오히려 제압당한다면 스트레스가 배가 될 것이다. 다급하고 자존심이 상할수록 냉정한 이성을 가져야 한다. 그리고 여유를 잃지 말아야 한다. 또 적시성을 갖추더라도 위력이 없는 대응은 총 없이 싸우는 전투와 같다.

구체적인 대응이 되어야 한다. 어떻게 대응할 것인가에 대해서는 구체적이어야 한다. 전하고 싶은 대상을 정중하게 유머의 대상으로 설정하고 흥분이 아닌 웃음을 지닌 어조로 짧고 논리적인 구성이 되어야 한다. 물과 바람에서 전기를 구하듯이 유머는 거친 현실을 완전하게 전이(轉移)시켜 진리와 정의를 구하는 구성이 되어야 한다. 그러기 위해서는 단순한 것은 복잡하게, 복잡한 것은 단순하게, 높은 것은 낮게 만드는 위력이 있어야 하고, 안정된 것은 불안정하게, 즉 모든 것의 균형을 깨뜨려 기대 밖의 묘미를 찾아야 한다.

5. 적합성을 얻기 위한 전광석화식 워게임

현재 분위기를 알고 대응책까지 구상했다면 적합한지 워게임을 순간적으로 해야 한다. 워게임을 하는 순간도 당신은 상대로부터 무시와 질타를 당하고 있는 상황이다.

웃음판이 지나간 뒤에 유머로 대응하는 것은 버스 지난 뒤에 손들기보다도 더 어리석은 행동이다. 워게임의 생명은 짧은 시간에 적합성을 검정하는 것이다.

적합성은 대략적인 구상이 상대의 비꼼을 적시에 강타할 수 있으며, 그 대응이 또 다른 갈등을 부르지는 않을지, 표현상의 문제는 없겠는지를 워게임해 보고 걸리는 것이 없으면 말문을 열어도 좋다. 그러나 하나라도 찝찝하면 대응하지 말고 웃음으로 버티는게 상책이다. 웃음으로 버티면 최소한 상호 승리를 얻을 수 있다. 하지만 어설픈 전개는 완전 패배를 자초하게 된다.

6. 유머스런 화술로 뜻을 펴라

대응책이 적합하다면 실현 가능한 방법을 동원하여 시행하라. 시행은 의도를 펴기 위한 최종 행동이다. 시행은 결단적이어야 하고 담백해야 한다. 부피만 차지하던 껍질은 날려 버리고 알곡만 남게 하고, 거꾸로 뒤집어서 제대로 중심잡지 못한 군상들은 떨구어 버려라. 그리고 옆으로 비틀어서 빠져 나가는 것은 잘라 버려라. 그러면 거품이 사라지고 알짜만 남아 시공을 채울 것이다.

유머스런 화술로 뜻을 펴야 한다. 아무리 좋은 내용이라도 화술이 떨어지면 효과는 반감된다. 유머는 화술을 통하여 질적 변화를 일으킨다. 유머스런 화술이 있을 때 상대를 기분 좋은 상태로 제압할 수 있다. 유머스런 화술은 나를 낮추고 입장을 바꾸어 전달한다. 그러면 여유와 아량이 생기고 상대를 무리 없이 화학적으로 변화시킬 수 있다. 같은 내용의 유머라도 표현자의 능력과 기술에 따라서 유머의 맛은 천양지차다.

유머를 전할 때는 총체적 역량을 발휘하라. 유머를 전달하더라도 말로만 한다면 실감이 떨어진다. 표정과 제스추어, 그리고 강약이 있는 화술이 동원되어야 한다. 본인의 창작 유머든 아니면 시중의 유머를 옮기더라도 일단 그 내용의 핵심을 파악하고 어떻게 전달할 것인지를 워게임해 보아야 한다. 서두를 어떻게 시작하고 듣는 사람들의 관심 사항과 어떻게 연계시키고, 본론은 어디에서 강조할 것이며, 이때의 어감과 표정은 어떻게 동원할 것인지를 구상해 보고 전달해야 한다.

이야기의 장면이 눈에 그려지도록 극적이게 전개해야 한다. 단순한 음성만으로 전달한다는 것은 디지털 카메라가 나온 세상에 흑백사진을 고집하는 것과 같이 우매한 짓이다. 시각화의 능력, 이것이 화술의 핵이면서 유머 표현의 핵심이다

생각은 깊게 하되 표현은 단순하게 처리하자. 유머를 생각하고 만드는 것은 깊은 사고에서 나오지만 그 표현마저 복잡하게 한다면 시기를 놓쳐 버린다. 유머의 뿌리는 깊고 복잡하더라도 그 줄기와 꽃은 단순하게 표현해야 한다. 유머가 전달되면 상대의 사고를 단순하게 하는 것은 당연한 일이다. 이론가는 지나치게 개념에 사로잡혀 회색지대에 빠지지만 진정한 유머리스트는 보다 사실 자체에 접근하여 선명한 녹색지대를 만든다. 유머리스트는 개념과 현실 사이의 모순을 재빠르게 파악하고 상식이나 또는 기지로써 문제를 단순화시킨다. 유머는 언제나 현실과 가까이 있으

므로 탄력성이 풍부하고 경쾌하며 섬세하다.

복잡한 생각을 거쳐서 나오는 유머는 모든 형식과 허위, 현학적인 말재주, 학문적 냄새, 사회적인 허식을 은연중에 거부한다. 그리하여 자연스러울 뿐만 아니라 지혜와 덕성이 풍부하여 스스로 현자의 풍모를 갖추게 되는 것이다.

X. 새 천년을 여는 유머
- 유머의 독립된 장르화를 위한 제언

1. 자연적인 유머

앞으로 창조할 유머는 자연미가 있는 유머여야 한다. 들길을 가다가 야생화를 보게 되면 누구나 자연미를 느낀다. 그리고 감성이 풍부한 사람은 꽃과 대화를 하고 스스로 웃음을 얻기도 한다. 인위적인 웃음과 인위적인 계산에 식상해진 우리는 자연적인 웃음을 찾고자 한다.

진정으로 가치 있는 웃음을 창조해야 한다. 일단 웃기고 보자는 식의 유머는 웃음은 창출할지 모르나 웃음 뒤에 남는 씁쓸함이 있다. 현대인의 풍성한 의식주의 욕구가 환경을 오염시키고 사용하는 것보다 버리는 것이 많은 쓰레기 천국을 만들었듯이 인위적으로 양산된 웃음은 순수성을 파괴하고, 정신을 피폐하게 하며 인간을 초라하게 하는 등 찜찜함을 남긴다. 인위적 웃음은 본래의 웃음 효과를 기대하기 곤란하고 웃음 그 자체의 질마저 저하시킨다. 인간의 궁극적 존재를 생각하는 유머, 인간을 세워 주는 유머, 인간에 대한 연민의 정이 통하는 유머를 발굴해야 하고, 또한 자연스럽게 접할 수 있어야 한다. 꾸밈이 없이 소박하지만 그 속에 자연의 이치가 담기고 질서가 숨어 있어야 한다. 미풍양속을 해치거나 말초신경을 자극하는, 그리고 남을 멸시하는 그런

유의 유머는 인간을 해할 뿐 아니라, 21세기에는 더욱 어울리지 않는다.

2. 누구나 생활 속에서 즐기는 유머

이제 유머는 책과 텔레비전 속에서 탈출하여 생활 속으로 돌아가게 해야 한다. 유머는 먼저 조용한 정신적 만족을 주기보다도 생활 속에서 역동적 만족을 주어야 한다. 이는 생활 자체가 웃음이요 기쁨을 주는 유머의 개발을 의미한다. 그 길은 어른부터 웃음의 가치를 깨닫고, 어린이에게 웃음과 유머를 가르치고 실천하게 해야 하며, 조직별 의식개혁으로 기술보다도 정신의 소중성을 일깨워 주고 생산성보다 인간성을 우위에 두어 생활 속에서 웃음을 찾게 해 주어야 한다.

밥을 먹듯이 생활 속에서 꾸준히 유머를 즐겨야 한다. 유머는 아무리 먹어도 부작용이 없는 신비스런 약이요 정력제임을 깨닫고 이 웃음의 영약(靈藥)으로 잠재된 슬픔을 그때그때 해독하고, 날카로운 마음을 둔화시켜 머리 속엔 여유와 사랑밖에 남는 게 없게 해야 한다. 이것이 미래 유머가 추구하는 궁극적인 목표다.

간단하고 진실한 생활 패턴을 찾아야 한다. 복잡한 곳에서는 웃음이 질식한다. 생활 자체가 웃음이요 유머이기 바란다면 생활 패턴을 간단하게 하고 진실해야 한다. 있는 그대로를 사랑하고 즐겨야 한다.

3. 사회를 화합시키는 유머

사회를 화합시키는 유머가 되어야 한다. 희생적이고 수용적인 유머 캐릭터를 개발하여 개인과 조직을 화합시키는 데 지혜를 모아야 한다. 화합 성분이 있는 유머가 경직된 사고를 질적으로 변화시킬 수 있으며, 화합을 목적으로 하는 유머가 유통될 때 질적인 변화가 일어난다. 정치·경제·사회와 문화, 종교와 학문 그리고 인간을 지배하는 그 어떤 영역도 위선의 거품은 가라앉고, 권위의 칼날은 무디어지고 모순과 욕심은 뿌리째 드러나 말라 버린다. 그 어떤 인위적 벽도 그냥 두지 않는다. 유머는 밀을 빻아서 빵을 만드는 물리적 변화가 아니라 밀을 썩혀 술을 얻는 화학적 발효제이다.

사회 참여적인 유머가 되어야 한다. 유머가 관계를 개선하고, 개인적 친분을 넓히고, 개인의 화술을 보강하는 소승적 차원의 유머가 아니라 정서 순화형 유머로 사회 분위기를 밝게 하고, 풍자형 유머로 사회를 건강하게 하며, 희망적이게 하는 전도사가 되어야 한다.

유머를 인류 화합에도 이용하자. 국가간 유머 협회를 만들어 유머를 교류하고, 유머학을 정립하고, 유머를 주제로 한 국제 세미나도 열어 유머의 국제적 자리를 찾아 주자. 그리하면 유머가 인류 문화의 본질까지 영향력을 미쳐서 앞으로의 인류 사회를 화합시키는 길을 개척하게 될 것이다.

새 천년의 세상은 지금보다도 몇천 배 복잡하고 미묘할 것이다. 새 천년을 우리는 비인간화를 진보시키는 과학에도 기대하지 않으며, 또한 지나치게 우울하며 사상을 난잡하게 하는 철학에도 기대하지 않는다. 인류는 더 이상 불행해지지 않기 위해 자연미를 앗아가는 사상과 학문, 종교, 행위예술에 우리의 정열을 바쳐서는 안 된다. 우리는 유머가 독립된 장르가 되어 세계의 문학과 예술의 중심에 우뚝 서서 인류를 화합시킬 수 있기를 기대한다.

4. 순수성이 있는 유머

순수한 동심으로 유머를 만들자. 인간은 그 동안 산업화에 찌들려 동심을 잃고 악의 구렁텅이에 빠져 순수의 기준도, 자연미도 없이 자신들이 인위적으로 만든 사상과 욕심, 그리고 조직의 노예가 되어 버려 스스로 웃지를 못한다. 각종 스트레스와 긴장감으로 웃음 근육마저 거세된 현대인을 되살리는 길은 순수한 웃음을 찾는 것이다.

학문이나 혹은 저술에 있어서 이 순수성에 이르기란 용이한 일이 아니나 생각의 순수성이 있어야 진정한 웃음이 나온다. 인류는 복잡하고 난잡한 짐을 버리지 않으면 우리의 지구는 언젠가는 동물들이 차지하게 될 날이 올 것이다.

이익을 추구하는 경제적 원리와 나만의 승리를 추구하는 전쟁의 원리에서 벗어나 주고도 충만한 순수세계로 돌아가자. 복잡하고 예민한 사상과 문화의 풀밭을 갈아 버리고 순수한 토양을 만들어 유머라는 종자를 심어 보자. 그 공간에 유머자의 묘기를 연출하여 사상과 종교의 분열을 요령 있게 올가미로 묶고 날뛰는 자기만 잘난주의와 끼리끼리의 분파주의를 종식시켜야 한다.

인류를 구하는 마지막 구원 투수는 유머라는 모자를 눌러쓰고 당당하게 등장하는 유머돌이가 될 것이다. 우리는 그 유머돌이에게 희망과 기대를 건다.

또 하나의 책을 만들기 위해

책을 만들고 나니 유머 역사를 새로 쓴 기분이요, 세계 최초로 유머학을 정립했다는 자부심을 느낀다. 불구덩이 속에서 생명을 구출해 온 사람의 뿌듯한 감정을 알 것만 같다.

그 동안 많은 고난이 있었다. 바쁜 가운데 집필을 하다 보니 여유가 없었고 다소의 혼란도 있었다. 그러나 웃음의 효력으로 모든 것을 이겨내고 무사히 완성을 했다. 우리를 도와주는 큰 힘께 감사드린다.

이 '유머학'이 불행에 빠진 자에게 희망과 활기를 주고, 근엄하여 웃음을 감추고 사는 자에게는 웃음 근육을 회복시켜 주고, 스트레스와 고통의 중독 속에 사는 현대인에게는 신선한 청량제가 되고, 유머를 즐기는 이에게 여유와 지혜를 주고, 신지식인을 표방하는 자에게 아량과 넉넉함을 주며, 남 앞에 서는 리더에게는 유머 감각을 주는 역할을 할 것이다. 또한 이 유머집은 경직된 한국인을 마음껏 웃길 것이다.

이제 세상을 웃음판으로, 대한민국을 정신적이고 지적인 유머가 있는 문화 강국으로, 우리 사회를 질서와 정의가 있는 안정된 사회로 만들고, 현대인을 여유와 멋이 있는 사람으로 만들기 위해 유머에 대한 전문적 연구를 지속하고 다수의 신선한 창작 유머를 발굴하여 실명으로 전파해야 할 필요성을 느낀다.

당신의 심장 속엔 슬픔의 인자가 갇혀 있어 마음이 약하거나 웃지 않을 때는 항상 역류하여 가슴을 터지게 할 위험이 있습니다. 이제 당신은 웃어야 합니다. 웃을 수 있습니까? 지나간 날의 좋은 추억, 지금의 행복함을 웃음으로 드러내십시오. 그리고 당신의 소망을 비세요. 그러면 세상은 당신의 것이 될 것입니다.

유머에 관심이 있고 창작 유머를 만드신 분은 미래문화사의 주소로 보내 주시면 한국 유머집에 실명으로 공개하고, 주기적으로 세상에 펼치겠습니다.

유머학

초판 인쇄 · 2000년 1월 20일
초판 발행 · 2000년 1월 25일
2쇄 발행 · 2000년 4월 25일

지은 이 · 한얼 유머 동호회
펴낸 이 · 임종대/펴낸 곳 · 미래문화사
등록 번호 · 제3-44호/등록 일자 · 1976년 10월 19일
ⓒ2000, 미래문화사

주소 · 서울시 용산구 효창동 5-421 ㉾140-120
전화 · (02)715-4507, 713-6647
팩사밀리 · 713-4805

값 · 8,800원
ISBN 89-7299-182-1 03810